아일린

EILEEN
by Ottessa Moshfegh

이 도서의 국립중앙도서관 출판예정도서목록(CIP)은
서지정보유통지원시스템 홈페이지(http://seoji.nl.go.kr)와
국가자료공동목록시스템(http://www.nl.go.kr/kolisnet)에서 이용하실 수 있습니다.
(CIP제어번호: CIP2019007200)

아일린

오테사 모시페그
Ottessa Moshfegh
장편소설

민은영 옮김

EILEEN

문학동네

일러두기

1. 주석은 모두 옮긴이주다.
2. 본문 중 고딕체는 원서에서 이탤릭체 등으로 강조한 부분이다.
3. 장편 문학작품은 『』, 연속간행물·영화·방송 등은 〈 〉로 구분했다.

X를 위해

차례

1964

나는 당신이 시내버스 안에서 한 명쯤 볼 법한 아가씨처럼 생겼었다. 읽고 있는 헝겊 장정의 책은 식물 또는 지리에 관한 도서관 대출 도서일 테고, 밝은 갈색 머리에 망사핀을 꽂았을 수도 있다. 당신은 나를 간호 실습생이나 사무직 타자수로 보았을 수도 있고, 불안한 손과 바닥을 두드리는 발, 잘근잘근 깨문 입술에 주목했을지도 모른다. 나는 전혀 특별하게 생기지 않았었다. 나는 이 아가씨를 간단히 떠올릴 수 있다. 별나고 젊고 소심한 버전의 내가 특색 없는 가죽 핸드백을 들고 있거나 조그만 봉지에서 땅콩을 하나씩 꺼내 장갑 낀 손가락으로 굴리며 먹고, 볼을 홀쭉하게 빨아들이고, 초조하게 창밖을 내다보는 모습을. 아침 햇살이 얼굴의 솜털을 비추었고, 솜털을 감추려고 두드려 바른 콤팩트파우더는 내 창백한 얼굴에 쓰기엔 분홍기가 살짝 강했다. 나는 비쩍 마르고 각진 몸매에 움직임은 모나고 쭈뼛쭈뼛했으며 자세는 경직되어 있었다. 말랑하고 부글거리는 여드름 자국이 가득한 내 얼굴의 지형은 차갑고 생기 없는 뉴잉글랜드*적 외피 아래에 있을 수도 있는 기쁨 혹은 광기를 흐릿하게 지웠다. 안경을 썼다면 똑똑해 보일 수도 있었을 것이다. 진짜로 똑똑하기엔 참을성이 너무 없었지만. 당신은 내가 아마도 닫힌 방의 고요를 즐기고 따분한 정적을 편하게 여기는 사람일 거라고, 책장을 응시하던 눈길로 벽과 묵직한 커튼을 천천히 훑어보고, 눈에 보이는 것들—책, 책상, 나무, 사람—을 벗어난 딴생각은 하지 않는 사람일 거라고 생각했을 것이다. 하지만 나는 정적을 한탄했다. 고요함을 한탄했다. 거의 모든 것을 혐오했다. 항상 너무나 불행하고 화가 났다. 나 자신을 통제하려고도 해봤지만, 그러면 더 어색해지고 더 불행해지고 더 화가 났다. 나는 잔 다르크나 햄릿 같은 사람이었지만 잘못된 인생을 타고났다. 보잘것없는 사람, 말라깽이, 투명인간의 인생을. 달리 더 잘 표현할 방법은 없다. 당시의 나는 내가 아니었다고 할밖에. 나는 다른 사람이었다. 나는 아일린이었다.

* 미국 북동부 대서양 연안의 지역.

그리고 당시—오십 년 전이었는데—에 나는 내숭쟁이였다. 그냥 내 모습을 보시라. 무릎 아래로 내려오는 묵직한 모직 치마에 두꺼운 스타킹을 신었다. 재킷과 블라우스의 단추는 항상 가장 높은 곳까지 잠갔다. 나는 눈길을 끄는 여자가 아니었다. 하지만 내 외모가 정말로 이상하거나 끔찍한 건 아니었다. 나는 젊고 괜찮은, 평균적인 사람이었다, 아마도. 하지만 당시에는 스스로를 최악이라고, 추하고 혐오스럽고 세상과 맞지 않는 사람이라고 생각했다. 그런 상태에서는 시선을 끄는 게 터무니없는 일 같았다. 액세서리를 거의 착용하지 않았고 향수는 전혀 뿌리지 않았으며 손톱에 매니큐어도 바르지 않았다. 조그만 루비가 박힌 반지를 한동안 끼기는 했다. 어머니가 지녔던 반지였다.

바로 그 성난 아일린으로 살았던 마지막 날들이 펼쳐진 때는 12월 말이었고, 장소는 내가 태어나고 자란 살벌하게 추운 소도시였다. 그 겨울 동안 눈이 내려 일 미터 가까이 쌓였다. 눈은 모든 집 앞마당에 견고하게 자리잡았고, 모든 일층 창틀 가장자리에서 홍수처럼 흘러내렸다. 낮에 눈더미 꼭대기가 녹고 배수로 안의 설빙이 살짝 풀어지면, 인생이 때로는 즐겁고 햇살도 환히 비친다는 사실을 기억해냈다. 하지만 오후가 되어 해가 넘어가면 모든 것이 다시 얼어붙었고, 눈더미 위에 두꺼운 얼음이 덮여 밤에는 성인 남자의 무게도 견딜 정도였다. 매일 아침, 나는 현관문 옆 양동이에 담긴 소금을 바깥 현관에서 도로에 이르는 좁은 마당길에 뿌렸다. 현관문 위 처마에 고드름이 매달려 있었는데, 나는 거기에 서서 깨진 고드름이 내 가슴을 뚫고 들어가거나, 총알처럼 어깨의 두꺼운 연골을 저미거나, 뇌를 조각조각 가르는 상상을 했다. 보도에 쌓인 눈은 옆집 사람이 삽으로 치워놓았다. 루터교도라는 이유로, 가톨릭 신자인 아버지가 불신하는 집이었다. 아버지는 모든 사람을 불신했다. 늙은 주정뱅이들이 그렇듯 두려움이 많고 제정신이 아니었다. 크리스마스에 루터교도 이웃들이 셀로판지로 포장한 왁스 입힌 사과 몇 개와 초콜릿 한 상자, 셰리주 한 병을 흰 바구니에 담아 우리집 현관문 옆에 놔둔 적이 있었다. 카드에 "두 분께 축복을 빕니다"라고 쓰여 있었던 걸로 기억한다.

내가 일하러 간 사이에 집안에서 무슨 일이 벌어지는지 누군들 제대로 알았을까? 그 집은 갈색 목재로 지은 삼층짜리 콜로니얼 양식 주택으로, 붉은색 가장자리 장식은 표면이 벗어지고 있었다. 나는 아버지가 크리스마스 기분을 내며 그 셰리주를 홀랑 다 마시고 스토브로 오래된 시가에 불을 붙이는 모습을 상상해본다. 좀 웃기는 그림이다. 아버지는 보통 진을 마셨다. 이따금은 맥주도. 말했듯이, 아버지는 주정뱅이였다. 그런 면에서는 단순한 사람이었다. 무슨 문제가 생겼을 때 아버지의 관심을 다른 데로 돌리거나 달래기는 쉬웠다. 술병 하나를 건네주고 방을 나오면 되었으니까. 물론 아버지의 음주벽은 젊은 시절의 나를 짓눌렀다. 그 때문에 나는 신경이 날카롭고 불안했다. 알코올중독자와 살면 겪는 일이다. 그런 의미에서 내 이야기는 특별할 것 없다. 지난 세월 동안 알코올중독증 남자 여럿과 함께 살아봤는데, 그들 하나하나가 내게 가르쳐준 건, 걱정은 쓸모없고 이유를 묻는 것은 부질없으며 도우려는 시도는 자살행위라는 사실이었다. 그들은 그냥 그런 사람들이다, 어떤 상황에서나. 지금 나는 혼자 산다. 행복하게. 심지어, 기쁨에 겨워. 다른 사람들 일에 관여하기에는 너무 늙었다. 그리고 이제는 미래를 끌어다가 생각하고 아직 일어나지도 않은 일을 걱정하느라 시간을 허비하지도 않는다. 하지만 젊었을 때는 항상 걱정에 빠져 있었고, 적잖이는 내 미래에 대한 걱정, 대개는 아버지와 관련한 걱정을 했다. 아버지가 얼마나 더 살까, 무슨 짓을 할까, 매일 저녁에 퇴근해 돌아가면 무슨 일이 벌어져 있을까 같은.

우리집은 아주 좋은 가정은 아니었다. 어머니가 돌아가신 후 우리는 그녀의 물건을 정리하거나 치우지 않았으며 아무것도 바꿔놓지 않았다. 청소하는 어머니가 없으니 집은 더럽고 먼지투성이에 쓸데없는 장식들로 가득차 있었으며, 사방이 물건, 물건, 물건으로 우글우글했다. 그런데도 집은 완전히 텅 빈 것처럼 느껴졌다. 하룻밤 사이에 도망친 유대인이나 집시 주인에게 버려진 집 같았다. 우리는 서재나 식당이나 위층 침실들은 별로 사용하지 않았다. 모든 것이 그대로 놓인 채 먼지만 끌어모았다. 잡지 한 권은 몇 년째 소파 팔걸이 위에 펼쳐져 있었고, 과자 그릇에는 죽은 개미가 가득했다. 나는 그곳을 떠올리면 핵실험으로 파괴된 사막의 집들을 찍은 사진들이 생각난다. 세부는 당신이 알아서 상상할 수 있을 거라고 생각한다.

나는 다락방의 간이침대에서 잤는데, 아버지가 십 년 전에 가려다 만 여름 캠핑 여행을 위해 산 물건이었다. 내부 마감이 안 된 그 다락방은 어머니가 병들었을 때 내가 숨어든 곳으로, 춥고 먼지가 많았다. 내 어린 시절의 침실은 어머니 방 옆이라서 수면이 불가능했다. 어머니는 밤새 울부짖고 소리지르고 내 이름을 불렀다. 다락방은 조용했다. 아래층 소음이 그 위까지는 잘 올라오지 않았다. 아버지에게는 서재에서 부엌으로 끌어다놓은 안락의자가 있었다. 아버지는 거기에서 잠을 잤다. 그 의자는 손잡이를 당기면 뒤로 젖힐 수 있었는데, 구입할 당시에는 새롭고 멋진 기능이었지만 손잡이는 이제 작동하지 않았다. 그 물건은 영원한 안식의 자세로 녹슬어버렸다. 집안의 모든 것이 그 의자와 같아서, 때에 절고 망가지고 굳어져 있었다.

그 겨울에는 해가 아주 빨리 져서 좋았던 기억이 난다. 어둠의

덮개 아래에서 나는 얼마간 안락했다. 하지만 아버지는 어둠을 두려워했다. 얼핏 귀여운 특징처럼 들릴 수도 있겠지만 사실은 그렇지 않았다. 밤이면 아버지는 스토브와 오븐에 불을 붙이고 술을 마셨고, 천장의 희미한 전등불 밑에서 쉭쉭거리는 푸른 불꽃을 바라보았다. 맨날 추워 죽겠다, 아버지는 말했다. 그런데도 옷은 제대로 입지 않았다. 지금 얘기하는 어느 저녁—이 이야기는 여기서 시작할 것이다—에도 아버지는 맨발로 계단에 앉아 셰리주를 마시는 중이었고, 손가락 사이에는 시가 밑동이 들려 있었다. "불쌍한 아일린." 문으로 걸어들어오는 나를 보고 아버지가 삐딱하게 말했다. 아버지는 나를 굉장히 업신여겼고, 한심하고 매력 없게 봤으며, 그런 생각을 거리낌없이 표현했다. 그 시절의 내 공상이 실현되었다면, 나는 어느 날 계단 아래로 떨어져 목이 부러졌으나 숨은 붙은 채로 널브러진 아버지를 발견했을 것이다. "이제야 때가 왔네." 나는 죽어가는 아버지의 몸을 슬쩍 내려다보며 표현 가능한 최대치의 지겨움을 담아 그렇게 말했을 것이다. 그렇게 아버지를 증오했다, 그랬다. 하지만 굉장히 순종적이기도 했다. 집에는 우리 둘, 아버지와 나밖에 없었다. 언니가 하나 있고, 내가 아는 한은 아직 살아 있지만, 우리는 오십 년 넘게 말도 안 했다.

"안녕, 아빠." 나는 아버지 옆을 지나 계단을 오르며 말했다.

아버지는 거구는 아니었지만 어깨가 넓고 다리가 길어서 어딘가 위풍당당한 분위기를 풍겼다. 숱이 점점 줄어드는 흰머리는 위로 높이 솟았다가 정수리 위에서 휘어졌다. 실제 나이보다 수십 년이나 늙어 보이는 얼굴에는 눈을 부릅뜬 의심과 영원히 아로새겨진 반감이 역력했다. 돌이켜 생각하면, 아버지는 내가 일하던 교도소의 남자애들, 예민하고 성난 그 아이들과 아주 비슷했다. 아버지는 술을 얼마나 마시건 늘 손을 떨었다. 아래턱은 항상 문질러대고 있어서 벌겋고 까칠하고 쭈글쭈글했다. 사람들이 어린 남자애의 머리를 문지르며 요 장난꾸러기 녀석, 하고 말할 때와 비슷한 느낌으로 턱을 잡아당기곤 했다. 살면서 단 한 가지 후회스러운 점은 제대로 된 턱수염을 길러보지 못한 거다, 아버지는 말했다. 마치 의지만 있으면 풍성한 턱수염을 기를 수 있는데 그러지 못한 것처럼. 아버지는 늘 그런 식이어서, 후회와 오만과 비논리적 사고를 동시에 드러냈다. 나는 아버지가 진정으로 자식들을 사랑한 적이 없었다고 생각한다. 어머니가 돌아가시고 나서도 결혼반지를 계속 낀 것을 보면 적어도 어머니는 조금이나마 사랑했던 모양이다. 하지만 아버지는 사랑을, 진정한 사랑을 할 수 없는 사람이었던 것 같다. 기질이 잔인한 사람이었다. 어렸을 때 부모에게 얻어맞는 아버지를 상상하는 것만이 지금까지 내가 발견한 유일한 용서의 길이다. 완벽한 방법은 아니지만 나름대로 효과가 있다.

이 이야기가 아버지의 흉악함에 관한 것이 아님을 명확히 하고 넘어가자. 아버지의 잔인함을 한탄하는 건 결코 이 이야기의 요점이 아니다. 그날 계단에서 몸을 틀어 나를 올려다보며 내 모습이 역겨운 듯 움찔하던 아버지의 모습이 떠오르기는 하지만 말이다. 나는 계단참에 서서 아래를 내려보았다.

"다시 밖에 나가서," 아버지가 쉰 목소리로 말했다. "라드너스 Lardner's에 가." 라드너스는 시내 반대편에 있는 주류 소매점이었다. 아버지가 손에서 놓아버린 빈 셰리주 병이 계단을 한 칸 한 칸 굴러내려갔다.

지금의 나는 매우 이성적이고 평온하기까지 하지만 그때는 쉽게 격분했다. 나를 가정부나 종처럼 부리며 지시하는 아버지의 명령은 끊이질 않았다. 하지만 나는 누구에게도 싫다고 말하지 못하는 여자애였다.

"알겠어요." 나는 말했다.

아버지는 툴툴거리며 뭉툭한 시가 밑동을 빨았다.

나는 마음이 불안할 때 외모를 다듬으면 조금이나마 편해졌다. 실은 내가 어떻게 보이는지 강박적으로 신경을 썼다. 내 눈은 초록색에 조그마한데, 당신이 날 보았다면 그다지 친절해 보이는 눈이라고는 할 수 없었을 것이다. 당시에는 특히 더 그랬을 테고. 나는 언제나 사람들을 기쁘게 해주려고 노력하는 그런 여자가 아니다. 그렇게 전략적이지 못하다. 머리에 핀을 꽂고 칙칙한 쥐색 코트를 입은 모습을 그때 보았다면, 당신은 나를 이 무용담에서 단역에 불과한 인물로 예상했을 것이다. 성실하고 침착하고 따분하고 무관한. 멀리서 보면 나는 수줍고 온화한 사람처럼 보였고, 때로는 스스로도 그런 사람이기를 바랐다. 하지만 나는 욕을 했고 얼굴을 붉혔고 꽤 자주 진땀을 흘렸으며, 그날만 해도 신발 밑창이 전부 닳도록 욕실 문을 걷어차 쾅 닫는 바람에 경첩이 부서질 뻔했다. 나는 정말이지 지루하고 생기 없고 무엇에든 면역된 가식 없는 사람처럼 보였지만, 실은 항상 격분했고 부글부글 끓었으며 내달리는 생각과 살인자 같은 정신으로 살았다. 심드렁하게 서성이며 칙칙한 표정 뒤로 숨는 일은 쉬웠다. 정말로 모든 사람을 속여넘겼다고 생각했다. 꽃이나 살림에 관한 책을 정말로 읽은 것도 아니다. 내가 좋아한 책은 끔찍한 소재, 예컨대 살인, 병, 죽음 등을 다룬 것들이었다. 언젠가 공공 도서관에서 엄청나게 두꺼운 책을 빌린 기억이 난다. 고대 이집트 의학을 연대순으로 정리한 그 책을 고른 이유는 죽은 사람의 콧구멍을 통해 실타래를 풀 듯 뇌를 뽑아내는 무시무시한 행위에 대해 알아보기 위해서였다. 내 뇌가 그런 상태로 두개골 안에서 뒤얽혀 있다고 생각하면 좋았다. 뒤얽힌 뇌가 풀리고 펴져서 평온하고 온전한 정신상태로 정리될 수 있다는 발상은 내게 위안이 되는 환상이었다. 나의 뇌 회로가 어딘가 이상하게 배선되었다고, 오로지 뇌엽절리술로만 해결할 수 있는 복잡한 문제를 안고 있다고 느낄 때가 많았다. 내겐 완전히 새로운 정신, 혹은 완전히 새로운 인생이 필요했다. 그러므로 나의 자기평가는 상당히 극적으로 치달을 수 있었다. 책 이외에는 우편 구독하는 〈내셔널 지오그래픽〉 잡지를 즐겨 읽었다. 진짜로 사치였던 그 일은 내가 아주 특별한 사람처럼 느껴지게 했다. 나는 원시인들의 순진한 신앙을 묘사하는 기사들에 매료되었다. 피의 의식, 인간 제물, 그 모든 불필요한 고난. 나는 어두운 사람이었다, 라고 말할 수도 있겠다. 몽롱한 사람. 하지만 천성이 그렇게 무정한 사람은 아니었다고 생각한다. 다른 가정에서 태어났다면 완벽히 정상적으로 행동하고 느끼도록 자랐을지도 모른다.

진실을 말하자면, 나는 형벌을 잘 견디는 사람이었다. 아버지가 이래라저래라 하는 것도 그다지 개의치 않았다. 화는 났다. 아버지를, 그래, 혐오했지만 그 분노가 인생에 목표 같은 걸 주었다. 그리고 아버지의 심부름을 다니면 시간도 잘 갔다. 그것이 내가 상상했던 인생이다. 시간이 다 되기를 기다리는 기나긴 징역살이.

그날 저녁에 욕실에서 나오면서 나는 비참하고 피곤해 보이려고 노력했다. 아버지가 조급한 신음소리를 냈고, 나는 한숨을 쉬며 아버지가 내민 현금을 뽑아들었다. 코트 단추를 다시 잠갔다. 어딘가 갈 데가 있어서, 다락방에서 서성이거나 아버지가 술 마시는 꼴을 보지 않고 저녁 시간을 보낼 방법이 있어서 다행스러웠다. 집을 나오는 것보다 더 좋은 일은 없었다.

집을 나오면서 유혹을 느낀 대로 현관문을 세게 쾅 닫았다면 머리 위 고드름이 하나쯤은 확실히 떨어졌을 것이다. 그것이 쇄골의 움푹 들어간 곳으로 내리박혀 심장을 정통으로 찌르는 상상을 했다. 혹은, 머리를 뒤로 젖혔다면 그것은 내 목으로 떨어져 비어 있는 몸의 중심을 긁고 내려가—나는 이런 것들을 상상해보기를 좋아했다—내장을 통과한 후 마침내 유리 단검처럼 지하 세계를 갈랐을 것이다. 그것이 당시에 상상한 내 몸의 해부도로서, 뇌는 뒤얽힌 실타래, 몸은 텅 빈 그릇, 음부는 이상하고 낯선 영토 같았다. 물론 나는 조심스럽게 문을 닫았다. 정말로 죽고 싶지는 않았다.

아버지가 차를 운전하기에 부적합한 상태가 되자 내가 아버지의 오래된 닷지 자동차를 몰았다. 나는 그 차를 사랑했다. 포도어four-door 코로넷 모델로 무광 녹색 차체에 긁히고 움푹 들어간 곳이 수두룩했다. 차 안 바닥은 오랜 세월 스며든 소금과 얼음 때문에 부식되었다. 닷지의 조수석 사물함에는 죽은 들쥐를 넣어두었다. 언젠가 바깥 현관에서 공처럼 둥글게 꽁꽁 언 것을 발견했다. 꼬리를 잡아들고 공중에서 잠시 빙빙 돌리다가, 고장난 손전등과 뉴잉글랜드 지역 고속도로 지도, 퍼렇게 변색한 5센트 동전 몇 개가 든 사물함으로 휙 던져넣었다. 그해 겨울에 나는 이따금 사물함 안을 들여다보며 영하의 추위 때문에 눈에 띄지 않게 부패하고 있을 쥐를 확인했다. 어쩐지 내가 막강해진 느낌이 들었던 것 같다. 조그만 토템. 행운의 부적.

밖으로 나온 나는 기온을 가늠하기 위해 칼바람 속으로 혀끝을 내밀어 아플 때까지 참고 있었다. 그날 밤에는 아마 영하 10도 아래로 떨어졌을 것이다. 숨만 쉬려 해도 통증이 느껴졌다. 그래도 더운 날씨보다는 추운 날씨를 더 좋아했다. 여름에 나는 초조하고 괴팍했다. 피부에 발진이 생겨 욕조에 찬물을 받아 몸을 담가야 했고, 교도소 책상에 앉아서는 얼굴에 종이부채를 미친듯이 부쳐댔다. 다른 사람들 앞에서 땀을 흘리는 게 싫었다. 그런 육체성의 증거가 음탕하고 역겹다고 생각했다. 이와 비슷하게, 춤을 추거나 운동을 하는 것도 싫었다. 비틀스의 음악을 듣거나 TV에서 〈에드 설리번 쇼〉를 보지도 않았다. 당시의 나는 재미나 인기에 무관심했다. 차라리 고대나 머나먼 곳에 관한 책을 읽는 편이 나았다. 현재 진행중인 것이나 반짝 유행하는 것들을 알게 되면 내가 고립의 피해자일 뿐이라는 느낌이 들었다. 그런 것들을 전부 의도적으로 피하면 내게 통제력이 있다고 믿을 수 있었다.

그 닷지 자동차의 한 가지 문제는 운전할 때 속이 울렁거린다는 점이었다. 배기관에 무슨 이상이 있다는 건 알았지만 당시에 나는 그런 문제를 처리할 엄두를 내지 못했다. 한편으로는 창문을 내려야 한다는 점이 좋기도 했다. 심지어 추운 날에도 그랬다. 내가 굉장히 용감하다는 생각이 들었다. 하지만 실은 차 문제로 법석을 떨면 차를 못 쓰게 될까봐 겁이 났던 것이다. 그 차는 내 삶에서 희망이란 걸 주는 유일한 물건이었다. 내 유일한 도피 수단이었다. 은퇴하기 전에 아버지는 쉬는 날이면 그 차를 몰았다. 시내 곳곳을 너무 부주의하게 운전하면서 갓돌 위에 주차하고, 끼익 소리를 내며 모퉁이를 돌고, 한밤중에 휘발유가 떨어져 오도 가도 못하고, 우유 배달 트럭 옆면이나 AMP 건물 측면을 긁고 지나가곤 했다. 그 당시에는 모두가 술에 취해 차를 몰았지만, 그게 변명이 될 수는 없었다. 나 자신은 꽤 괜찮은 운전자였다. 과속하지 않았고 빨간불을 무시하고 질주하지도 않았다. 밖이 어두워지면 가속 페달을 거의 밟지 않은 채 천천히 운전하는 것을 좋아해서 영화에서처럼 시내 풍경이 스쳐지나가는 창밖을 바라보았다. 나는 항상 다른 사람들의 집은 우리집보다 훨씬 더 좋을 거라고, 광택을 낸 목재 가구와 우아한 벽난로가 있고 크리스마스 때면 선물을 넣을 긴 양말이 걸려 있을 거라고 상상했다. 찬장에는 쿠키가, 차고에는 예초기가 있을 거라고. 그 때는 모두가 나보다 더 잘 산다고 상상하기가 어렵지 않았다. 같은 블록 아래쪽으로 현관 입구에 불을 밝힌 집 하나가 특히 나를 비참하게 했다. 거기에는 하얀 벤치가 있었고, 문 옆에는 스케이트 신발을 뒤집어놓은 것처럼 날 세운 쇠막대가 놓여 있어서 신발에 들러붙은 눈을 긁어낼 수 있었으며, 현관문에는 호랑가시나무 화환이 걸려 있었다. 풍경이 예쁜 그 소도시를 보면 당신은 예스럽다고 할지도 모르겠다. 뉴잉글랜드에서 자라지 않았다면 눈 덮인 밤 해안가 도시 특유의 고요함을 당신은 모르리라. 다른 곳과는 다르다. 일몰 무렵에 빛이 좀 이상한 짓을 한다. 스러지기보다는 바다 쪽으로 물러나는 것 같다. 빛이 그저 멀리 끌려간다.

주류점 문 위에 달린 종이 발랄하게 쨍그랑 울리던 소리를 나는 잊지 못할 것이다. 그때는 거의 매일 저녁 내 귀에 울렸던 소리이므로. 라드너스 주류점. 나는 그곳이 좋았다. 따뜻하고 잘 정돈된 곳이었다. 나는 물건을 살펴보는 척하면서 진열대 사이를 최대한 오랫동안 돌아다녔다. 물론 진이 어디에 있는지는 알았다. 중앙 통로에서 계산원 쪽을 바라볼 때 오른편 매대, 뒤쪽 벽에서 몇 피트 떨어진 곳에 있는 매대의 선반 두 단이 진이 있는 자리인데 비피터는 위쪽 선반, 시그램은 아래쪽 선반에 있었다. 그곳에서 일하는 미스터 루이스는 상냥하고 유쾌했다. 그 모든 술이 도대체 무슨 필요가 있는지 전혀 생각해보지 않은 사람처럼. 그날 밤, 나는 진을 고르고 돈을 내고 차로 돌아가 조수석 위에 술병들을 올려놓았다. 술은 얼지 않는다는 사실이 참 이상하다. 그것만이 그곳에서 추위를 간단히 거부해버렸다. 나는 닷지 안에서 오들오들 떨며 시동을 켜고 천천히 집으로 차를 몰았다. 어둠이 내리는 동안 경치 좋은 길로 멀리 돌아갔던 기억이 난다.

집에 돌아가니 아버지는 부엌에서 자기 의자에 앉아 있었다. 그날 밤에는 특별한 일이 일어나지 않았다. 그날은 그저 이야기의 시작점일 뿐이다. 나는 아버지의 손이 닿는 바닥에 술병들을 내려놓고, 종이봉투는 손으로 구겨서 뒷문 옆에 쌓아놓은 쓰레기 더미 위로 던졌다. 그러고는 다락방으로 올라갔다. 잡지를 읽었다. 잠자리에 들었다.

자, 우린 여기 이렇게 있다. 내 이름은 아일린 던롭이다. 이제 당신도 나를 안다. 나는 스물네 살이었고, 십대 소년들을 위한 민간 청소년 교정시설에서 주당 57달러를 받으며 비서 업무 같은 걸 했다. 지금 생각해보면 그곳의 실질적 정체는 미성년 교도소였다. 나는 그곳을 무어헤드라 부를 것이다. 델빈 무어헤드는 그뒤로 몇 년 후에 내가 살았던 집의 못된 주인이었으므로, 그런 곳에 그의 이름을 쓰는 것이 적절하다는 느낌이 든다.

일주일 후, 나는 집을 나오게 되고 다시는 돌아가지 않는다. 이것은 내가 어떻게 사라졌는지에 관한 이야기다.

금요일

금요일은 지하 구내식당에서 퍼져 올라온 유독한 생선 냄새가 남자애들이 자는 추운 구역을 통과해 리놀륨 깔린 홀을 지나 내가 낮에 지내는 창문 없는 사무실로 흘러들어온다는 의미였다. 너무나 독하고 괴로운 그 냄새는 그날 아침 무어헤드에 도착했을 때 옥외 주차장에서도 맡을 수 있었다. 나는 일하러 안으로 들어가기 전에 차 트렁크에 핸드백을 넣고 잠그는 버릇을 들였다. 사무실 뒤편 휴게실에 사물함이 있었지만 나는 직원들을 신뢰하지 않았다. 그지없이 순진했던 스물한 살의 내가 그곳에서 일하기 시작했을 때 아버지가 경고하기를, 교도소에서 가장 위험한 인간들은 범죄자들이 아니라 바로 거기에서 일하는 이들이라고 했다. 나는 그 말이 사실임을 입증할 수 있다. 그게 아마도 아버지가 내게 해준 가장 현명한 말이었을 것이다.

점심 도시락으로 싸 간 것은 버터를 발라 알루미늄포일에 싼 원더브레드 식빵 두 조각과 참치 통조림 하나였다. 금요일이었고 어쨌든 난 지옥에 가고 싶지 않았다. 함께 일하는 사람들에게 최선을 다해 미소 지으며 고개를 꾸벅했다. 둘 다 빳빳하게 고정한 헤어스타일의 끔찍한 중년 여자로, 교도소장이 근처에 있을 때가 아니면 읽고 있던 로맨스 소설에서 좀처럼 고개를 들지 않았다. 그들의 책상에는 캐러멜맛 사탕의 노란 셀로판지 껍질이 널려 있었는데, 둘 다 자기 책상 모서리에 놓인 가짜 크리스털 그릇에 사탕을 보관했다. 사무실의 그 여자들도 나름대로 끔찍했지만, 그 시기 내 삶의 경멸스러운 인물 리스트 가운데 그들의 순위는 낮은 편이었다. 그들과 함께 사무실에서 낮 근무를 할 때는 그다지 괴로운 일을 겪지 않았다. 사무 일을 한다는 건 무어헤드의 어린 주민들이 못되게 굴면 손봐주는 일을 하는 무서운 돼지코 경비원 네다섯 명 중 하나와 교류할 일이 거의 없다는 뜻이었다. 그들은 육군 병장들처럼, 어슬렁거리고 다니는 아이들 다리 뒤쪽을 곤봉으로 때리고, 학생들 사이에서 유행하는 장난처럼 극단적인 목조르기로 아이들을 저지했다. 나는 상황이 아슬아슬해지면 눈을 돌려야 했다. 대개는 시계를 올려다보았다.

밤 근무 경비는 내가 출근하는 여덟시에 일을 마쳤고, 나는 그들을 몰랐지만 피로에 찌든 얼굴들은 기억한다. 한 명은 겅중거리는 멍청이였고, 다른 한 명은 손가락에 담뱃진이 찌든 대머리 재향군인이었다. 그들은 중요하지 않다. 하지만 낮 근무 경비 한 명은 완전히 끝내주는 미남이었다. 커다란 눈은 사냥개 같았고, 옆얼굴 선은 진했지만 젊음 때문에, 그리고 내가 보기엔, 어련하랴만, 왠지 마법 같은 슬픔을 띠는 듯한 분위기 때문에 조금 연해졌으며, 덕테일* 스타일로 높이 빗어넘긴 머리는 윤기로 반짝거렸다. 랜디였다. 나는 책상에 앉아 그를 바라보는 것을 좋아했다. 그는 사무실과 다른 시설을 연결하는 복도에 앉아 있었다. 풀 먹인 기본 회색 제복을 입고 기름을 잘 먹인 모터사이클 부츠를 신었으며 묵직한 열쇠 뭉치를 벨트 고리에 끼우고 다녔다. 그는 등받이 없는 의자에 한쪽 엉덩이를 걸치고 다른 한쪽은 바깥으로 뺀 채 발을 대롱거리며 앉는 습관이 있었는데, 그러면 그의 사타구니가 쟁반에 올려져 내 눈앞에 바쳐진 것처럼 훤히 보였다. 나는 그가 좋아할 유형이 아니었고 나도 그 점을 알았다. 그래서 겉으로는 아닌 척했겠지만 마음이 쓰라렸다. 그가 좋아할 유형은 예쁘고 다리가 길고 입술이 불룩하며 아마도 금발일 테

* 양옆의 머리를 빗어넘겨 뒤통수에서 맞닿게 하는 머리 모양.

지, 나는 추측했다. 그렇긴 해도 꿈은 꿀 수 있었다. 그가 만화책을 한 장씩 넘길 때마다 이두박근이 꿈틀하고 치솟는 모습을 몇 시간 동안 바라보았다. 지금 그 남자를 상상하면, 이쑤시개를 입에 넣고 휙휙 돌리던 모습이 떠오른다. 아름다웠다. 한 편의 시였다. 한번은 조마조마하며 우스꽝스러운 꼴로 그에게 겨울에 반소매 셔츠만 입고 있으면 춥지 않느냐고 물은 적이 있다. 그는 어깨를 으쓱했다. 깊은 물은 고요히 흐르는 법이다, 나는 혼미해진 정신으로 그렇게 생각했다. 공상은 부질없는 짓이었지만, 언젠가 그가 내 다락방 창문에 돌을 던질 것이고, 집 앞에 대놓은 오토바이가 뿜어대는 연기가 온 동네를 진창으로 녹여버릴 거라는 상상을 물리칠 수 없었다. 나는 그런 종류의 일에 면역되지 않은 사람이었다.

나는 커피를 안 마시는데도—마시면 어지러워서—커피 주전자가 있는 구석으로 걸어갔는데, 그 위쪽 벽에 거울이 걸려 있었기 때문이다. 거울에 비친 내 얼굴을 보면 정말로 마음이 편해졌다. 비록 온 마음을 다해 내 얼굴을 싫어했지만. 자기집착이 강한 사람의 삶이란 그런 식이다. 내가 아름답지 않다는 고통으로 몸부림친 시간은 지금도 인정하기 싫을 정도로 길었다. 나는 눈에서 눈곱을 떼어내고 크림을 한 컵 따른 후 설탕과 내 책상 서랍에 보관하는 카네이션 맥아유로 단맛을 더했다. 이 이상한 칵테일을 두고 뭐라고 하는 사람은 아무도 없었다. 그 사무실에서 나를 눈여겨보는 사람은 전혀 없었다. 사무실 여자들은 둘 다 시큰둥하고 쌀쌀맞고 배타적이었다. 그때 나는 그 여자들이 비밀스럽게 동성애를 즐기는 건 아닐까 의심했다. 당시에는 그런 성향에 대해 점점 많은 사람들이 신경을 썼고, 그곳 소도시 사람들도 문제 있는 '잠재적 동성애자'가 돌아다니고 있진 않을까 경계했다. 꼭 비난하려는 의도로 사무실 여자들을 그렇게 의심한 건 아니었다. 그들이 저녁마다 쓰라리고 외로운 마음으로 각자의 역겨운 남편들이 있는 집으로 돌아가는 걸 상상하면 조금이나마 연민을 느끼는 데 도움이 되었다. 반면, 블라우스를 열어젖힌 채 서로의 브래지어에 손을 넣고 다리를 벌리고 있는 그들을 생각하면 토할 것 같았다.

공공 도서관에서 발견한 어느 책에는 링컨, 베토벤, 아이작 뉴턴 경 같은 인물의 사후 얼굴을 본뜬 석고상 사진이 별도의 지면에 짧게 실려 있었다. 진짜 시체를 본 적 있다면 사람들이 그런 만족스러운 미소, 그런 텅 빈 표정을 띠고 죽지 않는다는 사실을 알 것이다. 하지만 나는 거울을 보며 그 석고상을 본보기삼아, 죽은 남자들의 얼굴에서 본 대로 온화한 탄력의 분위기를 유지한 채 얼굴을 이완하려고 열심히 연습했다. 이 얘기를 하는 이유는 그게 내가 직장에서 짓는 표정, 내 데스마스크였기 때문이다.

나는 어렸기 때문에 끔찍하게 예민했으며, 그런 사실을 절대로 내색하지 않으려 했다. 그곳, 무어헤드의 현실로부터 나 자신을 굳건히 했다. 그래야 했다. 비참함과 수치심에 휩싸였지만 한 번도 울면서 화장실로 달려가지 않았다. 그날 아침 늦게, 재소자 아이들이 공부와 여가활동을 하는 복합 공간 안에 위치한 교도소장 사무실에 우편물을 전달하러 가던 길이었다. 나는 경비 한 명—멀베이니인지, 멀루니인지, 아니면 머호니인지, 다들 똑같아 보였다—이 자기 앞에 무릎을 꿇고 앉은 아이의 귀를 비틀고 있는 그 곁을 지나갔다. "네가 특별하다고 생각해?" 그가 물었다. "바닥에 먼지 보여? 넌 타일 사이에 낀 그 먼지 한 점보다 하찮아." 그는 앞코에 금속이 덧대어 있고 사람을 때려죽일 수도 있을 만큼 단단하고 크기도 큰 자기 부츠에 아이의 머리를 눌러 얼굴을 박게 했다. 그리고 말했다. "핥아." 나는 아이의 입술이 벌어지는 모습을 보고 고개를 돌렸다.

교도소장의 비서는 어찌나 눈빛이 차갑고 몸집이 비대한지, 숨도 안 쉬고 심장도 뛰지 않는 사람 같았다. 그 여자가 살아 있음을 드러내는 유일한 순간은 손가락이 입술로 올라가고 흐릿한 보라색 혀가 일 센티미터 정도 나와 손끝을 적시는 때였다. 비서는 내가 건넨 자루에 든 봉투들을 기계적으로 넘겨서 본 후 등을 돌렸다. 나는 일이 분 정도 더 어슬렁거리면서 그녀의 책상 옆에 걸린 달력의 날짜를 세는 척했다. “크리스마스까지 닷새 남았네요.” 나는 쾌활해 보이려 애쓰며 말했다.

“주님을 찬양하세.” 그녀가 대답했다.

가끔 무어헤드와 그곳의 가소로운 국친주의 신조를 떠올리면 진저리가 난다. 무어헤드의 소년들은 전부 너무 어려서 어린아이에 불과했다. 당시에 그애들을 무서워했던 이유는 다들 나를 좋아하지 않고 내게서 매력을 못 느낀다고 생각해서였다. 그래서 나는 그애들을 바보나 야생동물쯤으로 무시해버리려 했다. 개중 몇몇은 다 자라서 키가 크고 잘생겼다. 나는 그런 남자아이들에게도 면역되지 않은 사람이었다.

다시 내 책상에 돌아왔을 때, 곰곰이 생각해볼 만한 거리는 많았다. 때는 1964년이었고 너무 많은 일들이 조짐을 나타냈다. 사방에서 뭔가 철거되거나 새로 지어지고 있었다. 하지만 나는 대부분 나 자신과 내 비참한 처지만을 곰곰이 생각하면서 컵에 담긴 펜들을 정리하고 탁상 달력 날짜에 가위표를 그었다. 시계 초침이 멈칫 떨리다 앞으로 훅 나가는 모양이, 처음에는 불안해서 겁먹었다가 절망으로부터 힘을 얻어 절벽에서 뛰어내렸으나 결국 공중에 대롱대롱 매달리고 만 사람 같았다. 정신이 여기저기 배회했다. 내 정신은 다른 어디보다도 랜디에게 가고 싶어했다. 그주 금요일에 주급을 받았을 때 나는 봉투를 접어 가슴 안쪽에 집어넣었다. 가슴이라고 할 것도 없는 그것은 면 속옷과 블라우스와 모직 재킷의 여러 겹 아래에 숨긴 조그맣고 단단한 몽우리에 불과했다. 나는 여전히 사람들이 나를 볼 때 옷을 뚫고 안을 볼 수 있을 거라는 사춘기적 두려움을 떨치지 못했다. 내 알몸을 두고 환상을 품은 사람은 없었던 것 같지만, 그래도 누군가의 눈이 아래로 향하면 나는 그들이 내 지하 세계를 조사하고 있을 거라고, 어떤 식으로든 단단히 봉해진 저 아래 다리 사이 복잡하고 황당한 주름들과 동굴들을 해독하고 있을 거라고 걱정했다. 나는 언제나 내 주름들과 동굴들을 보호했다. 아직 경험이 없었다, 당연하게도.

그렇게 얌전을 떨었던 것이 그 나름의 역할을 해서 언니의 어려운 삶으로부터 나를 구해주었다고 생각한다. 언니는 결코 경험이 없지 않았고, 소도시 몇 개 너머에서 남편이 아닌 남자와 함께 살았다. "창녀," 어머니는 언니를 그렇게 불렀다. 언니 조우니는 굉장히 상냥한 사람이었던 것 같지만 그 명랑하고 소녀 같은 외양 아래에는 컴컴하고 게걸스러운 구석이 있었다. 언젠가 언니는 내게 이렇게 말했다. 아침에 자고 일어나면 남자친구 클리프가 자기를 "맛보는" 걸 좋아한다고. 혼란스럽게 일그러졌던 내 얼굴이 무슨 말인지 깨달은 뒤 벌겋고 차갑게 변하자 언니는 웃었다. "재미있지 않니? 끝내주지?" 언니는 킥킥거렸다. 언니를 무척, 그래, 부러워했지만 절대로 내색하지 않았다. 언니가 가진 것을 정말로 원하지는 않았다. 남자들, 소년들, 그중 하나와 성교할 가망, 그런 건 우스꽝스러웠다. 내가 가장 갈구한 건 말없는 연애였다. 하지만 그것조차 두려웠다. 랜디와 다른 몇 사람들에게 반한 적은 있어도, 뭔가로 발전한 적은 없다. 아, 내 불쌍한 지하 세계, 두꺼운 면 팬티와 어머니가 입었던 꽉 조이는 낡은 거들로 기저귀 찬 아기처럼 단단히 싸인 그곳. 내가 립스틱을 바른 건 멋을 부리기 위해서가 아니라 맨입술 색깔이 젖꼭지 색깔과 똑같기 때문이었다. 스물네 살의 나는 내 알몸에 대한 상상을 거들어줄 그 어떤 것도 드러내지 않으려 했다. 한편, 대부분의 젊은 여자들은 나와 반대되는 노력에 여념이 없는 것 같았다.

그날 교도소에서는 파티가 열렸다. 닥터 프라이가 은퇴하는 날이었다. 교도소의 정신과 의사로서 수십 년 동안 아이들에게 엄청난 양의 안정제를 조금씩 조금씩 투여하는 일을 관장해온 굉장히 나이 많은 남자였다. 아마도 팔십대쯤 되었을 것이다. 나 자신도 이젠 늙었지만 젊었을 때는 나이 많은 사람들을 정말로 좋아하지 않았다. 그들의 존재 자체가 나를 망가뜨리는 느낌이 들었다. 닥터 프라이가 떠나든 말든, 나는 손톱만큼도 관심이 없었다. 그에게 보낼 카드가 내 책상을 지날 때 나는 손목을 비꼬듯 높이 꺾고서 여학생이 쓴 듯 정확한 필기체로 "안녕히"라고 적고 서명했다. 내 기억에, 카드 앞면에는 석양을 향해 말을 타고 달려가는 카우보이를 검은 잉크로 그린 그림이 있었다. 맙소사. 닥터 프라이는 무어헤드에서 일하는 동안 가끔 가족 면회를 참관하러 왔다. 가족 면회는 내가 날마다 관리하는 행사여서 열린 면회실 문가에 서 있는 그의 모습을 보곤 했다. 그는 고개를 끄덕이고 껌을 딱딱 씹으며 음, 음, 해대다가 이따금 덜덜 떨리는 긴 손가락을 들고 끼어들어 아이에게 등을 똑바로 세우고 앉으라거나 질문에 대답하라거나 사과하라는 둥 지적질을 했다. 그리고 단 한 번도 "안녕하세요"라거나 "어떻게 지내요, 미스 던롭?" 같은 말을 한 적이 없었다. 나는 안 보이는 사람이었다. 가구였다. 점심시간 후—생각해보니 그때 그 참치 통조림을 안 먹고 사물함에 두고 온 것 같다—에 커피와 케이크를 놓고 닥터 프라이에게 작별인사를 하자고 직원들 모두를 구내식당으로 불렀지만 나는 참석을 거부했다. 책상에 앉아 아무런 하는 일 없이 시계만 바라보았다. 어느 순간 속옷 안이 근질거렸고 아무도 보는 사람이 없었기에 치마 속에 손을 넣어 긁으려고 했다. 어찌나 꽁꽁 싸였는지 내 지하 세계는 긁기가 힘들었다. 그래서 치마 앞쪽으로 손을 넣어 거들 아래 속옷 안으로 들어갔고, 근질거림이 해소되자 손가락을 꺼내서 냄새를 맡았다. 손가락 냄새를 맡는 건, 내 생각엔, 자연스러운 호기심이다. 나중에 일과가 끝났을 때, 문밖으로 나가는 닥터 프라이에게 은퇴 축하인사를 하며 내민 것은 아직 씻지 않은 바로 그 손가락들이었다.

무어헤드라는 직장이 세상으로부터 바람막이가 되어주었다고 말할 생각은 없다. 하지만 고립된 삶을 살게 한 건 사실이다. 바깥출입을 거의 하지 않았다. 내가 살고 자란 소도시—그곳을 X빌이라고 부르겠다—에는 좋은 동네와 나쁜 동네를 가르는 기찻길 같은 건 없었다. 하지만 더 거친 동네는 있었다. 바다에 좀 더 가까운 그곳에서 블루칼라 노동자들이나 처지가 곤란한 사람들이 살았는데, 마당에 아이들 장난감과 쓰레기가 어지럽게 널린 허름한 집들을 두어 번쯤 차 타고 지나간 적 있었다. 길에 나와 있는 사람들, 쓸쓸하고 성나 있고 만사에 무관심한 그들을 보면 나는 기쁘고, 두렵고, 그만큼 가난하지 않아서 수치스러웠다. 반면 우리 동네의 거리는 모두 깔끔한 가로수길이었으며, 자부심과 애정과 시민적 질서 감각으로 집을 사랑하고 가꾸는 사람들을 보면 그토록 너저분하고 망가지고 칙칙한 내가 수치스러웠다. 세상에 나와 같은 이들, 다들 흔히 하는 말대로 '어울리지' 못하는 사람들이 있다는 사실을 나는 몰랐다. 게다가 소외되고 총명한 젊은이들이 으레 그렇듯 나는 내가 살아 있다는 것, 지구라는 이 이상한 행성의 생물체로 존재한다는 것의 기이함을 의식 또는 인식하는 유일한 사람이라고 생각했다. 〈트와일라이트 존〉*이라는 방송에서 무표정 아래에 감춰진 착란 상태를 다룬 걸 본 적이 있는데, X빌에서 내가 느낀 것과 비슷했다. 굉장히 쓸쓸했다.

벽돌 건물과 담쟁이로 가득한 보스턴은 저 바깥 어딘가에 지적인 생명체가, 자의로 살아가는 젊은이들이 있을 거라는 희망을 주었다. 자유는 그리 멀리 있지 않았다. 그때까지 딱 한 번 그곳에 가봤는데, 어머니가 죽어가고 있을 때 함께 의사를 만나러 간 길이었다. 의사는 어머니를 치료하진 못했지만 '편안하게' 해줄 약만은 처방해주었다. 그때는 그런 나들이가 멋진 일로 느껴졌다. 맞다, 난 스물네 살이었다. 성인이었다. 원한다면 어디든 차로 갈 수 있었을 거라고 당신은 생각할 것이다. 실제로 X빌에서 보낸 마지막 여름에는 유독 오래가던 아버지의 폭음 기간 끝무렵에 바닷가로 여행을 떠나기도 했다. 차 연료가 바닥나 집에서 한 시간 거리의 시골길에 발이 묶였는데, 늙수그레한 여자가 차를 세우더니 내게 1달러를 주고 주유소까지 태워주며 "다음에는 미리 계획을 세우라"고 말했다. 운전대를 잡은 여자의 이중턱이 현명하게 씰룩거렸던 기억이 난다. 시골 여자였는데, 난 그녀

* 〈환상특급〉이라는 별칭으로 알려진, 환상 및 미스터리를 다룬 TV 프로그램.

가 존경스러웠다. 바로 그때부터 문제—그 문제란 X빌에서의 내 삶—의 해법은 뉴욕에 있다고 점차 확신하게 되면서 내 외모에 대한 공상이 시작되었다.

이런 생각은 그때도 클리셰였고 지금도 클리셰이지만, 라디오에서 〈헬로, 돌리!〉를 듣고 나니, 하숙집 방값을 들고 맨해튼에 가기만 하면 내 쪽에서 머리 아프게 생각하지 않아도 저절로 미래가 펼쳐질 것만 같았다. 헛된 공상에 불과했지만 나는 최선을 다해 그 꿈을 키웠다. 돈을 모아 다락방에 현금으로 숨겨두기 시작했다. 나는 X빌 경찰서에서 매달 초에 보내주는 아버지의 연금 수표를 X빌 은행에 예치하는 일을 도맡고 있었다. 만약 차를 산다고 거짓말하면, 나를 어머니 이름인 미시즈 던롭으로 부르는 행원들이 아무 문제 없이 던롭 가족의 계좌를 비워 100달러 지폐들이 든 봉투를 내줄 거라고 생각했다.

X빌을 떠나고 싶은 내 마음을 다른 누구와도 얘기한 적 없었다. 하지만 몇 번인가 가장 암담한 순간—나는 기분 변화가 굉장히 심했다—에 차를 몰고 다리 밑으로 떨어지고 싶은 충동을 느끼거나, 어느 아침에 그랬던 것처럼 차문에 손을 넣고 쾅 닫고 싶은 생각이 들었을 때, 딱 한 번만 닥터 프라이의 소파에 누워 마치 추락한 영웅처럼, 내 인생을 도저히 참을 수가 없다고 고백한다면 얼마나 위안이 될까 상상했다. 하지만 사실 내 인생은 참

을 만했다. 결국 참아내고 있었으니까. 어쨌거나 그 젊은 아일린이라면 아버지가 아닌 다른 남자가 있는 데서는 절대로 드러눕지 않을 것이다. 그녀의 조그만 가슴이 위로 불룩 솟는 걸 막을 수 없을 테니. 그때 나는 자그맣고 말랐는데도 내가 뚱뚱하다고, 내 살을 주체할 수 없다고 믿었다. 복도를 따라 걷고 있으면 가슴과 허벅지가 이리저리 육감적으로 출렁거리는 게 느껴졌다. 내 모든 것이 너무 거대하고 역겹다고 생각했고, 그런 면에서 나는 좀 미쳐 있었다. 그런 망상 때문에 크나큰 고통과 혼란을 겪었다. 지금은 웃어넘기지만, 당시에 나는 엄청난 비애를 품고 살았다.

물론 교도소 사무실에서 나와 내 비애, 혹은 내 가슴에 관심 있는 사람은 아무도 없었다. 어머니가 돌아가시고 무어헤드에 출근했을 때, 미시즈 스티븐스와 미시즈 머리는 나를 멀리했다. 위로의 말 한마디 없었고, 친절한 표정이나 심지어 측은한 표정도 없었다. 그들은 내가 본 중 가장 모성애가 없는 여자들이었고, 그런 만큼 교도소의 자기들 자리에 아주 잘 맞았다. 그 여자들이 당신의 상상만큼 가혹하거나 엄격하지는 않았을 것이다. 그저 나태하고 교양 없는, 완전한 게으름뱅이들이었다. 나는 그 여자들도 나처럼 따분했을 거라고 상상하는데, 다른 점이라면 그들은 설탕과 싸구려 잡화점에서 파는 페이퍼백 소설에 탐닉했고, 도넛을 먹고 손가락을 빨거나, 트림하거나, 한숨 쉬거나, 신음하기를 꺼리지 않았다. 그때 떠올렸던 그들의 섹스 체위가 아직도 기억난다. 내 상상 속에서 그 여자들은 상대의 음부에 얼굴을 대고 캐러멜맛 사탕으로 얼룩진 혀를 내밀며 서로 냄새난다고 비웃었다. 그 모습을 상상하면 어떤 만족감이 들었다. 아마도 내가 그들에 비해 고귀하다는 느낌이었을 것이다. 전화를 받을 때, 그 여자들은 말 그대로 손으로 코를 막으며 징징거리는 고음으로 말했다. 아마도 재미삼아 그랬을 것이다. 아니면 내가 잘못 기억하고 있거나. 어찌되었든, 그 여자들은 예의가 없었다.

"아일린, 새로 온 애 파일 좀 가져와. 그 애새끼, 이름이 뭐더라." 미시즈 머리가 말했다.

"그 상처 딱지 난 애?" 미시즈 스티븐스가 입안에서 캐러멜맛 사탕을 달각달각 굴리면서 말하며 침을 튀겼다. "성은 브라운, 이름은 토드. 진짜로 여기 애들은 해가 갈수록 더 못생겨지고 멍청해진다니까."

"함부로 말하지 마, 노리스. 아일린이 언젠가 그중 하나랑 결혼할 것 같으니까."

"사실이야, 아일린? 시간이 얼마 안 남아서 그러니?"

미시즈 스티븐스는 항상 자기 딸 자랑을 했다. 나와 동창인 키가 크고 입술이 얇은 여자애인데, 고등학교 야구 코치랑 결혼해서 볼티모어로 이사했다.

"언젠간 너도 우리처럼 늙어." 미시즈 스티븐스가 말했다.

"너 스웨터 거꾸로 입었다, 아일린." 미시즈 머리가 말했다. 나는 확인하려고 옷깃을 잡아당겼다. "아니, 아닐 수도 있고. 넌 너무 절벽이라서 내가 어느 쪽을 보고 있는지 구분이 안 돼. 가슴인지 등인지." 그 여자들은 계속 그런 식으로 말했다. 끔찍했다.

나 역시 그들만큼 예의가 없었던 것 같다. 나는 지독하게 침울하고 솔직했으며 무뚝뚝했다. 그렇지 않을 때는 잔뜩 긴장하고 어색하게 쾌활해서 신경을 거슬리게 했다. "하하," 나는 말했다. "오는지, 가는지, 그게 저예요. 절벽." 나는 사람들과 관계를 맺는 방법, 더욱이 자신을 변호하는 방법은 배운 적이 없었다. 차라리 가만히 앉아서 조용히 분개하는 편이 나았다. 어렸을 때도 말없는 아이였고, 앞니가 돌출될 정도로 오래 엄지손가락을 빠는 그런 유형이었다. 앞니가 너무 심하게 돌출되지 않은 건 다행이었다. 그래도, 당연히, 내 입이 말처럼 생겨 추하다고 생각했고, 좀처럼 웃지 않았다. 정말로 웃을 때는 윗입술이 말려올라가지 않도록 극도로 조심했는데, 대단한 억제와 자의식과 자기통제가 필요한 일이었다. 그 입술을 단련시키려고 얼마나 오랜 시간을 들였는지, 믿을 수 없을 것이다. 나는 진심으로 내 입안을 축축하게 갈라진 살의 주름들과 동굴들로 이루어진 아주 은밀한 부위와 같이 여겼으므로, 누군가에게 그 안을 보이는 건 다리를 벌리는 것만큼이나 나쁜 일이었다. 당시 사람들은 지금 우리만큼 껌을 많이 씹지 않았다. 그런 건 애들이나 하는 짓으로 여겼다. 그래서 나는 사물함에 리스테린 한 병을 놔두고 자주 입을 헹궜으며, 때로는 화장실까지 가기 전에 입을 벌려 말을 해야 할 것 같으면 꿀꺽 마셔버리기도 했다. 내가 입냄새를 풍긴다거나, 내 몸속에서 그 어떤 생물적 과정이 진행되고 있다고, 누구라도 그렇게 생각하기를 원치 않았다. 숨을 쉬어야 한다는 것 자체가 창피했다. 나는 그런 여자였다.

사물함에는 리스테린 말고도 달콤한 베르무트 한 병과 민트 초콜릿 한 통을 항상 놔두었다. 민트 초콜릿은 X빌에 있는 드러그스토어에서 정기적으로 훔쳤다. 나는 물건을 낚아채 소매 안에 감추는 정교한 재주를 타고난 기가 막힌 좀도둑이었다. 커다란 코트를 입고 사탕이 진열된 곳을 느긋하게 돌아다니는 나를 점원들이나 주인들은 무척 기이하게 여겼을 테지만, 데스마스크가 내 희열과 공포를 감춰 여러 번 곤경에서 날 구해주었다. 교도소의 면회 시간이 시작되기 전, 나는 베르무트를 쭉 들이켜고 민트 초콜릿 한 줌을 입에 털어넣었다. 이미 여러 해가 지났는데도, 재소자 아이들의 고통받는 어머니들을 맞으려면 신경이 날카로워졌다. 면회자들에게 장부에 서명하고 복도로 나가 주황색

플라스틱 주형 의자에 앉아 기다리라고 말하는 것은 끔찍하게 지루한 내 업무들 가운데 하나였다. 무어헤드에는 면회를 한 번에 한 건만 진행한다는 정신 나간 규칙이 있었다. 직원 수가 적고 시설이 좁아서 그랬을 것이다. 이유야 어찌되었든 그로 인해 어머니들이 몇 시간을 앉아서 기다리며 울고, 다리를 떨고, 코를 풀고, 불평하는 동안 끝나지 않을 것 같은 고난의 분위기가 형성되었다. 나 자신의 힘든 감정을 떨쳐내려는 시도로서, 나는 의미 없는 설문지를 만들어 등사기로 인쇄한 다음 클립보드에 끼워서 가장 안달하는 어머니들에게 건넸다. 설문지에 답하는 행위가 그 여자들에게 자신이 중요한 사람이라는 느낌을 주고, 자신의 삶과 견해에 존중과 호기심을 유발할 가치가 있다는 환상을 일으킬 거라고 생각했다. 내가 거기에 실은 질문들은 예컨대 이런 것들이었다. "차에 얼마나 자주 주유를 하나요?" "십 년 후 당신의 모습은 어떨까요?" "TV를 즐겨 봅니까? 그렇다면 어떤 프로그램을 좋아하나요?" 어머니들은 성가신 일을 당하는 척했지만 대개는 처리할 일이 생겨서 좋아했다. 그들이 무슨 설문지냐고 물으면 나는 '주 정부 설문조사'라고 답하며 익명을 원하면 이름을 쓰지 않아도 된다고 말했다. 그러는 사람은 없었다. 그들은 면회자 장부보다 이 설문지에 더 똑똑히 이름을 썼고, 내 마음이 아플 정도로 순진하게 답했다. "매주 금요일에 한 번." "나는 건강하고 행복할 것이고 내 아이들은 성공할 것이다." "제리 루이스."

개별 재소자에 관한 보고서와 진술서와 기타 서류들이 꽉 찬 문서 보관함을 관리하는 것도 내 일이었다. 재소자 아이들은 형기가 끝나거나 열여덟 살이 될 때까지 무어헤드에 머물렀다. 교도소에서 일하는 동안 본 가장 어린 소년은 아홉 살이었다. 교도소장은 가장 큰—키가 크거나, 뚱뚱하거나, 둘 다인—아이들, 특히 말썽을 일으키는 아이들에게 성인 남자 교도소로 미리 보내버리겠다고 위협하기를 좋아했다. "여기가 험하다고 생각하나, 애송이?" 그는 말했다. "너희 중 누구든 주립 교도소에서 하루만 지내도 몇 주 내내 피를 흘릴걸."

무어헤드의 재소자들은 상황을 감안하면 사실 착한 아이들 같았다. 우리 중 누구라도 그애들과 같은 처지라면 성질 더럽고 불만 가득할 것이다. 그애들은 아이들이 마땅히 할 만한 것들, 춤, 노래, 손짓, 큰 소리 대화, 음악 듣기, 허락 없이 드러눕기 같은 걸 대부분 금지당했다. 나는 어느 재소자와도 얘기해본 적은 없지만 그애들에 대해 속속들이 알았다. 신상 서류와 범죄 명세, 경찰 기록, 자백 내용 등을 읽는 것을 좋아했다. 펜으로 택시 기사의 귀를 찌른 아이도 있었던 걸로 기억한다. X빌에서 나고 자란 아이들은 거의 없었다. 주 전역에서 온 그애들은 매사추세츠 최고의 어린 절도범, 기물 파손범, 강간범, 유괴범, 방화범, 살인범 들이었다. 그중 다수가 고아나 가출 청소년이었고, 거칠고 억셌으며, 태연하게 건들거리며 걸었다. 나머지는 보통 가정의 아이들로서, 더 길들여지고 예민한 태도에 겁쟁이 같은 걸음걸이였다. 나는 거친 아이들이 더 좋았다. 더 매력적으로 느껴졌다. 그리고 그애들의 범죄가 훨씬 정상적인 것 같았다. 오히려 좋은 집안 아이들이 더욱 변태 같고 정말로 비뚤어진 범죄를 저질렀다. 갓난 여동생을 목 졸라 죽이고, 이웃집 개에게 불을 붙이고, 성직자를 독살하는 등등. 대단히 흥미로웠다. 하지만 몇 년이 지나고 나자 그런 범죄도 다 구식이 되었다.

내가 이 특정한 금요일 오후를 기억하는 이유는 젊은 여자가 가해자—강간범일 거라고 나는 추측했다—를 만나러 왔기 때문이다. 고통에 퇴색된 화려함을 풍기는 예쁜 여자였는데, 당시의 나는 매력적인 여자들이라면 하나같이 문란하고 야한 쉬운 여자, 창녀, 걸레라고 생각했다. 그런 방문은 물론 엄격히 금지되어 있었고, 재소자 면회가 허용되는 건 가까운 일가친척뿐이었다. 친족이 우리가 사용한 단어였다. 그 여자에게도 설명했지만 한사코 남자를 만나겠다고 했다. 처음에는 굉장히 침착해 보여서, 무슨 말을 할지 미리 연습해 온 것 같았다. 어찌 그렇게 뻔뻔할 수 있었는지 믿을 순 없지만, 나는 데스마스크를 쓴 채 여자에게 그 남자의 친족이 되겠다고 주장하는 거냐고 물었다. "둘이 결혼 약속을 했다고 말하려는 건가요?"가 내 질문이었다. 내가 그렇게 묻자 여자는 넋을 잃은 것 같았고, 클립보드와 설문지를 들고 훌쩍거리는 어머니들에게로 돌아서서 욕설을 내뱉더니 면회자 장부를 바닥에 내던졌다. 그 여자에게 왜 그리 냉정했는지는 나도 모르겠다. 질투가 났던 것 같기도 하다. 어쨌거나 나를 강간하려 한 사람은 아무도 없었으니까. 첫경험은 강제로 당하게 될 거라고 늘 그렇게 생각했다. 물론 감정이 풍부하고 다정하고 잘생긴, 그리고 남몰래 나를 사랑하는 남자에게만. 이상적으로는, 랜디. 여자가 가고 나자 시간이 생겨 그 강간범의 서류를 꺼냈다. 사진에는 여드름투성이에 멍한 눈을 한 흑인 남자애가 있었다. 범죄 기록에는 이웃집 빨랫줄에서 세탁물을 훔친 일, 마리화나를 피운 일, 차량을 파손한 일이 포함되어 있었다. 그렇게 나쁜 아이 같지는 않았다.

내 면회 업무의 다른 일부는 어떤 아이들을 면회실로 불러야 할지 경비들에게 한 명씩 차례로 알려주는 것이었다. 가장 또렷하게 기억나는 경비 두 명은 물론 랜디, 그리고 제임스였다. 제임스는 틀림없이 뇌손상이나 일종의 신경증을 앓고 있었으리라는 생각이 든다. 항상 안절부절못했고 끊임없이 땀을 흘렸으며 누군가 옆에 있으면 심하게 불편해하는 것 같았다. 그에게 일이 굉장히 힘들어지는 때는 재소자 아이들과 소통해야 하거나 우는 어머니들 앞에 나서야 할 때였다. 혼자 있을 때는 너무 세게 잡아당긴 새총처럼 불길해 보이는 부동자세를 유지했다. 복도 경비를 설 차례가 되면 한 번에 몇 시간씩 그렇게 뻣뻣하게, 곧 폭발할 듯이 앉아 있는 것 같았다. 돌이켜보면 터무니없는 인력 낭비였는데, 복도 저편 아래쪽 주거시설로 들어가는 문 옆에 다른 경비 하나가 앉아 있었기 때문이다. 그곳은 그때 우리가 뭐라고 불렀든, 아이들이 생활하고 자고 서성이고 성경을 읽고, 아무튼 그애들이 하게 되어 있는 일들을 하던 곳이었다.

또 한 가지 터무니없는 일—지금 막 생각이 났다—은 여자 면회자들을 대상으로 하는 보안 검사 업무가 내게 맡겨졌다는 사실이었다. 여자 경비나 교도관이 없어서 그랬던 것 같은데, 내 일은 어머니들의 몸을 수색하며 어깨와 엉덩이를 대충 툭툭 치고 등을 살짝 두드리는 것이었다. 그 처량한 여자들을 툭툭 칠 때, 그때가 내 하루 중 다른 인간과 가장 친밀한 순간이었다. 랜디도 거기에 있었고 대개는 면회실 문가에서 경비를 섰는데, 가끔 나는 그 여자들을 만지며 랜디를 만지고 있다고 상상했다. 그 여자들과 마찬가지로 내 존재를 거의 알아차리지 못하는 랜디를. 나는 불안스럽게 허공을 휙휙 지나는 손 두 개에 지나지 않았다. 그들은 모두 수동적이고 회한에 빠진 아주 처량한 여자들로서, 절대로 난폭하지 않았다. 당연히 내 한심한 몸수색으로 그 처량한 어머니들의 치마 주머니에 숨겨진 칼이나 총이나 독이 든 병을 찾아낸 적은 단 한 번도 없었다. 경비들도 별 관심이 없는 듯했다. 남자가 면회를 오는 일은 거의 없었다. 직장 근무 시간 때문이었을 가능성이 크지만 교도소 아이들은 아버지가 없는 경우가 많았던 것 같고, 부분적으로는 그게 문제가 아니었을까 싶다. 모든 게 무척 암울했다.

괴로운 면회 시간 중 괜찮은 부분은 랜디와 가까이 있을 기회가 있다는 점이었다. 그의 독특한 땀냄새가 기억난다. 강하지만 불쾌하지 않았다. 순한 냄새. 그 시절에는 사람들에게서 더 좋은 냄새가 났다. 맞는 말이라고 확신한다. 내 시력은 세월이 지나며 나빠졌지만 후각은 아직도 아주 예리하다. 요즈음 나는 근처에 있는 사람에게서 나쁜 냄새가 나서 억지로 방을 나가거나 멀찍이 떨어져 있을 때가 종종 있다. 땀이나 때 냄새가 아니라, 대개 크림이나 향수로 변장한 사람들의 인공적이고 톡 쏘는 냄새를 말하는 것이다. 그렇게 향수를 진하게 뿌리는 사람들은 신뢰해선 안 된다. 포식자들이다. 서로의 배설물 위에서 뒹구는 개들과 같다. 굉장히 불쾌하다. 대체로 나는 내게서 풍기는 냄새에 편집증적으로 집착하지만—땀냄새가 고약하지는 않은지, 입에서 느끼는 만큼 입냄새도 나쁜 건 아닌지—그래도 향수는 절대로 쓰지 않으며 비누와 로션도 항상 무향을 선호한다. 향수로 숨기려는 악취만큼 남의 주의를 끄는 것도 없다. 아버지와 단둘이 살 때 빨래는 내 소관이었는데, 자연스럽게 내게 상속된 의무였다. 제대로 지킨 적은 거의 없었지만 일단 할라치면 아버지의 더러운 옷에서 나는 냄새가 너무 끔찍해서, 빨래 냄새를 맡고 숨이 막히거나 기침이 나오거나 헛구역질을 한 적이 많았다. 상한 우유 같으면서도 진의 향기가 독하게 배어들어 달착지근했던 그 냄새는 지금 생각만 해도 속이 울렁거린다.

랜디에게서는 전혀 다른, 바다와 같이 톡 쏘고 억세고 따뜻한 냄새가 났다. 그는 굉장히 매력적이었다. 정직한 사람의 향기가 느껴졌다. 미시즈 스티븐스가 해준 얘기인데, 경비들은 모두 주립 교정시설의 취업 사무소를 거쳐 채용되었다. 그러니 다들 전과자였다, 아마도. 모두 몸에 문신이 있었다. 심지어 제임스에게도 하나 있었다. 스와스티카*였던 것 같다. 랜디의 문신은 희미한 여자의 초상이었다. 자기 어머니이기를 나는 바랐다. 무어헤드에서 일한 지 몇 달 안 된 어느 날 이른 아침, 사무실 여자들이 부활절 장식물을 설치하고 있을 때였다. 나는 랜디의 직원 신상 서류를 읽어보았고, 거기에는 그가 청소년기에 저지른 성적인 비

---

* 만자(卍字)무늬.

행이나 무단 침입 등의 범죄들이 기록되어 있었다. 십대 시절에 랜디는 무어헤드의 재소자였고, 그 사실을 알고 나니 그가 더 사랑스럽게 느껴졌다.

당신은 내가 어떤 사람인지 알지 않나. 나는 랜디의 성적 비행 대상이 누구였을지 한참을 궁금해했다. 통금 시간을 어겼거나, 아니면 임신을 해서 부모와 마찰을 일으킨 어린 십대 소녀였을 거라고 추측했다. 랜디는 난폭한 유형 같진 않았지만, 때때로 재소자 아이들을 제지하며 완력을 쓰는 모습을 본 적은 있다. 주먹질을 엄청 잘했겠지, 그렇게 나는 상상했다. 내가 가장 좋아하는 몽상은 이랬다. 내 교대 근무가 끝나는 시간에 맞춰 랜디가 기다렸다가 내 차까지 바래다주겠다고 한다. 내가 주차장의 거무튀튀한 얼음판 위로 걸음을 내딛자 그가 자기 팔을 잡으라고 내밀지만, 나는 거절하고 그는 내팽개쳐진 느낌에 무안해한다. 하지만 그때 내가 얼음 위에서 미끄러지며 아무리 조신한 나라도 어쩔 수 없이 장갑 낀 손으로 그의 굵은 팔을 잡을 수밖에 없고, 그는 내 눈을 그윽이 들여다보는데, 어쩌면 우리는 키스를 할지도 모른다. 아니면 그가 내 어깨를 붙잡고 닷지 쪽으로 몰고 가 성에 낀 창문에 내 얼굴을 누른 후, 치마 속을 더듬어 스타킹과 팬티를 찢고 다리를 만지다 손가락으로 내 동굴과 주름을 느낀다. 그러면서 내 귀에 뜨거운 숨을 불어넣으며 아무 말 없이 몸을 밀착시킨다. 그 환상 속에서 나는 거들을 입지 않았다.

이건 사랑 이야기가 아니다. 하지만 내 이야기의 진짜 스타가 나타나기 전에 랜디에 관해 마지막으로 한 가지만 더 말하겠다. 참 웃긴 건, 사랑이 한 사람에서 다른 사람으로 폴짝 옮겨갈 수 있다는 사실이다, 마치 벼룩처럼. 며칠 뒤 리베카가 나타날 때까지 나를 근근이 살아가게 해준 건 랜디에 대한 끊임없는 생각이었다. 아직도 그의 집 주소가 기억난다. 주말마다 나는 바로 옆 소도시에 있는 그의 집 앞을 지난 다음 닷지 안에 웅크리고 앉아 그가 집에서, 혼자, 자지 않고 깨어 있는지 알아내려 했다. 그가 무엇을 하고 있는지, 무슨 생각을 하는지, 스치듯 한 번이라도 내 생각이 나기는 하는지 알고 싶었다. 뜻하지 않게 몇 번인가 X빌에서 메인 스트리트를 따라 걷고 있던 그와 마주친 적이 있다. 그럴 때마다 장갑 낀 손을 올리고 말을 걸려고 입을 열었지만 그는 내 옆을 한가로이 지나갔다. 가슴이 쑥 꺼져 들어갔다. 언젠가는 그가 나를, 진정한 나를 보고 사랑에 빠질 거다, 나는 속으로 말했다. 그때까지 나는 그저 그리워하고 우울해하며, 그의 손짓과 습관과 표정을 이해하기 위해 할 수 있는 모든 것을 했다. 마치 그런 몸의 언어를 유창하게 익히면 그를 기쁘게 해줄 시간이 왔을 때 도움이 될 것처럼. 그가 말 한 마디 안 해도 괜찮다. 그를 행복하게 해주기 위해서라면 내가 무엇이든 할 생각이었다.

하지만 나는 바보가 아니었다. 랜디가 여자들과 성적인 관계를 가져왔음을 알고 있었다. 그런데도 그가 실제로 교접하는 장면은 상상이 되지 않았다. 교접, 당시에 나는 그것을 머릿속에서 그렇게 불렀다. 아버지의 포르노 잡지에서 그런 사진을 본 적이 있는데도, 벌거벗은 그의 지하 세계는 상상조차 할 수 없었다. 하지만 성교 후의 순간, 그러니까 랜디가 헝클어진 침대 저편의 안 보이는 여자를 향해 무심코 웃는 모습은 상상할 수 있었다. 그 정도로 그를 우러러보았다. 그가 내 쪽을 흘깃 보기만 해도 내 맥박은 몇 시간 동안 내달렸다. 하지만 그 사람 이야기는 이제 그만이다. 그럼 일단 안녕, 랜디, 안녕.

그 금요일에 나는 이런 모습이었다. 닳아빠진 굵은 굽에 칠이 벗어진 금장 버클이 달린 허술한 가짜 악어가죽 로퍼, 내 가느다란 다리를 막대기 또는 인형처럼 보이게 하는 흰색 스타킹, 무릎 아래로 늘어진 푼더분한 노란색 부클레* 치마, 어깨가 각진 회색 모직 재킷과 그 아래 받쳐 입은 흰색 면 블라우스, 조그만 황동색 십자가 목걸이, 치장한 지 며칠쯤 지난 머리. 귀걸이는 하지 않았고 립스틱은 화장품 가게에서 '돌이킬 수 없는 빨강'이라고 부르는 색깔이었다. 그렇게 점잖은 척 모양낸 꼴이며 몹시 어른

* 털실을 꼬아 만들어 표면이 몽글몽글한 직물.

스러운 복장 때문에, 열아홉 살 아이가 곧 예순다섯이 되는 사람 흉내를 낸 것처럼 보였을 테다. 다른 여자들은 내 나이 정도에 이미 결혼해서 아이를 낳고 정착했다. 내가 그 모든 것을 원하지 않았던 거라 말하는 건 지나치게 후한 일이다. 난 그저 그 모든 것을 얻을 수 없었을 뿐이다. 내게는 너무 멀리 있는 것들이었다. 여러모로 보아 나는 순진하고 무심한 집순이였다. 만일 당신이 물었다면 나는 이렇게 말했을 것이다. 사람은 사랑에 빠져야만 잠자리를 할 수 있다고 믿는다고. 누구나 그래야 하는데, 그렇지 않은 사람은 걸레라 생각한다고.

돌이켜보니 랜디를 원하는 내 마음이 그렇게 비현실적인 건 아니었다는 생각이 든다. 둘의 결합이 완전히 말도 안 되진 않았을 것이다. 그는 직장이 있고 건강했으며, 그가 나와 사귀는 것이 완전히 있을 수 없는 일만은 아니었다고, 그렇게 생각한다. 나는 어쨌거나 그의 근처에서 살아 숨쉬는 젊은 여자였으니까. 편집증은 그렇다 치고, 그 당시 내 외모 어딘가가 명백히 보기 흉했던 건 아니었다. 무엇보다 기질적으로 매력이 없었지만 그런 걸 개의치 않는 남자들도 많은 듯하다. 물론 랜디에게는 사귈 만한 다른 여자들이 있었을 것이다. 어떻게든 정말로 그를 낚아챘더라도 난 어째야 할지 몰랐을 것이다. 서른 즈음이 되었을 때, 나는 긴장 푸는 법을 배웠고 거울을 보고 윙크하거나 수많은 애인의 팔에 애교 있게 안길 줄 알게 되었다. 그렇게 삽시간에 조신함이 사라졌다는 사실을 스물네 살의 내가 안다면 충격으로 죽고 말 것이다. 그리고 X빌을 떠나 살이 좀 붙고 몸에 잘 맞는 옷을 사고 난 후에 브로드웨이나 14번가를 걷고 있는 모습을 보았다면 당신은 나를 대학원생이라고, 혹은 모시는 유명 화가의 작품값을 받으러 화랑에 가는 비서라고 생각했을지도 모른다. 내 말뜻은, 내가 본래 매력 없는 사람이 아니었다는 것이다. 나는 그저 눈에 띄지 않았을 뿐이다.

그날 오후 재소자 아이들의 어머니들이 다녀갔다. 다 작성된 설문지 다발이, 수북이 쌓인 죽은 벌레처럼 보이는 반짝이는 캐러멜맛 사탕 껍질 더미와 함께 쓰레기통으로 내던져졌다. "화성에 생명체가 산다고 믿나요?" "주 정부 공무원의 자질 중 가장 중시하는 점은 무엇인가요?" 날마다 나는 꽃잎 끝이 분홍색인 두툼한 죽은 카네이션처럼 립스틱과 콧물이 잔뜩 묻은 화장지 여남은 개를 바닥에서 주웠다. "외국어를 하십니까?" "통조림 콩을 더 좋아하나요, 통조림 당근을 더 좋아하나요?" "담배를 피우십니까?" 종소리가 울렸다. 누군가, 재소자 아이들 가운데 하나가 위중한 처벌을 받을 짓을 했다는 신호였다. 제임스가 등받이 없는 의자에서 일어나 양손을 움켜쥐며 복도를 따라 기계적으로 걸어갔다. 나는 쓰고 버린 화장지를 주먹으로 꽉 뭉쳐서 종이와 사탕 껍질이 든 쓰레기통에 더했다.

"그 쓰레기통 좀 비워, 아일린." 미시즈 스티븐스가 새로운 사탕 상자를 꺼내려고 책상 서랍으로 손을 뻗다가 겨드랑이 너머로 나를 올려다보며 말했다.

"화성에 생명체가 있었다 해도 지금은 죽었다." 어느 어머니가 썼다.

"남자라면 어깨가 넓고 콧수염이 있어야 한다."

"프랑스어 조금."

"콩."

"일주일에 여섯 갑. 때로는 더 많이."

그 금요일에 무어헤드를 나오기 전, 미시즈 스티븐스가 내게 크리스마스트리를 장식하라고 했다. 크리스마스트리가 될 나무는 이제 면회 시간이 끝나 텅 빈 교도소 대기실에 청소부가 끌어다놓았다. 풍성한 소나무였고 솔잎들은 굵고 매끈했으며 근사하게 알싸한 수액향이 공기 중에 감돌았던 것으로 기억한다. 종이를 오려 만든 부활절 토끼와 황금 달걀, 독립기념일 깃발들, 노동절과 전몰장병 추모일 현수막, 추수감사절 칠면조와 호박 같은 계절별 장식물들을 전부 보관하는 벽장이 있었다. 언젠가 핼러윈에 우리는 사무실 문 위에 마늘 화환을 걸었고, 점심 후 모임에서는 「신명기」에 나오는 '하느님이 싫어하시는 가증한 행위들'을 교도소장이 엽기적으로 낭독했다. 우스꽝스러웠다.

크리스마스트리 장식물은 지난해에 내가 놔두었던 그대로, 축 처진 판지 상자에 다시 대충 욱여넣은 상태로 있었다. 반짝이와 금가루로 덮인 금속제 공들은 조각이 떨어지거나 색깔이 바래서 오래된 신문지에 싸여 다시 보관되는 개수가 해마다 점점 줄었지만, 그것들은 멋졌고 내 마음에 갈망을 일으켰다. 나는 크리스마스가 다가오면 언짢은 감정이 일었다. 일 년 중 딱 한 번, 크리스마스가 처방하는 상투적인 자기연민에 도리 없이 빠지고 말았다. 내 삶에 사랑과 온기가 부족한 것을 슬퍼하고, 영화에서처럼 이 비참한 지경에서 나를 휙 건져내 완전히 새로운 삶에 털썩 내려줄 천사를 보내달라고 별들을 바라보며 빌곤 했다. 나는 소위 크리스마스 정신이라는 것에 사족을 못 쓰는 사람이었다. 어렸을 때 나는 고난을 당하고 착해지려고 힘껏 노력하면 칭찬과 보상을 받을 거라고 배웠지만, 해마다 하느님은 내게 강타를 날렸다. 선물도, 기적도, 거룩한 밤도 없었다. 그것 때문에라도 나 자신이 불쌍했다. 장식물 포장을 풀면서 나는 무덤덤한 표정을 지으려고 노력했다. 반짝이는 플라스틱으로 만든 호랑가시나무 화환들에서 강한 소독약 냄새가 났다. 내가 좋아하는 냄새였다. 상자 밑바닥에는 장식용 반짝이와 함께 여러 해 전 크리스마스에 재소자 아이들이 흰 판지로 만든 오래된 눈꽃이 있었는데, 그중에는 아마 이십 년쯤 된 것도 있었을 테다. 종이 눈꽃을 펼치자 얼크러지고 성난 기하학적 무늬들이 경미한 폭력을 행사하듯 튀어나왔다. 그래도 귀퉁이에 옅은 은색 연필로 쓴 이름들은 세심하고 바른 서체였다. 17세 체이니 모리스, 14세 로저 존스 등의 이름이 기억난다. 페인트칠된 대기실의 벽돌 벽에 그것들을 붙여야 했지만, 그전 주에 실밥이 뜯겨 비어져나온 코트 단을 수선하느라 스카치테이프를 다 써버리는 바람에 그 눈꽃들은 나뭇가지 사이에 깊숙이 꽂아놓았다. 거기 있으니 정말 눈처럼 보였다. 나는 장식물 매달기처럼 꼼꼼한 작업을 좋아해서 쉽게 일에 빠져들었다. 그건 좋았다. 동경을 느꼈다. 머리 위로 팔을 뻗어야만 닿는 꼭대기 삼분의 일 정도에 꽂을 장식물은 남겨두었다. 팔을 뻗는다면 내 겨드랑이의 거무스름한 땀 얼룩을 다들 볼 테니. 절대로 안 될 일이다.

"사다리 좀 갖다줄래요?" 나는 자기 자리로 되돌아온 제임스에게 부탁했다.

그의 포마드 냄새—처량한 라놀린 냄새—가 기억난다. 그가 트리 옆에 사다리를 조심스럽게 놓고서 내가 올라가는 동안 잡아주었을 때 맡았던 그 냄새, 머리숱이 줄어가는 이마 위에 이슬처럼 얹혀 있던 땀방울.

"보지 말아요." 나는 그가 감히 내 치마 속을 올려다보지 못할 것을 알면서도 그렇게 말했다. 그는 고개를 끄덕였다. 중요한 사람인 양 굴 기회가 워낙 희귀했으므로 그 대화가 대단히 좋았다.

장식을 마치고 빈 판지 상자를 다시 벽장에 넣고 나자 미시즈 스티븐스가 서류에서 고개를 들었다. 트리는 아름다웠지만—나는 자랑스러웠다—그 여자는 제대로 보지도 않았다. 코에는 슈거파우더를, 스웨터에는 라즈베리잼 얼룩을 묻힌 채, 도저히 예의라고는 없는 그 여자는 사람들이 자기를 어떻게 생각하는지 전혀 개의치 않는 듯했다. 그녀는 수십 년 동안 무어헤드의 사무실 관리자였다.

"아일린," 그녀가 말했다. 사납고도 단조로운 목소리였다. "월요일 공연에서 네가 조명을 맡아. 난 이제 조명 못 해. 하기 싫어."

"좋아요." 나는 말했다.

언젠가 그곳을 떠나기를, 그 여자를 다시 보거나 생각하지 않아도 되기를 소망했고, 그래서 우리의 만남에서 그 여자가 일으킨 역겨움을 마지막 한 방울까지 다 짜내 기억하며 온 힘을 다해 미워하려 했다. 나도 지각이 있는지라 투덜대거나 까탈을 부리지는 않았지만, 마음으로 폭력적인 메시지를 보내려고 애썼다. 그 여자는 아버지에 대한 호의로 나를 고용했다. 지독하게 난처한 일이지만, 난 가끔 실수로 그 여자를 "엄마"라고 부르곤 했다. 그러면 미시즈 스티븐스는 눈을 홉뜨고 비아냥스럽게 장단을 맞췄다. 번들거리는 잇몸을 드러내고 방울진 침을 터트리며 함박웃음을 띤 채로 그 망할 캐러멜맛 사탕을 치아 안쪽에 달각달각 부딪쳐가며 말이다. "물론, 아가야, 너만 행복하다면 뭐든 무슨 상관이겠니."

나는 웃음을 터트리고 목청을 가다듬으며 고쳐 말했다. "미시즈 스티븐스."

그녀는 내가 그토록 미움을 쏟아부을 만한 사람은 아니었을 듯하지만, 당시에 나는 거의 모든 사람을 혐오했다. 그날 밤 차를 몰고 집에 가면서 그 모든 페이즐리 무늬와 회색 모직물 아래의 몸은 어떤 모습일지 상상했던 기억이 난다. 정육점 고리에 매달려 흔들거리는 차가운 돼지 옆구리살—두껍고 끈적하고 주황빛이 도는 비계, 칼질에 마구 잘려나가는 질기고 피도 없고 차가운 살코기—처럼, 여자의 뼈에 걸쳐진 살덩이를 머리에 떠올렸다.

무어헤드에서 X빌까지 이십 분 동안 차를 몰고 지나는 길을 나는 아직도 떠올릴 수 있다. 눈 덮인 넓은 목초지가 길게 이어지고 어두운 숲과 좁은 흙길들을 지나면 집들이 나온다. 처음에는 드문드문 서 있는 농가들을 지나고, 나중에는 더 작고 다닥다닥 붙은 집들, 개중에 흰색 말뚝 울타리를 치거나 검은색 철 기둥을 박기도 한 집들을 지나면 X빌이 나오는데, 언덕 꼭대기에 올라 수평선에서 반짝이는 바다가 보이고 나면 그다음이 집이었다. X빌에서는 물론 편안한 느낌이 들었다. 골든레트리버를 산책시키는 노인, 장 본 식료품 봉지를 차에서 들어올리는 여자를 상상해보라. 사실 그곳에 엄청나게 잘못된 구석은 없었다. 혹시 그곳을 지나간다면 당신은 모든 게 훌륭하다고 생각할 것이다. 모든 것이 굉장했다. 배기관이 고장난 내 차와 귀를 얼얼하게 하는 추위마저도 훌륭하고 굉장했다. 나는 그곳을 혐오했고 사랑했다. 우리집에서 한 블록 떨어진 교차로에서는 건널목 안전요원이 그 구역 초등학교의 아이들을 위해 아침과 오후에 교통정리를 했다. 종종 주인 없는 장갑이나 목도리가 이웃집 울타리 살대 위에 놓여 있었고, 겨울에는 높이 쌓인 눈더미가 분실물 보관소라도 되는 듯 그 위에 펼쳐져 있기도 했다. 그날 밤에는 우리집 진입로 옆 눈더미 위에 남자아이의 니트 모자가 있었다. 나는 가로등 아래에서 그 모자를 살펴보다가 머리에 써봤다. 귀 주변이 단단히 맞닿을 만큼 꽉 조였다. 무언가 말을 해보려다 "랜디" 했더니 목소리가 진동하며 내 안에서 울렸다. 머릿속이 기이할 정도로 고즈넉했다. 차 한 대가 질펀한 눈길을 뚫고 조용히 지나갔다.

현관까지 좁은 마당길을 따라 걸어가는데 도로 건너편에서 차문이 열리고 제복 입은 경찰관이 탁한 얼음판을 건너 내 쪽으로 다가왔다. 바람은 이상할 정도로 잔잔했고 곧 폭풍이 몰려올 것 같았다. 집안에 불이 켜지자 경찰관이 도로 한복판에서 멈췄다.

"미스 던롭." 그가 부르더니 내게 다가오라고 손짓했다. 특이한 일은 아니었다. 나는 X빌 경찰관 대부분을 알았다. 아버지가 그들의 방문을 유도하고자 최선을 다했으니까. 그날 밤 래피 경관이 내게 한 말은, 아버지가 집 현관에서 아이들을 향해 눈뭉치를 던진다고, 학교에서 경찰서에 불만 신고를 했다는 것이었다. 그는 내게 경고장을 전하고 고개 숙여 인사한 후 자기 차로 돌아갔다.

"안으로 들어오셔도 돼요." 그렇게 말하는데 양쪽 귀 사이에서 목소리가 우렁우렁 울렸다. "직접 말씀하실래요?" 나는 경고장을 내밀었다.

"늦었어요." 그는 대답하고서 자기 차 안으로 들어가 무전기를 들었다.

현관문 위에 매달린 고드름들이 내가 없는 사이 몇 인치쯤 더 자라 있었지 싶다. 손을 올려 그중 하나의 끝부분을 만져보곤 뭉툭해서 실망했던 기억이 나는 걸 보면. 원한다면 핸드백을 휘둘러 모두 부러뜨릴 수도 있었다. 하지만 나는 그냥 문을 살살 닫고 신발을 벗었다.

여기가 집이다. 집안 현관에는 진녹색과 파란색 줄무늬 벽지를 바르고 금빛 목재 몰딩을 둘렀다. 그해 여름, 내가 진공청소기를 고장낸 뒤로 계단 카펫을 모두 뜯어냈기 때문에 계단은 맨바닥 상태였다. 실내가 너무 어두워 곳곳을 뒤덮은 먼지는 보이지 않았다. 집안 현관과 거실의 전등들은 다 타서 수명을 다했다. 나는 가끔 한 번씩 아버지가 비운 깡통들과 병들을 모으고, 아버지가 계단 꼭대기에서 읽다가 혹은 읽는 척하다가 한 장씩 내려보내 난간을 따라 항해하다 현관에서 표류하는 어수선한 신문들을 치웠다. 그날 밤에는 신문 몇 장—우리는 〈워싱턴 포스트〉를 봤다—을 홱 집어들어 단단하게 뭉친 다음, 부엌 개수대 앞에 서 있는 아버지의 등에 던졌다.

"안녕, 아빠." 나는 말했다.

"건방진 자식." 아버지는 그렇게 말하고 돌아서서 뭉쳐진 신문지를 바닥 저편으로 걷어찼다. 아버지와 알고 지낸 이십사 년 내내, 아버지가 내게 "안녕" 하고 말하거나 기분이 어떠하냐고 물었던 적은 한 번도 없는 것 같다. 가끔 내가 유독 피곤해 보이는 밤에, "네 애인들은 어떻게 지내냐? 네 남자들은 다들 어떻게 지내?" 하고 물었을 수는 있지만. 난 정말이지 땅콩을 몇 개 먹고 아버지의 불평을 들어주는 정도 이상으로는 부엌 식탁에 앉아 있지 않았다. 우리는, 아버지와 나는, 땅콩을 많이 먹었다. 나는 스토브 불을 쬐며 손을 녹였다. 손가락을 따라 초록색 꽃이 수놓인 얇은 검정 장갑을 끼고 있었던 기억이 난다. 나는 터무니 없는 자기부정에 빠져 제대로 된 겨울 장갑을 사서 끼지 않았다. 하지만 꽃무늬가 있는 그 검정 장갑은 좋아했다. 여자들이 여전히 장갑을 끼던 시절이었고, 그 풍습이 싫지 않았다. 내 손은 피부가 얇고 예민한데다 하여간에 늘 얼음장같이 차가웠다. 난 내 손에 물건이 닿는 게 싫었다.

"새로 끌려온 애들 없었나?" 아버지가 그날 밤에 물었다. "포크네 아들놈은 잘하고 있고?" 바로 얼마 전 뉴스거리가 되었던 포크는 자기 아들에게 살해당한 X빌의 경찰관이었다. 아버지가 아는 사람이었다. 두 사람은 경찰서에서 함께 일했다.

"죗값을 치르고 있죠." 나는 대답했다.

"당해도 싸지." 아버지가 가운에 손을 닦으며 말했다.

스토브 옆 조리대 위에 우편물이 수북이 쌓여 있었다. 그달에는 〈내셔널 지오그래픽〉이 좀 밋밋했다. 몇 년 후 헌책방에서 그것과 같은 호—1964년 12월호—를 발견했고, 여기 내 책들과 서류들 사이 어딘가에 놔두었다. 오십 년이 지났으니 그런 물건이 귀중하다는 생각은 안 들지만, 그 잡지는 내게 신성하게 느껴지며, 내 모든 것이 바뀌기 전의 세상을 순간 포착한 사진과도 같다. 특별한 것은 아니었다. 표지에는 못생긴 흰 새 두 마리가, 아마도 비둘기일 텐데, 무쇠 울타리 위에 앉아 있는 사진이 실려 있고, 그 새들 위로는 높이 솟은 십자가가 아웃포커스로 찍혀 있다. 그 호에는 워싱턴 D.C.의 개략적인 소개와 멕시코와 중동의 이국적인 여행지들이 실려 있다. 그 잡지가 아직 풀과 잉크 냄새를 풍기는 새것이었던 그날 밤, 나는 잠깐 그것을 들췄다가 분홍빛 석양을 배경으로 서 있는 야자수 사진을 보고는 실망해서 식탁 위에 탁 내려놓았다. 인도나 벨라루스 같은 곳, 브라질의 빈민가나 아프리카의 굶주린 아이들에 관한 내용을 읽는 게 더 좋았다.

나는 래피 경관이 준 경고장을 아버지에게 건네고 땅콩을 먹으려고 앉았다. 아버지는 경고장을 자기 눈앞에서 흔들어대다 쓰레기통에 던졌다. "그냥 사람들 보라고 이러는 거야." 아버지가 말했다. 아버지가 겪는 건 가장 효과적인 종류의 망상이었다. 그의 음모론 안에서는 모두에게 어떤 역할이 있었다. 그 무엇도 겉보기와 같지 않았다. 눈앞에 늘 환영이, 어두컴컴한 형체—"악당들," 아버지는 그렇게 불렀다—가 어른거리는데 너무 빨리 움직여서 그림자밖에 안 보인다, 아버지는 말했다. 그놈들이 바깥 현관 밑에 웅크리거나 컴컴한 곳에, 덤불 속에, 나무 위에 숨어서 자기를 지켜보고 비웃는다고. 놈들의 속셈이 뭔지 다 알고 있다는 걸 알려주려고 오늘 낮에 창문 밖으로 눈뭉치 좀 던진 거다, 아버지는 설명했다. 경찰은 수상쩍은 일 따위 일어나지 않은 것처럼 보이려고 경고장을 보낼 수밖에 없었다. 그저 정신없는 노인네의 짓으로 보이게끔.

"놈들이 여기에도 있어." 아버지가 손가락을 휘둘러 집안을 가리키며 말했다. "지하실을 통해 들어오는 게 틀림없어. 제집처럼 활보하고 다니지. 내가 소리를 들었어. 어쩌면 벽 안에서 사는지도 몰라, 쥐들처럼." 아버지가 말했다. "소리가 실제로 쥐랑 똑같아. 검은 유령들." 아버지는 그들에게 밤낮으로 괴롭힘을 당했고, 유일하게 기댈 곳은 물론 술이었다. 아버지는 식탁에 앉았다. "폭력배들이 보낸 자들이지." 어련하실까. "경찰이 왜 항상 여기에 있는 것 같냐? 날 보호하려고 그러는 거야. 내가 이 도시를 위해 얼마나 많은 일을 했는데?"

"취하셨어요." 내가 딱 잘라서 말했다.

"몇 년째 난 취한 적이 없다, 아일린. 이건 말이야," 아버지가 맥주캔을 들어올렸다. "신경 안정을 위해 마시는 거야."

나도 맥주를 한 캔 따고 땅콩을 조금 더 먹었다. 고개를 들었을 때 아버지가 껄껄 웃고 있어서 물었다. "뭐가 그렇게 웃겨요?" 아버지는 그럴 수 있었다. 공포에서 지독한 히스테리로의 급반전.

"네 얼굴." 아버지가 대답했다. "넌 걱정할 거 하나도 없다, 아일린. 얼굴이 그 모양인데 누가 널 건드리겠냐?"

바로 그거다. 멋대로 하시라지. 그날 밤 나중에 거실의 어두운 유리창에 언뜻 비친 내 모습을 본 기억이 난다. 내가 어른처럼 보였다. 아버지는 날 괴롭힐 권리가 없었다. 그날 저녁, 조우니가 흰 인조모피 재킷에 미니스커트, 스노부츠 차림으로 집에 들렀다. 잘 매만진 머리가 탱글탱글했고 눈에는 검은색 아이라이너를 진하게 그렸다. 금발에 입술이 부루퉁하게 튀어나온 조우니는, 적어도 그때는, 명랑한 성격이었다. 시간이 지나면서 점점 심술궂게 변했을 것 같긴 하지만—어쨌거나 입술이 괜히 그렇게 부루퉁했던 건 아니니까—난 조우니가 건강하고 행복하며 그녀를 사랑해주는 사람과 함께하고 있기를 소망한다. 소망을 위하여! 조우니는 특별한 여자였다. 움직일 때는 제 살을 마치 모피 코트처럼 휘두르고 다니는 듯했는데, 어떻게 그렇게 느긋하고 편안할 수 있는지 언니를 도대체 이해할 수 없었다. 조우니는 매력적이었다, 그런 것 같다. 하지만 몹시 비판적이었고, 내게 항상 생각 없이 묻곤 했다. "죽은 엄마의 스웨터를 입고 다니면 기분이 묘하지 않니?" 또 어떤 때는 좀더 언니답게 묻기도 했다. "너 얼굴이 왜 그래? 지금 문제가 뭐야?"

그날 밤 나는 그저 고개를 저으며 햄 샌드위치를 만들었다. 빵, 버터, 햄. 조우니는 콤팩트를 탁 닫더니 뒤에서 다가와 옆구리를 찔렀다. "뼈랑 가죽뿐이네." 그러고는 접시에서 내 샌드위치를 집어가며 말했다. “나중에 보자.” 언니는 그렇게 말하고 의자에 앉은 아버지에게 입을 맞췄다. 다시는 언니를 보지 못했다.

나는 다락으로 올라가 잡지를 들고 간이침대에 누웠다. 언니가 죽으면 보고 싶을까? 자문해보았다. 우리는 나란히 같이 자랐지만 난 언니를 잘 몰랐다. 물론 언니도 날 몰랐고. 나는 깡통에서 초콜릿을 꺼내 씹다가 쭈글쭈글한 갈색 포장지에 하나하나 다시 뱉어냈다. 책장을 한번 더 넘겼다.

토요일

토요일 정오 무렵, 안 그래도 무릎 높이까지 쌓인 눈 담요 위에 족히 십오 센티미터는 되는 눈이 새로 내렸다. 그런 아침에는 새로 내린 눈이 모든 소리를 덮어버려 사위가 온통 조용했다. 추위마저 물러나는 듯하면서 모든 것이 단절되고 숨죽인 느낌이었다. 화로가 본격적으로 이글거리기 전, 벽난로 속 장작들이 연기를 뿜고 타올랐으며, 온통 눈과 얼음으로 뒤덮인 X빌의 집들은 촛농처럼 눈덩이를 뚝뚝 흘리며 녹아내리기 시작했다. 평화로웠다. 내 다락방은 추웠지만 침대 밖으로 나간다 해도 득 될 건 없을 듯했다. 이불 밑에서 밖으로 팔을 뻗는 것만으로도 충분히 세상을 탐사할 수 있었다. 나는 간이침대 위에 누워 몇 시간 동안 꿈을 꾸고 생각에 잠겼다. 이런 상황을 대비해, 그리고 아버지의 기분 때문에 다락에 숨어 있어야 할 때를 대비해 마련해놓은 커다란 유리 항아리가 있었다. 그 덕분에 마치 캠핑을 나온 느낌이 들었다. 마녀의 펄펄 끓는 솥에서 피어오르는 하얀 연기 같은 숨이 코에서 흘러나오는 와중에, 보풀 인 어머니의 잠옷과 오래된 아이리시 양모 스웨터를 입고 그 항아리 위에 쪼그려앉아 있으면 집에서 멀어져 자연과 가깝게 사는 기분이 들었다. 오줌에서는 김이 오르며 냄새가 났고, 나는 꿀 빛깔의 그 독약을 다락 창문 밖의 눈으로 가득찬 배수로에 부었다.

대장 운동은 완전히 다른 문제였다. 불규칙하게 일어났고, 아마 잘해봐야 일주일에 한두 번쯤 보조수단 없이 되는 일은 드물었다. 배가 나오고 빵빵해지는 느낌이 들 때마다, 사실 자주 그랬는데, 변비약을 여남은 개, 때로는 그보다 많은 양을 한꺼번에 삼키는 엽기적인 버릇이 있었다. 한 층 아래에 있는 가장 가까운 욕실을 아버지와 함께 사용했는데, 거기에서 대장을 운동시킨다는 건 옳지 못한 일처럼 느껴졌다. 냄새가 아래층 부엌으로 내려가지 않을까, 혹은 변기에 앉아 있는데 아버지가 문을 두드리지 않을까 걱정되었다. 게다가 나는 그 변비약에 의존하게 되고 말았다. 약 없이는 변이 항상 딱딱해서 아팠으며, 배를 누르고 주무르며 힘주고 기도하느라 족히 한 시간은 걸렸다. 손톱으로 허벅지를 누르고 답답해서 배를 탕탕 쳐가며 용을 쓰다가 피를 흘리는 때도 잦았다. 변비약을 먹으면 대장 운동이 급류나 파도처럼 일어나면서 마치 내장이 다 녹아 콸콸 흘러나오는 것 같았다. 화학약품 냄새가 또렷한 그 진창이 밖으로 다 나오면 변기 가장자리로 흘러넘치진 않을까 싶기도 했다. 그럴 때 땀범벅이 되어 한기와 현기증을 느끼며 일어서서 물을 내리고 바닥에 누우면 세상이 내 주위로 빙글빙글 도는 것 같았다. 좋은 시간이었다. 텅 비고 탈진해서 공기처럼 가벼워진 나는 고요하게 누운 채로 쉬며 빙빙 맴돌아 날아다녔는데, 그러면 심장은 쿵쾅거리고 정신은 백지가 되었다. 그런 순간들을 즐기기 위해서는 완벽히 혼자 있는 상태여야 했다. 그래서 지하에 있는 화장실을 썼다. 아버지는 내가 거기에서 세탁기를 돌리고 있다고 여겼을 것이다. 지하실은 내 배변 후 몽상에 안전하고 사적인 영역이었다.

다른 때의 지하실은 어머니에 대한, 그리고 거기에서 어머니가 보낸 긴 시간—그렇게 오랫동안 뭘 하면서? 나는 아직도 모른다—에 대한 기억 때문에 암울한 기운이 감돌았다. 깨끗한 옷이나 침구가 담긴 바구니를 옆구리에 끼고 코를 훌쩍거리거나 툴툴거리며 올라온 어머니는 내게 어서 가서 방을 치우라고, 머리를 빗으라고, 책을 읽으라고, 자신을 귀찮게 하지 말라고 말하곤 했다. 추측건대 어머니가 그 아래에서 곰곰이 생각했을 비밀,

그게 뭐든 지하실은 그 비밀을 여전히 간직하고 있었다. 아버지의 검은 유령들과 악당들이 정말로 어딘가에서 튀어나온다면, 그건 바로 그곳이었다. 하지만 어쩐 일인지 화장실을 쓰려고 거기에 내려가면 기분이 괜찮았다. 내 경험에 의하면 기억, 유령, 두려움은 그런 식일 수 있다. 자기 편의대로 나타났다 사라질 수 있는 것이다.

그 토요일에 나는 최대한 오랫동안 침대에 누워 있다가 목이 마르고 배가 고파져서 어쩔 수 없이 가운을 입고 슬리퍼를 신은 뒤 아래층으로 터벅터벅 내려갔다. 아버지는 열린 오븐 앞 의자에 웅크리고 있었다. 아버지가 잠든 것 같아 오븐 문을 닫고 수도꼭지에서 물을 받아 마신 다음 가운 주머니에 땅콩을 채우고 물을 좀 끓였다. 바깥은 눈이 부실 정도로 밝았고, 햇빛이 범죄 현장의 투광 조명등처럼 부엌을 환히 밝혔다. 그곳은 지저분했다. 시간이 흐른 뒤 특히 너저분한 지하철역이나 공중화장실에 가게 되면, 나는 그 오래된 부엌을 떠올리며 헛구역질을 했다. 그토록 식욕이 없었던 것이 당연했다. 얼룩과 기름때와 먼지가 모든 표면을 뒤덮었고, 방울지거나 흘러내린 오물과 티끌로 리놀륨 바닥 곳곳이 점점이 얼룩져 있었다. 하지만 청소를 한들 무슨 소용이 있었을까? 아버지도 나도 요리를 하지 않았고 음식을 많이 좋아한 것도 아니다. 이따금 나는 개수대에 쌓인 컵과 유리 그릇들을 씻기도 했다. 대개 빵을 먹었고 우유를 통에서 그대로 마셨으며 아주 가끔 깍지콩 통조림을 따거나 베이컨을 한 장 구웠다. 그날 나는 바깥 현관에 나가 선 채로 땅콩을 먹었다.

이웃들은 눈에 뒤덮인 차를 파내고 있었다. 그건 내가 하기 싫어하는 일이었다. 동네 아이 중 하나가 와서 25센트를 받고 그 일을 해줄 때까지 기다리는 편이 나았다. 나는 항상 돈을 낼 용의가 있었다. 눈 덮인 관목들 위로 땅콩 껍데기를 던졌다. 그해에 나 자신의 크리스마스트리 장식은 그 정도가 전부였다.

"조용히 해!" 주전자가 날카롭게 울기 시작하자 아버지가 고함쳤다. "이 시간에?" 그러고선 중얼중얼하며 힘겹게 눈꺼풀을 열더니 햇빛에 눈살을 찌푸렸다. "블라인드 내려." 아버지가 말했다. "이런 망할, 아일린." 블라인드는 없었다. 몇 년 전에 아버지는 헌 커튼을 떼어버리며 커튼이 드리우는 그림자 때문에 현실에 집중할 수가 없다고 주장했다. 아버지는 뒷마당과 그곳을 무단으로 지나가는 사람들을 시원하게 보고 싶어했다. 그날 아침에 아버지는 주먹 쥔 손으로 눈을 비비고는 나를 쳐다보았고, 나는 차 한 잔을 끓이고 있었다. "네 그 몰골을 누가 볼까 무섭다. 영락없는 부랑자 같구나." 아버지는 한쪽으로 돌아누워 먼지 끼고 거칠거칠한 의자 커버에 얼굴을 비볐다. 들썩이는 아버지의 무게 때문에 의자가 정차중인 기관차처럼 끼익, 끼익, 탁, 탁,

소리를 냈다.

"배고파요?" 내가 물었다. "달걀을 좀 삶아도 되고요."

"목말라." 아버지가 어눌한 발음으로 말하는데 입술 사이로 침이 펑 터졌다. "달걀 싫어. 빌어먹을 달걀 싫다고." 나는 얇은 담요 아래에서 덜덜 떠는 아버지의 발을 바라보았다. "추워." 아버지가 말했다. 차를 홀짝이며 아버지의 얼굴을 빤히 쳐다보는데, 핼쑥한 눈꺼풀이 주름진 피부로 된 커튼 같았다. 속눈썹은 없어 보였고 볼에도 핏기가 거의 없었다. "맙소사, 아일린." 아버지가 갑자기 벌떡 일어나더니 오븐 문을 확 내려 열기를 밖으로 나오게 했다. "날 아예 죽일 작정이구나. 네가 아주 똑똑한 줄 알지. 여긴 내 집이야." 아버지는 담요를 다리 위로 잡아당기고 안으로 발을 넣었다. "내 집이라고." 그렇게 다시 말하고서 아버지는 요람 속의 아기처럼 웅크렸다.

아버지는 카운티 지구의 경찰관이었다. 고양이를 겁줘서 나무에서 내려오게 하는 것과 바로 옆 소도시에 있는 재향군인 병원에서 주정뱅이들을 차에 태워 집에 데려다주는 것 말고는 거의 할일이 없는 몇 안 되는 경찰관들 가운데 하나였다. 끈끈하게 뭉친 패거리였다, X빌 경찰은. 아버지는 당연히 항상 큰 존경을 받았고 구역을 순찰하다 만나는 아는 사람들 모두가 좋아했으며, 차가운 파란 눈과 매력적인 도덕주의 때문에 '던롭 신부'라는 별명을 얻기도 했다. 아버지는 해병대의 맵싸한 소금기를 결코 잃지 않았다. 그리고 경찰 제복을 사랑했다. 경찰 일을 할 적에는 밤에도 대부분 제복 차림에 총을 차고 잤다. 자신이 밤중에 연락을 받고 나쁜 놈을 잡으러 갈 준비가 된 대단한 인물이라고 생각했음이 분명하다. 그런 영웅적인 일을 하라는 연락은 온 적 없었다. 어쨌거나 어떤 식으로는 묘사해야 하므로 내 방식으로 하겠다. 아버지는 오직 자기만을 사랑했고, 자긍심이 대단했으며, 경찰 배지를 하느님이 자기 가슴에 직접 달아준 금별처럼 달고 다녔다. 진부한 사람처럼 들릴 텐데, 정말로 그는 진부했다. 굉장히 진부한 사람이었다.

어머니가 돌아가실 때까지는 아버지가 술을 마시는 것이 전혀 이상하다고 생각하지 않았다. 평범하게 맥주나 마시는 사람이며 몹시 추운 아침에만 위스키를 마실 뿐이라고, 나는 생각했다. 아버지는 경찰 친구들과 정기적으로 오하라스O'Hara's에 갔고 특이할 것은 없었다. 오하라스는 시내의 주점인데, 그곳을 나는 그 시인*의 이름으로 부를 것이다. 내가 어른처럼 읽는 법을 배우고 나서도 읽을 때마다 닫힌 문 앞에 선 듯한 느낌을 주던 시인. 아버지는 오하라스에서 총을 뽑아 주인에게 겨눈 이래로 그곳의

* 미국 시인 프랭크 오하라(1926~1966).

페르소나 논 그라타*가 되었다. 어머니가 병에 걸리고—'몸져누웠다'라는 표현이 나는 더 좋다. 점잔 빼는 그 말이 어머니의 험한 종말과 대비되는 역설이라서—나자 아버지는 직장에 휴가를 내고 집에서 술을 마시기 시작했고, 밤에는 거리를 배회하거나 이웃집들의 바깥 현관에서 잠들곤 했다. 그러더니 술을 더욱 많이 마셨다. 아침에도, 직장에서도. 경찰차를 폐차 지경으로 파손하더니, 그뒤에는 탈의실에서 총기 오발 사고를 냈다. 아버지는 오래 근속한 경찰이었고, 내가 이해할 수 없는 이유로 경찰서 전체의 사랑을 받았으므로 이런 지각없는 행동이 공공연히 입길에 오르지는 않았다. 아버지는 연금액이 후한 조기 은퇴를 권유받았을 뿐이고, 시간이 갈수록 여러 문제를 일으키자 경찰의 상시 감시와 보살핌을 받았다. 어떤 불가사의한 이유로, 아버지는 어머니가 돌아가시자 진을 마시기 시작했다. 내가 생각해낼 수 있는 가장 그럴듯한 이유는, 아마도 진을 마시면 어머니의 향수 냄새—시원하고 톡 쏘는 꽃향기가 나는 애들레이드라는 향수였다—가 생각났을 테고, 죽은 이의 향기를 들이마시며 어떤 식으로든 위안을 받았다는 것이다. 아닐 수도 있다. 진을 한 모금 마시면 모기나 다른 해충에 면역이 된다고 들은 적이 있다. 그러니

* 특정 국가에서 입국 및 체류를 거부하는 외국인을 의미하는 용어.

어쩌면 아버지는 그런 논리로 진을 마셨는지도 모른다.

이른 오후에는 눈을 치웠다. 대신 치워줄 테니 돈을 주겠냐고 물으러 찾아온 아이는 없었다. 과거에는 폭풍이 지나간 후 이웃 남자아이가 찾아와 초인종을 누르면 항상 조금 설레었다. 그 아이들은 열두세 살에 불과했고 장갑을 끼고 모자를 썼으며 소나무와 지팡이 사탕 냄새를 풍겼다. 특히 한 아이는 정말이지 사랑스러웠다. 폴리 데일리, 이름은 노랫가락 같고 얼굴은 천사 같았다. 통통하고 발그레한 볼에 사파이어 같은 눈. 그 아이를 볼 때마다 꽉 안아주고 두꺼운 모직 코트 옷깃을 바짝 여며주고 싶었다. 폴리는 차체와 타이어 밑의 눈을 완벽하게 털어내고 진입로를 삽으로 잘 치워 운전석 문을 열 수 있게 해주었는데, 내가 직접 삽질을 할 때는 항상 잊어버리는 일이었다. 꽤 사려 깊은 행동 같았다. 그건 정말로 나를 좋아한다는 증거라고, 나는 상상했다. 한번은 잔돈을 찾는 동안 폴리 데일리에게 안으로 들어와 있으라고 했다. 그애는 장화를 털고 현관 안으로 들어와 조그만 모자를 벗었다. 교육을 아주 잘 받은 아이였다. 헝클어진 부드러운 머리, 그 속에 손을 넣고 싶은 충동을 눌러야 했다.

"핫초콜릿 마실래?" 내가 물었다. 나를 남들이 다 그러는 것처럼 이상하고 뻣뻣하고 돌처럼 무표정한 여자라고 생각할 만한 판단력이 그애에겐 없다는 걸 알 수 있었다. 혹은 나만 그렇게 생각했거나. 그애는 코를 훌쩍이며 더러운 카펫을 내려다보았고 한쪽 발을 다른 발 뒤로 꼬아넣더니 모자를 다시 눌러썼다.

"괜찮아요." 아이가 조용히 말하며 얼굴을 붉혔다.

그때 내가 아이의 볼에 입을 맞췄다. 아무런 뜻도 없었다. 귀여운 아이였고 그애가 좋았다. 그런데 아이는 얼굴을 붉히며 코와 윗입술 사이에서 반짝이는 맑은 콧물을 닦아냈다. 굉장히 당혹스러운 모양이었다. 나는 얼른 뒤로 물러나 현관 벽장에 걸려 있는 코트들의 주머니를 뒤졌다. "미안해." 어색한 침묵이 흐른 뒤에 내가 말했다. 찾은 잔돈 모두를 그애의 오므린 손바닥에 쏟아부어주었다.

아이는 고개를 끄덕이고 나를 "미시즈 던롭"이라 불렀으며, 그렇게 나간 뒤로 다시 오지 않았다.

그 토요일, 차에 쌓인 눈을 다 치웠을 때, 차체를 덥혀 조금이나마 녹이기 위해 창문을 내리고 닷지를 가동시켰다. 때는 이른 오후였고 나는 차를 몰고 랜디의 집에 가보고 싶었다. 그래야 할 것 같았다. 그는 주간州間 고속도로에서 그리 멀지 않은 스플릿레벨* 주택의 위층에서 살았다. 나는 랜디의 일거수일투족을 감시하고 있으면 그가 다른 여자와 사랑에 빠지지 않을 거라는 마법

* 건물의 공간에 따라 각층의 높이가 엇갈린 구조.

적인 생각에 매달렸다. 내가 알 수 있는 한, 그는 집에서 혼자 지내는 때가 태반이었다. 하지만 밤에는 그의 뒤를 밟는 일이 흔치 않았으므로—그럴 용기가 없었다—랜디가 얼마나 많은 여성 방문객들을 어둠 속에서 즐겁게 해주는지는 알 수 없는 일이었다. 눈 쌓인 진입로의 그의 오토바이 옆에 때때로 다른 오토바이가 주차되어 있었다. 절친한 친구나 형제가 그를 만나러 왔겠지 싶었지만 그것만으로도 질투가 났다. 나는 대개 도로 건너편에 차를 세우고 운전대 뒤에서 몸을 웅크린 채 측면 거울로 그의 집을 감시했다. 사실 숨을 필요조차 없었다. 밖에 진치고 앉아 자기를 감시하고 있는 나를 본다 한들 랜디가 알아봤을까 싶다. 내 이름을 알았는지조차 모르겠다. 그럼에도 그의 마음을 얻을 완벽한 기회를 간구했다. 몇 시간씩 거기에 앉아 어떻게 하면 내 여성스러운 술책으로 그에게 강한 인상을 심어줄지 궁리했다. 손가락과 혀와 무어헤드 뒤편 복도에서의 밀회에 대한 몽상이 내 심장을 계속 뛰게 했는데, 그게 아니었다면 지루해서 덜컥 죽어버렸을 거라고 생각한다. 그리하여 나는 끊임없는 환상 속에서 살았다. 그리고 총명한 젊은 여자들이 모두 그러하듯, 내 수치스러운 도착증을 내숭의 허울 속에 숨겼다. 당연히 그랬다. 가장 지저분한 정신을 판별하는 일은 쉽다. 가장 깨끗한 손톱 밑을 찾으면 된다. 예컨대 아버지는 자기가 보는 포르노 잡지들을 전혀 주의하지 않았다. 그것들은 변기 뒤나 어머니와 함께 쓰던 침대 밑에 있었고, 지하 저장고 선반에 쌓여 있거나 서재의 서랍, 다락의 상자 안에도 있었다. 그러면서도 아주 독실한 가톨릭 신자였다. 물론이었다. 내 위선은 아버지와 비교하면 아무것도 아니었다. 나는 아버지에게 한 일에 대해 가책을 느낀 적이 없다. 그런 면에서는 운이 좋았다.

그날 오후, 랜디의 집에 가려고 나서기 전에 어머니의 오래된 선글라스—크고 우스꽝스러운 꽃잎 모양 렌즈에 귀갑무늬 테—를 썼다.

"누굴 속여넘기려고 해?" 아버지가 고래고래 소리쳤다. 이제 잠이 다 깨어 식탁 위로 몸을 숙이고 있는 꼴이 숨을 고르는 듯했다. 담요를 망토처럼 등에 두른 모습이었다. "친구들과 나가 노는 거냐? 아주 좋아 죽겠지?" 아버지는 눈을 홉뜨며 식탁 의자 등받이를 붙잡아 덜걱덜걱 흔들었다. "앉아, 아일린."

"늦었어요, 아빠." 나는 거짓말하며 현관문 쪽으로 살살 다가갔다.

"뭐에 늦었다는 거야?"

"친구를 만나기로 했어요."

"어떤 친구? 뭐하는데?"

"영화 보러 갈 거예요."

아버지는 실눈을 뜬 채 콧방귀를 끼고 턱을 문지르며 나를 위아래로 음흉하게 훑어보았다. "데이트하러 가는데 그런 옷을 입어?"

"여자 친구 만나요," 나는 말했다. "수지."

"네 언니는 뭐가 문제인 거냐? 영화관에 네 언니를 데려가지 그러냐, 응?" 아버지가 깡마른 팔로 크게 손짓하자 담요가 떨어졌다. 등에 느껴지는 한기가 칼에 찔린 아픔이라도 되는 양 아버지는 움찔했다.

"조우니는 못 온댔어요." 이 정도 거짓말은 일상이었고, 아버지는 거짓말인지 아닌지도 알지 못했다. 나는 손잡이를 돌려 현관문을 연 뒤 고개를 들어 고드름들을 보았다. 저걸 하나 뽑는다면, 나는 생각했다, 아버지에게 던질 수도 있겠구나, 머리를 겨냥해 미간을 치명적으로 찌르는 거다.

"잘됐구나," 아버지가 말했다. "네 언니는 제 인생을 살고 있으니까. 그애는 제 나름대로 뭔가를 이루었지. 너처럼 군식구가 아니잖냐, 아일린." 아버지는 담요를 주우려고 뻣뻣한 자세로 허리를 굽혔다. 집안 현관에 서서 부엌 입구 너머를 지켜보고 있자니, 아버지는 떨리는 손으로 가운 허리띠를 힘들여 묶고 담요를 제대로 덮은 뒤, 진을 새로 한 병 들고 의자로 비틀비틀 되돌아갔다. "똑바로 살아라, 아일린," 아버지가 말했다. "정신을 좀 차리라고."

아버지는 어떻게 하면 날 아프게 하는지 알았다. 그래도 난 아버지가 주정뱅이라는 점, 그가 내게 던지는 그 어떤 잔인한 말도 실성한 사람의 무의미한 중얼거림에 지나지 않는다는 점을 이해했다. 아버지는 그때껏 자신이 '폭력배들을 잡아넣느라' 했던 일 때문에 증인 보호를 받아야 한다고 확신했다. 자신을 투옥된 자경단원이나, 춥디추운 제집에 갇혀 악과 싸워야 하는 성인쯤으로 여기는 듯했다. 그 유령 같은 악당들의 어슴푸레한 장난질에 꿈에서도 들들 볶인다, 아버지는 불평했다. 나는 아버지가 알아듣게 설명하려 했다. "그냥 머릿속 생각일 뿐이에요. 아무도 아빠를 잡으러 오지 않아요." 아버지는 비웃으며 어린애에게 하듯 내 머리를 토닥거렸다. 우린 둘 다 정신이 약간 이상했다, 내 생각엔. 물론 X빌에 폭력조직 같은 건 없었다. 어쨌거나 아버지는 그곳에서 경찰로 일하며 후미등 깨진 차를 길 한쪽에 세우는 것보다 더 대단한 일을 하지도 않았다. 아버지는 지독한 혼란에 빠져 있었다.

아버지가 은퇴한 직후 경찰서장은 아버지의 운전면허를 취소시켰다. 어느 날 밤에는 고속도로에서 역주행하다 잡혔고, 다음 날 밤에는 공동묘지에 주차했다. 그래서 아버지는 집에 들어앉았다. 걸어다니는 아버지도 위협적이긴 마찬가지였다. 고주망태가 되어 돌아다니고, 허구의 수사를 진행하며 수색을 한답시고 이웃들의 대문을 두드리고, 그림자에 대고 총을 뽑아들고, 배수로나 도로 한복판에 누웠다. 경찰관들은 아버지를 조용히 집 앞에 내려놓으며 등을 토닥였다. 그중 한 명은 아버지를 그렇게 통제 불능 상태로 내버려둔다고 나를 나무랐는데, 그래 뭐, 늘 겸연쩍은 한숨을 곁들인 말이긴 했지만 그래도 나는 치가 떨렸다. 그때까지 본 가장 심했던 폭음 기간 중 언제인가는, 아버지가 엿새 동안 사라진 후 옆의 옆 카운티에 있는 병원으로부터 전화를 받고 달려가 데려온 적도 있었다. 그 일로 느낀 바가 있어서 그때부터 아버지의 신발을 모조리 차 트렁크 안에 넣고 잠가두었다. 그뒤로 아버지는 거의 항상, 특히 겨울에는 집에 머물렀다. 나는 차 열쇠를 목걸이처럼 걸고 다녔다. 문을 나설 때마다 그 묵직한 열쇠가 내 빈약한 가슴 사이에서 달랑거리고, 이리저리 부딪히고, 딱딱하고 땀에 젖은 코르셋에 들러붙어 피부에 쓸리던 느낌이 떠오른다.

그 토요일의 사건들을 계속 묘사하기 전에 다시 한번 총 얘기를 해야겠다. 내가 자랄 때, 아버지는 저녁을 먹은 후 식탁에 앉아 총을 닦으며 기계의 구조를 모두 설명하고 관리의 필요성에 관해 얘기했다. "이런저런 것들을 하지 않으면," 이런저런 것이 뭐였는지 정확한 말은 기억나지 않는다. "오발이 일어날 수 있어. 사람을 죽게 할 수도 있다고." 아버지는 이 내밀한 과정으로,

자신의 인생과 일 속으로 나를 초대하기 위해서가 아니라 경고하기 위해서 이런 얘기를 하는 듯했다. 자신이 해야 하는 일은 너무 중요해서, 사실 너무 신성해서, 내가 집중을 방해하거나 그 총을 만진다면 오 저런, 난 죽을 수도 있다고 말이다. 당신에게 이 말을 하는 이유는 단지 이 이야기의 배경에 총을 놔두기 위해서다. 그것은 거기 있었다, 내 유년기부터 마지막까지. 푸줏간의 칼이 무서운 것처럼 그 총이 무서웠을 뿐이고, 그게 다였다.

바깥의 마당은 배기가스와 바람에 날리는 눈, 이미 사그라든 햇빛으로 희부연했다. 나는 닷지에 올라 랜디의 집 쪽으로 달리며, 침실 창문에 비치는—그의 방에도 커튼은 없었다—그의 모습을, 더 좋게는 밖으로 나가는 그의 모습을 포착하기를 기대하며 입술을 잘근잘근 깨물었다. 그리하여 그의 오토바이 엔진이 내는 천상의 소음에 이끌려 X빌의 도로를 따라 그 뒤를 은밀히 밟을 수 있도록. 그러면 그가 집밖으로 나갔을 때 무엇을 하는지 상상할 수 있을 것이다. 그의 삶에 여자가 있다면 내가 확실히 알 것이다. 그리고 그 여자에게 접근하는 방법을 찾을 수도 있을 것이다, 나는 그렇게 판단했다. 랜디의 애정을 얻기 위해 내가 할 수 있는 수고에는 한계가 있었지만—어쨌거나 게으르고 내성적이었으니까—그에 대한 집착은 습관이 되어버려 나는 정말로 분별력을 모두 잃고 말았다. 그가 브리지트 바르도 같은 타입의 여자와 프렌치키스하는 모습을 봤다면 내가 무슨 짓을 저질렀을지 누가 알겠는가? 진짜로 폭력을 행사할 수 있었을지는 잘 모르겠다. 모르긴 해도 스스로 머리를 쥐어박고 닷지 안에서 창문을 모두 올린 채 죽기를 기원했을 것이다. 누가 알겠는가?

하지만 거기 갔을 때 랜디는 집에 없었다. 그의 오토바이가 집 앞에 주차되어 있지 않았다. 그래서 무슨 이유에선지 나는 아버지에게 한 거짓말을 실현하기로 하고 영화관으로 갔다. 영화 관람은 내가 좋아하는 소일거리가 아니었지만 그날 오후에는 함께 할 무언가를 간절히 원했다. 나는 소설을 싫어하는 것과 똑같은 이유로 영화를 싫어했다. 사고방식을 지시당하고 싶지 않다는 점. 그건 모욕적이라는 점. 또한 이야기들에 하나같이 개연성이 없다는 점. 뿐만 아니라, 아름다운 여자 배우들을 보면 늘 나 자신이 끔찍하게 느껴졌다. 그들이 미소 짓거나 얼굴을 찡그리면 나는 시샘과 원한으로 불타올랐다. 물론 나도 연기는 기술이라는 사실을 알며, 자신을 버리고 새로운 사람으로 거듭날 수 있는 이들을 대단히 존경한다. 바로 내가 그랬듯이, 라고 할 수도 있을 것이다. 하지만 일반적으로 영화 속 여자들은 나를 추하고 활기 없고 무능하다고 느끼도록 만들었다. 특히 당시에는 내게 남과 겨룰 만한 특성이 전혀 없다고, 진정한 매력도, 진정한 아름다움도 없다고 느꼈다. 내가 유일하게 내세울 수 있는 것은 문간의 매트, 텅 빈 벽, 누군가가 나를 사랑은커녕 좋아하게라도 하려고 무엇이든—이를테면, 살인만 빼고—다 할 수 있는 절박한 사람으로 존재하는 기술이었다. 며칠 후 리베카가 나타날 때까지, 내가 오로지 기원할 수 있는 건 요행이나 기적 따위일 뿐이었다. 랜디가 나를 필요하다고 느끼고 나를 원하지 않을 수 없게 되는 상황, 예컨대 내가 우연히 화재나 오토바이 사고에서 그의 생명을 구해주거나, 그가 어머니의 사망 소식을 막 들은 참에 마침 내가 그 방에 들어가 손수건과 기대어 울 어깨를 빌려주는 일. 내 낭만적 환상들은 그런 식이었다.

X빌에는 가장 고상하고 유치한 영화만을 상영하는 조그만 영화관이 하나 있었다. 〈경멸〉이나 〈골드 핑거〉 같은 영화를 보고 싶으면 남쪽으로 십육 킬로미터 이상을 차로 달려 X빌 여성 연맹의 영향력이 미치지 않는 곳으로 가야 했다. 해가 아직 남아 있는 몇 시간 동안 랜디의 집을 감시하려던 계획이 물거품이 되자 내가 안도했는지 실망했는지는 단언할 수 없지만, 영화관으로 차를 몰고 가는 동안 파국이 임박했다는 느낌에 휩싸였던 기억은 난다. 랜디를 다른 여자에게 빼앗긴다면, 나는 목숨을 끊어야 할 것이다. 살아갈 이유가 하나도 남지 않을 것이다. 영화관 밖에 차를 세우고 창문을 올리는데, 다시 한번, 죽는 건 참 쉬울

거라는 생각이 들었다. 혈관에 칼질 한 번, 늦은 밤 주간 고속도로 빙판길에서 미끄러짐 한 번, X빌 다리에서 점프 한 번. 원한다면 대서양으로 그냥 걸어들어갈 수도 있다. 항상 사람들은 죽는다. 나라고 그러지 못할 이유는 무엇인가?

"지옥에 떨어질 거다." 내가 손목을 그을 때 아버지가 문을 박차고 들어와 그렇게 말하는 장면을 상상했다. 두려웠다. 천국은 믿지 않았으나 지옥은 진짜 있다고 믿었다. 정말로 죽고 싶은 것도 아니었다. 항상 살고 싶었던 건 아니지만, 자살할 생각은 없었다. 그리고 어쨌거나 항상 다른 대안이 있었다. 용기가 나면 곧바로 떠나면 된다, 나는 그렇게 스스로 타일렀다. 뉴욕의 꿈이 영화관 입구 차양의 반짝이는 조명처럼 내게 손짓했다. 일시적인데다 돈까지 드는 어둠과 오락거리를 약속하는 조명이었지만, 무엇이든 가만히 앉아 있는 것보다는 나았다.

〈꽃은 보내지 마세요〉의 표를 한 장 산 뒤, 징 박힌 가죽 문으로 이어지는 검은색과 빨간색 다이아몬드 무늬 카펫 위를 조용히 걸어갔다. 여드름투성이 십대 소년이 조그만 손전등을 들고 극장 안으로 나를 안내했다. 영화는 이미 시작한 뒤였다. 온기와 어둠, 담배 냄새와 버터 탄내 속에 앉아 있자니 도리스 데이가 꽥꽥거리는 소리에도 불구하고 눈이 저절로 감겼다. 눈을 겨우 뜰 때면 보이는 장면들이 너무 지루해 눈물이 날 지경이었다. 그 영화는 아주 조금밖에 기억나지 않는다. 거의 내내 자긴 했지만, 어느 주부에 관한 내용이었고 그녀의 남편은 건강염려증, 혹은 죽음에 대해 전반적인 두려움에 사로잡힌 사람이었다. 도리스는 그때도 이미 늙은 여자였다. 유아 같은 머리 모양에 하녀에게나 걸맞은 옷을 입은 모습이 이젠 나달나달하고 초췌해진 종이 인형 같았다. 록 허드슨은 그녀의 매력에 눈곱만큼도 관심이 없었다. 알고 보면 도리스 데이조차 남자의 사랑을 얻기 힘들었던 것이다.

영화가 끝나고 자막이 올라갈 때 군중에 섞여 극장 밖으로 터벅터벅 걸어나왔다. 젊은이 노인 할 것 없이 X빌 사람들은 밝은색 모직 코트와 모자와 목도리에 푹 싸여 있었다. 쌀쌀한 초저녁 공기를 마시니 상쾌했다. 집에 가고 싶지 않았다. 길 건너편 도넛 가게 창문의 크리스마스 조명이 눈길을 끌었다. 안으로 들어가 보스턴 크림 한 개를 사서 늘 그러듯이 한입에 꿀꺽 삼키고 곧바로 후회하며 걸어나왔다. 기름기 번들거리고 뚱뚱한데다 체형이 사과 자루 같은 카운터 뒤의 여자처럼 되고 싶지 않았다. 바로 옆 의상실 진열창에 내 모습이 훤히 비쳤다. 지나가는 차의 전조등 빛을 받으며 겁먹은 멍청한 사슴처럼 얼이 빠져 혼자 서 있는 커다란 회색 외투 차림의 내가 우스꽝스러워 보였다. 자는 동안 엉망이 된 머리를 되는 데까지 매만졌다. 위를 올려다보았다. 문 위 차양에 흔한 소녀 취향의 필기체로 의상실 이름이 쓰여 있었다. 달라스Darla's. 나는 눈을 흘기며 안으로 들어갔다.

문 위의 종이 울리자 누군가가 "저, 손님" 하는 소리가 들렸다. 뒷방에서 점원 아가씨가 나왔다. "곧 문 닫을 거지만 천천히 둘러보세요. 뭐든 필요하면 소리치고요."

그녀는 내 데스마스크에 전혀 동요하지 않는 것 같았다. 무뚝뚝하게 구는 나를 명랑하고 예의바르게 대하는 사람을 만나면 항상 약이 올랐다. 저 여자는 내가 괴물, 등신, 마귀할멈이라는 걸 모른단 말인가? 혐오와 당혹감으로 대해야 마땅한 나를 감히 예의로 조롱한단 말인가? 모직과 실크 크레이프 원피스들을 만져보며 옷걸이 주위를 돌아다니는 동안, 남성용 같은 내 부츠가 카펫 깔린 바닥에 더러운 눈자국을 남겼다. 내가 그런 섬세한 옷을, 사는 건 고사하고 입을 수라도 있다고 생각하다니 너무나 가당찮았다. 산뜻한 색깔과 대담한 무늬, 새틴과 모직, 앙증맞고 잘 맞춤한 모양새, 큰 나비 리본과 주름과 그 모든 터무니없는 것들을 나는 다 기억한다. 당연히, 탐욕스러워진 나는 가격표를 하나씩 뒤집어보며 탐내면서도 경멸하는 그 모든 상품의 총합을 계산해보았다. 공정하지 않았다. 다른 사람들은 멋진 옷을 입을 수 있는데 나는 왜 안 된단 말인가? 나도 그럴 수 있다면 분명 사람들은 내가 받아 마땅한 관심을 보일 것이다. 랜디마저도. 패션은 바보들을 위한 것이다. 이제는 안다. 하지만 때로는 바보가 되어도 기분좋다는 사실 역시 알게 되었다. 정신을 젊게 해준다. 그 당시에도 그 정도 생각은 했던 것인지, 그렇게 경멸하면서도—어쩌면 바로 그랬기 때문에—나는 진열창에 걸린 파티드레스를 입어보겠다고 했다.

목선이 높고 금색과 은색 구슬을 번갈아 끼운 줄들이 목에서 가슴까지 내려오며 패턴을 이루는 금색 시프트 드레스*였다. 그 옷을 보니 금색 고리를 첩첩이 끼워 고통스러울 정도로 목을 늘인 아프리카 시골 여자들의 사진이 떠올랐다. 그 옷을 가리키자 점원은 눈을 크게 뜨고 나를 쳐다보더니 이내 미소를 지으며 진열창으로 팔짝 뛰어갔다. 지퍼를 내리고 마네킹을 옆으로 기울여 옷을 벗기기까지 몇 분이 걸렸다. 나는 스타킹을 구경하려고 뒤쪽 벽으로 무심히 걸어갔다. 마네킹과 씨름하는 여자를 곁눈으로 주시하며 남색 스타킹 네 개를 핸드백 안으로 수월하게 쓸어담았다. 그러고는 뒤쪽에서 잠가놓은 보석류 유리 진열장 안의 거울을 보며 장갑을 벗고 입가에 묻은 초콜릿을 닦아냈다. 손은 대나무 장대에 장식적으로 걸어놓은 스카프에 문질러 닦았다. 점원은 드레스를 탈의실로 가져오는 동안, 마치 잠든 아이를

* 어깨에서 일자로 내려오는 형태의 원피스.

안은 듯이 소매를 아래로 늘어뜨리고 구슬이 달각거리지 않게 조심했다. 나는 점원을 따라가 외투를 벗으며 핸드백을 외투 안쪽에 겹쳐넣었다. 점원이 내 형편없는 차림새를 어떻게 판단하든 개의치 않았다. 그 여자도 얌전하지만 우스꽝스러운 서클스커트*를 입고 있었는데, 지금 기억하기로는 털 방울이 달려 있고 아마 새끼고양이 무늬도 수놓여 있었던 것 같다. "뭐든 필요하시면, 전 바로 문밖에 있을게요." 점원이 그렇게 말하고 문을 닫았다.

나는 스웨터와 블라우스와 브래지어를 벗고 가슴께를 열심히 들여다보며 작은 가슴의 무게와 모양을 평가했다. 거울을 향해 어깨를 격렬히 흔들기도 했는데, 그저 끔찍해 보이기만 했다. 생리중에는 가슴을 만지면 아프고 납이나 바위처럼 묵직했다. 가슴을 손가락으로 꼬집고 찔러보았다. 바지를 벗었지만 허리 아래로는 쳐다보지 않았다. 발은 괜찮았다, 그리고 발목과 종아리도. 그것들은 다 볼 만했다. 하지만 골반과 엉덩이와 허벅지는 왠지 엄청 불길하고 징그러운 데가 있었다. 그리고 그 부분들을 너무 자세히 들여다보면 다른 세계로 빨려들어갈 것만 같은 느낌을 지울 수 없었다. 난 그저 그 영역을 탐사할 수 없었다. 그리

* 허리 둘레를 중심으로 아래로 떨어지는 주름이 생기는 치마.

고 당시에는 내 몸을 나 자신이 탐사할 수 있는 곳이라고 생각하지 않았다. 그건 남자들이 하는 일로 여겼다.

드레스는 낯선 동물의 가죽처럼 무거웠다. 위쪽은 너무 커서 팔과 가슴 사이가 어색하게 주름졌고, 등쪽 지퍼를 잠글 때는 장식 구슬들이 서로 요란하게 부딪치는 게 원시 부족의 악기 소리 같았다. 그리고 전체적으로 너무 길었다. 거울 속 나는 조그맣고 촌스러워 보였고, 밑단 아래로는 털이 북슬북슬한 종아리가 가축의 뒷다리처럼 삐져나왔다. 드레스는 확실히 안 맞았지만 그래도 갖고 싶었다. 당연했다. 가격표를 보니 교도소에서 이 주간 일하고 버는 액수보다 비쌌다. 가격표를 뜯어버릴까, 그러면 공짜 옷이라도 될 것처럼 그런 생각을 했다. 금속 구슬 하나를 뜯어내 스타킹과 함께 핸드백에 슬쩍 넣을까도 생각했다. 하지만 그러기보다는 차 열쇠의 뾰족한 끝으로 밑단의 안감에 구멍을 내고 살짝 찢었다. 아까보다 한층 더 낡고 땀냄새가 나는 듯 느껴지는 헌옷들을 다시 입는데, 스웨터 안에 입은 셔츠는 겨드랑이 부분이 차갑고 축축했다. 나는 탈의실에서 나가 다시 매장으로 걸어갔다.

"잘 입으셨어요?" 마치 내가 잘하거나 못한 일이라도 있는 양 점원이 그렇게 물은 기억이 난다. 왜 항상 내 수행능력이 도마 위에 오르는 걸까? 당연히 드레스는 내가 입으니 보기 흉했다.

점원도 틀림없이 예상했을 테다. 하지만 어째서 드레스가 아니라 내게 문제가 있다는 거지? "드레스가 괜찮던가요?"라고 물어봤어야 한다.

"내 스타일이 아니에요." 나는 그렇게 말하고 두툼한 핸드백을 팔 밑에 끼운 채 재빨리 걸어나왔고, 갑작스러운 한기에 움찔하면서도 만족스럽게 미소를 지었다. 물건을 훔칠 때면 천하무적이 된 것만 같았다. 세상을 벌주고 내게 보상을 함으로써 한 번이나마 만사를 바로잡은 양, 정의가 실현된 양 느꼈다.

그날 저녁, 한동안 차를 몰고 돌아다니다 다시 한번 랜디의 집을 지나며 실망스러운 창가의 어둠을 보고 혀를 끌끌 찼다. 그러다 바다가 굽어보이고 젊은 연인들이 곧잘 차를 세우고 있는 전망대를 향해 1-H 도로를 타고 올라갔다. 차를 운전하면서 어제 주운 니트 모자를 눌러썼다. 특별히 뭔가를 찾는 건 아니었다. 거기에 가서 서로를 애무하려면 차가 필요할 테니 오토바이에 어떤 여자와 함께 앉아 있는 랜디와 마주칠 위험은 없겠지, 나는 생각했다. 그럼에도 눈 쌓인 가파른 진입로를 오르면서 모든 차 뒷좌석의 김 서린 창문을 들여다보며 그가 그중 어디에도 없다는 걸 확인하려 했다. 전에도 여러 번 거기에 가서 그냥 기웃거렸다. 그날 밤에는 차를 세우고 바다 위의 검은 밤을 응시했다. 몇 분간 창문을 올린 채 랜디를 생각하며 즐겼다. 그 나이까지 제대로 된 데이트를 해본 적이 없었다. 나중에 X빌을 떠나 연애를 몇 번 경험한 뒤로는 주차된 차 안에서 남자와 함께 앉아 있기도 했으며—"여기 올라오니 경치가 아름답네." 그들은 그렇게 말하기를 좋아했다—절정의 순간에 눈을 뜨고서 하늘에 달이 빛나고 크리스마스 조명 같은 별들이 나만의 기쁨을 위한 듯 흩뿌려진 풍경을 보는 달콤한 흥분을 알게 되었다. 또한 열정과 사랑의 숨가쁜 순간에 고속도로 순찰대에게 들키는 유쾌한 수치심도 알게 되었다, 세상에나. 하지만 그날 밤에는 나 홀로 앉아 하늘을 올려다보며, 앞의 절벽 너머로 차를 몰아가지 않기로 한다면 내 인생은 어디로 흘러갈까 자문했다. 결국 내 인생은 어쩔 수 없이 다시 랜디의 집, 즉 여전히 분통 터지는 어둠으로, 그런 다음에는 우리집으로 흘러갈 뿐이었다. 내가 질질거리고 부루퉁한 자기연민에 빠졌던가? 아니, 그즈음 나는 외로움에 익숙했다. 언젠가는 도망칠 터였고, 나는 그걸 알았다. 그날이 올 때까지는 갈망만 하리라는 걸.

집에 와서 수돗물을 벌컥벌컥 마시고 부엌 개수대 아래에 보관한 변비약을 한 움큼 삼켰다. 그런 다음 앉아서 맥주를 마셨다. 아버지가 손을 들어 엄숙하게 거수경례를 하며 내 기분을 조롱했다.

"경찰이 위스키를 가져왔다." 아버지가 병목에 나비 리본을

맨 글렌피딕 한 병을 가리키며 말했다. 지하 저장고로 내려가는 문 옆에 놓여 있었다. "영화는 어떻더냐?"

아버지는 기분이 나아졌는지 차분해 보였다. 아까의 매서운 노기는 사라졌다. 대화를 나누고 싶은 모양이었다.

"바보 같았어요." 나는 솔직히 말했다. "이거 따야 해요?" 나는 가서 위스키를 집어들었다.

"필요한 모든 수단을 써서." 아버지가 말했다. 그를 항상 싫어한 건 아니다. 악한들이 다 그렇듯이 아버지에게도 좋은 면이 있었다. 보통 집이 엉망이어도 아버지는 신경쓰지 않았다. 나와 마찬가지로 이웃들을 싫어했고, 패배를 인정하느니 머리에 총을 맞는 편을 선호했다. 언젠가 신문을 읽으려고 했을 때처럼 이따금 나를 웃기기도 했다. 술에 취해서도 한쪽 눈을 꼭 감고 떨리는 손가락으로 글자들을 짚으며 겨우 해독해낸 헤드라인들에 경멸을 퍼부었다. 그리고 여전히 빨갱이에 대해 떠들어댔다. 골드워터를 좋아하고 케네디가를 경멸했지만 내게는 그 사실을 비밀로 할 것을 맹세하라고 했다. 어떤 의무에 관해서는 강경파였다. 예를 들면, 각종 요금을 기한 내에 낸다든가 하는 일을 엄격히 고수했다. 그 과제를 위해 한 달에 한 번은 정신을 차렸으며, 그러면 나는 그 옆에 앉아 봉투들을 열고, 우표에 침을 바르고, 수표를 써서 아버지가 서명하게 했다. "엉망이구나, 아일린." 아버지는 말하곤 했다. "처음부터 다시 해. 꼬마 여자애가 쓴 것 같은 그런 수표를 어느 은행이 받아주겠냐." 술을 안 마신 날에도 아버지는 펜을 제대로 잡지 못했다.

그날 밤 나는 잔 두 개에 위스키를 손가락 두세 마디 높이로 따르고 아버지 옆으로 의자를 끌어당긴 후 뜨거운 오븐 쪽으로 언 손을 뻗었다.

"도리스 데이는 뚱뚱한 매춘부예요." 나는 말했다.

"영화 보러 가는 건 시간 낭비야, 내 생각에는." 아버지가 웅얼거렸다. "TV에는 뭐 좋은 거 없냐?"

"멋진 잡음이 있죠, 듣고 싶으시다면요." 나는 말했다. TV는 오래전에 고장난 상태였다.

"누굴 좀 불러서 살펴보라고 해야겠다. 전구가 깨진 거야. 분명히 전구가 문제야." 우리는 이와 똑같은 대화를 일주일에 한 번씩 몇 년 동안 반복했다.

"모든 게 시간 낭비예요." 의자 위에서 살짝 늘어지며 내가 말했다.

"술 마셔라." 아버지가 툴툴거리며 자기 술을 홀짝거렸다. "경찰관들이 좋은 위스키를 갖다줬네." 아버지가 다시 말했다. "달튼네 아들은 얼굴이 족제비 상이야." 달튼 가족은 길 건너편에 살았다. 아버지는 말을 멈추고 가만히 있었다. "저 소리 들리냐?" 그러고선 손을 내밀고 귀를 쫑긋했다. "오늘밤은 악당들이 소란스럽네. 무슨 요일이지?"

"토요일요." 나는 말했다.

"그래서 저러는군. 쥐처럼 굶주렸어." 아버지는 위스키를 다 마시고 무릎 위에 펼쳐진 담요의 주름들을 무심히 더듬거리다 반쯤 빈 진 병을 꺼냈다. "영화는 어땠니? 우리 조우니는 잘 지내?" 아버지는 그런 식이었다. 정신이 그다지 말짱하지 않았다.

"언니는 잘 지내요, 아빠."

"우리 꼬마 조우니." 아버지가 아쉬워하며 무겁게 말했다. 턱을 문지르고 눈썹을 치켜세웠다. "아이들은 자라지." 우리는 뜨거운 오븐이 탁탁 타오르는 벽난로라도 되는 양 바라보았다. 나는 녹고 있는 언 손가락을 덥히고 내 잔에 위스키를 조금 더 따른 다음, 초저녁에 절벽 너머로 질주해 바위 위로 떨어졌다면 전면 창유리 밖에서 빙글빙글 돌았을 달과 별들, 언 눈 위로 떨어지는 깨진 유리의 반짝임, 그리고 검은 바다를 떠올렸다.

"조우니." 아버지가 경건한 말투로 다시 뇌까렸다. 그렇게 창녀같이 구는 딸인데도 아버지는 언니를 예뻐했고, 어쩌면 갈망하는 듯도 했으며—"내 소중하고 다정한 조우니"—대단히 찬양하며 품위 있게 표현했다. "내 착한 딸내미." X빌에서 보낸 마지막 몇 년 동안 언니가 집에 오면 나는 대개 다락에 올라가 틀어박혔다. 궁지와 감탄으로 눈물이 그렁그렁한 채 언니에게 돈을 건네는 아버지, 그리고 나는 절대 이해할 수 없는 방식으로 서로를 사랑하는—그게 정말 사랑이었다면—두 사람을 참고 봐줄 수가 없었다. 언니는 도무지 잘못이란 걸 저지를 수 없는 사람이었다. 나보다 나이가 많은데도 조우니는 아버지의 아기, 천사, 심장이었다.

나로 말할 것 같으면, 아버지는 내가 무슨 일을 하든 다 잘못이라고 확신했고 내게도 그렇게 말했다. 책이나 잡지를 들고 계단을 내려오면 아버지는 말했다. "왜 독서 따위에 시간을 낭비하냐? 나가서 산책이나 해. 얼굴이 내 궁둥이만큼이나 허옇구나." 그리고 버터 한 덩이를 사와도 아버지는 손가락으로 집어들고 말했다. "저녁으로 버터를 먹을 순 없다, 아일린. 사리를 따져봐라. 한 번이라도 좀 영리해지란 말이야." 현관으로 걸어들어오면 항상 "늦었구나"라거나 "빨리 왔네"라거나 "너 다시 나가야겠다, 먹을 게 부족해"라고 반응했다. 아버지가 죽고 없기를 바랐지만 죽기를 바라지는 않았다. 아버지가 변하기를, 내게 잘해주기를, 나를 들들 볶은 지난 오륙 년에 대해 사과하기를 바랐다. 그리고 아버지의 장례식에 불가피하게 따를 허식과 감상을 상상하는 것도 고통스러웠다. 사람들의 떨리는 턱과 접힌 국기, 그런 모든 터무니없는 것들.

자라는 동안 조우니와 나는 정말로 가까웠던 적이 없다. 조우니는 항상 나보다 매력적이고 밝은 성격이었고, 그 옆에 있으면 나는 뻣뻣하고 어색하고 못생긴 느낌이 들었다. 어느 해인가 언니는 자기 생일파티에서 내가 너무 내성적이라 춤도 못 춘다고 놀리며 억지로 일으켜세우더니 양손으로 내 골반을 잡고 쪼그려 앉았다. 지하 세계 옆까지 내려간 언니는 내가 꼭두각시나 헝겊 인형이라도 되는 양 몸을 양옆으로 흔들흔들 돌렸다. 언니 친구들이 웃음을 터트리며 춤을 추었고 나는 다시 자리에 앉았다. "부루퉁하게 입 내밀면 못생겨 보인다, 아일린." 아버지가 사진을 찍으며 그렇게 말한 적도 있다. 그런 일들은 항상 일어났다. 언니는 열일곱 살에 집을 떠났고, 제 남자친구와 더 잘살기 위해 나를 내팽개쳤다.

어느 해인가 독립기념일이 생각난다. 나보다 네 살 많은 조우니가 막 운전면허를 땄을 때니까 나는 분명 열두 살이었을 것이다. 둘이서 해변에서 놀다가 집에 왔는데 부모님이 X빌 경찰서 사람들 모두를 초대해 뒷마당에서 바비큐 파티를 벌이고 있었다. 던롭 가족에게는 흔치 않은 사교 행사였다. 시내에서 본 기억이 있는 신입 경찰—그의 여동생에게 어떤 장애가 있었던 게 생각난다—이 간이 테이블에서 내 옆자리에 앉게 되었는데, 아버지는 기회를 잡아 그 청년에게 농담을 했다. 조우니와 내가

'감옥 미끼'*라고. 나는 그 말의 의미를 몇 년 동안이나 알지 못했지만, 아버지가 그런 말을 했다는 사실은 잊지 않았으며 지금도 원망스럽다. 그 바비큐 파티에서 벤치처럼 쓸 수 있도록 돌을 가득 채운 양동이 두 개에 걸쳐놓은 생소나무 판자에 앉아 있다가 허벅지가 쓸린 기억, 그리고 수영복을 갈아입으려고 안으로 들어갔을 때 그 청년이 부엌까지 따라와 키스하려 했던 기억도 난다. 나는 뒤로 고개를 돌리고 가로저으며 접근을 거부했지만, 그는 어깨를 붙잡고 날 돌려세우더니 등뒤에서 손목을 틀어쥐었다. "체포하겠다." 그는 농담하며 반바지 밑에서 안으로 손을 넣어 나를 꼬집었다. 나는 다락으로 달려올라가 밤새 나오지 않았다. 나를 찾는 사람은 아무도 없었다. 이보다 훨씬 심한 일을 당한 젊은 여자들도 있다는 것을 알며 나 역시 그후로도 많이 당하고 살았지만, 특히 이 경험은 굉장히 모욕적이었다. 정신분석가라면 이를 형성적 트라우마 따위의 용어로 칭할지도 모르지만, 나는 심리학에 대해 잘 모르고 그 학문을 전적으로 거부하는 사람이다. 그 분야에서 일하는 사람들은 아주 면밀한 감시를 받아야 한다, 그게 내 의견이다. 우리가 수백 년 전 시대에 살고 있다

* 성관계를 하면 본인 동의 여부와 관계없이 강간죄가 성립되는 미성년자를 이르는 속어.

면, 추측건대 그들은 모두 마녀로 몰려 화형당할 것이다.

예전의 그 토요일 밤 X빌에서 위스키는 급속도로 줄어들었다. 아버지는 잠들었고 나는 지하 화장실로 가는 길이었다. 위장에서 휘돌던 술이 트림으로 치올랐고 반대편 끝은 변비약 때문에 폭발 직전이었다. 나는 술에 취해 발을 헛디뎠고, 거칠거칠한 난간을 침몰하는 배의 난간이라도 되는 양 꽉 붙들지 않았다면 죽었을지도 모른다. 전에도 그 계단에서 발을 헛디뎌 떨어진 적이 있다. 어렸을 때, 나무주걱을 들고 "방 좀 치워!"라든가 그 비슷한 소리를 고래고래 지르며 뒤쫓아오는 어머니로부터 도망치다가 그랬다. 떨어지면서 입술이 찢어지고 머리에 혹이 생겼으며 단단한 흙바닥에 부딪혀 손과 무릎이 긁혔다. 직사각형 모양의 노란 부엌 불빛 위에 종이를 오려낸 듯한 어머니의 실루엣이 나타나는 모습을 계단 아래에서 올려다본 기억이 난다. 어머니는 내게 아무 말도 하지 않았다. 그저 문을 닫았을 뿐이다. 다치고 공포에 질린 채 그 아래에서 몇 시간이나 있었던 걸까? 그곳은 어두웠고 사방이 먼지와 거미줄투성이였으며, 퀴퀴하고 눅눅한 냄새와 우중충한 금속 연장들, 보일러, 당김줄이 천장에 달려 있고 오래된 오줌 냄새가 나는 구식 변기가 있었다. 쥐들도. 그날 나는 어둠에 대한 유년기의 공포를 극복했다, 그런 것 같다. 내게 달려드는 건 아무것도 없었다. 화난 혼령이 공격하지도 않았고, 초조한 유령이 내 영혼을 빨아먹으려 들지도 않았다. 그들이 나를 그 아래에 혼자 두었다는 것, 그 사실만으로도 충분히 고통스러웠다.

자정 무렵, 나는 다시 그 차가운 지하 저장고 바닥에서 숨을 헐떡였고, 내 몸은 변비약에 힘입어 내장을 모두 비워내려 애쓰고 있었다. 변기 탱크의 물이 거세게 흘렀다. 지금 기억이 난다, 마음 한편에서는, 아버지의 검은 천사들 중 하나가 퀴퀴한 어둠 속에서 나타나 날 저세상으로 끌고 내려갔으면 하고 소망했다. 아아, 아무도 나타나지 않았다. 어둠이 계속 풀려나오다 멈췄고, 그러자 나는 몸이 붕 뜬 기분으로 저장고 계단을 올라가 추운 부엌을 통해 다락방으로 갔으며, 녹초가 되고 누그러지고 철저히 비참한 채로 잠에 빠졌다.

일요일

그 일요일 아침, 다락방의 간이침대에서 숙취에 시달리며 잠에서 깨어보니 아버지가 아래층에서 아침 미사에 갈 준비를 도와달라며 날 부르고 있었다. 도움이라면, 셔츠 단추를 채워주고 손이 떨려 직접 들 수 없는 술병을 입술에 대주는 일을 의미했다. 물론 나도 아주 좋은 상태는 아니었다. 위스키 때문에 눈앞이 아직 흐릿했고 몸은 간밤에 먹은 변비약 때문에 꽉 쥐어짠 걸레처럼 축 처졌다.

“추워.” 아버지가 덜덜 떨며 말했다. 면도하지 않은 턱을 잡아당기다 움찔한 아버지는 “면도기 가져와” 하고 말하는 듯한 눈빛으로 나를 바라보았다. 그래서 난 그렇게 했다. 면도 크림 거품을 낸 뒤 바로 거기 부엌 개수대 앞에 선 채로 면도를 해주었다. 개수대 안에는 더러운 접시들과 시가 재가 가득 든 샐러드 대접, 페니 동전처럼 여기저기 푸르스름하게 곰팡이가 슨 빵조각 등이 잔뜩 쌓여 있었다. 그리 나쁘게 들릴지 않을 수도 있지만, 그곳에서 사는 건 꽤 암울했다. 아버지의 기분 변화와 감정 폭발 때문에 진이 빠졌다. 아버지는 화를 너무 자주 냈다. 나는 실수로 아버지의 성미를 건드릴까봐 항상 두려워했고, 그러지 않을 때는 화가 나서 일부러 건드리려 들었다. 우리는 늙은 부부처럼 게임을 했으며 이기는 쪽은 항상 아버지였다. "너한테 끔찍한 냄새가 난다." 그날 아침 아버지가 그렇게 말할 때 나는 그 턱선 아래로 면도칼을 꺾어내리고 있었다.

그러니 당연히 가끔은 아버지를 죽이고 싶었다. 그날 아침에 멱을 따버릴 수도 있었다. 하지만 나는 아무 말도 하지 않았다. 아버지가 나를 얼마나 불쾌하게 하는지 알리고 싶지 않았다. 나를 비참하게 할 힘이 자신에게 있다는 사실을 아버지가 인지하지 못하는 것이 내게는 중요했다. 그리고 내가 얼마나 도망치고 싶어하는지 드러내지 않는 것도 중요했다. 아버지를 떠난다고 생각하면 할수록 그가 내 뒤를 쫓을지도 모른다는 걱정도 커졌다. 경찰서의 친구들을 급히 동원하고, 차를 찾기 위해 주 전체 수색을 요청하고, 내 얼굴 사진으로 수배 전단을 만들어 동쪽 해안지방 전체에 붙일 수도 있을 거라고 계산했다. 하지만 사실은,

모두 환상이었다. 내가 사라지면 아버지가 나를 깡그리 잊을 거라는 걸 알았다. 실제로도 그런 것 같다. 그때는 내가 떠난다면 누구든 나서서 아버지를 돌볼 거라고 판단했다. 고모가 가정부를 고용할 수도 있고, 조우니가 이번 한 번쯤은 노력할지도 모른다. 모든 게 내 책임은 아니다, 나는 속으로 말했다. 아버지는 내가 없어도 괜찮을 거다. 더 나빠질 게 뭐가 있는가?

그날 고모가 아버지를 데리러 와서 경적을 누르자 우리는 서둘러 나갔다. 고모의 이름은 루스였다. 아버지의 유일한 형제. 아버지가 바깥 현관에서 기다리는 동안—아, 고드름 하나가 깨져서 아버지의 뇌에 박힌다면—나는 진입로로 걸어가 차 트렁크를 열고 아버지의 신발 한 켤레를 꺼냈다.

"그거 말고," 아버지가 소리쳤다. "그건 구멍났어."

나는 다른 신발을 꺼내 위로 쳐들었다.

"좋아." 아버지가 말했다. 고모는 날 본체만체하며 쌓인 눈 위로 빛나는 햇살에 초췌한 얼굴을 찡그렸다. 나는 고모의 차 옆을 지나며 손을 흔들었고, 고모는 답해주지 않았다. 바깥 현관에서 아버지의 구두끈을 매주고 출발시켰다.

돌이켜보면 얼마나 착한 딸이었나? 아버지의 셔츠 단추를 잠가주고 구두끈을 묶어주던 나는. 아마도 스스로 착하다는 걸 속으로 알았을 것이다. 내 딜레마의 핵심이 여기에 있었다. 아버지를 죽이고 싶으면서도 아버지가 죽기를 바라진 않는다는 것. 아버지도 이해했을 거라고 생각한다. 아마도 전날 밤에, 비밀을 지키려는 내 본능을 거스르고 그 정도의 얘기를 했을 것이다. 우리는 밤에 자지 않고 함께 술을 마시곤 했다, 아버지와 나 둘이서만. 그 토요일 밤에 식탁에 얼굴을 대고 하품하다가, 한 손에 위스키 병을 들고 다른 손에는 진 병을 든 아버지를 올려다본 기억이 어렴풋하다. "별로 좋지 않아, 아일린." 아버지가 말했는데, 아마도 벌어진 내 다리와 온통 번진 립스틱을 두고 한 말인 듯하다. 우리에게 특이한 일은 아니었다. 서로 다정하진 않았지만 때로는 대화를 했다. 언쟁을 했다. 나는 손짓을 해댔고, 말을 너무 많이 하곤 했다. 세월이 흐른 뒤에도 다른 남자들과, 대개는 멍청한 남자들과 술을 마시며 똑같은 짓을 했다. 그들이 내 모든 것을 흥미롭게 여겨주기를 기대했다. 술 취한 나의 장황함을 수줍은 교태 같은 걸로 봐주었으면 했다. "난 내가 바보 같다는 걸 모르는 어린애일 뿐이에요. 나 귀엽지 않아요? 날 사랑해줘요, 그러면 당신 잘못을 모른 척할게요" 하고 말하는 것처럼. 그 다른 남자들에게는 이런 전략으로 잠시 애정을 얻기도 했지만, 나는 이내 시큰둥해졌고 애초에 그런 호소를 해서 나 자신을 더럽혔음을 알게 되었다. 이런 방식으로 아버지의 애정을 얻는 일은 거듭 실패했다. 식탁에 앉아 횡설수설 내 생각을 말하고, 책 뒤

표지에서 대충 읽은 줄거리를 주절거리고, 나에 대해, 인생에 대해, 우리가 살아가는 세상에 대해 어떻게 느끼는지 이야기하는 그런 방식으로는. 나는 술을 몇 잔만 마셔도 굉장히 극적으로 변할 수 있었다. "사람들은 항상 모든 게 괜찮은 양 행동하죠. 하지만 그렇지 않아요. 다 괜찮지 않다고요. 사람들이 죽어요. 아이들이 굶주려요. 어딘가에서 가난한 사람들이 얼어죽고 있어요. 공정하지 않아. 옳지 않다고요. 아무도 신경을 안 쓰는 것 같아요. 얼씨구나, 조롱하죠. 아빠. 아빠!" 나는 아버지가 내 말을 듣게 하려고 식탁을 내려치곤 했다. "우린 지옥에 있어요, 안 그래요? 여긴 지옥이야, 아니에요?" 아버지는 그저 눈을 흘길 뿐이었다. 그러면 나는 화가 나서 미칠 것 같았다.

그날 아침, 아버지가 성당에 간 뒤 스크램블드에그를 만들어 케첩을 뿌리고 스토브에 맥주를 데웠다. 내가 선택한 숙취 해소법. 물론 효과는 없다. 시도할 생각은 마시길. 하지만 전날 밤 지하실 변기에 속을 다 비워낸 후 뭔가를 먹으니 기분이 좋기는 했다. 빈 석판을 지닌 느낌, 새로이 시작하는 느낌이었다. 비록 아침에 샤워도 안 한 것 같긴 하지만. 온수가 나왔다 안 나왔다 했기 때문에 특히 겨울에는 샤워하는 게 질색이었다. 참을 수 있는 한계까지 나 자신의 더러움을 견디는 게 좋았다. 왜 그랬던 건지 확실히 말하기는 어렵다. 반항의 방식이라기엔 확실히 변변찮은 듯하고, 게다가 남들이 내 냄새를 맡고 그 악취로 나를 판단하고 있다는 걱정에 끊임없이 사로잡혔다. 역겹다고 생각할 거라고. 아버지 자신도 그렇게 말했다. 나한테서 끔찍한 냄새가 난다고. 나는 어머니의 오래된 일요일 복장—회색 바지, 검은색 스웨터, 모자 달린 모직 파카—을 차려입었다. 스노부츠를 신고 차를 몰아 도서관으로 갔다. 수리남의 간략한 역사를 설명한 책과 별을 보고 미래를 점치는 방법에 관한 책을 다 훑어본 참이었다. 앞의 책에는 다 벗다시피 한 남자들과 상체를 드러낸 늙은 여자들의 멋진 사진이 가득했다. 여자의 젖꼭지를 빨고 있는 원숭이 사진이 기억나는데, 어쩌면 내 머리가 지어낸 것일 수도 있다. 그런 비뚤어진 것들을 좋아했다. 별에 호기심을 가진 건 뻔한 이유였다. 내 장래가 밝다고 말해줄 무언가를 원했다. 당시의 내가 이렇게 말하는 모습을 떠올려볼 수 있다. 삶이란 도서관에서 빌린 책과 같다고, 내 것이 아닌, 그리고 기한이 정해진 것이라고. 참 유치했다.

가톨릭 신자로 산다는 일이 어떤 것인지 진정으로 이해한 적이 있다고는 말하지 못하겠다. 조우니와 내가 어렸을 때, 어머니는 일요일마다 아버지와 함께 우리를 성당에 보냈다. 조우니는 반항하지는 않는 듯 보여도 성당에 가면 미사 내내 그냥 앉아서 낸시 드루의 책을 읽으며 껌을 씹었다. 다른 사람들과 함께 무릎을 꿇거나 일어서지 않았고, 주기도문을 낭송할 때는 "어쩌고저쩌고, 어쩌고저쩌고" 하고 되뇌며 머리카락을 배배 꼬았다. 조우니는 아홉 살이나 열 살 무렵에 이미 예쁘고 도도해서, 문제 있는 태도를 보여도 아버지가 눈감아주었다. 하지만 다섯 살의 나는 여전히 통통하고 창백하고 작은 눈을 가늘게 뜬—서른이 되어서야 안경을 써야 한다는 사실을 깨달았다—아이였는데, 의심과 불안을 풍기는 내 분위기가 아버지에게 수치심을 안겨주었던 것 같다. "창피하게 굴지 마라." 성당 계단을 올라가며 아버지는 중얼거렸다. 양쪽에서 아버지에게 인사를 해오던 쾌활하고 알랑거리는 신자들, 그 X빌 사람들은 경찰관과 잘 지내면 이득이 있을 거라고 생각했을 것이다. 아버지는 물론 성당에 갈 때도 제복을 입었다. 아니면, 모두가 아버지를 두려워했는지도 모르겠다. 나는 확실히 두려웠다. 아버지가 미사중에는 총을 자동차 조수석 사물함에 넣어두었다고 기억하는데, 아마도 당시에는 그때만 유일하게 총을 지니지 않았을 것이다. "안녕하세요, 던롭 경관님." 사람들은 말하곤 했다. 아버지는 악수한 뒤 조우니의 어깨를 감싸고 내 머리에 손을 얹은 채로 서서 담소를 나눴다. 내가 어떤 질문이나 관심이라도 받을라치면 아버지는 "정상적으로 굴어, 행복한 모습을 보여, 올바로 행동해"라고 말하듯 아래로 째려보았다. 아니나 다를까, 나는 아버지를 실망시켰다. 아무 말도 못하거나 이상한 말을 했고, 아버지 친구가 내 볼을 꼬집으려 하면 얼굴을 찡그리거나 눈물을 글썽였다. 나는 성당이 싫었다.

"오늘 아침에 미시즈 던롭은 어디 계시나요?" 누군가는 항상 그렇게 물었다. 아버지는 어머니가 몸이 안 좋다거나, 외할머니를 보러 가면서 안부를 전해달라고 했다거나, 하는 변명을 내놓았다. 어머니는 단 한 번도 미사에 가지 않았다. 내 기억에 어머니가 딱 한 번 그 성당에 발을 들여놓은 건 할아버지 장례식 때였다. 일요일 오후에 우리가 집으로 돌아가면—조우니와 나는 나이 많은 수녀가 가르치던, 하지만 그 내용은 조금도 내 의식을 뚫고 들어오지 못했던 성경 교실에서 하염없이 앉아 있었다—어지러운 집안은 아주 조금만 치워진 상태였고, 거실 소파에 누워 베르무트 술병을 허벅지 사이에 끼운 채 잡지를 읽는 어머니의 머리 위로는 오후의 답답한 햇빛 속에서 담배 연기가 자욱한 먹구름처럼 떠 있었다.

"지옥으로 엄마 보러 온다고 약속해줄래, 아일린?" 어머니는 묻곤 했다.

"방으로 가." 아버지는 말했다.

아버지가 식사 전에 성호를 그을 때, 희망에 부풀 때나 화가 날 때마다 천장을 올려다볼 때, 어머니는 미신을 믿는 아버지에게 눈총을 주었다. "하느님은 바보들을 위한 거야." 어머니는 우리에게 말했다. "다들 죽는 게 무서운 것뿐이야. 내 말 들어, 얘들아." 어머니가 이 말을 했던 때가 기억난다. 어느 날 루스 고모가 집에 와서 우리에게 게으르댔는지, 버르장머리 없는 애새끼들이랬는지, 그런 비슷한 말을 했을 때 나중에 어머니가 우리를 옆으로 불러서 그렇게 말했다. 고모와 우리 어머니는 사이가 좋지 않았다. "하느님은 지어낸 이야기야." 어머니는 우리에게 말했다. "산타클로스처럼 말이야. 아무도 너희가 혼자 있을 때 지켜보지 않아. 뭐가 옳은지 그른지는 직접 판단해라. 착한 소녀들을 위한 상이란 없단다. 뭔가 원하면 싸워서 얻어내. 바보가 되지 말고." 어머니가 이보다 훨씬 더 마음을 담아 한 말은 이런 무시무시한 선언이었다. "아무짝에도 쓸모없는 하느님 따위. 아무짝에도 쓸모없는 너희 아버지."

그런 말을 들은 후 몇 시간이고 침대에 앉아 내 앞에 펼쳐진 영원을 그려보던 기억이 난다. 내 머릿속에서 하느님은 긴 가운을 입은 흰머리 노인—아버지도 나중에 엇비슷하게 변할 것 같은 그런 모습—으로, 빨간 연필로 종이에 표시해가며 세상을 주관하는 존재였다. 그런데 거기에는 내 처량한 필멸의 육체가 있었다. 이 하찮은 삶으로 뭘 하든 하느님이 상관할 리는 없겠지만, 어쩌면 나는 특별한지도 모른다, 라고 생각했다. 어쩌면 하느님은 좋은 일을 위해 나를 아껴두고 있는지도 모른다고. 나는 옷핀으로 손가락을 찔러 피를 빨아냈다. 하느님은 믿는 척만 하기로 결심했다. 그 또한 내게 없는 진짜 신앙만큼이나 좋아 보였기 때문이다. "진심을 담아 기도하란 말이야!" 내 감사기도 차례가 되면 아버지는 소리치곤 했다. 그 멍청한 도덕주의에 분노가 치밀었지만 나를 대하는 아버지의 태도에 대한 분노보다 더하지는 않았다. 아버지는 내게 의리가 없었다. 나를 자랑스러워한 적이 없다. 칭찬한 적도 없다. 그저 나를 싫어한 것이다. 아버지는 진에 대해, 악당들, 상상 속의 적들, 유령들과 벌인 비뚤어진 전쟁에 대해서만 의리를 지켰다. "악마의 자식들." 아버지는 총을 흔들어대며 그렇게 말하곤 했다.

그 일요일에 나는 X빌 도서관으로 가 차를 세우고서 진창이 된 눈길을 헤치고 걸어갔지만 커다란 빨간색 문은 잠겨 있었다. 시내의 오래된 예배당 안에 있는 조그만 도서관이었고, 하나 있는 사서—미시즈 뷰엘, 아직도 이름이 기억난다—가 개인 일정에 맞춰 자리를 지켰다. 그곳에 하도 자주 가서 책등만 보고도, 서가에 꽂힌 순서만 보고도 모든 책을 알아보았다. 어떤 책들은 책장에 묻은 얼룩—여기에 스파게티 소스가 흘렀고, 저기에 개미가 으깨졌고, 또 저기 어디에는 코딱지가 묻었음을—도 기억했다. 그날 아침 산들바람에서 무언가 희망적인 것을 감지했던 기억이 난다. 12월 말이었는데도 바람에서 봄기운을 느꼈다. 과음과 관련해 내가 가장 좋아하는 건 숙취가 있는 다음날 어떤 시점에서 느껴지는 열의와 활력이었다. 때로는 어떤 맹목적인 흥분을 가져왔다. 조증, 지금은 그렇게 불린다. 그런 좋은 기분은 항상 정오쯤이 되면 잦아들어 우울로 바뀌었지만, 일요일 아침의 그 밝은 빛 속에서 나는 미시즈 뷰엘에게 돌려줄 책을 반납구에 밀어넣고 보스턴으로 드라이브를 가겠다고 결심했다.

그날이 X빌에서 보내는 마지막 일요일이 될 것을 알았다면, 다락방에서 몰래 여행가방을 싸거나 다시는 보지 않을 집에 관해 음울한 명상에 빠졌을지도 모른다. 아버지가 성당에 가 있는 동안 그 시간과 공간을 이용해 부엌 식탁에서 눈물을 흘리며 내 청년기 전체를 애도할 수도 있었다. 벽을 발로 차고, 벗어지는 페인트와 벽지를 찢어내고, 가는 곳마다 바닥에 침을 뱉을 수도 있었다. 하지만 나는 고속도로에 올랐다. 곧 떠나리라는 것을 몰랐다.

기억하기로, 눈이 녹고 있어서 길이 미끄러웠다. 배기가스에 중독되지 않기 위해 창문을 내렸다. 며칠 전 밤에 주운 니트 모자를 쓰고 얼음처럼 차가운 공기에 얼굴이 조금 얼어붙도록 놔두었다. 그해 겨울에 창문을 닫고 차를 몰다가 운전대 위에서 잠에 빠질 뻔한 적이 한두 번이 아니었다. 어느 밤에는, 랜디의 집에서 돌아오는 길이었던 것 같은데, 차를 길옆으로 틀어 눈더미에 처박았다. 다행히 발이 페달에서 떨어져 있었기에 큰 충격은 없었다. 그 일요일에 X빌을 나서면서 보스턴 가는 길에 내가 다니던 대학에 들를까도 생각했지만 용기가 나지 않았다. 그 조그만 대학 도시에서 겨우 일 년 남짓 다른 여학생들과 기숙사 생활을 했다. 수업에 들어가고, 학생식당에서 밥을 먹고, 이런저런 일을 했다. 커피 추출기와 나만의 침대 시트를 갖고, 그리 멀지는 않아도 집을 떠나 산다는 것이 좋았다. 그러다 이학년 중반쯤에 학교에서 끌려나와 어머니를 돌보기 위해 X빌로 돌아가야 했다. 비록 '돌본다'는 말은 옳은 표현이 아니지만. 나는 어머니에게 공포를 느꼈다. 어머니는 내게 수수께끼 같은 사람이었고, 그 무렵 나는 어머니를 전혀 '돌보지' 않았다. 어머니가 병들었으므로 간호사처럼 시중을 들긴 했지만 내가 한 일에 온기나 배려는 없었다.

학교를 떠나야 했던 일이 내심으로는 다행스러웠다. 대학에서 좋은 성적을 받지 못했고, 수업을 이수하라고 아버지가 돈을 내주는 건데 낙제할 수도 있다고 생각하면 밤잠을 이룰 수가 없었다. 이미 학과장과도 약간 문제가 있었다. 내가 분기고사를 치르는 대신 '몸져누워' 침대에서 나오지 않기로 마음먹었기 때문이다. 물론 집에 와서는 내 비참한 처지를 부모의 책임으로 돌렸고, 다시 학교로 돌아가 타자기 이용법, 예술사, 라틴어, 셰익스피어, 그 외의 어떤 터무니없는 것들이든 공부하기를 소망했다.

그 모자를 썼는데도 들이치는 찬 공기가 어찌나 매섭던지 창문을 닫아야 했다. 얼어붙은 고속도로를 차로 달리면 얼마나 추운지 상상도 못할 것이다. 나는 라디오를 틀고 한동안 고속으로 달렸지만 보스턴에 가까워지자 길이 막히기 시작했고—앞쪽에서 사고가 난 듯했다—차 안에 앉아 다른 차들이 움직이기를 기다리는데 갑자기 머리가 띵해졌다. 눈꺼풀이 처지기 시작하고 머리가 무지근했다. 죽도록 피곤했다. 골이 아팠다. 그런 매연은 뇌 조직 안으로 침투한다. 지금도 나는 영구적 손상을 입은 상태라고 믿는다. 그런데도 그 차를 사랑했다. 운전대에 머리를 대고 엎드린 채 일 분이나 지났을까, 정신을 차려보니 다른 차들이 경적을 울리며 내 옆을 지나가고 있었다. 그래서 나도 차를 움직이며 정신을 차리려고 안간힘을 썼으나, 차선에서 벗어났는지 뒤에는 경찰차가 있었고 백미러에 얼굴이 하나 보이면서 검은 장갑을 낀 손이 차를 옆으로 대라고 손짓했다. 그 정신없는 와중에 나는 거울에 비친 얼굴이 아버지라고, 어떻게 된 일인지 아버지가 시외까지 날 따라온 거라고 생각했다. 아직도 내 머릿속에는 경찰 시절 아버지의 모습이 남아 있었다. 제복을 입고 껄껄 웃는 아버지는 볼과 손이 불그레하고 눈은 불길하게 번들거렸다. 그 인간은 경찰에 있는 동안 한 번도 코트를 입지 않았다. "코트로 제복을 가려버리면 안 되지." 그래서 아버지는 항상 아팠다. 늘 콧물이 흘렀고 어깨가 귀까지 치솟아 경직된 몸으로 발을 바꿔가며 양옆으로 종종거렸다. 당신도 그의 모습이 그려질 것이다. 물론 아버지는 그 시간에 미사를 보고 있었고, 제복도 오랫동안 입지 않았다. 하지만 나는 언제 어디에서든 아버지가 보이는 듯했다. X빌을 떠나고 몇 년이 흐른 뒤, 그리고 지금까지도, 이따금 아버지가 공원에서 곤봉을 휘두르거나 술집이나 커피숍에서 나오거나 계단 꼭대기에 푹 수그리고 있는 모습이 보이는 것 같다.

갓길에 차를 대고 창문을 내렸다. "죄송해요, 경관님," 나는 경찰에게 말했다. "차 안 공기가 답답해요. 히터가 고장났거든요."

내 기억에 그 경찰관은 젊고 얼굴이 앙상했으며 커다랗고 파란 눈 밑이 불룩하게 처져 있었다. 뉴스 진행자를 연상시키는 그가 평범한 질문들을 던졌다. 그가 내 숨결에서 알코올 냄새를 맡을까봐 입을 다물고 말하려 애썼다.

"아, 세상에," 나는 눈을 비비며 말했다. "정말, 정말, 죄송해요." 나는 애원하는 눈길로 그를 올려다보았다. "아버지가 아프셔서 밤새 잠도 못 자고 곁을 지켰어요. 정말 힘든 시기예요." 동정심을 가장 많이 끌어낼 수 있을 거라고 생각한 핑계였다. 하지만 그 말을 하는데 주먹을 쥐듯 목이 꽉 조여왔고 눈에는 눈물이 차올랐다. 내가 이 한심한 이야기를 정말로 믿는 것처럼, 아버지를 너무 깊이 사랑한 나머지 그가 없는 삶을 마주해야 할지도 모른다는 생각에 가슴이 찢어지는 것처럼. 나는 제정신이 아니어서 차를 똑바로 대는 것조차 힘들었다. 굉장히 극적인 상황이었다. 나는 손바닥 아랫부분으로 눈두덩을 문지르며 목청을 가다듬었다. 경찰관은 태연했다.

"이렇게 하죠." 그는 내가 다음 출구에서 나가 커피를 한 잔 마시겠다고 약속하면 보내주겠다고 했다. 나는 그러겠다고 했다. "아버지에게 딸이 가장 필요할 때 나쁜 일이 일어나면 안 되죠." 이 얼마나 너른 마음인가. 나는 데스마스크를 쓴 뒤 고개를 끄덕였다. 경찰이 늘 싫었지만 그때는 그들의 말을 들어야 할 것 같았다. 그래서 정말로 다음 출구에서 나갔다.

정신을 차리고 보니 무디Moody라는 이름의 거리에 있었다. 그래, 그런 거리에 있었다. 도로 위쪽에는 두 전신주 사이에 크리스마스 현수막이 걸려 있었다. 내 옆을 성큼성큼 걸어가는 밝은 빨간색 파카 차림의 여자는 저먼셰퍼드 한 쌍을 앞세우고 마치 썰매를 탄 듯 끌려가는 중이었다. 나는 개를 좋아하지 않았다. 무서워서가 아니라—무섭지 않았다—개의 죽음이 사람의 죽음보다 훨씬 더 견디기 힘들기 때문이었다. 어린 시절부터 함께한 모나는 스코티시테리어로, 한배에서 태어난 새끼들 가운데서 가장 약한 놈이었는데 어머니가 돌아가시기 바로 전주에 하늘나라로 갔다. 그 개의 죽음이 어머니의 죽음만큼이나 마음 아팠다고, 나는 주저 없이 말할 수 있다. 그런 식으로 느끼는 사람이 지구상에 나 하나만은 아니라고 생각하지만, 수치스러운 감정 같다는 느낌은 오래 남았다. 이런 감정을 털어놓을 닥터 프라이 같은 사람이 있었다면 내게 위안이나 새로운 전망을 가져다줄 무언가를 알아냈을 수도 있지만 그런 사람은 없었다. 어쨌거나 나는 슬픈 사람들의 머릿속을 뒤지고 그 안의 모든 게 얼마나 흥미로운지 이야기하는 그런 사람들을 신뢰하지 않는다. 흥미로울 건 하나도 없다. 어머니는 심술궂었고 개는 착했다. 대학 학위가 없어도 그쯤은 알 수 있다.

무디 스트리트 모퉁이에 있는 커피숍 창문에는 종이를 오려 만든 요정들과 산타의 얼굴이 점점이 걸려 있었고, 깜빡이는 크리스마스 조명과 호랑가시나무가 문 가장자리를 장식했다. 나는 뜨거운 차 한 잔을 주문하고 앉았는데, 자동차 때문에 여전히 화가 나고 걱정도 되었다. 언젠가 마침내 위대한 출발을 결행하기로 할 때 이 차는 믿을 만한 도주용 차량이 될 수 없겠구나, 그걸 깨달았다. 그 추위와 창문을 올리고 운전한 지 겨우 몇 분 만에 느꼈던 졸음을 감안하면, 완전히 떠날 때가 오더라도 그 차 안에서 얼어죽거나 기절하지 않고 무디 스트리트 이상은 갈 수 없으리라. 그러므로 이 짧은 당일치기 여행은 주행 테스트, 혹은 무대 총연습 같은 것이었다. 그리고 차는 불합격이었다. 솔직한 심정을 말하자면, 사기가 꺾였다. 봄까지 기다려야 할 것이다. 그런데 그때가 되어서도 나는 정말로 갈 것인가?

종업원이 일어서서 앞치마 끈을 고쳐 매고 껌을 씹었다. 유니폼은 흰 옷깃이 달린 겨자색이었고, 그 위에 분홍색 스웨터를 걸쳤는데 목둘레에 반짝이는 검은 구슬이 수놓여 있었다. 여자의 목에서 우글거리는 바쁜 개미들처럼 보였다. 그 옷이 선명히 기억난다. 내 옷은 보풀이 일고 올이 뜯긴 검은색 모직 카디건이었고, 바지 허벅지 위에는 커피 얼룩이 뿌려져 있었다. 갑자기 남의 시선이 의식되고 화가 나서 파카를 다시 입었다. 형편없는 옷을 입은 내 모습을 누가 보는지, 텅 비다시피 한 커피숍에서 누가 내 옷차림을 판단하는지, 왜 상관해야 하나? 상관하지 않는다. 내 추레한 모습을 실컷 보라지. 안 감은 내 머리에 돌을 던지라지. 나는 이들 무리보다 더 나은 사람이다. 내가 떠나면 이들은 뒤에 남아 내가 앉았던 자리에 입맞추게 될 거다. 나는 그런 말들을 혼자 되뇌면서 확신을 더 공고히 하고자 초콜릿 아이스크림을 주문했다. 종업원이 분홍색 스웨터의 소매를 앙증맞은 팔꿈치 위로 밀어올리고 냉동고 깊숙이 팔을 넣어 아이스크림을 떠내려 애쓰는 모습을 바라보았다. 그 여자는 길쭉한 철제 접시에 생크림, 다진 견과류와 함께 아이스크림을 담아 꼭대기에 마라스키노 체리를 얹어 내왔다. 나는 굶주린 고아처럼 그것을 입에 퍼넣었고 초콜릿이 턱 아래로 흐르는데도 내버려두었다. 상관하지 않았다. 나중에 뜨거운 차를 꿀꺽꿀꺽 마시자 치아가 비명을 지르고 머리가 터지는 것 같았다. 전날 밤 아버지가 위스키를 전부 빨아마시기 전에 내게 얼마큼 배급해주었는지 기억나지 않지만 모르긴 해도 꽤 후했던 모양이다. 빈약한 체중이었음에도 나는 상당한 양의 술을 이겨낼 수 있었고, 대부분 주말에는 그만큼 심하게 앓지 않았다.

아이스크림이 뱃속에서 후회스럽게 출렁이는 와중에 굉장히 우울한 기분으로 돈을 내고 밖으로 나왔다. 건널목 앞에서 기다리는 동안 얼음판을 부츠 뒤축으로 긁고 모서리로 쿵쿵 내리쳤다. 얼음판이 갈라지며 뿌옇게 변했지만 부서지지는 않았다. 사람의 기억이란 게 참 우습다. 대부분 일요일에 나는 집에 처박혀 있거나 랜디의 집에 다녀오는 게 전부였고, 그동안 아버지는 밖에 나가 하느님과 교감하거나 뭐가 되었든 본인이 성당에서 하고 있다고 생각하는 그 일을 했다. 미사가 끝나고 아버지를 내려줄 때 루스 고모가 집안으로 들어오는 일은 드물었다. 들어와서도 핸드백을 꽉 움켜쥐고 장갑도 그대로 낀 채 입술을 하얘지도록 꾹 다물고 있었다. "네 아버지한테 커피 한 잔 갖다드려라" 정도가 고모가 내게 하는 가장 긴 말이었다. 아버지는 고모가 옆에 있으면 나를 그냥 무시했다. "집에 와서 청소해줄 사람을 고용해." 고모가 언젠가 말했다. "네 애들은 다른 일 하느라 바쁜 것 같으니까." 두 사람이 그 말을 할 때 나는 부엌 문간에 서 있었다. 아버지는 부엌 안락의자에 자리잡았고, 루스 고모는 식탁 앞에 앉아서 어디에도 닿지 않으려 조심했다.

"아일린은 제 엄마를 닮았어," 아버지가 대답했다. "아무짝에도 쓸모없는 인간."

"찰리, 죽은 사람을 욕하면 안 돼."

"그렇게 착한 척 좀 하지 마." 아버지가 코웃음을 쳤다. "그 여자가 한 일이라곤 내 돈을 쓰고 코를 곤 것뿐이야."

사실이었다, 어머니는 쇼핑을 좋아했다. 그리고 코를 너무 요란하게 골아서 가끔은 기관차가 집안으로 칙칙폭폭 들어오는 것만 같았다. 어렸을 때는 빠른 기차가 별이 총총한 어두운 하늘에 연기 다발을 뿌리며 X빌을 벗어나 이 나라를 누비고 다니는 꿈을 자주 꾸었는데, 그럴 때면 내 밑에서 우릉우릉 울려대는 기찻길이 나를 거의 흔들어 깨울 듯했다.

"저애가 청소를 하긴 하니? 요리는 하고?" 고모가 물었다.

"난 별로 많이 안 먹어." 아버지가 날 변호하며 대답했다. "나 통풍 있잖아." 그들이 마침내 거기 서 있는 나를 보았을 때, 고모는 그저 혀를 끌끌 차면서 지갑 손잡이를 만지작거렸다.

"쓰레기 내다놓아라, 아일린." 아버지가 자기 누나를 달래려는 것처럼 그렇게 말했다. 나는 쓰레기를 내다놓았다. 기분이 나쁠 때면 난 항상 그저 눈물을 삼키고 차가운 돌 가면을 썼다. 그 일요일에는 드라이브하러 나와 있어서 다행이라는 생각이 들었다. 보스턴에 가겠다는 목표는 이루지 못했지만 어쨌거나 고모와 마주치는 괴로운 시간은 피했으니까. 고모는 딱 달라붙은 은발에다 이마에는 주근깨가 박혀서, 물에 삶은 것처럼 역겨운 모습이 마치 달걀 피클 같았다. 나는 정말로 고모를 좋아하지 않았다.

내가 그날 가게 된 소도시의 이름까지는 말해줄 수 없지만, 무디 스트리트는 완벽하게 쾌적하고 흥겨운 곳이었다. 나는 진열창들을 매력적으로 꾸민 상점 구역을 이리저리 돌아다녔다. 당연히 모두 닫혀 있었다. 당시에는 일요일에 껌 한 개를 사는 것도 힘들었다. 차로 돌아가는 길에는 좁은 골목을 지나다 십대 연인들이 키스—'애무'라고 우리가 부르던 것—하는 모습을 보았다. 그 장면이 또렷이 기억난다. 그들을 본 순간에 여자애의 혀가 남자애의 입으로 미끄러져 들어가고 있었다. 매우 인상적이었다. 여자애의 부드러운 분홍색 혀, 그 매끄러운 표면에 반사된 깨끗한 겨울빛, 그리고 그 색깔과 질감 면에서 너무나 대조를 이루는 순수하고 아름다운 매부리코 얼굴. 차 안에 앉아서도 그 영상—불가능해 보이는 그토록 에로틱한 힘—을 떨쳐낼 수 없었다. 물론 나도 그전에 프렌치키스에 대해 들어봤고 1-H 전망대에서 서로를 애무하는 연인들의 축 늘어진 고개도 본 적 있지만, 이번 장면은 마치 엑스레이 렌즈로 본 듯한 느낌이 들었다. 그렇게 키스를 하다니, 여자애가 얼마나 스스럼없고 얼마나 배짱 좋고 대담한지, 그 점에 충격을 받았다. 그리고 당연히 내겐 그애처럼 될 배짱이 없을 거라고 혼자서 생각했다. 무표정한 얼굴의 남자애는 눈을 꽉 감고 입은 크게 벌린 채 여자애를 감싸안았으며, 체크무늬 모직 재킷의 옷깃은 세워져 있었다. 그 모습이 계속 떠오르면서 두통과 피로가 심해져 극심한 불안으로 바뀌었다. 성적 흥분을 느끼면 거의 항상 뱃속이 울렁거렸다. 집에서라면 뜨거운 물에 몸을 담그고 박박 문질러 닦았겠지만 나는 멀리 나와 있었다. 그래서 차문을 열고 밖으로 몸을 내밀어 수정 같은 눈을 한 움큼 떠서 바지 앞쪽과 팬티 속에 처넣었다. 굉장히 차갑고 굉장히 고통스러웠지만 운전하는 동안 그대로 녹게 내버려두었다. 창문은 열었다. 어떻게 폐렴에 걸리지 않았던 건지 모를 일이다.

마음이 심란하면 자주 그랬듯이 랜디의 집으로 차를 몰았다. 가는 길에 그의 굵은 팔과 육감적이면서도 소년 같은 윗입술, 만화책이나 어떤 수상쩍은 잡지 뒤에 숨으려 애쓰며 언뜻 미소 짓는 옆모습을 생각했다. 내가 사라지면 그는 날 그리워할까? 아마 그럴 것이다. "아, 아일린" 하고 부르며, 내 실종 사건을 조사하는 경찰들에게 말할 것이다. "용기가 없어 데이트 신청을 못했는데 떠나버렸네요. 이렇게 기회를 놓쳤으니 언제나 후회스러울 거예요." 함께 있는 우리를 생각하면 위안이 되었다. 어쩌면 몇 년 후에 내가 진짜 여자가 되어, 그가 좋아하는 유형—그게 뭐든—이 되어 다시 만나면, 우리는 서로 얼싸안고 잃어버린 사랑과 헤어짐의 슬픔에 눈물을 흘릴지도 모른다. "내가 눈이 멀었나봐요." 랜디가 그렇게 말하며 내 손가락에 입을 맞추면, 그의 눈에 고인 눈물이 아름다운 광대뼈를 타고 내려올 것이다. 나는 우는 남자가 좋았다. 이 약점 때문에 징징이들, 우울쟁이들과 수도 없이 사랑에 빠졌다. 랜디라면 좀처럼 울지 않을 거라고, 하지만 정말로 울 때는 대단히 아름다울 거라고 생각했다. 그 오후, 녹은 눈으로 흥건한 자동차 시트에 앉아 나는 정말로 그의 집 앞을 지나갔던가? 물론 그랬다. 정확히 무엇을 기대했는지는 잘 모르겠다. 그가 밖으로 나와 사랑을 고백하고, 나를 구원해 함께 도망치고, 내 모든 문제를 해결해줄지도 모른다는 희망은 늘 있었지만. 그의 집 앞에서 시동을 켜놓고 서 있는데 갑자기 구역질이 올라와 차문을 열고 속을 게워냈다. 잿빛이 된 녹은 아이스크림이 눈더미 속으로 가라앉더니 사라졌다.

그날 오후 집에 돌아가자마자 위층의 어머니 방으로 달려가 차갑고 축축한 바지와 속옷을 벗었다. 아버지가 어둑한 복도 건너편에서 변기에 앉아 있다가 화장실 문을 획 열고 물었다. "어디 갔다 왔냐?"

나는 오래된 양털 스타킹을 다리에 꿰어 신고 벽장으로 가서 예비로 숨겨둔 진을 한 병 찾아 아버지에게 건넸다. 술병을 받아 든 아버지는 자유로운 한쪽 손으로 불을 켰다. 무릎에 있던 신문지가 떨어지면서 허벅지 사이의 시커먼 음모가 보였다. 공포심이 일었다. 세면대 가장자리에 놓인 아버지의 총도 보였다. 나는 때때로 그 총이 궁금했다. 가장 음울한 순간에는 아버지의 잠든 몸 아래에서 총을 슬쩍 꺼내 방아쇠를 당기는 상상도 했다. 내 두개골 뒤쪽에서 똑바로 쏘아 몸이 아버지 위로 고꾸라지면서 그 차갑고 축 늘어진 가슴팍에 내 피와 뇌수가 줄줄 흐르는 것이다. 하지만 솔직히, 누군가 내 알몸 시신을 검사한다는 생각은 그런 음울한 순간에도 날 살아 있게 하기에 충분했다. 그 정도로 내 몸이 창피했다. 그리고 내 죽음이 그다지 큰 영향을 끼치지 못할까봐 걱정스럽기도 했다. 내 머리를 산산이 날려버렸는데도 사람들이 "괜찮아, 뭐 좀 먹으러 가자" 하고 말할까봐.

그날 밤, 나는 간이침대에 누워 배를 찔러대며 장갑 낀 손가락으로 갈비뼈의 수를 헤아렸다. 다락방은 추웠고 간이침대는 엉성했다. 옷을 다 입어도 고작 사십오 킬로그램인 내 몸무게를 겨우 지탱하는 정도였다. 담요를 너무 많이 덮으면 침대의 연결 부위가 건들거렸고, 숨을 한 번 쉴 때마다 조류에 밀리는 배처럼 뼈대가 들썩거려 잠을 잘 수 없었다. 렌치를 찾아서 볼트든 나사든 뭐든 조일 수도 있었지만, 고장난 자동차 배기관 문제에도 그랬듯이 나는 성가신 수리 일은 신경쓰지 않았다. 그냥 문제를 안고 뒹굴거나 좋은날이 오기를 꿈꾸는 편이 나았다. 그 다락방은 집에 놀러온 삼촌이, 내게 삼촌이 있다면 말이지만, 자면 적당할 곳이었다. 착한 삼촌, 어쩌면 육군에 복무하고, 물건을 만들거나 고치겠다고 곧잘 나서며, 춥다거나 목마르다고 불평하지 않고, 질 나쁜 쇠고기나 비계와 연골이 많은 닭고기를 별생각 없이 먹는 사람. 내 상상 속 삼촌은 귓불이 길고 축 처졌으며 어깨는 좁아도 몸은 근육질에 눈은 컸다. 나는 환상을 품었다. 어쩌면 그 착한 삼촌이 내 진짜 아버지일지도 모른다고. 이따금은 어머니의 옷장을 뒤지며 불륜의 증거를 찾으려 했다. 음식 얼룩, 면 블라우스 앞자락에 흘러내린 커피 자국, 혹은 누렇게 변한 옷깃에 발린 립스틱 자국을 발견한 일이 무덤 속 목소리를 듣는 것과 같다고 할 수는 없었지만, 어쩌면 유용한 무언가를 찾고 싶었던 것 같다. 어떤 암시, 인사, 어머니가 나를 사랑했다는 증거, 다른 뭐라도. 모르겠다. 어째서 어머니가 돌아가시고 몇 년이 지나도록 그녀의 옷을 입고 다녔는지, 잘 모르겠다. 망자와 헤어지기 싫은 마음에, 헌 원피스를 어머니의 정신을 잇는 충성의 휘장으로 여긴다든가, 하여간 그런 말도 안 되는 의미로 그러는 거라고 아버지가 추측하도록 놔두었다. 하지만 사실은 나를 가리기 위해 그 옷들을 입었던 것 같다. 그런 의상을 입고 돌아다니면 아무도 나를 보지 못하기라도 할 것처럼.

알전구 불빛 아래에서 간이침대에 앉아 다락방을 훑어보던 기억이 난다. 비참한 삶이 구현된 매력적인 모습이다. 서랍장의 축 처진 서랍들에는 어머니의 어머니가 물려준 좀먹은 침대 시트가 차곡차곡 쌓여 있었다. 헌책과 종이가 든 상자들, 오래된 전축과 나는 한 번도 틀어볼 생각을 하지 않은 음반들이 여러 상자 있었다. 경사진 천장 때문에 뒷마당으로 난 창문까지 웅크려 걷다가 결국에는 기어가야 했다. 창문 밖을 내다봐도 흰 눈과 헐벗고 거무스름한 나뭇가지 몇 개 말고는 구분되는 게 별로 없었고, 저무는 오후의 하늘 아래에서 모든 것이 자줏빛으로 빛났다. 그 아래 어딘가에 죽은 개 모나가 묻혀 있었다. 어머니가 병들어 누워 있던 때를 생각했다. 서툴게 짠 아프간 모포 더미 위에 손을 올리고, 이 세상에 하느님이 있다면 그는 개자식이라고 아버지를 향해 목청껏 소리지르던 어머니. "난 이미 죽은 게 틀림없어." 어머니는 우겼다. 나는 충실하게 날이면 날마다 스토브에 닭고기 수프를 끓여 그 맑은 국물을 어머니에게 가져갔다. 팔을 힘없이 마구잡이로 내저으며 저항하는 사람에게 한 순갈, 한 순갈 떠먹이는 고역을 치르는 동안 흐르는 국물을 받아낼 수 있도록 커다란 초록색 샐러드 대접에 담아서.

어느 날 빨래를 널려고 집 뒤편으로 갔다가 깎지 않은 잔디 위에 배를 드러내고 누운 개를 발견했다. 타는 듯한 태양 속에서 높이 자라 말라 죽은 풀밭이었다. 하느님이 실수로 다른 영혼을 데려갔나보다, 나는 유별난 감상의 순간에 그렇게 생각하다 집 벽에 등을 대고 조용히 울었다. 젖은 빨래는 바구니에 그대로 놔두고 젖은 베갯잇만 하나 꺼내 모나의 몸을 덮어주었다. 다시 거기로 나가볼 용기를 내기까지는 만 하루가 걸렸다. 그즈음 빨래는 이미 꾸덕꾸덕 말라 있었고, 베갯잇을 들췄을 때 드러난 개의 시체를 보고 헛구역질을 하다 뱃속 내용물—닭고기와 베르무트—을 마른땅에 게워냈다. 모종삽으로 충분히 구덩이를 파고 모나를 발로 밀어넣은 후—손으로는 도저히 만질 엄두가 나지 않았다—부슬부슬한 흙으로 덮는 데까지 몇 시간이 걸렸다. 일주일 후 아버지는 오래되어 냄새나는 사료 접시를 걷어차며 그냥 "망할 놈의 개"라고만 말했고, 그래서 나는 그것들을 모두 내버린 뒤 아무에게도 말하지 않았다. 며칠 후 어머니가 죽었을 때 비로소 나는 터놓고 눈물을 흘렸다. 낭만적인 이야기이기도 하고, 그간에 울 필요가 있거나 우는 게 도움될 때마다 거듭 떠올린 이야기라서, 지금 시점에는 정확하지 않을 수도 있다.

그날 밤, 얼어붙은 뒷마당을 내다보며 나는 다시 한번 개를 위해 울었고 영원히 X빌에 머물러야 하는 개의 신세를 불쌍히 여겼다. 뼈를 파내서 가져갈까도 생각해봤다. 스키 바지에 두꺼운 모직 스웨터, 스노부츠, 장갑, 꽉 조이는 니트 모자 등으로 무장하고서 삽을 들고 나가볼까 진지하게 고려했다. 어떤 것으로도 무덤을 표시해두지 않았지만 모나가 나를 부를 거라고, 어느 땅을 파야 할지 직관적으로 알 거라고 느꼈다. 물론 시도조차 하지 않았다. 곡괭이 같은 게 필요했을 것이다, 공동묘지에서 사용하는 종류의. 땅 파는 기계도 없이 사람 하나를 통째로 묻으려면 어떤 노동이 필요할지 상상해보라. 영화처럼 되지는 않는다. 그렇게 쉬운 일이 아니다. 옛날에는 겨울에 사람들을 어떻게 묻었을까, 나는 궁금했다. 봄이 될 때까지 밖에서 꽁꽁 얼게 놔두었을까? 정말로 그렇게 했다면 어딘가 안전한 곳, 어쩌면 지하실 같은 곳에서 해빙기가 될 때까지 어둠과 냉기 속에 고요히 누워 있게 했을 것이다.

월요일

그날 아침에 샤워를 한 기억이 난다. 모락모락 올라오는 수증기 속에서 거울에 비친 몸을 샅샅이 살펴보며 꾸물거리는 동안 온수가 바닥났기 때문에 기억한다. 난 이제 할머니가 되었다. 누구나 경험하듯 시간은 주름과 처진 턱살과 불룩 튀어나온 눈밑 지방으로 내 얼굴을 흐리멍덩하게 변화시켰으며, 늙은 몸은 거의 무성無性이 되어 말랑하고 주름지고 볼품없어졌다. 그래서 기분전환삼아, 여기 다시 내 스물네 살 적 조그만 아가씨의 몸이 있다. 어깨는 좁고 처졌으며 뼈가 툭 튀어나왔다. 가슴팍은 뼈로 만든 빳빳하고 팽팽한 북 같아서 나는 그곳을 유인원처럼 주먹으로 탕탕 쳤다. 가슴은 레몬 정도의 크기에 단단했고, 젖꼭지는 가시처럼 뾰족했다. 사실 내 몸은 갈비뼈가 거의 전부였고 너무 깡말라서 골반이 어색하게 툭 튀어나왔으며 자꾸 어딘가에 부딪혀 멍이 들곤 했다. 뱃속은 전날 먹은 아이스크림과 달걀 때문에 여전히 답답했다. 장의 정체된 움직임은 내 끊임없는 집착거리였다. 식사와 배출에는 복잡한 과학이 작동하여, 점점 강도를 더하는 변비의 불편함과 변비약으로 유도한 축출의 카타르시스 사이에서 균형을 유지했다. 나는 자신을 돌보는 일에 너무나 형편없었다. 물을 마시고 건강에 좋은 음식을 먹어야 한다는 건 알았지만, 정말이지 물을 마시거나 건강에 좋은 음식을 먹는 게 싫었다. 과일과 채소는 비누나 양초를 먹는 것처럼 혐오스러웠다. 스물네 살에도 여전히 나는 그 불운한 사춘기 부적응에 시달리며 내 여성성을 수치스럽게 여겼다. 며칠 연속 극소량의 음식으로 연명하는 때도 있었다. 여기서 견과류나 건포도 조금, 저기서 딱딱한 빵 쪼가리 조금 하는 식으로. 그리고 며칠 전 밤에 먹은 초콜릿처럼, 재미를 위해 이따금 사탕이나 쿠키, 혹은 그 외에 맛은 좋지만 내 뼈에 살을 붙일까 두려운 것들을 씹었다가 뱉어낼 때도 있었다.

당시에 사람들은 스물네 살인 나를 벌써 노처녀 취급했다. 그때까지 남자애와 키스를 해본 건 딱 한 번이었다. 열여섯 살 때 학교 선배였던 피터 우드먼이 고등학교 무도회에 날 데려갔다. 그에 대해 너무 많은 얘기는 하지 않겠다. 낭만적인 향수에 젖어 그 기억을 간직해온 것처럼 보이긴 싫으니까. 지금껏 혐오하라고 배운 게 있다면 그것은 향수다. 어쨌거나 내 이야기에서 낭만의 주인공이 있다면, 랜디다. 피터 우드먼은 랜디의 발밑에도 못 미친다. 어쨌든 내 무도회 드레스였던 남색 태피터*는 굉장히 예뻤다. 나는 남색을 무척 좋아했다. 그 색깔 옷을 입으면 뭐든 제복이 연상되었고, 나를 인증시키는 동시에 눈에 안 띄게 하는 느낌이 들었다. 우리는 조명을 어둡게 한 체육관 안에서 거의 무도회 내내 탁자에 앉아 있었고, 피터는 자기 친구들과 얘기했다. 경찰서에서 일하는 그애 아버지가 우리 아버지에게 신세진 일에 보답하기 위해 무도회 동행을 제안했던 거라고 확신한다. 우리는 춤을 추지 않았다, 나는 뭐 상관없었지만. 무도회의 저녁은 고등학교 주차장에 세워둔 피터 아버지의 픽업트럭에서, 내 드레스 속으로 손을 더 깊이 집어넣지 못하게 하려고 내가 그애의 목을 깨문 사건으로 막을 내렸다. 사실 그애의 손은 겨우 무릎에나 닿았을까 싶은데 내 경계심이 그만큼 강했던 것이다. 키스도 잠깐 입술이 닿은 정도로 무척 표면적이어서 지금 생각해보면 좀 귀엽기까지 하다. 그날 밤 트럭에서 굴러떨어진 후, 내게 욕을 퍼붓고 목을 문지르며 차를 몰고 떠나는 피터를 바라보다 집에 어떻게

* 광택이 도는 얇은 견직물.

돌아갔는지 기억나지 않는다. 내 치아 때문에 피가 났던 걸까? 모르겠다. 어쨌거나 이제 누가 상관하겠는가? 지금쯤 그는 아마 죽고 없을 것이다. 내가 아는 사람들은 대부분 죽었다.

그 월요일 아침 X빌에서, 나는 파란색 새 스타킹을 신고 어머니의 옷을 차려입었다. 아버지의 신발을 다시 닷지의 트렁크에 넣고 잠근 뒤 차를 몰고 무어헤드로 일하러 갔다. 기억하기로 그때 나는 새로운 도주 전략을 짜고 있었다. 조만간 모든 준비가 끝나면 가져가려고 마음먹은 옷들을 모두 쟁여넣겠다. 회색 코트, 모직 양말 여러 켤레, 스노부츠, 장갑, 손가락장갑, 모자, 스카프, 바지, 치마, 원피스 등등. 그러고서 북서쪽으로 세 시간 정도 차를 달린 후 주 경계를 넘어 버몬트로 가겠다. 창문을 올려도 한 시간 정도는 기절하지 않고 버틸 수 있다는 걸 이제 아니까, 옷을 단단히 껴입으면 나머지 시간은 창문을 내리고도 갈 수 있을 것이다. 뉴욕은 X빌에서 그다지 멀지 않다. 남쪽으로 정확히 413.6킬로미터. 하지만 있을지 모르는 수색을 따돌리기 위해 먼저 러틀랜드에 닷지를 버려야겠다. 러틀랜드에 대해서는 철도 관련 책에서 읽었다. 그곳에서 버려진 공터나 막다른 도로 같은 곳을 찾을 테고, 기차역까지 걸어간 다음 기차를 타고 뉴욕으로 가서 새로운 삶을 시작할 것이다. 내가 아주 영리하다고 생각했다. 기차에 오른 후 벗을 옷을 담을 빈 여행가방도 가져갈 계획이었다. 옷가지 조금, 그리고 다락방에 모아둔 돈, 그 외에는 아무것도 가지고 가지 않겠다.

하지만 내 미래로 가는 기차 안에서는 읽을거리도 좀 필요할지 모르겠다, 나는 생각했다. X빌 도서관에서 개중에 나은 책을 몇 권 빌려 반납하지 않고 사라져버릴 수도 있다. 훌륭한 아이디어 같았다. 첫째, 그 책들을 기념품으로 간직하게 될 것이다. 마치 살인자가 희생자의 머리카락을 몇 가닥 잘라가거나 펜, 빗, 묵주 같은 조그만 물건들을 전리품으로 가져가는 것과 약간은 비슷하게. 둘째, 내가 돌아올 생각이 있는지, 그리고 어떤 형편이었기에 떠날 수밖에 없었는지 궁금해할지도 모르는 아버지나 다른 사람에게 좋은 걱정거리를 안겨주게 될 것이다. 형사들이 집안을 샅샅이 뒤지는 모습을 떠올렸다. "정상에서 벗어난 부분은 없어 보입니다, 미스터 던롭. 아마도 따님이 친구 집에 놀러 간 모양입니다."

"아, 아니요, 아일린은 안 그래요. 아일린에게는 친구가 없거든요." 아버지는 말할 것이다. "무슨 일이 생긴 거예요. 날 이렇게 홀로 남겨둘 애가 아니에요."

나는 그들이 내가 어딘가 도랑에 빠져 죽거나, 납치당하거나, 눈사태에 파묻히거나, 곰에게 잡아먹히는 등의 사고를 당했다고 생각하기를 바랐다. 사라질 계획을 세웠다는 사실을 아무도 모르는 것이 내게는 중요했다. 도망쳤다고 생각한다면 아버지는 나를 모욕하겠지. 가슴을 쭉 내밀고 루스 고모에게 내 우둔함을 조롱하는 아버지의 모습을 상상할 수 있었다. 전에도 그들은 나를 버르장머리 없는 애새끼, 멍청이, 고마움을 모르는 쥐새끼라고 욕한 적이 있다. 내가 정말로 X빌을 떠나고 난 뒤에도 아마 그런 말로 날 욕했을 것이다. 실제로 어땠는지는 이제 알 길이 없다. 나는 아버지가 절망하기를, 불쌍한 딸을 잃었다고 눈이 빠지게 울기를, 내 간이침대 발치에서 쓰러지기를, 내 아름다운 땀 냄새를 기억하기 위해 그 냄새나는 담요를 둘러쓰기를 바랐다. 표백된 뼛조각들을 살피듯이, 요컨대 자신이 인정한 적 없는 어떤 인생의 생기 없는 유물들을 조사하듯이, 아버지가 내 물건들을 파헤치기를 바랐다. 내게 뮤직박스가 있었다면, 거기에서 나오는 음악이 아버지의 가슴을 아프게 했으면 좋았을 것이다. 아버지가 나를 잃은 슬픔에 죽었으면 좋았을 것이다. "그애를 사랑했어." 아버지가 그렇게 말하기를 바랐다. "사랑하지 않는 것처럼 행동한 게 잘못이었어." 그날 아침 출근길 내 머릿속 생각은 그런 것들이었다.

당시에는 몰랐지만, 나는 크리스마스 아침이면 사라질 것이었다. 그날 이후의 기억 가운데 또렷한 것도 있고 아닌 것도 있지만, X빌에서 보낸 마지막 며칠간 일어난 일들을 할 수 있는 데까지 서술할 것이다. 완전한 그림을 그리려고 노력할 것이다. 또렷하게 기억나는 일들 가운데 전적으로 무관해 보이는 것들도 있겠지만 분위기를 잘 드러낸다고 느껴지면 이야기에 포함할 것이다. 예를 들어 그날 아침 무어헤드에 도착했을 때, 재소자 아이들은 지역 교회의 봉사단체가 직접 뜬 특별한 명절 스웨터를 받았다. 아마도 남았던 모양인지 내 책상에도 갈색 종이로 포장된 스웨터가 하나 떨어졌다. 미시즈 스티븐스는 교도소장의 크리스마스 선물이라고 말했다. 포장을 뜯으니 가슴에 주황색 십자가 무늬를 넣어 솜씨 좋게 뜬 남색 조끼가 있었고, 옷깃에 옷핀으로 꽂은 납지 조각에는 치수를 표시하는 S자가 떨리는 필기체로 쓰여 있었다. 그 남색을 보자 의문이 들었다. 교도소장이 정말로 나를 좋아하는 건가? 어쨌거나 그 사람이 내게 초콜릿 한 상자를 선물할 수는 없는 노릇이니까. 사무실 여자들의 관심을 끌어 편애와 비밀 연애 운운하는 악의에 찬 의심을 사고 싶지는 않을 것이다. 교도소장 사무실에서 그의 품에 헝겊 인형처럼 몸을 내던져 그를 끌어안고 있는 나를 그려보았다. 그게 내가 원하는 것이었나? 내 생각들은 머릿속에서 계속 돌아가는 지저분한 영화 같았다. 그런 생각과 더불어, 그날 아침 기억에는 스웨터를 서랍에 넣고 쾅 닫았을 때 나던 둔중한 소리도 남아 있다. 하지만 교도소 오락시설의 배치라든가, 그들이 크리스마스 공연이라고 부르는 행사가 벌어진 곳이 체육관이었는지, 예배당이었는지, 조그만 강당이었는지는 기억나지 않는다. 강당이 정말로 있었는지도 확신이 안 선다. 어쩌면 옛날에 다녔던 고등학교를 생각하고 있는 건지도 모르겠다.

이건 매우 또렷하게 기억하고 있다. 두시쯤 교도소장이 우리 사무실로 들어왔는데, 그 뒤로 키가 큰 빨간 머리 여자와 헐렁한 진흙색 양복을 입은 호리호리한 대머리 남자가 따라왔다. 내가 느낀 첫인상으로 보았을 때 여자는 그날의 특별 모임에서 공연할 사람—소년범들을 좋아하는 가수나 배우—일 듯했다. 합리적인 추측 같았다. 어쨌거나 연예인들은 군대 위문 공연도 하니까. 어린 재소자들이라고 안 될 게 뭔가? 십대 소년들을 위문한다는 건 충분히 가치 있는 명분이었다. 확신하건대, 그 아이들 가운데 형기가 짧았던 이들 중 대다수는 결국 베트남으로 갔다. 어쨌거나 여자는 아름다웠고, 모든 아름다운 이들이 그러하듯 어딘지 조금 친숙한 인상이었다. 그래서 나는 삼십 초도 채 안 되어 그 여자는 멍청이일 거라고, 뇌가 파우더 퍼프 같을 테고, 어떤 깊이도 혹은 어두운 구석도 없으며, 내면의 삶이란 게 아예 없는 인간일 거라고 단정했다. 도리스 데이처럼, 이 여자도 보송보송한 베개와 금빛 햇살로 이루어진 마법의 세계에 살 것이 틀림없었다. 당연하게도 그녀가 싫었다. 내 평생 그렇게 아름다운 사람을 직접 본 건 처음이었다.

남자는 전혀 흥미롭지 않았다. 코를 훌쩍거렸고, 한 손으로 머리를 문지르면서 다른 쪽 팔에는 코트 두 벌—추측건대 자기 것과 빨간 머리의 것—을 걸쳐들고 있었다. 그 여자를 빤히 바라보지 않을 수 없었다. 내 기억 속에 꿈결처럼 떠오르는 그날 그녀의 옷차림은 특이한 분홍 색조였는데, 그 자체가 세련미 없는 차림새는 아니었지만 당시의 유행, 특히 X빌의 유행과는 달랐다. 그녀는 날씬한 몸에 느슨하게 걸쳐지는 니트 카디건 세트와 길게 늘어뜨린 치마를 입고 테가 빳빳한 모자를 썼다. 지금은 어딘지 승마 모자와 비슷한 모양이 떠오르지만, 섬세한 회색 질감이 아마도 펠트 소재였던 것 같고 한쪽 측면에 무지갯빛 깃털이 달려 있었다. 어쩌면 그 모자는 내가 지어낸 것인지도 모른다. 목에는 펜던트 달린 긴 금목걸이가 있었다. 그건 확실히 기억한다. 신발은 크기만 작은 남성용 승마 부츠 같았는데 뒷굽 모양이 섬세했다. 다리가 굉장히 길고 팔은 가늘었던 그녀는 좁다란 가슴팍 위로 팔짱을 끼고 있었다. 나는 여자의 손가락에 있는 담배를 보고 깜짝 놀랐다. 물론 담배 피우는 여자들은 많았다. 사실 요즘보다도 많았지만, 그렇게 사무실 안에 서서 칵테일 파티에라도 온 양, 마치 그곳을 다 소유한 양 담배를 피우는 건 이상해 보였다. 게다가 담배를 피우는 방식도 거슬렸다. 다른 사람들은 담배를 피울 때 군색하고 천박한 분위기를 풍겼다. 그런데 이 여자가 연기를 들이마실 때는, 미묘한 황홀경에 얼굴이 경련하고 눈썹이 파르르 떨리는 것이 흡사 훌륭한 디저트를 맛보거나 따뜻한 물이 담긴 욕조에라도 들어서는 것처럼 느껴졌다. 마법에 걸린 듯, 완벽하게 행복한 여자 같았다. 그래서 나는 그녀가 비정상적이라는 인상을 받았다. 가식적이라는 말은 당시에 잘 쓰지 않았다. 그보다는, 재수없다는 표현이 더 적절했다.

"잘 들어요." 교도소장이 말했다. 넓적하고 불그죽죽하고 우둘투둘한 얼굴에 코는 거대하고 조그만 눈은 의뭉스러웠으나, 외모를 굉장히 잘 가꾸는데다 깔끔하고 군인 같은 분위기를 풍겨서 나는 그가 준수하다고 생각했다. "여러분께 우리 시설의 정신과 의사로 새로 오신 닥터 브래들리 모리스를 소개하겠습니다. 닥터 프라이가 적극적으로 추천한 분인데요, 이 시설의 큰 자산이 되어 우리 소년들을 똑바로 세우고 구원의 길로 이끌어주시리라 확신합니다. 그리고 이분은 미스 리베카 세인트존. 엉클 샘*의 후한 지원금 덕분에 우리가 최초로 모시게 된 교도소 교육국장이십니다. 완전한 적격자라고 믿어 의심치 않습니다. 제가 알기로는 바로 얼마 전 래드클리프에서 대학원 과정을 마치

* 미국 정부의 별칭.

셨고……"

"하버드예요." 리베카 세인트존이 교도소장 쪽으로 고개를 살짝 기울이며 말했다. 그녀는 담뱃재를 바닥에 털며 천장 쪽으로 연기를 내뿜었으며, 활짝 웃는 것 같기도 했다. 진정 기묘했다.

"하버드……" 교도소장이 이어 말하는데, 나는 그가 살짝 달아올랐나 싶었다. "여러분 모두 우리의 새로운 인력을 존중과 전문가 정신으로 맞이하실 것을 압니다. 그리고 당분간은 이곳의 관례를 익힐 수 있도록 미스 세인트존을 잘 안내해주시기 바랍니다." 그는 사무실의 여자들을 애매하게 가리켰다, 나까지 포함해서. 모든 게 너무 이상했다. 저런 젊고 매력적인 여자가 난데없이 이곳에 나타나다니, 뭐하러? 글쓰기와 셈법을 가르친다는 건 어처구니없는 목적 같았다. 무어헤드의 아이들은 걷고, 앉고, 먹고, 숨쉴 때 벽에 머리를 부딪히지 않는 데만도 무진 애를 써야 했다. 닥터 모리스가 거기 있었던 이유는 사실상 아이들에게 약을 먹여 행동을 바로잡기 위해서였다. 아이들이 그런 상태로 뭘 배울 수 있단 말인가? 교도소장은 닥터 모리스가 팔에 걸쳐든 미스 세인트존의 코트를 가져다 내게 건네면서 미소를 짓는 듯했다. 스웨터 조끼를 주었든 아니든, 교도소장이 내게 느끼는 진짜 감정이 무엇인지 알 수 없었다. 내 생각에, 그의 데스마스크는 콘크리트처럼 두꺼웠다. 어쨌든 새로 온 여자에게 사물함을 배정하는 일은 내 몫이었다. 그래서 그 여자가 탈의실로 나를 따라왔다.

그날 리베카 세인트존의 얼굴에는 내가 알아챌 수 있는 화장 흔적이 전혀 없었는데, 그럼에도 결점 하나 없이 해사한 얼굴을 보니 타고난 미인이었다. 숱 많고 긴 황동빛 머리카락은 결이 거칠어서 강한 빗질이 필요한 상태임을 나는 흡족한 마음으로 눈여겨보았다. 피부는 다소 금빛이었고, 둥그스름하고 팽팽한 얼굴에 선명한 광대뼈와 꽃봉오리 같은 작은 입, 가느다란 눈썹과 특이할 정도로 금발인 속눈썹이 돋보였다. 눈동자는 독특한 파란 색감이었다. 그 색깔은 어딘지 인위적인 데가 있었다. 열대 휴가지 광고에 나오는 수영장 같은 파란색. 구강청결제, 치약, 변기 세정제의 색. 생각하건대 내 눈은, 호수의 얕은 물처럼 탁한 초록빛의 끈끈한 점액과 모래가 가득한 색이었다. 말할 필요도 없이, 이 아름다운 여자 옆에서 완전히 모욕당한 듯 나 자신이 지긋지긋하게 느껴졌다. 어쩌면 그런 반감에 귀기울여 거리를 두어야 했겠지만 나도 어쩔 수 없었다. 그녀 옆에 가까이 있고 싶었고, 그 이목구비를 밀접하게 들여다보면서 숨은 어떻게 쉬는지, 생각하느라 머릿속이 바쁠 때는 어떤 얼굴이 되는지 보고 싶었다. 외면의 결함들을 발견할 수 있기를, 아니면 외모 면에서 얻는 좋은 점수를 상쇄할 성격상 결점이라도 찾을 수 있기를 바랐다. 내가 얼마나 어리석었는지 당신도 알겠지? 나는 배정된 사물함의 비밀번호를 쪽지에 적은 다음 그것을 건네면서 슬쩍 냄새를 맡았다. 그 여자에게서는 베이비파우더 냄새가 났다. 반지는 끼고 있지 않았다. 남자친구는 있는지 궁금했다.

"이제 그럼 여기 서서 날 좀 봐주세요. 내가 이 자물쇠를 다룰 수 있는지 한번 보기로 해요." 리베카가 말했다. 도도하고 발음이 정확한 말투, 프랑스 남부나 근사한 맨해튼 호텔들을 배경으로 한 옛날 영화에 나올 법한 말투였다. 유럽식이려나? 실생활에서는 그런 식으로 말하는 사람을 만난 적 없었다. 무어헤드 같은 곳에서는 우스꽝스럽게 들렸다. 영국의 귀족 여성이 정중하게 하녀를 부리는 예의바른 말투를 상상해보라. 나는 그녀가 자물쇠의 다이얼을 돌리는 동안 줄줄이 늘어선 다른 사물함에 등을 기대고 서 있었다.

"삼십이, 이십사, 삼십사." 그녀가 말했다. "자, 이거 봐요, 내 몸 치수랑 거의 같네." 땡 소리와 함께 그녀는 웃으며 사물함 문을 당겨 열었다. 내 몸 치수는 그보다도 작았다. 우리는 둘 다 말을 멈추고 각자가 서로의 거울상처럼 동시에 자기 가슴을 내려다보았다가 다음에는 서로의 가슴을 바라보았다. 그러다 리베카가 말했다. "난 좀 평평한 가슴인 게 더 좋던데, 안 그래요? 가슴이 큰 여자들은 항상 좀 쑥스러워하죠. 그렇지 않으면 스스로에게 자기 몸매만이 중요하다고 생각하거나. 한심하죠." 나는 그 호벅진 몸 때문에 눈에 띄고 인기를 끄는 조우니를 생각했다. 내가 얼굴을 찡그리거나 붉혔던 모양인지 리베카가 물었다. "아, 내가 거북하게 한 건가요?" 그 배려는 진심 같았다. 우리는 서로에게 미소를 지었다. "가슴," 그녀가 어깨를 으쓱하고 자기의 작은 가슴을 다시 한번 내려다보더니 말했다. "누가 신경이나 쓸까?" 그러고는 웃음을 터트리고 내게 윙크를 하더니 사물함으로 돌아서서 다이얼을 만지작거렸다.

내가 그날 리베카와 나눈 그런 대화에 두 사람을 공모하도록 결속시킬 무언가가 있을 수도 있다는 걸 이해하는 사람은 아마도 나처럼 꿍꿍이셈이 많고 극도로 우울한 젊은 여자들뿐이리라. 몇 년에 걸쳐 은밀함과 수치심의 시간을 보낸 끝에, 그녀와 함께한 이 한순간에 내 모든 좌절이 용납되었고, 내 몸과 내 존재 자체가 정당화되었다. 그런 연대의식과 경외감을 느끼다니, 그때껏 친구 하나 없었던 건가 생각할 것이다. 정말로 없었다. 고작해야 수지나 앨리스나 매리벨이 있었는데 그들은 물론 허구였고, 아버지에게 하는 거짓말에 등장하는 상상 속 친구들이었다. 그러니까, 나 자신의 유령들.

"물론 전혀 거북하지 않아요." 나는 말했다. 이렇게 단언하기 위해서는 내 얼음 가면을 잠시 벗어야 했기 때문에, 수년간 그 어느 때보다 더 큰 용기가 필요했다. "전적으로 동의해요."

그 오래된 격언, 뭐더라? 친구란 당신이 시체를 감추도록 도와주는 사람이다. 그것이 이 새로운 관계의 요체였다. 나는 즉시 그것을 감지했다. 내 인생이 바뀌려 하고 있었다. 이 묘한 인간 속에서 나는 내 짝, 동종의 영혼, 동지를 만났다. 벌써 혈맹의 악수를 위해 칼로 벤 손을 내밀고 싶었던 나는, 그 정도로 쉽게 휘둘리는 외로운 사람이었다. 하지만 주머니 속에서 손을 꺼내지는 않았다. 이 순간은 나머지 내 이야기의 길을 여는 암울한 유대의 시작이었다.

"아, 좋네요." 리베카가 말했다. "우린 몸매 걱정보다 더 나은 할일이 있잖아요. 물론 그게 대중적인 견해는 아니지만, 안 그래요?" 그녀는 나를 보며 눈썹을 올렸다. 정말이지 눈에 띄게 아름다운 사람이었다, 너무 아름다워서 눈을 돌려야 할 정도로. 나는 절박할 정도로 잘 보이고 싶었다. 그녀도 나와 같이 느끼고 있다는—우리가 콩깍지 속의 콩 두 알처럼 닮았다는—명백한 반응을 끌어낼 수 있기를 바랐다.

"대중적인 게 뭔지 난 별로 신경 안 써요." 나는 거짓말을 했다. 그토록 건방지게 굴어본 적은 없었다. 오, 나는 반항아였다.

"와, 멋지다." 리베카가 말했다. 그러고는 팔짱을 꼈다. "이렇게 진취적인 아가씨를 만나는 건 흔치 않은 일인데. 완전 캐서린

헵번 같아요." 이런 비교를 다른 사람이 했다면 조롱처럼 들렸을 것이다. 하지만 기분이 나쁘지 않았다. 나는 웃음을 터트리고 얼굴을 붉혔다. 리베카도 웃더니 고개를 저었다. "장난이에요, 나도 그래요. 남들이 뭐라고 생각하든 눈곱만큼도 신경 안 써요. 하지만 사람들이 좋게 봐주는 건 좋은 일이죠. 그것도 이점이 있거든요."

우리는 서로를 바라보고 미소 짓다가 두 눈을 휘둥그레 뜨고서 삐딱하게 고개를 끄덕였다. 우리가 진지했던가? 그건 중요하지 않은 듯했다. 내 모든 은밀한 비참함이 바로 그때 강력한 화폐로 전환된 거나 다름없었다. 리베카가 내 허세를 꿰뚫어봤던 거라고 지금은 확신하지만 그때는 몰랐다. 내가 굉장히 순조롭게 잘하고 있다고 생각했다.

"또 봐요." 내가 말했다. 너무 세게 들이대지 않는 것이 최선이라고 생각했다. 우리는 서로에게 손을 흔들었고, 리베카가 다시 사무실을 통과해 복도를 날아가듯 걸어가는 모습은 침침한 형광등 불빛과 전혀 어울리지 않는 이국적인 새나 꽃 같았다. 나는 뒷짐을 지고 곡조도 없는 휘파람을 불며 기계적인 경보 걸음으로 책상으로 돌아갔고, 내 세계는 탈바꿈해 있었다.

그날 오후, 나는 리베카와 있을 때 써야겠다 싶은 말이나 반응을 미리 준비했다. 그녀가 나를 좋게 생각할지 아닐지를 지독하게 걱정했다. 마찬가지로 시골 멍청이처럼 보일까봐 두려워하며 그렇지 않다는 것을 그녀가 이해할지 아닐지도 걱정했다. 물론 리베카는 내가 시골 멍청이라는 걸 알았지만—나는 진짜로 그랬다—당시에는 일종의 급진적 견해, 큰 가슴을 싫어하는 우리의 공통점, 내 눈빛에 담긴 냉철한 지혜, 내 전반적인 태도 등으로 그녀를 속여넘겼다고 생각했다. 나는 전혀 급진적이지 않았다. 단지 불행했을 뿐이다. 그래서 책상에 앉아 데스마스크를 연습했다. 완벽히 무관심한 얼굴, 움찔거리지 않는 근육, 멍한 눈, 그러면서도 아주 미세하게 찌푸린 눈썹을. 새로운 친구를 대할 때는 그쪽에서 먼저 자기 의견을 내놓을 때까지 내 모든 의견은 밝히지 않는 게 최선이라는 유치한 생각도 했다. 요즘 같으면 그런 태도를 쿨하다고 표현할 것이다. 불안정한 사람들 특유의 자세다. 그들은 충심과 철학을 명확히 드러내 거부당하거나 비판받는 위험을 감수하느니 차라리 자신만의 관점을 모두 부정하는 게 가장 편하다. 리베카가 이를테면 게임의 규칙을 정할 때까지 나는 말을 참고 가능한 한 초연해 보여야 한다고 생각했다. 그래서 혹시라도 그녀가 내게 일하기가 어떻냐고 물었다면 나는 어깨를 으쓱하며 말했을 것이다. "돈벌이일 뿐이죠." 리베카가 내 과거에 관해 묻는다면 이렇게 말해야지. "별로 입에 올릴 가치가 없어요." 하지만 어머니의 죽음은 어떤 비밀에 싸인 일인 양, 마치 어머니가 달밤에 바닷가 부두다리 밑에서 갱들에게 도륙이라도 당한 것처럼 넌지시 이야기하겠다. 아니면 내가 어머니를 죽인 걸로 할까? 베개로 눌러 숨을 끊어놓고 지금까지 아무에게도 말을 안 한 것이다. 나는 리베카를 낚아챌 고리가 될 만한 온갖 이야기들을 지어냈다. 내 관심사나 취미가 뭔지 알고 싶어하면 책을 읽는다고 말할 테고, 어떤 책이냐고 물으면 그건 사적인 문제라고 할 테다. 내게 독서란 사랑을 나누는 일과 같다고, 그리고 그런 내밀한 문제는 공개하지 않겠다고 할 것이다. 내가 꽤 귀엽다는 생각이 들었다. 리베카는 교사인지 뭔지 하여간 그런 쪽이니까 나를 대단히 문학적이라고 인정해주겠지, 나는 그렇게 판단했다. 물론 내가 정말로 문학을 논할 수 있었던 건 아니다. 그보다는 내 삶에서 중요한 일들을 얘기하는 편이 더 수월했다. 예를 들면 "진을 마시나요?" 같은. 그게 왜 궁금하냐고 물으면 어깨를 으쓱하며 이렇게 말해야지. "진을 좋아하는 사람과 그렇지 않은 사람에겐 어떤 특징들이 있거든요." 그리고 그녀의 대답에 따라 진을 마시는 사람을 멍청이, 큰 슬픔의 전령, 영웅 등의 범주에 넣을 것이다. 이 모든 걸 곰곰이 생각하면서도 그렇게 재수없게 굴 배짱이 내겐 없다는 사실을 잘 알고 있었다. 리베카는 나를 주눅들게 했다.

"어이, 아일린, 우편물 정리할 시간이야." 미시즈 머리가 손가락을 빙빙 돌리고 껌을 짝짝 씹으며 말했다. 일하러 가는데 뱃속이 파닥파닥 떨렸다. 시계가 째깍째깍 흘러가고 있었다.

오후에 크리스마스 공연이 열리는 곳으로, 지금 생각해보니 예배당이었던 것 같은데, 내려가는 길에 화장실에 들러서 거울에 얼굴을 확인하고 립스틱을 덧발랐다. 얼굴에 기름기가 돌아 파우더에 스며들면 스웨터 소매로 문질러 닦는 습관이 있었다. 항상 작은 여드름이 이마선을 따라 가느다란 선을 그리며 나 있었는데, 십대 시절에 훨씬 심하게 폭발했던 여드름이 들어가고 난 뒤에도 늘 그랬다. 내 피부는 항상 문제가 많았다. 지금도 장미증*이 갑작스레 재발하는데, 이미 말했듯이 진을 거의 안 마셨음에도 이십대 후반부터 '진 블라썸'**이 피기 시작했다. 아마도 진 블라썸은 내가 져야 할 십자가, 일종의 표식, 고행일 것이다. 지금 내 외모에 만족하지만 당시에는 내 얼굴이 싫었다, 아, 정말이지 고통스러웠다. 나는 머리를 뒤로 넘겨 매끈하게 매만지고 '돌이킬 수 없는 빨강'을 두껍게 덧칠한 뒤, 페이퍼타월로 입술을 살짝 닦아내고 치아를 검사했다. 조그맣고 어린애 같은 치

* 코, 이마, 볼 등에 생기는 피지선 염증.

** 장미증의 별칭.

아였음에도 립스틱 색깔과 대조되어 누렇게 보였다. 입술을 치아까지 내려야 한다는 걸 잊을 정도로 마음껏 웃는 일은 좀처럼 없었다. 내 윗입술이 잇몸 위로 말려올라가는 편이라는 얘기는 이미 한 것 같다. 내게는 쉽게 되는 일이 아무것도 없었다. 아무것도.

화장실에 들어갔을 때, 넌더리나게도, 매달 오는 손님이 왔다는 걸 알게 되었다. 지나고 보니 내 과민한 신경과 끔찍한 영양 상태를 생각하면 생리를 했다는 사실 자체가 기적이다. 그렇다고 그 질긴 생식력을 제대로 활용한 적이 있다는 뜻은 아니다. 한 번 뭔가 있긴 했지만 이거다 하고 말할 만한 게 되기도 전에 가버렸다. 그다음에 또 한번, 그때는 내가 지워버렸다. 아이를 낳은 적 없다는 사실이 유감스럽지 않다고는 말 못 하지만 후회해봤자 아무 소용 없다. 그날 무어헤드에서 나는 제대로 된 위생용품을 가지러 사물함으로 가지 않고, 페이퍼타월을 바닥까지 길게 풀어 접어올린 다음 속옷 안에 끼워넣었다. 식료품점에서 받는 쇼핑백과 색깔이 같은 바짝 마르고 거친 종이였다. 이를 기억하는 건, 복도를 걸어가며 느낀 자의식에 그 종이가 큰 몫을 했기 때문이다. 갑자기 재소자 아이들과 랜디와 심지어 제임스까지도 지나가는 나를 보고 내 엉덩이를 빤히 쳐다볼 수도 있다는 사실이 문득 떠올랐던—애초에 어떻게 잊었던 걸까?—것이다. 화장실을 쓰고 나서 손을 씻지 않았다는 말도 덧붙여야겠다.

무어헤드의 잔혹하고 참담한 현실에도 불구하고, 나는 그날의 그곳을 교도소보다는 어린이 보육시설 같은 느낌으로 떠올린다. 바로 전 주말에 자원봉사자들이 들어와 직접 그린 예수와 산타클로스의 무서운 초상화를 벽에 걸어주고 간 덕분에 복도가 장식되어 있었다. 크리스마스는 항상 가식일 뿐이었으며 지금 나는 그날을 기념하지 않는다. 너무 괴롭다. 삼십대에 만난 한 남자가 기억나는데, 어느 밤에 그는 행복했던 어린 시절 얘기—나무 아래에 놓인 선물, 코코아, 강아지, 불을 피워 밤을 구워 먹던 일—를 지겹게 늘어놓으며 내 귀를 학대했다. 행복한 어린 시절을 보낸 남자들보다 내게 더 혐오스러운 건 없다. 닥터 프라이는 아마도 크리스마스가 정신에 좋은 영향을 끼친다고 생각했을 것이다. 그는 항상 캐럴 부르기나 서로에게 크리스마스 카드 만들어주기 같은 명절 활동에 참여하도록 아이들을 독려했다. 이는 매번 역효과를 낳았는데, 교도소 아이들은 노래하는 걸 창피하게 여기는 터라 서로 욕하고 깔깔 웃어대고 누구든 감히 입을 벌린 사람에게 손가락질하다 결국 싸움에 말려들었다. 그리고 서로 어떤 카드를 주고받건 그 안에는 협박과 욕설과 음란한 그림만 잔뜩 있었다. 내가 그걸 아는 이유는 교도관들이 그런 카드를 압수해 경비들이나 다른 직원들끼리 돌려본 후 내게—확신하건대, 단지 모욕을 주려고—서류철에 보관하라고 시켰기 때문이다. "메리 퍼킹 트리플엑스-마스."* 일 년 내내 나머지 시기에는 전반적으로 고분고분하고 멍한 아이들이었고, 모두 닥터 프라이의 처방에 따라 약을 먹고 있었다. 어쩌면 닥터 프라이가 명절에는 약을 약하게 처방했는지도 모른다. 그 외에는 모두들 강력한 진정제를 먹고 엄격한 식단에 따랐다.

그날 오후, 나는 아이들이 예배당으로 줄지어 들어가 앞쪽 몇 줄에 푹 수그리며 짜증스럽게 앉는 모습을 지켜보았다. 랜디는 무대 끝쪽에서 아이들을 향해 서 있었다. 나는 임무를 수행하기 위해 예배당 뒤쪽에서 등받이 없는 높은 의자에 앉아 오래된 스포트라이트 조명의 플러그를 꽂았다. 뒷벽에 설치한 주철 뼈대에 매달려 빙글빙글 돌게 되어 있는 그 조명을 무대 쪽으로 돌려 쭈글쭈글한 주황색 커튼에 밝은 동그라미를 비췄다. 지금 생각하니 벅스 버니 만화의 오프닝 영상이 떠오른다. 지금도 가끔 정신 나간 상황을 접하면 이를 가볍게 받아들이는 방법으로 머릿속에서 그 만화 주제가를 부르곤 한다. 그 크리스마스 공연 장면들이 선명한 총천연색으로 기억난다. 우스꽝스러울 뿐이었다.

불이 꺼지기 직전에 리베카가 철사 스프링 안에 펜을 하나 꽂

* 크리스마스 약칭 X-mas를 포르노 영화의 등급 표시인 X와 연결해 표현한 것.

아넣은 조그만 노트를 들고 문가에 나타났다. 그 어린애 같은 작은 엉덩이가 복도를 따라 움직이는 모습을 나와 경비들의 눈이 뒤쫓았다. 리베카는 앞쪽 측면인 닥터 모리스의 옆자리에 앉았는데, 랜디가 지키고 선 곳이었다. 나는 초조해졌다. 그 두 사람이, 리베카와 랜디가, 서로 마주치지 않았다면 더 좋았을 것 같았다. 리베카는 랜디가 주목하지 않을 수 없을 만큼 예뻤으며, 나는 우리 사이에 새로 생긴 유대감에도 불구하고 엄청난 시샘을 느꼈다. 위대한 탈출을 감행해 무어헤드는 말할 것도 없고 X빌에도 다시는 돌아오지 않는 환상을 품어왔다는 사실, 그런 나에게 머지않아 랜디는 지금과 같은 존재, 즉 시효가 다한 꿈, 유령, 그림자가 되리라는 사실은 전혀 중요하지 않았다. "잘 있어요, 랜디, 안녕히." 나는 뉴욕으로 가는 기차 안에서 그렇게 흐느끼는 내 모습을 상상했다.

하나같이 파란색이나 회색 니트 조끼를 입은 한 줄의 아이들이 불이 꺼지자 갑자기 한바탕 욕을 하며 주먹을 날렸던 기억이 난다. 랜디가 싸움판을 해체하려고 동상과도 같은 자세를 풀었다. 그가 일하는 모습을 보니 멋졌다. 너무도 효율적이고 냉정하게, 아무런 판단 없이, 하지만 신속하게 힘을 쓰며 움직였다. 빳빳한 제복 속에서 팽팽하게 긴장한 근육을 바라보고 있자니 숨을 쉬기조차 힘들었다. 아마도 나는 그를 정말로 사랑했고, 그건 최악의 의미의 사랑이었던 것 같다. 그의 외모, 그의 몸만을 좋아한 것이다. 나는 그에 대해 거의 아는 게 없었다.

아이들이 모두 제자리에 앉았을 때 교도소장이 무대로 걸어나왔다. 나는 그의 얼굴에 스포트라이트를 비추기 직전에 먼저—우연히든 아니든—그의 사타구니를 잠시 비췄다. 아이들 몇 명이 웃음을 터트렸다. 교도소장은 마이크를 잡고 이런 말을 했다.

"메리 크리스마스, 재소자와 직원과 방문객 여러분. 매년 우리는 가장 중요한 이 명절을 기념하기 위해 특별한 모임을 개최합니다. 또한 매년, 크리스마스 이야기에서 우리의 원칙을 떠받치는 교훈을 얼마나 얻을 수 있는지 이야기하지요. 물론 아주 많이 얻을 수 있죠. 그리고 우리가 잘못하고 있는 건 아닌지, 잘못하고 있다면 무엇이 문제인지 알게 해달라고 기도합니다. 다수의 재소자 여러분과 다를 것 없이, 돈도 희망도 별로 없는 젊은 부모에게서 태어난 한 아이의 이야기를 통해, 우리가 잘못된 길로 가고 있음을 알며, 우리가 변화하고 선해지고 폭력의 분출과 태만과 파괴가 없는 삶을 살도록 영감을 얻을 수 있음을 알게 해달라고 기도합니다. 그래서 저는 여러분 모두가 편안히 앉아 열린 마음으로 공연을 보면서, 저마다 마음속으로 무엇을 개선할 수 있으며 성경의 가르침이 우리에게 무엇이 되라고 이르는지 헤아려보시기를 기원합니다. 마운트 올리브의 소중한 벗들께서 올해의 성탄 공연 감독에 도움을 주셨습니다. 이제 재소자들은 모두 가만히 앉아서 입을 다물기를 바랍니다. 웃음이나 신음이나 버릇없는 말이 한 번이라도 들리면 동굴로 직행입니다. 그 문제로 날 시험하지 않길 바랍니다. 그리고 새로 오신 우리 교도소 직원 두 분을 맞이하겠습니다. 닥터 모리스, 우리의 새 제정신 전문가—저는 선생님을 그렇게 생각하고 싶거든요—환영합니다, 환영합니다. 그리고 미스 세인트존, 우리의 교육 전문가입니다. 제군들, 이분은 미인일 뿐만 아니라, 내 장담하는데, 아주 영민한 분이라서 여러분의 병든 정신을 제 기대 이상으로 정확히 파악할 겁니다. 머지않아 여러분 모두 이분을 만나게 될 거예요. 그게 오늘 오후를 조용히 보낸 보상으로 충분치 않다면, 충분한 건 과연 무엇일까 싶군요. 자, 이쯤 간단히 하고."

지금 생각하면 내가 교도소장에게 좀 별난 연애감정을 품었다는 사실이 혐오스럽기만 하다. 어쩌면 그의 늘 침착한 태도가 부러웠던 걸까, 잘 모르겠다. 실제로 그는 언제나 자신에게 아주 만족하는 것처럼 보였다. 그렇다고 그 우둔함이 가려지는 건 아니었지만 그에게는 자신감 같은 게 있었고, 난 아마 그 점을 매력적이라고 느꼈던 듯하다. 나는 힘의 흔적에 너무도 쉽게 흔들렸다. 교도소장이 얽히고설킨 마이크 선에서 풀려나 휠체어에 앉은 나이든 목사를 향해 손을 뻗던 모습이 기억난다. 돌이켜보니, 교도소장은 아마도 동성애자였던 것 같다. 사무실에 혼자 있을 때면 으레 어린 축에 속하는 소년들을 불러다 엉덩이를 때렸다고 들었다. 하지만 그건 완전히 다른 이야기이며 내가 할 이야기도 아니다.

주황색 커튼이 열리자 수감실 안처럼 연출된 삭막한 세트가 드러났다. 이층침대 하나와 조그만 탁자 위의 성경책. 상하의가 연결된 파란색 면직 표준 수감복을 입은 비대하고 창백한 재소자 아이 하나가 주머니에 손을 꽂고 무대로 걸어나왔다. 숨 죽인 목소리로 중얼거렸지만, 매년 대사가 같았으므로 그가 뭐라고 했는지 맞힐 수 있었다. "오, 어쩌면 좋지? 삼 년 선고를 받고 나와 같은 신조를 가진 아이들과 건물 안에 갇혀 지내야 하다니, 큰일났어. 나가자마자 무슨 나쁜 짓을 저지를까 생각할 시간이 너무 많아. 하지만 그동안 책을 읽으면 되겠지."

"넌 못 읽잖아!" 얼굴이 상기된 배우가 성경을 집어들 때 첫번째 줄에서 어떤 목소리가 갈라져나왔다. 아이들이 모두 웃음을 터트리며 자리에 앉은 채 서로의 목을 졸랐다. 랜디가 다가가 태연히 한 손으로 주먹을 들어올리고 다른 쪽 손가락을 입술에 갖다댔다. 연극은 계속되었다.

무대에 선 아이가 이층침대 아래 칸에 앉아 성경을 펼쳤다. 다른 아이들 두 명이 무대를 가로질러 그애에게 갔는데, 둘 다 가운을 입었고 가발을 쓴 한 아이는 가운 안쪽으로 배에다 베개를 끼운 듯했다. 내가 앉은 곳에서, 리베카가 자리에서 들썩거리는 모습이 보였다. 무대 위에서 벌어지는 일, 그런 종류의 모욕은 당연히 보고 있기 괴로웠다. 하지만 나는 견뎠다. 속상해질 만큼 신경쓸 용기가 없었다. 다들 마찬가지였다. 마리아로 분장한 아이가 높은 목소리로 말했다. "음, 너무 피곤해요, 우리 저기 있는 헛간에서 쉴 수 있을까요?" 그러면서 토끼처럼 해롱거리며 무대 뒤를 가리켰다. 관객들이 웃었다. 요셉으로 분장한 아이가 자루를 내려놓고 이마를 닦았다. "여관비를 내는 것보다는 낫겠죠." 리베카가 목을 쭉 빼고 주위를 둘러보는데, 군중 속에서 특정한 얼굴을 찾는 것 같았다. 그녀가 찾는 얼굴이 나이기를 바랐다. 조도를 낮춘 예배당에서 그녀의 표정은 겨우 보일 듯 말 듯 했다. 나는 하마터면 스포트라이트를 돌려 그 섬세하게 골이 진 이마, 불쾌함 때문에 귀엽게 앙다문 입술을 비출 뻔했다. 그런 추한 장소에서 기적적인 광경일 만큼 리베카는 너무나 예뻐서 다른 사람들이 그녀를 가리키며 빤히 쳐다보지 않는다는 게 놀라울 정도였다. 닥터 모리스와 랜디와 다른 모든 남자들은 어떻게 그녀가 투명인간이라도 되는 양 그렇게 무심히 지나치는 걸까? 그 아름다움에 대한 내 평가가 잘못된 걸까? 내가 균형감을 완전히 잃은 걸까? 헛것을 보는 걸까? 그녀는 세상에서 가장 빛나고 가장 우아하고 가장 매력적인 여자 아닌가? 나는 자문했다. 리베카는 계속해서 객석을 한 줄씩 훑어보았다.

연극은 계속되었고, 요셉과 마리아는 때로는 뻣뻣하게, 때로는 허세를 부려가며 불성실하게 대사를 읊었다. 여러 색깔 가운을 입은 아이들이 창피하거나 지루해서 고개를 숙인 채로 나타났다. 관중 속 아이들의 놀림과 비웃음에 묻혀 그애들의 목소리는 거의 들리지 않았다. 연기자 가운데 어린애 하나가 이를 악물고 턱을 덜덜 떨며 울기 시작했다. 그때 리베카가 찡그린 얼굴로 자리에서 일어나 무거운 발걸음으로 통로를 성큼성큼 걸어나오는데, 목걸이의 펜던트가 조그만 가슴 위로 통통 튀겼다. 나는 그녀를 바라보았다. 무척이나 아름다운 몸은 발레리나처럼 날씬하고 마찬가지로 탄탄했다. 예배당 뒤쪽에 도달한 그녀가 나를 발견하곤 손을 흔들었고, 믿을 수 없다는 듯 고개를 저으며 해독할 수 없는 무슨 말인가를 입 모양으로만 말하더니 밖으로 걸어나갔다. 이렇게 생각했던 기억이 난다. '우리는 이제 단합한 거야, 저들에 대항하는 우리.' 그 분노를 나도 받아들일 것이다, 혹은 적어도 그런 척할 것이다, 내가 그녀의 편이 될 수 있다면. 바로 그런 기분이었다.

내가 재소자 아이들을 전혀 걱정하지 않았던 건 아니다. 단지 나는 어리고 처지가 비참했으며 그애들을 도울 방법이 전혀 없었을 뿐이다. 사실은, 나 자신이 그애들과 동류라고 생각했다. 더 못할 것도 나을 것도 없었다. 나는 그 안에서 가장 나이 많은 아이들보다 겨우 여섯 살이 많았다. 멀대같이 큰 키에 턱수염과 콧수염이 나기 시작했고 손은 크고 두툼하며 목소리는 낮은, 벌써 어른처럼 보이는 아이들도 있었다. 그애들은 대부분 블루칼라 가정의 백인들이었지만 흑인 아이들도 꽤 있었다. 난 그애들이 제일 좋았다. 다른 아이들이 이해하지 못하는 무언가를 이해한다는 느낌이 들었다. 더 느긋하고 좀더 깊게 호흡하고 완벽한 데스마스크를 쓰는 듯했던 그애들과 달리 다른 아이들은 움찔하고 찡그리고 침 뱉고, 어린애들이나 학교 운동장의 버릇없는 꼬마들처럼 서로를 지분거렸다. 가끔 나는 그애들 모두가 면회 시간 동안 문밖에 서 있는 나를 보며 무슨 생각을 할까 궁금했다. 나를 주목하기나 했다면 말이지만. 그애들이 내 쪽을 보는 일은 거의 없었으며, 날 알아보고서 그 흐릿하고 따뜻하고 느린 눈길로 내 눈을 올려다본 적은 단 한 번도 없었다. 어떤 날과 다른 날의 나를 구분하지 못할 거라는 생각도 들었다. 마치 내 역할을 비슷하게 생긴 무수한 젊은 여자들이 돌아가며 수행하는 것처럼. 아니면, 내가 면회 시간에 딴 데를 보고 랜디를 생각하며 잘 듣지 않고 있을 때 자기 어머니와 함께 앉아 나를 턱짓으로 가리키며 "저 잡년"이라고 불렀는지도 모른다. 이렇게 말했을 수도 있다. "유일하게 저 여자만 싫지 않아요." 혹은 내가 미쳤다고 생각했는지도 모른다. 내가 가끔 밤잠을 안 자고 숙취에 시달리며 구질구질한 모습으로 나타나는 날이면, 무슨 소리만 나도 눈을 홉뜨고 어디서 빛이 조금만 번쩍거려도 이를 가는 모습을 누가 본다면, 확실히 미친 여자로 비칠 만했다. 흑인 아이들이 자기 어머니랑 이런 말들을 하는 유치하고 자기중심적인 환상도 품었다. 아일린은 너무 큰 고통을 겪고 있어, 아일린에게는 친구가 필요한 것 같아, 아일린은 더 나은 삶을 살 자격이 있어. 나는 그애들이 내 데스마스크 뒤에 있는 슬프고 격정적인 영혼을 꿰뚫어볼 수 있기를 바랐지만, 실제로는 나를 아예 보지도 않았을 것이다.

남자만 있는 시설에서 일하는 젊은 여자에게 특전이 있다는 사실을 인정하는 사람이 내가 최초는 아닐 것이다. 그렇다고 무어헤드에서의 내 지위를 통해 여자라서 갖는 권력을 느낄 수 있었다는 말은 아니며, 그런 터무니없는 상상 속의 낭만적인 만남을 실현할 길에 조금이라도 가까워진 것도 아니다. 하지만 무어헤드에서 일하면서 남자들의 기질을 살짝 엿볼 수는 있었다. 때때로 나는 조용히 서서 동물원의 동물 보듯 아이들을 관찰했다. 어떻게 움직이는지, 호흡하는지, 그리고 그애들을 제각각 특별해 보이게 하는 미묘한 몸짓이나 태도는 무엇인지. 그렇게 재소자 청소년들의 행동거지를 눈여겨봄으로써 남성 정서의 이상한 스펙트럼을 더욱 잘 이해하게 되었다. 어깨를 으쓱하면 "나중에 한 대 쳐주겠어"라는 의미였다. 미소는 영원한 사랑과 애정의 약속, 혹은 극심한 혐오나 살인적인 분노였다. 내가 그애들을 바라보며 성적인 쾌락을 얻었던가? 솔직히, 그건 아주 조금뿐이었다. 정기적으로 관찰할 수 있는 것도 아니었고 자연스러운 상태의 모습은 전혀 볼 수 없었으니까. 줄지어 단체 모임이나 구내식당을 오가거나 면회 시간에 어머니를 만날 때만 그애들을 지켜보았다. 침대에서 쉬거나 오락 공간에서 할일을 하거나 마당에서 놀고 있을 때처럼, 더 편안하면서 활기 있고 미묘함·연약함·유머·자발성 등을 더 많이 드러내리라 생각되는 곳에서는 관찰할 수 있는 위치가 아니었다. 어쨌든 나는 변화를 거듭하는 그애들의 비참한 얼굴이 좋았다. 가장 좋은 건, 어린 시절의 통통한 볼과 미숙한 부드러움을 뚫고 피도 눈물도 없는 살인자의 매서운 얼굴이 비칠 때였다. 그럴 때 나는 전율을 느꼈다.

바로 그날의 크리스마스 공연은 아니었는지도 모르지만, 마리아를 연기하던 아이가 의상 아래에서 베개를 꺼내 바닥에 내던지고 그 위에 앉았던 기억이 난다. 동방박사 하나가 스트립쇼 흉내를 낸 적도 한 번 있었다. 그러니까 그 아이들은 어떤 면에서는 매력적이었다. 그곳을 뜨고 나면 아이들이 그리울 것인가? 물론 아닐 테고 실제로도 그립지 않았지만, 그날 예배당에서 그 뒤통수들을 바라보며 궁금했던 것도 사실이다. 이들의 얼굴이 하나라도 기억에 남을지, 이들 중 누구라도 죽는다면 내 마음이 안타까울지. 할 수만 있었다면 내가 이들을 도왔을까? 이들을 위해 뭐든 한 가지라도 희생했을까? 아니라는 게 수치스럽지만 정직한 대답이었다. 나는 이기적이어서 나 자신의 욕구와 필요에만 신경썼다. 그곳 강당의 어둠 속에 서 있는 랜디의 모습을 바라보았던 기억이 난다. 그의 지하 세계가 바지 안에서 찌부러져 있을지 궁금했다. 상상하건대, 그는 그것을 바지 모양에 맞춰 한쪽으로 몰아놓았을 게 분명했다. 바지는 꽉 조였다. 지금 당장은 정확한 영상이 떠오르지 않지만, 그때 나는 그가 선호하는 방향을 알 수 있는 사타구니의 주름 모양을 주기적으로 살펴보았다. 남자의 국부에 대해 전혀 모르는 건 아니었다. 지금 와서 생각해보니, 사실 아버지의 지저분한 잡지에서는 남자의 국부를 본 기억이 없다. 물론 간접적인 암시는 있었으리라고 추측되지만. 내 지식은 해부도에 국한된 것이었다. 어쨌거나 고등학교 이학년 때 보건 수업을 끝까지 앉아서 들었으니까. 뜨거운 스포트라이트 뒤에서 땀을 흘리며, 남자 경험이 부족하다는 이유로 리베카가 나를 유치하고 한심하다고 여길까봐 걱정했다. 남자친구가 한 명도 없었던 사실을 안다면 리베카는 나를 내치겠지. 나는 두려웠다.

무대 위 연극이 엉망이 되어버리자 교도소장이 다시 나타나 죄의 본질에 대해 긴 독백을 시작했다. 나는 스포트라이트 뒤의 내 자리를 버리고 예배당을 나와, 리베카와 마주치기를 바라며 교도소 복도를 거닐었다. 오락 공간과 사무실들은 비어 있었다. 종교 책자들과 백과사전이 대부분인 도서관, 긴 금속제 탁자들 위에 지저분한 플라스틱 식기가 널려 있는 식당 등 모든 곳이 조용했다. 재소자 아이들의 숙소는 더 멀리 뒤쪽이었다. 그곳의 조그만 창문들 밖으로는 구불구불 펼쳐진 눈 덮인 모래 언덕들이 보였다. 그 너머로 비애의 협곡 같은 바다는 밤이나 낮이나 차디차게 몰아치며 벼락처럼 요란해서, 물에서 하느님이 솟아올라 우리 모두를 경멸하며 비웃는 모습이 떠오르곤 했다. 그 풍경이 어린 소년들에게 얼마나 우울한 생각들을 심어주었을지 상상하기란 어렵지 않았다. 바닥부터 창문의 높이는 몸을 굽히거나 무릎을 꿇어야만 밖을 잘 내다볼 수 있을 정도였다. 나는 잠시 빈 방에서 우르릉거리는 바닷소리를 들었다. 안쪽으로 넓게 펼쳐진 종 모양의 방 가장자리를 따라 이층침대들이 빙 둘러 놓여 있었고, 바닥에는 페인트로 각종 줄이 그려져 있어서 조회 때는 어디에 서 있어야 하고, 밤에는 어디에서 무릎 꿇고 기도해야 하며,

샤워장은 어디로 걸어가고, 또 구내식당으로 가는 길은 어디인지 알렸다. 나가는 길에 발밑의 연푸른색 합판 바닥이 어찌나 요란하게 뽀득거리는지 쥐를 밟았나 싶을 정도였다.

총총거리며 주방으로 돌아가 텅 빈 구내식당 배식대에서 우유 한 통을 훔쳐먹은 기억이 난다. 사방에 육중한 회색 금속제 기계류가 널린 무척 인상적인 주방이었다. 재소자 아이들은 행동 불량으로 벌을 받을 때 취사도구 설거지 일을 평소의 두 배로 하고, 옛 고기 저장고였던 주방 뒤쪽 방에서 자야 했다. 독방 감금이었다. 그들은 그 방을 '동굴'이라고 불렀다. 동굴로 보내진 아이는 샤워장을 이용하거나 추가로 설거지를 할 때를 제외하고는 밖으로 나올 수 없었다. 밥도 안에서 먹고 양동이를 변기로 썼다. 그 양동이에 엄청난 흥미가 일었던 기억이 난다. 짐작 가능한 얘기겠지만, 나는 인체의 더러운 습관들—특히 변기와 관련해—에 쉽게 자극받았다. 남들도 대장 운동을 한다는 사실 자체가 끔찍하게 경이로웠고, 닫힌 문 뒤에 감추는 여타의 신체기능이 나를 자극했다. 젊은 시절의 어떤 관계가 생각나는데, 심각한 연애는 아니었고 그저 가벼운 만남이었다. 유머 감각이 굉장했던 그 러시아 남자는 내게 자기 등과 어깨에 난 여드름 고름을 짜도록 해주었다. 내게는 최고의 친밀함을 느낄 수 있는 일이었다. 그전에, 아직 어리고 신경증에 시달리던 시기에, 남자한테 내 소변보는 소리를 듣게 하는 건 대단한 수모이자 괴로움이었고, 그렇기에 그것은 깊은 사랑과 신뢰의 증거라고 생각했다.

몇 주 동안 동굴에 갇혔던 아이가 하나 있었다. 나는 뒤쪽을 돌아다니다 옛 고기 저장고를 발견했는데, 원래의 스테인리스 스틸 문 대신 조그만 창문과 자물쇠가 딸린 육중한 철문이 있었다. 그 안에서 미스터 포크의 아들이 간이침대에 앉아 벽을 응시하고 있었다. 미스터 포크의 아들을 알아본 건 몇 주 전 무어헤드에 도착하던 날 그애를 봤기 때문이었다. 전부터 아버지는 〈워싱턴포스트〉에서 그애에 관한 기사들을 챙겨 보고 있었다. 입감 절차를 밟을 때 아이는 말이 없고 내성적이었다. 처음에는 딱히 매력적이라거나 특별하다는 인상을 받지 못했다. 내가 기억하기로, 그애는 자세가 뻣뻣했고 말랐지만 어깨가 넓었다. 어색하게 융합된 어린 소년의 느슨함과 성인 남자의 늠름한 체구 및 야수성. 오른손 손등 관절에는 새로 문신한 글자가 있었는데 무엇인지 알아볼 수는 없었다. 나는 그애가 눈을 들어 천장에 쓰인 뭔가를 읽는 양 위를 올려다보는 모습을 바라보았다. 연한 색 눈동자에 피부는 황갈색, 짧게 깎은 머리는 밤색이었다. 사색에 잠겨 지난 일을 아쉬워하고 슬퍼하는 것처럼 보였다. 무어헤드에서 가장 슬픈 아이들은 떠돌거나 성을 팔다 잡혀온 가출 소년들이었다. 나는 창문 너머로 바라보며 자문했다. 이 아이처럼 어린 소년은, 얼마를 주고 범하는 걸까? 눈빛이 총명해 보이고, 긴 팔다리는 우아하며, 고개는 생각에 잠긴 듯 살짝 기울인 소년. 나는 그애가 무엇을 했건 비싼 값을 불렀기를 바랐다. 그 당시에 나는 남자 매춘부라면 부유한 주부 고객들을 상대로 남편들이 사업차 출장을 간 사이에 그들을 즐겁게 해줄 거라고 상상했다. 그렇게 순진했다. 그애가 긴장을 풀려는 듯이 목을 이리저리 육감적으로 꺾는 것을 바라보았다. 아이는 하품을 했다. 창문으로 날 보지는 않았던 것 같다. 내 이름이라도 알았는지는 지금도 모른다. 아이가 간이침대에 몸을 눕히고 옆으로 돌아누워 눈을 감고 기지개를 켜는 모습을 바라보았다. 잠시 잠든 것처럼 보였다. 그런데 아이의 손가락이 무심결에 움직이듯 사타구니 쪽으로 떨어졌다. 나는 숨을 멈추고 아이가 죄수복 속에서 자기 성기를 둥글게 쥐는 모습을 바라보았다. 그 몸이 조그만 동물처럼 동그랗게 오그라들었다. 손의 움직임이 무슨 의미인지 이해하려는 마음에 나는 창문에 얼굴을 바싹 붙였다. 우유를 마셔 차가운 혀가 유리 표면에 닿았다. 충격을 받아 넋이 빠지고 얼떨떨한 채로 일이 분쯤 바라보던 나는 복도가 시끌시끌해지자 깜짝 놀라 사무실로 허둥지둥 달려갔다. 정말로 그애가 날 본 것 같지는 않다. 나중에 알고 보니 겨우 열네 살이었다. 열아홉이나 스물로도 통했을 것이다. 나는 그애에게도 마찬가지로 면역이 되지 않았었다.

그날 오후, 퇴근하려고 코트를 입고 있는 미시즈 스티븐스에게 아니꼬움을 무릅쓰고 물었다. 그 아이가 뭘 했기에 독방에 감금된 거냐고.

"포크," 씩씩거리며 말하는 그녀의 턱이 두 겹이 되었다. 그녀는 거칠게 튼 두툼한 손에 보풀이 인 털장갑을 끼며 말했다. "그 말썽꾼. 돼먹지 못한 녀석." 지금 생각하니 나는 참 미시즈 스티븐스에게 가차없이 비판적이었다. 그 여자의 모든 행동을 나에 대한 개인적인 모욕으로, 모종의 직접적인 공격으로 해석했다. 보복을 한 적은 없지만 그 여자를 적으로 여겼다. 미시즈 스티븐스가 따뜻하지도, 심지어 유쾌하지도 않았던 건 사실이지만 내게 진정한 해를 끼친 적은 없었다. 그저 한없이 괴팍했을 뿐이다. 그 여자가 가고 사무실의 다른 여자들도 퇴근한 뒤 나는 포크의 파일을 찾았다. 서류철에 안에서 종이들이 다소 누리끼리해져 있었다. "죄목: 부친 살해." 파일은 닥터 프라이의 메모가 많아 두툼했으나 대부분 날짜와 시간과 이해할 수 없는 라틴어 글자들이었다. 짧은 전과 기록지에 부착된 신문기사를 읽고서 레너드 '리' 포크가 침대에서 잠든 자기 아버지의 목을 칼로 그었다는 사실을 알았다. 폭력적인 행동을 한 내력은 없다고 보고

서는 기록했으며, 이웃들은 "행동이 바르고 특이한 점은 없는 조용한 아이"라고 진술했다. 대개 그런 내용이었다. 머그샷* 속 아이의 얼굴은 뚱했으며 앙다문 입꼬리는 아래로 처졌고 피로한 눈은 초점이 없었다. 파일 가운데 '논평'이라는 제목 아래에는 "범죄 당일부터 계속 말을 하지 않음"이라고, 여학생 같은 내 글씨가 지저분하게 흘려 써 있었다.

바로 그때, 자정의 새소리처럼 마력을 발휘하는 선율적인 목소리가 어둑한 복도 저편에서 들려왔다. 제임스에게 저녁인사를 하는 리베카였다. 나는 또각또각 점점 커지는 구두굽 소리를 들으며 마음을 가라앉히려고 애썼다. 잠시 후 그녀가 긴 검정 코트를 입고 서류가방을 손에 든 모습으로 내 앞에 서 있었다. 그 말도 안 되는 크리스마스 공연 뒤로 몇 시간이 흐른 참이었다. 나는 레너드 포크의 파일을 주섬주섬 챙기며 웃음을 지으려 했지만, 서류철이 손에서 미끄러져 내용물이 쏟아지면서 지저분한 리놀륨 바닥에 서류가 휘날렸다.

"어, 오." 나는 바보같이 말했다. 리베카가 사무실 카운터 뒤로 와서 나를 도와 서류를 주웠다. 나는 미시즈 스티븐스의 책상 아래로 손을 뻗느라 쪼그려앉는 리베카를 뒤에서 바라보았다.

* 범인을 식별하기 위해 구금 과정에서 촬영하는 얼굴 사진의 은어.

치맛자락이 바닥에 끌리지 않도록 치켜모아 종아리가 드러났다. 어린애처럼 가느다란 내 종아리와는 다른 섬세하고 부드러운 곡선이었다. "세상에," 그녀가 손에 든 서류를 읽으며 말했다. "자기 아버지를 죽인다는 게 상상이 돼요?" 그녀가 서류를 다시 건네는데, 뭔가 안다는 듯한 눈빛으로 나를 보는 것 같았다.

"고마워요." 내가 얼굴을 붉히며 말했다.

"물론, 오랜 세월 전해온 이야기죠. 아버지를 죽이고 어머니와 잠자리를 한다는 거." 리베카가 말을 이어갔다. "남성 본능이란 게 지독하게 뻔하기도 해요." 그녀는 내 어깨 쪽으로 고개를 숙이며 실눈을 뜨고 아이의 사진을 보았다. 리베카의 머리카락이 우리 사이에 커튼처럼 드리워졌다. 그녀가 머리를 쓸어올리자 깃털처럼 몇 가닥이 내 볼에 흩날렸다. 리베카는 입술을 깨물었다. "레너드 포크." 그렇게 소리 내어 읽자 그 숨결에서 담배와 바이올렛 민트 사탕 냄새가 났다.

"지금껏 독방에 있어요." 내가 말했다. "밖에서는 본 적이 없네요. 면회자도 없고요."

"그것참 딱하네." 리베카가 말했다. "좀 볼까요?" 그녀가 양손바닥을 내 앞에 펼쳤고, 나는 서류철을 넘겼다.

"서류 정리를 좀 하고 있었던 것뿐이에요." 염탐한다고 의심받지 않기를 바라면서 멍청하게도 그렇게 말했다.

리베카가 서류철 안의 서류를 휘휘 넘겼다. 나는 책상 위의 물건들을 정리하고 오래된 설문지를 훑어보며 바쁜 척했다. "가장 좋아하는 연예인 이름을 쓰세요. 밤에 몇시에 잠드나요?"

"이것 좀 빌릴게요." 리베카가 포크의 파일을 서류가방에 넣으며 말했다. "자기 전에 읽으면 재미있겠네." 우스개 같은 말이었다. 나는 불안하고 어색해서 다시 책상 앞에 앉았고, 리베카는 코트 단추를 채웠다. "오늘 참 굉장한 쇼였어요."

"매년 해요."

"잔인하고 유별난 처벌이라고 봐요." 그녀는 보송보송한 모헤어 숄을 어깨에 두르고 머리카락을 밖으로 빼냈다. 그녀에게 좋은 인상을 주는 데 철저히 실패했다는 느낌이 들었다. 다음번에 만날 때는 더 많이 말해야겠다고, 더욱 냉철하고 매력적이고 똑똑하고 재미있고 생기 있게 굴어야겠다고 결심했다. "자, 그럼 아침에 봐요." 리베카는 그렇게 말하고 복도를 또각또각 걸어가 세찬 바람이 부는 바깥으로 나갔다.

그날 밤 집에 가는 길에 라드너스에 들러 아버지의 술 비축분을 사고, 드러그스토어에 들러 내가 쓸 바이올렛 민트 사탕과 담배 한 갑을 샀다. 담배를 거의 피우지 않았으나 신경이 곤두서는 일이 있을 때는 한두 개비 즐기기도 했다. 레너드 포크가 동굴 안에서 자기 몸을 만지는 모습이 떠올라 흥분이 일었지만 그애를 머리에서 몰아내려고 애썼다. 랜디를 내내 염탐하는 동안 늘 상 바랐던 게 바로 그런, 음란한 행위를 하는 그의 모습을 언뜻 보는 것이었다. 나는 거칠게 고개를 저었다. 그렇게 하면 그 소년의 영상이 뇌에서 빠져나오고 귀로 굴러나와 나를 가만 내버려둘 것처럼. 나는 페도파일*—그보다 몇 년 전에 라틴어 수업에서 들은 말—이 아니었다. 화장품 진열대를 훑어보다 새로운 색상의 립스틱이 나온 것을 보았다. 광택이 도는 핏빛 빨강, '정열의 연인'이었다. 그걸 주머니에 슬쩍 넣었다. 원래는 어머니 것이던 내 코트는 소맷부리 부분이 길고 넓어서 거의 모든 걸 수월하게 집어들 수 있었다. 난 평생 도둑질을 잘했다. 지금도 이따금 식료품점에서 치실, 마늘 한 통, 껌 하나 같은 것을 슬쩍한다. 크게 해가 되는 일은 아니라고 생각한다. 평생 나눠주거나 잃어버린 물건이 많으니, 내가 진 빚을 상쇄하기에 충분하다고 본다.

그날 밤 창피스러운 생리대 한 묶음과 함께 실제로 값을 치른 것은 조그만 고형 파우더 하나로, 그곳에서 팔던 것 중 가장 밝은 색인 '눈의 여왕'이었다. 계산대 근처 진열대의 패션 잡지도 눈을 사로잡았다. 표지에는 뼈가 앙상하고 우울한 느낌의 여자가 회색 모피 모자를 쓰고 입술을 내민 뚱한 표정으로 위를 올려

* 소아성애자.

다보고 있었다. 마치 그런 패션을 못마땅해하는 정치인을 보는 듯한 눈빛이었다. "낭만적이지 않나요……" 표지에 그렇게 쓰여 있었다. 모피가 꼭 집고양이 털 같다, 나는 생각했다. 그리고 계산대에 돈을 탁 내려놓았다. 젊은 여자 점원은 내 생리대 묶음을 이미 더럽혀지기라도 한 것처럼 다루며 계산대 위에 동굴처럼 입구를 벌려놓은 종이가방 안에 손가락 끝으로 밀어넣었다. 잡지는 전용으로 딸려나온 납작한 종이가방에 넣어주었는데 맘에 들었다. 다시 닷지 안에 앉아서 갈색 종이봉투들을 모두 조수석 위에 늘어놓았다. 술병들, 생리대, 잡지. 그러고는 주머니에서 립스틱을 꺼내 거울을 보지도 않고 입술에 듬뿍 발랐다. 집에 가니 아버지가 말했다. "누구의 빨건 궁둥이를 쪽쪽거리다 온 거냐?" 그러더니 내 팔 밑에서 술병들을 빼내 갔다. "네 색깔 아냐." 아버지는 비웃으며 부엌으로 살살 걸어갔다. 레너드 포크처럼, 나는 아무 말도 하지 않았다.

화요일

어른 여자는 코요테와 같아서 아주 적은 자원으로도 살아나갈 수 있다. 남자들은 집고양이에 가깝다. 너무 오래 홀로 두면 슬퍼서 죽는다. 이 약함 때문에 나는 오래도록 남자들을 사랑하게 되었다. 감정이 풍부하고 날마다 변화하고 아름다운 사람으로서 존중하려 해왔다. 말을 들어주고 위로해주고 눈물을 닦아주었다. 하지만 X빌에 사는 젊은 여자였을 때의 나는 다른 사람들—남자건 여자건—이 나만큼 깊은 감정을 느낀다는 것을 몰랐다. 누군가의 고통이 내 고통에 탐닉할 기회를 주는 경우가 아니라면 그 누구에게도 공감하지 못했다. 이 부분에서 발달이 심하게 지체되어 있었다. 무어헤드의 아이들이—죄수들은 세상 어디에서나 마찬가지인 듯한데—밤중에 경비들의 재미를 위해 서로

싸우길 강요당한다는 사실, 베갯잇에다 대변을 봐야 할 때도 있고, 교도관들이 강제로 옷을 벗게 해 침을 뱉고 구타하고 결박하고 모욕하고 학대하는 일이 일상적이라는 사실을 나는 알았던가? 소문은 돌았으나 그 의미는 와닿지 않았다. 아이들이 면회실에 오고갈 때 경비들이 수갑을 채운다는 사실도 제대로 눈여겨본 적 없다. 내 가슴이 왜 나 아닌 다른 사람을 위해 아파야 하나? 갇혀 있고 고통받고 학대당하는 사람이 있다면 그건 바로 나였다. 진짜 고통을 느끼는 사람은 나뿐이었다. 오직 나.

그 화요일에 무어헤드에서 보낸 하루가 보통의 화요일과 같았다면, 나는 종일 책상에 앉아 게으름을 피우며 시계나 쳐다보고 백번째로 X빌 탈출 계획을 세웠을 것이다. 닷지를 러틀랜드의 주유소에—심지어 주유기 앞에—세워둔 채 머리에 스카프를 두르고 그냥 빠져나와 아무도 보는 사람이 없을 때 뉴욕행 다음 기차를 탄다면, X빌 사람들은 내가 현대식 노상강도에게 납치된 건 아닐까 생각하면서 어느 먼 지방의 도로변이나 싸구려 모텔의 처참한 현장에서 머리 없는 시체로 발견되리라 기대할지도 모른다. "불쌍한 아일린." 아버지는 훌쩍거릴 것이다. 나는 상상했다. 꿈꾸었다. 하지만 그 화요일에는 이런 생각을 전혀 하지 않았고 그 대신 리베카를 생각했다. 그녀가 무어헤드에 나타났다는 사실은 내 상황이 나아질 거라는 하느님의 달콤한 약속 같았다. 이제는 외롭지 않았다. 마침내 내가 우러러보고 마음을 열 수 있는 친구, 나와 내 곤경을 이해하고 그것을 이겨내도록 도와줄 친구가 있었다. 그녀는 새로운 삶으로 가는 내 승차권이었다. 리베카는 매우 총명하고 아름다웠고, 내가 나 자신을 두고 품었던 모든 환상이 구체화된 모습인 것만 같았다. 나 자신이 그녀가 될 수 없다는 건 알았지만, 그녀와 함께 있을 수는 있었으며 그것만으로도 짜릿했다. 그 화요일에 리베카는 얼음장 같은 아침의 눈더미들을 지나 급히 안으로 들어와서는 슬로모션처럼 코트를 빙글 돌려 벗은 후—내 기억에서는 그렇다—투우사처럼 털면서 나를 향해 복도를 걸어왔는데, 머리는 물결처럼 뒤로 흘렀고 단도와 같은 눈빛은 내 심장을 뚫고 뱃속까지 내리꽂혔다. 그녀는 순수한 마법이었다. 코트는 옷깃에 회색 모피가 달린 진홍색 스윙 코트*였고, 모피는 잡지에서 본 것과 같은 종류였다. 그녀가 다가오고 있을 때, 나는 조수나 비서나 하녀쯤 되는 사람처럼 대기하며 불안스럽게 서 있었다. 리베카는 사무실의 나이든 여자들에게 공손하게 고개를 끄덕인 후 탈의실로 가는 길에 나와 눈을 마주쳤고 나는 그 뒤를 따라갔다.

그날 나는 그 상황에 대비해 옷을 차려입었다. 좀더 코즈모폴

* 아래로 갈수록 옆으로 퍼지는 코트.

리턴적으로 보이게 해주리라 생각되는 조합—물론 남색으로—을 어머니의 옷장에서 골라냈다. 오래된 가짜 진주 목걸이까지 걸었다. 그날 아침에는 머리도 빗었고 립스틱도 더 꼼꼼하게 발랐으며 지워지지 않도록 입가에 고형 파우더를 톡톡 두들겨주었다. 이것을 기억하는 건, 이미 말했듯이 내가 외모에 집착했기 때문이다. 역설적이지만, 그런 집착에도 불구하고 나는 거의 매일 추저분했고 보는 사람을 불쾌하게 할 때도 있었다. "망신스러워." 아버지가 말했다. 하지만 생각건대, 그날 아침에 내 모습은 훨씬 괜찮았다. "근사하다"가 내가 썼을 법한 표현이다. 어쨌든 리베카의 섬세한 구두굽이 리놀륨 바닥을 또각또각 밟는 소리를 따라갔더니 탈의실 안에서 그녀가 내게 돌아서서 말했다. "사물함 여는 것 좀 다시 도와줄래요? 난 못할 것 같아." 리베카는 긴 손을 들어 딱 달라붙는 비둘기색 가죽장갑을 낀 손가락을 배배 꼬았다. "손이 무뎌서." 이 무력함은 일종의 교태였고, 지금 생각해보면 나를 곁에 두고 부리기 위한 역할 조작이었지만 당시에는 그것을 알 도리가 없었다. 나는 더할 나위 없이 기쁜 마음으로 솜씨 좋게 다이얼을 돌렸고, 사물함 문을 여는 내 재능이 굉장한 미덕의 표시라도 되는 양 얼굴이 상기되었다.

"그런데 내 비밀번호는 어떻게 알아요?" 그녀가 물었다.

날카로운 땡 소리와 함께 사물함이 열렸다. 나는 자랑스럽게 뒤로 물러섰다.

"모든 비밀번호가 같아요." 나는 말했다. "하지만 아줌마들한테는 말하지 마세요. 모두 뇌졸중을 일으킬걸요."

"참 재미있는 사람이네요." 리베카가 코를 찡긋하며 말했다. 서류가방과 조그만 가죽 핸드백을 가져온 그녀는 핸드백에서 담배를 꺼내 스웨터 주머니에 옮겼다. 틀림없이 앙고라나 캐시미어였을 스웨터는 매우 부드러워 보여서 그녀 주위에 솜사탕처럼 떠 있는 것 같았다. 리베카를 단 두번째로 본 그날, 그녀는 자주색의 모든 색조—연보라, 보라, 연자주—로 차려입었다. 그렇게 몸에 꼭 맞고 우아하며 교도소라는 직장에는 전혀 어울리지 않는 옷을 입은 사람이 그녀가 아닌 다른 이었다면 나는 문란한 여자라고 비난했을 것이다. 어쨌거나 이때가 무슨 로맨틱한 밤도 아니었으니까. 하지만 리베카는 문란한 여자가 아니었다. 성스럽도록 멋졌다. 나는 사물함에 코트를 거는 동안 우아하게 접히는 리베카의 팔을 가만히 바라보았다.

"모피를 입는 건 옳지 않다는 거 알아요." 빤히 바라보는 나를 보고 그녀가 말했다. "그런데 어쩔 수가 없네요. 친칠라예요." 그러고는 사물함 안에 있는 코트의 옷깃이 고양이라도 되는 양 쓰다듬었다.

"아니, 아니에요." 내가 말했다. "담배 케이스가 예뻐서 보고 있었던 것뿐이에요."

"아, 고마워요." 그녀가 말했다. "선물로 받았어요. 봐요, 내 이름 이니셜이 쓰여 있죠." 그녀는 주머니에서 케이스를 꺼내 보여주었다. 실금이 들어간 은색 담배 케이스로, 카드 한 벌 정도의 크기였다. "누구한테서 받은 선물?" 하고 묻고 싶었지만 입을 다물었다. 그녀는 케이스를 열고 내게 담배 한 대를 권했다. 필터 없고 굵은 그 펠멜 담배는 내가 그제껏 피워본 가장 독한 담배였다. 그후 그 담배를 몇 년쯤 피우기도 했는데, 상표의 로고—사자 두 마리 사이에 있는 방패—를 가로질러 쓰인 표어의 예기치 못한 아름다움에 조금 감동했다. Per aspera ad astra. 가시밭을 뚫고 별까지. 내 역경을 정확히 표현하는 말이라고, 당시에는 그렇게 생각했으나 물론 사실이 아니었다. 리베카가 멋지게 손목을 돌리며 담뱃불을 붙여주었다. 마음이 설레었다. 자기 담배에 불을 붙일 때는 생각에 잠긴 새처럼 고개를 살짝 기울이고 볼을 아주 조금 빨아들였다. 이 모든 것이 기억에 정확하고 예리하게 남아 있다. 분명 나는 그녀에게 푹 빠져 있었다. 어떤 면에서는 그녀와 알고 지내는 것만으로도 비참한 처지에서 벗어나고 있는 느낌이었다. 나는 진전을 이루고 있었다.

"보통은 담배 안 피워요." 나는 약간 캑캑거리면서 말했다. 핸드백 속에 세일럼 한 갑이 있는데도.

"못된 습관인데," 리베카가 말했다. "그래서 난 좋아요. 숙녀에겐 잘 어울리지 않지만요. 치아가 누렇게 변하거든요. 보여요?" 그러더니 내 쪽으로 고개를 숙이면서 한 손가락을 아랫입술에 걸고 잇몸을 당기며 입속을 보여주었다. "변색된 거 보여요? 커피와 담배죠. 또, 레드 와인." 하지만 그녀의 치아는 완벽했다. 조그맣고 종이처럼 새하얬다. 잇몸은 윤기 흐르는 분홍색이었고, 아기처럼 기적적으로 매끄러운 얼굴 피부는 잡티 한 점 없이 화사하게 빛났다. 간혹 이런 여자들을 보지 않는가. 커다란 눈망울에 생채기 하나 없이 아이처럼 아름다운. 리베카는 볼이 둥글지만 탄탄하고 생기 넘쳤다. 입술은 연분홍색에 활 모양이었으나 갈라져 있었다. 그 사소한 결함이 미묘하게 실망스러웠지만 그래서 내가 좀 덜 못나 보일 것 같기도 했다.

"커피도 안 마시고요." 나는 말했다. "그럼 내 치아는 완벽해야겠죠. 하지만 단것을 좋아하는 경향 때문에 다 썩었어요." 경향이라는 단어는 당시에 내 일상 어휘가 아니었기에 그 말을 쓰고 나니 어색했고, 똑똑해 보이려는 내 시도를 리베카가 꿰뚫어 보고 비웃지 않을까 걱정이 들었다. 하지만 그다음에 그녀가 한 말 때문에 나는 황홀해서 심장이 터질 것만 같았다.

"음, 외모를 보면 안 그럴 것 같은데요!" 리베카는 옆구리에 손을 걸치고 크게 미소를 지었다. "이렇게 보기 좋게 조그맣잖아! 얼마나 아담한지 정말 감탄스러워요." 천국이었다. 그녀가 계속 말했다. "나도 말랐죠, 물론. 하지만 키가 크고 마른 거죠. 큰 키도 이점은 있는데, 남자들 대부분이 내겐 너무 작아요. 요즘 남자들은 계속 작아지는 것 같던데, 혹시 그런 생각 든 적 없어요? 그냥 내 착각인가?" 내가 대답할 수 있는 질문이 아닌데도 나는 연대의 의미로 눈을 홉뜨며 고개를 끄덕였다. 그녀는 핸드백을 사물함에 넣고 문을 닫았다. "다들 꼬마 같아. 진짜 남자, 심지어 진짜처럼 보이는 남자마저도 찾기가 너무 힘들어요. 있죠, 사실은." 그녀가 운을 띄웠고 나는 숨을 멈췄다. "사물함 비밀번호를 잊어버렸어. 하지만 다시 귀찮게 하진 않을게요. 더 중요한 할일이 많을 테니까, 분명히. 번호 적어놓은 게 책상에 있어요. 이제 어제 배정받은 사무실을 찾아가야 할 텐데. 그것도 도와달라 하지 않을 거예요. 냄새를 따라가면 될 거야. 오래된 가죽 냄새." 그녀가 잠시 말을 멈췄다. "내 사무실 바로 옆 브래들리의 사무실에 그 오래된 소파가 있잖아요, 드러눕는 소파. 얼마나 프로이트적인지." 그녀가 비꼬듯 눈을 크게 뜨고 말했다. "너무 구식이라는 거죠, 내 말은."

"브래들리?" 나는 닥터 프라이의 후임 닥터 브래들리 모리스에 대해 잊고 있었다. 그 대머리 남자. 깡마른 사람이던가? 리베카의 기준으로 볼 때 진짜 남자인가? 나는 알 수 없었다. 리베카는 그 남자와 무슨 관계라도 있는 걸까?

"새로 온 헤드슈링커* 말이에요." 리베카가 말했다. "있죠, 사실은"—또 그 표현이 나왔다—"그 사람 머리는 충분히 줄어들지 않았다고 봐요, 무슨 말인지 알겠지만." 그 말을 머릿속에서 처리하느라 시간이 좀 걸렸다. 그 남자의 신체 비율에 관한 평인가? 나는 사춘기 소년처럼 말을 더듬거렸다. 내 멍한 표정을 보고 리베카가 거의 사과하듯이 말했다. "대두라고요. 하지만 농담. 그 남자, 아주 좋은 사람 같아요."

이토록 둔하고 멍청한 나 자신을 저주했다. 설명하고 싶었다. 나는 머리도 좋고 책도 많이 읽은 사람이라고, 대학도 다녔다고, 프로이트가 누군지 안다고, 난 그 교도소에 어울리지 않는 사람이라고, 특출한 사람, 멋진 사람이라고. 하지만 나 자신을 변호하자니 쩨쩨한 짓 같았다.

"그 사무실 안에는 가본 적 없어요." 대신 이렇게 말했다. "닥터 프라이는 항상 문을 잠가두었고 재소자 아이들만 안에 들어갔거든요." 내겐 그녀와 같은 재치가 없었다. 품위 없고 평범하고 따분했다. 내 신체 사이즈 말고는 리베카에게 좋은 인상을 심

* 정신과 의사나 심리분석가를 이르는 속어. 동사 '슈링크(shrink)'가 '줄어들다'라는 뜻.

어줄 만한 게 전혀 없었다. 그녀 자신에 관해 물었어야 했다. 무어헤드에서 무엇을 할 계획인지, 어쩌다 교도소 일에 관심을 두게 되었는지, 목표는, 꿈과 야망은 무엇인지 물었어야 했지만 당시에 내 정신은 그렇게 작동하지 않았다. 매너라곤 없었다. 친구 사귀는 법도 몰랐다.

"언제든 놀러 와요." 그런데도 그녀가 말했다. "물론 문이 닫혀 있을 때는 말고. 그건 아이들을 만나고 있다는 뜻이니까."

"감사해요." 나는 말했다. 전문적인 분위기로 말할 셈이었다. "다음에 근처를 지날 때 들르죠."

"아일린," 그녀가 내 배 쪽을 가리키며 말했다. "맞죠?"

나는 얼굴을 심하게 붉히며 고개를 끄덕였다.

"난 리베카라고 부르세요." 그녀가 눈을 찡긋하며 그렇게 말하고는 또각또각 멀어져갔다.

쑥스러우면서도 너무 기뻐서 기절할 지경이었다. 리베카가 내 이름을 기억했다. 그것은 내게 큰 의미였다. 레너드 포크의 파일에 대해서는 까맣게 잊어버렸다. 그날 아침 얼마 전까지만 해도 미시즈 스티븐스가 파일이 없는 걸 알고 따져 물을지도 모르니 리베카가 어서 돌려주기를 바랐다. 하지만 이제 무슨 상관인가? 내게는 진짜 친구가 있었다. 나를 알고, 나와 함께 있기를 원하고, 내가 유대를 느끼는 사람 말이다. 나는 그로부터 며칠간 일어난 일을 받아들이려 애쓰면서, 리베카와 나눈 바로 그 대화, 그리고 다른 모든 대화를 그뒤로 오랜 세월 동안 계속해서 복기하게 된다. 그 순간, 나는 행복했다. 리베카와의 만남은 춤을 배운 것, 재즈를 발견한 것과 같았다. 처음으로 사랑에 빠진 것과 같았다. 내 주위로 휘몰아치는 광영과 함께 분출될 미래를 항상 기다려온 내게 이제 그 일이 정말로 일어나고 있는 것만 같았다. 리베카만 있으면 실현될 미래였다. Per aspera ad astra.

면회가 있는 날이라 일을 해야 했기 때문에 그날 아침 리베카와 나눈 짧은 대화에 대한 심사숙고는 잠시 접어두어야 했다. 내가 책상으로 돌아간 즈음에 대기실은 이미 눈물을 글썽이는 어머니들과 의자에 앉아 안달하는 어린애들로 시끌벅적했다. 그중에 기억나는 어머니 한 명은 가족이 살던 집을 몽땅 태워버린 열두 살 아들을 만나러 왔다. 키가 작고 볼이 빵빵한 갈색 머리 소년이었는데, 발을 바깥쪽으로 벌리며 걸었고 인중에는 콧수염이 나기 시작했다. 나는 거기에서 자라고 있는 이상한 털을 눈여겨보았다. 그 아이를 보니 내 인중이 생각났다. 나는 일상적으로 거기에 난 털을 족집게로 뽑았다. 욕실 거울 앞에서 얼굴의 털을 뽑느라 허비한 시간을 모두 합치면 책 한 권을 쓸 수도 있었을 것이다. 프랑스어를 배워 대화할 수도 있었으리라. 내 눈썹은 항상 가늘고 희미했기 때문에 그건 뽑을 필요가 없었다. 희미한 눈썹은 결단력 부족의 표시라고 들은 적이 있다. 난 그보다는 열린 마음, 가능성의 인정을 표시한다고 생각하고 싶다. 고양이 털 같은 모피 모자가 나온 그 패션 잡지에서, 어떤 여자들은 두껍고 진한 눈썹으로 보이고 싶어서 연필로 그린다는 얘기를 읽었다. 웃기는군, 나는 생각했다. 면회실 밖에 서서, 주먹 쥔 손 아랫부분으로 골반의 뾰족한 뼈를 두드렸다. 어떻게든 내 우월함, 내 거대한 힘을 확인하게 해주는 습관이었다.

어린 방화범이 제 어머니의 맞은편 탁자에 앉았을 때, 그애는 상대적으로 어린 소년들 모두가 하는 행동을 했다. 아이들은 가슴 앞에 팔짱을 끼고 벽을 바라보며 마음을 독하게 다졌다. 입을 내밀고, 눈을 가늘게 뜨고, 다가갈 수 없으리만치 냉정한 모습으로. 하지만 어머니의 고통스러운 얼굴을 한 번 보는 것만으로 눈물을 터트렸다. 방화범도 눈물을 터트렸다. 어머니는 주머니에서 손수건을 꺼내 탁자 너머로 건네주었다. 그러자 랜디가 면회실로 급히 뛰어들어가 소년 앞에 단호히 손바닥을 펼쳐 들이대고 다른 손으로는 어머니가 내민 손을 막았다. "죄송합니다." 그가 높낮이 없는 어조로 말했다. "그건 허락되지 않습니다."

"나갈 때 안아주는 건 가능하지만," 내가 끼어들었다. "아무것도 주실 수는 없어요. 보안을 위해, 아이들을 안전하게 보호하기 위해 그런 겁니다." 그런 연습해둔 말이 몇 가지 있었다.

물론 그 규정은 아이들을 손수건으로부터 보호하기 위한 것이 아니었다. 내가 한 말이 전혀 사실이 아니란 걸 나도 알았다. 하지만 나는 어렸고, 공교육과 아버지와 그의 가톨릭 신앙에 예속되어 있었으며, 처벌받거나 추궁당하거나 지목당하는 일을 두려워했기 때문에 무어헤드에 있는 모든 규정을 따랐다. 모든 절차를 준수했고, 날마다 제시간에 출퇴근 카드를 찍었다. 나는 좀도둑, 변태, 그리고 물론 거짓말쟁이였다, 그렇게 말할 수 있을 것이다. 하지만 그걸 아는 사람은 아무도 없었다. 나는 각종 규정을 더욱 철저히 집행하며 이런 생각을 했을 것이다. 그렇게 하면 내가 높은 도덕 기준에 따라 사는 사람임이 입증되지 않을까? 내가 선한 사람이라고? 치마를 쳐들고 리놀륨 바닥에 흥건하게 대장을 비워내고 싶어할 리는 없다고? 부모가 자식에게 선물을 줄 수 없다는 규정은 아이들을 절박한 상태로 유지하려는 의도임을 나는 잘 알았다. 교도소장은 기회가 있을 때마다 그 방침을 전도했고, 내 생각엔 상당히 타당한 논리였다. 절박한 영혼만이 죄를 후회할 것이고, 그 후회가 깊은 아이는 굴복할 것이며, 그로 인해 고분고분해져서 마침내 기꺼이 변신하려 할 것이다, 교도소장은 그렇게 말했다. 나라면 누군가의 변신을 책임지는 일을 절대로 맡기지 말아야 하는 사람으로 그 교도소장과 닥터 프라이, 혹은 닥터 모리스—그 사람에 대해선 알지도 못했지만—또는, 이런 말을 하자니 유감스럽지만 리베카를 꼽을 것이다. 그중 최악은 리베카였을지도 모른다. 하지만 그건 뒤늦게 깨닫고 나서 하는 말이다. 처음에는, 그래, 리베카는 내게 꿈이었다, 마법이었다. 그녀는 강력했으며 내가 되고 싶은 모든 것이었다. 그렇게, 손수건은 금지. 장난감도, 만화와 잡지와 책도 금지. 아이들을 울게 하라. 어쨌거나 내게 온정을 보이는 사람은 아무도 없다. 그 아이들이라고 왜 나보다 더 많은 것, 더 좋은 것을 가져야 하는가? 랜디가 면회실 밖으로 걸어나올 때 나는 시선을 내려 그의 사타구니를 보았다. 그는 잇새로 쩝 소리를 내고 한숨을 쉬었다.

"난 괜찮아요." 어린 방화범이 수감복 자락으로 얼굴을 닦으며 말하자 어머니가 훌쩍거렸다. 그 여자는 하얀 스카프를 두르고 있었는데, 스카프가 흘러내릴 때 목 쪽 피부에서 분홍색과 노란색으로 부풀고 얽은 화상 자국을 본 기억이 난다. 면회가 끝난 건 시계가 칠 분이 흘렀음을 알렸을 때—면회 시간은 칠 분이었는데 어떤 종교적 의미가 있지 않았나 싶다—였고, 그때 내가 제임스에게 손짓하자 그가 방화범을 오락 공간인가 어딘가로 다시 데려간 후 다음 아이를 데려왔다. 랜디는 입구 주위에 서 있었고, 나는 울먹이며 나가는 어머니에게 마지막 서명을 받았다. 필체에서 노기가 묻어났다. 들어올 때 한 서명은 깔끔하고 신중했으나 나가는 길에 한 서명은 난폭하고 삐쭉삐쭉하고 성급했다.

항상 그런 식이었다. 모두가 낙담했다. 모두가 고통받았다. 그 슬픈 어머니들은 저마다 어떤 흉터, 즉 자신의 아이, 자신의 피와 살이 교도소에서 자라고 있다는 상심을 증명하는 상처의 배지를 달고 있었다. 나는 그 모든 것을 무시하려고 최선을 다했다. 정상적으로 행동하려면, 기복 없는 평정심을 유지하려면 그래야만 했다. 너무도 속이 상해서 열기가 오르고 몸이 덜덜 떨릴 때면 나를 제어하는 특정한 방법을 썼다. 빈방을 찾아들어가 이를 득득 갈고 젖꼭지를 꽉 꼬집으며, 나 자신이 바보 같아서 창피한 느낌이 들 때까지 캉캉 댄서처럼 공중에 발길질을 했다. 항상 먹히는 수법이었다.

랜디가 팔꿈치를 긁다가 면회실 문틀에 기대는 모습을 보고 있자니 머리를 스치는 생각이 있었다. 더는 그를 사랑하지 않는다는 것. 리베카를 향한 새로운 애착으로 인해 침침해진 눈으로 랜디를 보니 그는 보잘것없는 사람, 군중 속의 얼굴 하나, 너무 여러 번 읽어서 이젠 아무런 감흥 없는 옛 신문 속 이야기처럼 칙칙하고 무의미한 존재 같았다. 사랑은 그런 식일 수 있다. 순식간에 사라질 수 있다. 그뒤로도 일어난 일이다. 연인이 내 침대의 따스한 희열을 뒤로하고 물 한 잔을 가지러 갔다가 돌아왔을 때, 나는 순식간에 냉랭하고 무관심하고 공허해진, 낯선 사람이 되어 있곤 했다. 사랑은 다시 나타나기도 하지만 생채기 없이 돌아오는 일은 없다. 두번째 사랑에는 필연적으로 의심, 의도, 자기혐오가 따른다. 하지만 그것은 이 이야기와 무관하다.

제임스가 돌아왔을 때, 그가 복도를 따라 인도해온 아이는 놀랍게도 레너드 포크였다. 레너드는 등뒤로 양손에 수갑을 찬 채 경쾌하리만치 태연하게 걸었다. 내 예상보다 키가 더 컸고, 몸이 아직 단단해지지 않은 어린 남자 특유의 어색한 유연함 때문에 팔다리가 흐느적거렸다. 기묘하게 통통거리는 걸음걸이였다. 얼굴은 밝고 편안했으며 다른 아이들 얼굴에서는 볼 수 없었던 방식으로 총기 있고 고요했는데, 나는 그 느슨하게 절제된 분위기에 감탄했다. 아이는 기분이 좋은 듯했고, 속을 알 수 없을 것 같았고, 그 무엇에도 흔들리지 않을 듯 냉정해 보였지만, 그러면서도 먼젓번에 봤을 때처럼 동굴 속 간이침대에서 무심히 제 몸을 만지던 고요한 인간의 무구함도 있었다. 나는 그 얼굴에서 무언가를, 그애가 쓴 자족감의 가면이 자칫 누설할 수도 있는 어떤 것을 탐색했지만, 아무것도 없었다. 그런 의미에서 그애는 천재이자 대가였다. 내가 본 중에 가장 훌륭한 가면이었다.

제임스가 면회실 유리벽 옆으로 아이를 이끌었다. 유리벽 너머에 있는 미시즈 포크의 옆을 지날 때 레너드는 미소를 지었다. 나는 부모의 어둑한 침실에 서서 부엌칼을 들고 잠든 아버지를 굽어보는 그애를, 강하고 신속하게 칼을 내리꽂아 아버지의 목을 찢을 때 칼날에 번뜩이는 달빛을 상상했다. 이 기묘하고 유연한 인간이 그런 일을 할 수 있었단 말인가? 랜디가 아이를 면회실 안으로 데려가 의자에 앉히고 수갑을 풀어준 다음 다시 문가에 섰다.

"미시즈 포크?" 내가 외쳐 불렀다.

여자가 대기실 자리에서 일어나 내 쪽으로 왔다. 전혀 특별해 보이지 않는 사람이었지만 처음 눈에 들어온 그 모습이 굉장히 선명한 기억으로 남아 있다. 날카롭게 주름을 세운 검은색 바지가 불룩한 허벅지에 꽉 끼었다. 아프간 모포처럼 보이는 스웨터에는 가슴과 넓다란 복부에 걸쳐 각기 다른 색깔의 네모꼴이 한 줄로 늘어서 있었다. 뚱뚱하고 흐트러진 모습 때문에, 불쾌한 사람이라고 생각했다. 비만은 아니었지만 배가 상당히 튀어나온데다 온몸이 퉁퉁 붓고 피로하고 신경이 날카로워 보였다. 일부 뚱뚱한 사람들이 그러듯이 한 발짝 디딜 때마다 몸을 옆으로 흔들며 뻣뻣하게 걸었고, 팔에 밤색 코트를 걸쳤으며 핸드백은 없었다. 여자가 면회실로 들어올 때 보니, 꽉 묶어 둥글게 만 부스스한 머리 뒤편에 흰 보풀 조각들이 붙어 있었다. 립스틱은 푸크시아 꽃 색깔을 흉내낸 싸구려 제품이었다. 나는 그녀의 얼굴을 빤히 바라보며 거기에 어떤 총명함이 있는지 판단하려 했다. 과체중이므로 멍청할 거라고 단정했지만—난 아직도 그런 유형을 식충이, 바보라고 판단하는 경향이 있다—맑은 파란색 눈동자는 날카로우면서 아들의 눈과 비슷하게 묘한 분위기가 있었다. 나는 눈, 주근깨, 내민 입술에서 둘의 닮은 구석을 찾았다. 몸수색을 하는 동안 랜디에게 코트를 건네던 여자는 초조해 보였다. 내 손바닥이 여자의 말랑하고 넓은 등허리에 닿으며 툭 소리를 냈다. 나는 여자를 안고 조금이나마 위로해주고 싶은 이상한 충동을 억눌렀다. 지극히 볼품없고 측은해 보이는 모습이, 도살되기를 기다리는 암퇘지 같았다.

"다 됐습니다." 나는 여자에게 말했다. 그녀는 랜디에게서 코트를 받아들고 탁자로 가서 레너드, 불리는 대로 하자면 리의 맞은편에 앉았다. 미시즈 포크는 시선을 이리저리 피했고, 아이는 그냥 미소만 지었다. 나는 엄마와 아들을 번갈아 쳐다보았다. 리베카가 말해준 오이디푸스 이론이 맞다면, 미시즈 포크는 도저히 누군가가 살인이라도 저질러 얻고 싶은 사람이라고는 상상할 수 없었다. 내가 그 당시 젊은 남자들이 매력적이라고 여기는 여자의 유형에 대해 심각한 오판을 했던 것인지. 그렇지만 리 포크가 정신이 나갔는지도 모를 일이었다. 그애가 어떤 생각을 하는지 알아보는 건 불가능했다. 아이의 가면은 흔들리지 않았다. 돌처럼 차갑고 밋밋한 내 데스마스크와는 달랐고, 주부들이나 다른 슬픈 여자들, 실성한 여자들이 잘 쓰는 뻣뻣하고 쾌활한 가식과도 달랐다. 폭력과 열띤 분노의 조짐으로 잠재적 위협을 몰아내려는 치열한 불량아의 가면이 아니었다. 너무 약하고 예민해 조금이라도 공격당하면 무너져내릴 듯 가장하는 남자들의 달달한 수줍음도 아니었다. 리의 차분한 자족의 표정은 묘한 가면이었는데, 전혀 가짜 같지 않아서 더욱 독특한 거짓이었다.

울지 않으려는 노력인지 미시즈 포크는 눈을 질끈 감고 숨을 내쉬었다. 그러더니 잠시 후 양손을 겹쳐 탁자 위에 올려놓고 말을 하려고 입을 열었다. 그런데 그때, 복도 저편에서 요란하게 또각거리는 발소리가 들려와 우리는 모두 하던 일을 멈추고 돌아보았다. 리베카였다. 우리 쪽으로 활보해 다가오는 그녀는 한 손에 노트를, 다른 한 손에 담배를 들고 있었다. 미시즈 포크와 랜디와 나 모두가 제자리에 얼어붙어 바라보는 와중에 점점 다가오던 리베카는, 처음엔 흔들리는 실루엣이었다가 그다음에는 찰랑거리는 적갈색 머리를 어깨 뒤로 늘어뜨린 연보라색 환영이었다. 가까이 왔을 때는 진지하고 조용했으며, 나는 바위를 붙잡는 도마뱀 다리처럼 노트를 꽉 움켜쥔 그녀의 손가락을 보았다. 어쩐지 좀 긴장한 느낌이었다. 초조하게 반짝이는 눈빛으로 애써 웃음 짓는 모습을 보니, 결국 그녀도 그 아름다운 표피 아래는 인간적이고 과민한 것이었다. 위안이 되었다. 그녀가 참으로 절묘한 시간에 나타났다는 생각이 들었다. 리베카가 미시즈 포크를 초대한 걸까? 레너드의 파일로는 뭘 한 걸까? 그녀는 나와 랜디를 향해 고개를 끄덕이더니 노트를 바짝 당겨 들고 열린 문가로 와 우리 둘 사이에 섰다. 그러고는 저쪽에 앉은 어머니와 아들을 지켜보며 종이를 내려다보지도 않고 뭔가를 끊임없이 적었고, 손가락까지 타들어가는 담뱃재를 무심히 바닥에 털었다.

미시즈 포크는 코를 거만하게 쳐들고 말을 했다. 리에게 무슨 말을 했는지는 기억나지 않지만 많지는 않았다. 사촌들에 관한 이러저러한 얘기, 아마도 돈 얘기. 중요하지 않은 말들. 아들은 계속 말이 없었다. 어느 시점에 미시즈 포크는 앵돌아 한숨을 내쉬더니 화가 나서 벽만 쳐다보았다. 나는 리베카가 적고 있는 것을 읽어보려고 그 손밑을 훔쳐보려 했지만 지렁이가 기어간 자국처럼 보일 뿐이었다. 그전까지 속기를 본 적이 없었기 때문에 그게 아무것도 아니라고, 메모하는 것처럼 보이려고 종이에 줄을 긋고 있는 거라고 추측했다. 나는 그걸 알아보지 못했다. 닥터 프라이는 가족 면회를 참관하며 메모를 한 적이 없었다. 나는 물론 애초에 리베카가 왜 거기에 있는지가 궁금했다. 닥터 브래들리는 한 번도 나타나지 않았다.

아무도 말이 없는 와중에 아들이 둘 사이 탁자에 놓인 어머니의 손을 빤히 바라보기만 하는 상태로 잠깐 시간이 흐른 뒤, 미시즈 포크가 얼굴을 들고 리의 눈을 똑바로 바라보았다. 얼굴이 예전엔 더 크고 둥글었으나 바람이 다 빠져 도랑 같은 깊은 주름만 남은 듯 그녀의 주름은 길고 축 늘어졌다. 미시즈 포크가 울기 시작했다. 그 여자가 한 말을 들었다 해도 지금은 정확히 기억나지 않지만, 요지는 이런 것이었지 싶다. "어떻게 나한테 이럴 수 있니?" 구슬프고 여린 목소리로. 그러더니 그녀는 목청을 가다듬고 끙 소리를 크게 냈다. 조그맣고 벌겋고 갈라진 손을, 그녀가 화장지를 꺼낼 때 나는 보았다. 그녀는 화장지에 코를 풀더니 뿔난 아이처럼 뭉쳐서 주머니에 마구 쑤셔넣었다. 그 순간, 여자를 보니 어머니와 그 급한 변덕이 떠올랐다. 한순간 햇살이고 노래였다가 바로 다음 순간엔 지하실에서 세탁기에 대고 욕하고 벽을 발로 차곤 했던 어머니. 여자의 행동은 바로 그런 종류의 이중성이었다. 말은 이렇게 하지만 행동은 저렇게 하는 이중성. 리베카가 끼적거리던 손을 멈추더니 한쪽 다리에 의지해서서 다른 쪽 뒤꿈치로 바닥에 담배를 비벼 껐다. 그렇게 대놓고 끼를 부리는 발을 랜디가 곁눈질로 보았다. 적어도 난 그렇게 생각했다. 리베카가 연필을 입에 댔고, 나는 그쪽으로 고개를 돌렸다가, 그녀가 이로 연필 끝에 달린 지우개를 무는 순간 혀에 고인 침이 방울져 터지는 것을 보았다. 그렇게 벌어진 그녀의 입속을, 젊음과 아름다움으로 부글거리는 아이 같은 깨끗한 분홍색 입속을 보니 마음이 지독하게 아팠다. 질투로 불타올랐다. 당연히 랜디는 내가 아니라 리베카를 택할 것이다. 그녀는 사랑하기 쉬운 사람이니까. 나는 데스마스크를 쓰고 곤두선 수치심을 그 뒤로 감췄다. 리에게 주어진 칠 분이 끝나자 나는 문틀을 두들겼고, 랜디는 리베카에게 미시즈 포크가 나갈 수 있도록 비켜서라고 손짓했다. 하지만 먼저 미시즈 포크는 탁자에 부러 눈물 몇 방울을 투둑 떨어뜨리고, 아들보다는 우리더러 들으라는 듯 말했다. "다 내 탓이다." 리는 전혀 동요하지 않고 고개를 들어 시계를 보았다.

미시즈 포크의 뒤를 따라 사무실로 다시 들어가다 고개를 돌려보니, 리베카가 면회실 안으로 들어가 이제는 비어 있는 어머니의 의자를 밀어 리 쪽으로 가까이 가져가는 모습이 보였다. 그녀가 말을 하자 아이의 얼굴에서 웃음기가 사라졌다. 그러고는 머리를 숙이고 귀를 기울였다. 둘이서 내밀한 공감을 주고받는 듯 보였는데, 언제 그런 관계에 도달했단 말인가? 무어헤드에 온 지 얼마 되지도 않은 리베카는 이미 그애에게 가까이 몸을 기울이고 그 얼굴 아래에서 고개를 숙인 채, 치켜세운 눈썹과 반짝이는 눈을 들어올려 아이의 눈을 탐색했다. 나는 미시즈 포크를 카운터로 데려가 펜을 건네고 그녀가 서명하는 모습을 보았다. 리타 P. 포크. 노기 띤 필체가 아니었다. 상황에 어울리지 않게 태평하고 무심한 필체였다. 여자는 뒤돌아 아들을 보지도 않고 그저 무겁게 눈을 깜빡이며 직장에서 퇴근하는 사람처럼 한숨을 내쉬더니, 코트를 휘둘러 어깨에 걸치고는 다시 복도를 걸어갔다. 나는 그 여자가 집으로 돌아가 끔찍한 스웨터를 하나 더 뜨면서 코를 하나 놓칠 때마다 욕하고 이를 가는 모습을 상상했다. 불쌍한 마음이 들었다. 이 여자, 이 과부에게 다른 자식은 없다는 것을 나는 본능적으로 알았다.

절차에 따라 제임스에게 다음 아이의 면회를 준비하라고 신호를 보냈다. 하지만 리베카가 여전히 리와 이야기하고 있었다. 리는 그녀에게서 고개를 돌린 채 양손을 탁자 위에 올려두고 있었다. 갑자기 용기가 솟아올라 그들에게 자리를 비우라고 말하러 안으로 걸어들어갔다. 그때 리의 손가락들에 문신으로 새긴 단어가 선명하게 보였다. LOVE. 그걸 보니 마음이 지독하게 불편했다. 나는 아무 말 없이, 그애가 코를 훌쩍이다 볼에 흐른 눈물을 손바닥 아래쪽으로 퉁명스럽게 닦아내는 모습을 지켜보았다. 그러자 리베카가 아이의 어깨에 손을 얹더니 다른 손을 탁자 아래로 내려 그 무릎 위에 얹었다. 훤히 보이는 데서 그렇게, 그리고 내가 거기 서 있는데, 아이에게 그토록 가까이 다가가 그런 식으로 만지고, 고개를 살짝 들면 블라우스 앞섶 안을 들여다볼 수도 있고 턱만 조금 들면 쉽사리 입술이 맞닿을 수도 있을 정도로 그렇게 허리를 숙이다니. 나는 믿을 수가 없어서 빤히 쳐다보았다. 이들은 정말로 내가 안 보이는 건가? 아이는 어째서 안달하거나 꼼지락거리지 않는 걸까? 정말로 퍽 편안해 보였다. 이들을 어떻게 중단시킬 수 있을까? 나는 바닥을 노려보았다. 제임스가 다음 아이를 데리고 돌아와 문틀을 살짝 두드렸다.

"죄송한데요," 나는 겨우 말했다. "면회실을 사용해야 해요."

"물론이죠." 리베카는 이렇게 대답하더니 리에게 조용히 말했다. "내 사무실에서 더 얘기해도 돼. 콜라 마실래?" 리가 고개를 끄덕였다. "콜라 갖다줄게." 그들이 일어서자 랜디가 수갑을 가지고 다가섰다. "아, 아니에요." 리베카가 말했다. "그건 필요 없어요." 그러더니 리의 팔을 잡고 복도를 따라 돌아갔고, 나는 어리둥절해 낯을 붉히고 있는 제임스에게 헛기침하며 그의 옆에 있는 새로운 아이를 가리켰다. 두 사람이 멀어져갈 때, 나는 이제 열의가 없어진 리의 걸음걸이를 바라보았다. 너무나도 이상한 상황인데다 무슨 일이 일어난 건지 알 수 없다는 점 때문에, 그리고 리베카가 나보다 리 포크라는 이 아이를 더 좋아하는 것 같아 화가 치밀었다.

남은 면회 시간에는 그 장면을 계속 다시 떠올렸다. 그애에게 너무 가까이 몸을 기울인 리베카, 등과 어깨로 쏟아지는 그녀의 머리카락. 그렇게 가까웠으니 리는 그녀의 샴푸, 향수, 숨결, 땀 냄새를 모두 맡았을 것이다. 리베카는 아이가 반응하는 것을 틀림없이 느꼈을 테고. 손 아래에서 긴장하는 어깨, 숨쉴 때마다 오르락내리락하는 가슴팍, 아이에게서 흘러나오는 열기. 그런데 그 무릎에 손을 올리다니, 그게 무슨 의미인지 상상도 되지 않았다. 내가 거기 있지 않았다면, 거기에 둘만 있었다면, 리베카의 손은 아이의 허벅지를 주무르기 시작해 바지 안쪽 솔기를 타고 올라가 그 은밀한 부위를 부드럽게 쥐었을까? 아이는 리베카의 머리카락을 쓸어넘겼을까, 그리고 그녀의 목에서 향기를 들이마시며 입술을 벌렸을까? 그 목에 키스하고, 이젠 성인 남자와 다름없는 손으로 얼굴을 감싸고, 자기 손가락으로, LOVE로, 그녀의 가느다란 팔목을 쓰다듬다 팔 위로 올라가 가슴까지 어루만지며 키스하고 끌어안고, 그녀의 따뜻함과 부드러움, 그 모든 것을 자기 품안에서 느꼈을까? 그들은 그 모든 것을 했을까?

나는 할 수 있는 최대로 환상을 펼쳤고, 처음에는 리베카를 질투하다 그다음엔 리를 질투했다. 그들의 역할을 생각하며 그렇게 양쪽을 오락가락하면서, 이미 리베카가 내 것이라고 결론 내렸으므로, 그들이 나를 배신했다고 생각했다. 그녀는 위로의 의미로 내가 받은 상이었다. 밖으로 나가는 승차권이었다. 그애에 대한 그녀의 행동은 정말로 그 모든 것을 위협했다. 하버드에서는 리베카에게 이런 걸 하라고 가르쳤나. 매력과 애정으로 소년들의 마음을 산 다음 교육하라고? 어쩌면 새로운 방식일지도 모른다고, 일종의 자유로운 사고방식일 거라고, 나는 애써 그렇게 생각했다. 하지만 생각하면 할수록 더욱 미친 짓 같았다. 리베카는 리에게 무슨 얘기를 하고 있을까? 단 며칠 만에 둘은 얼마나 가까워질 수 있었을까? 리의 신뢰를 얻기 위해 리베카는 무슨 짓을 하고 무슨 말을 했을까? 나는 리베카의 사무실 안에서 벌어질 장면을 상상했다. 무슨 일이 일어나는지 알고 싶었다. 방문객들이 오고갔고, 나는 버림받았다는 생각에 속이 울렁거렸다. 정말이지 내 감정 상태는 너무나 극적이었다. 더이상의 비참함을 면하려면 그곳에서 즉시 나가야 한다고 생각했다. 다시 한번 닷지를 벼랑 너머로 몰아 바닷가 바위에 처박는 상상을 했다. 짜릿하지 않을까? 모든 이들에게 내가 용감하다는 것, 그들의 규칙을 따르는 데 넌더리가 났다는 것을 보여줄 방법이 아닐까? 우두커니 서 있고, 저들 사이에 속하고, 저들의 근사한 도로에서 운전하거나, 저들의 근사한 교도소에 앉아 있느니 죽는 편이 낫겠다. 그래, 나는 싫다. 나는 거기 서서 울음을 터트릴 뻔했다. 심지어 랜디마저, 담배 연기와 잘 닦은 가죽 냄새가 나는 아름다운 랜디마저도 내 기분을 돋우지 못했다.

그런데 그때 그것, 노트가 보였다. 리베카가 탁자 뒤 창틀에 노트를 놓고 갔다. 마지막 방문객이 떠나고 난 뒤 그것을 집어들고 복도를 따라 리베카의 사무실로 걸어가며 드디어 거기에 끼어들 수 있는 좋은 핑계를 찾았다는 사실에 흐뭇했다. 리가 아직도 그녀와 함께 안에 남아 있어서 그 둘을 현행범으로 잡을 수 있기를 바랐다. 무엇을 발견할 거라고 기대했는지는 몰라도 나는 문에 귀를 대고 한숨과 신음, 혹은 그게 뭐든 사람들이 사랑을 나눌 때 내는 소리를 들으려 애썼다. 부모님이 사랑을 나누는 소리를 들은 적은 없다. 그들이 사랑을 나눴다면 은행 강도나 외과 의사처럼 조용하게 했을 것이다. 아무것도 들리지도 느껴지지도 않았으니. 나는 리베카의 사무실 문을 두드렸다.

"오, 아일린," 그녀가 문을 열더니 재잘거렸다. "괜찮아요?"

나는 어린애나 골칫거리가 된 기분이 들어 한 발짝 물러섰다. 노트를 내밀자 그녀가 받았고, 고맙다고 인사했으며, 내가 읽지 않았기를 바란다고 말했다.

"당연히 안 읽었죠." 나는 말했다. 어쨌거나 그럴 수도, 즉 지렁이처럼 기어가는 글씨를 해독할 수도 없었다.

"그냥 농담이에요." 그녀가 웃었다. "내 비밀 책." 그녀는 노트를 가슴 앞에서 단단히 잡고서 그 특유의 자세로 웃음을 터트렸다. 고개를 뒤로 젖히자 턱은 도자기 테를 두른 듯 매끄럽고 희고 단단한 선을 그렸고, 두 눈은 처음엔 희열로 꽉 감겼다 점점 커지며 격렬해졌고—악마 같은 눈, 아름다운 눈—그러다 얼굴을 내리니 환한 빛이 흘러나오는데, 그것이 다정함인지 조롱인지 나는 구분할 수 없었다. 돌아서서 가려 하자 리베카가 제지하며 내 어깨에 손을 얹었다. 등줄기를 타고 전율이 흘렀다. 오랜 동안 나를 그렇게 만진 사람은 없었다. 나는 그애와 함께 나를 배반한 그녀를 즉시 용서했다. 아이가 안에서 헛기침하는 소리가 들렸다.

"봐요," 그녀가 입을 열었다. "오늘밤에 퇴근하고 한잔할 수 있어요? 이 망할 놈의 동네에 아는 사람이 아무도 없거든요. 칵테일 한잔 사고 싶은데, 어때요, 도전해보겠어요?"

말하는 방식이 너무나 상투적이고 준비된 느낌이 들어서, 나 역시 똑같이 상투적으로 반응하고 싶다는 생각이 들었다. "봐요." 사람들은 정말 그렇게 말하지 않았다. "칵테일"이라니. 그녀가 진실하지 않아 보인다면, 그 생각이 맞다. 그녀는 끔찍하게 가식적이었고, 돌이켜 생각하니 그런 준비된 속임수를 팔아먹으며 내 지능을 모욕했다는 느낌도 든다. "이런 망할!" 하지만 당시에는 아름다운 사람들의 탁월한 세상에 초대받고 있다고 느꼈다. 나는 우쭐해졌다. 그리고 당황했다. 평생 그런 초대를 받아본 적이 없었으므로, 누군가 내게 "사랑해" 하는 소리를 듣는 것처럼 짜릿하고 무서웠다. 내 마음은 고마움으로 가득찼다. 아버지도, 저녁에 할일도, 그 무엇도 생각하지 않았다. 나는 그냥 말했다. "오케이."

"오케이? 내가 팔을 비틀었나?" 리베카가 농담했다. 그녀는 문이 살짝 돌아가 열리도록 내버려두었다. 리 포크가 책상 앞 의자에 앉아 커다란 그림책을 훑어보는 모습이 보였다. 아이는 나를 보더니 책을 올려 자기 얼굴을 가렸다.

"좋아요," 내가 말했다. "일곱시쯤 오하라스 어때요?" 그런 말들이 내 입에서 술술 흘러나온다는 사실에 충격을 받았다. 내 데스마스크가 속내를 드러내지 않았기를 바랐고, 내 말이 무심하게 들렸기를 기도했다. 딱딱한 나무 칸막이들이 들어선 어두침침한 싸구려 술집 오하라스는 노동자 계층 주민들이 드나드는 곳이었다. 일반적으로 손님들은 경찰관과 소방관, 땀과 소금 냄새를 강렬하게 풍기는 조선소 사람들이었다. 오하라스 같은 곳에 독신 여자 단둘이 있으면 이상한 시선을, 혹은 그보다 더 심한 행동을 유발할 수도 있었다. 하지만 도전할 의향이 있었다. 나는 심부름꾼에 어린애였지만 겁쟁이는 아니었다. "이 동네에 유일한 술집이에요." 나는 덧붙였다.

"완벽한 것 같네요." 리베카가 속삭이며 나쁜 짓을 모의하는 듯한 장난스러운 표정을 지었다. "거기로 갈게요. 방울을 달고요.* 그 표현 맞죠?" 그녀는 문을 닫았다.

---

* 기꺼이 초대에 응한다는 뜻의 관용어.

그래, 그건 대단한 일이었다. 당신은 내가 실패자, 고지식한 사람, 별종이라 불리는 그런 사람이었다는 사실을 기억해야 한다. 나는 흥을 깨는 눅눅한 담요였다. 밤에 놀러 나간 적도 없었다. 대학에 다닐 때조차 댄스 파티에는 동행이 있어야 했고, 기숙사 여학생들 사이에서도 무리에서 벗어나는 사람은 난잡한 여자, 창녀, 죄인이며 탐욕스럽고 수치스럽고 문명사회에 위협이 되는 나쁜 사람이라는 인식이 있었다. 오하라스 같은 곳에 들어가는 건 눈살을 찌푸릴 일이었다. 하지만 리베카가 한다면 나도 할 것이다. 내가 잃을 게 뭐가 있나? 나는 집에 가서 옷 갈아입을 시간을 벌기 위해 일찍 퇴근했다. 원피스를 입고 화장을 하고 어머니의 향수를 찾아야겠다고 생각했다. 과한 치장은, 물론, 완전히 어리석은 짓이었다. 옷을 과하게 입는 여자에 대해서는 항상 무언가 할말이 있는 법이다. 아웃사이더라거나 정신 나간 여자라거나.

오하라스에 한 번도 안 가본 건 아니었다. 바텐더 샌디는 우둔하고 행동이 굼뜬 남자로, 얼굴에 깊은 여드름 흉터가 있고 금십자가를 차고 다니는 바람둥이였다. 나는 거기에 여러 번 갔다. 처음에는 어릴 적에, 동료 경찰과 퇴근 후 맥주를 너무 오래 마시는 아버지를 데리러 들어갔는데 그동안 어머니는 차에서 기다렸다. 그뒤로는 사람들이 집에 태워다준다 해도 마다하는 술 취한 아버지를 데려올 맨정신의 보호자로서 갔다. 대학 다닐 때 주말에 집에 왔다가 어머니가 시켜서 아버지를 데리러 갔던 어느 가을 저녁이 떠오른다. 달빛 비치는 도로를 따라 집으로 운전해서 가는 동안, 아버지는 내 어깨에 머리를 기대고 내게 착한 딸이라고, 사랑한다고, 더 나은 사람이 아니라서 미안하다고, 아버지다운 아버지를 가질 자격이 있다고 말했다. 처음에는 감동했으나 이내 아버지는 내 가슴으로 손을 뻗었다. 손은 쉽사리 쳐냈다. "까탈 부리지 마, 조우니." 아버지는 의자 뒤로 털썩 기대며 말했다. 이 일은 누구에게도 말한 적 없다.

그날 무어헤드를 나오기 전, 사물함에 남아 있는 베르무트를 다 비운 뒤 차를 몰고 주류점으로 가 아버지에게 줄 진과 맥주, 내가 마실 베르무트 한 병을 샀다. 오하라스에서 리베카를 만나기 전에 술이 필요했다, 그 정도로 긴장이 심했다. 집으로 가 안락의자에 앉아 잠든 아버지 옆에 술병이 담긴 봉지를 내려놓았다. 쿠션에 묻혀 찌그러진 얼굴, 치올라간 눈썹, 힘이 꽉 들어간 이마, 플란넬 가운 아래에서 뒤틀린 투박한 몸. 나는 샤워를 하려고 최대한 조용히 위층으로 달려올라갔다. 이 점은 분명히 해두자. 나는 레즈비언이 아니었다. 하지만 리베카에게는 이끌렸고, 그녀의 관심과 칭찬을 갈망했고, 그녀를 흠모했다. 반했다고 말할 수도 있으리라. 리베카는 말런 브랜도나 제임스 딘과 마찬가지였다. 엘비스. 메릴린 먼로. 그런 이들과 함께 있을 때 정상적인 사람이라면 그들에게 괜찮아 보이고 좋은 냄새를 풍기기를 원할 것이다. 리베카가 리에게 그랬듯 내게로 가까이 몸을 숙여 다가오면 어떤 일이 벌어질지 걱정스러웠다. 내가 생리중이고 씻지 않았다는 걸 냄새로 알면 어쩔 것인가? 냄새로 확실히 알았는데 아무 말도 안 한다면? 그러면 그녀가 냄새를 맡았는지 아닌지 내가 어떻게 알 것이며, 냄새 맡았다는 사실을 내가 모르는 척하기 위해선 어떻게 행동해야 할까? 내 하찮은 지하 세계. 아이를 배기 위한 내 몸의 준비가 저급하고 상스럽게 느껴졌다. 생리중이라는 사실을 리베카가 알기라도 하면 수치스럽겠지. 죽어버릴 거야. 몸을 박박 닦으며 그런 생각을 했다.

샤워를 마치고 나와서 수건으로 머리를 틀어올린 뒤, 아래층에서 아버지의 소란 피우는 소리가 들리는지 귀를 기울였다. 아버지와 말하지 않고도 집을 빠져나갈 수 있기를 바랐다. 그날 밤, 밖에서는 바람이 울부짖는데 부드럽게 텅텅 울리는 파이프 소리 외에는 잠잠한 집안의 고요는 그때까지 내가 들은 가장 예쁜 노래였다. 나는 늘 하던 대로 어머니의 옷장에서 예뻐 보이는 옷들을 골라 차려입었다. 목선이 높은 검은 모직 원피스에 둥글게 모인 나뭇잎 모양의 금색 브로치. 그런 뒤 아직 젖어 있는 머리를 빗고 새로운 색깔의 립스틱을 바르고 훔친 새 스타킹을 신은 나는, 전부 내게 반 사이즈씩 큰 구두로 가득찬 어머니의 벽장 앞에서 당혹감을 느끼며 서 있었다. 가진 신발이라고는 낡아빠진 로퍼와 스노부츠뿐이었으므로 나는 스노부츠를 신었다. 스스로가 미련하고 우스꽝스럽게 느껴졌지만 어쨌거나 겨울이었다. 어머니의 겨울 코트들 가운데 검은색 망토를 고르고 핸드백을 집어든 후 조용히 문을 닫고 자동차로 뛰어갔다. 너무 추워서 진입로를 벗어날 즈음에는 머리카락이 가닥가닥 얼어붙었다. 그것들이 죽은 벌레들처럼 귓가에서 달각거리는 와중에 나는 창문을 올리고 숨을 참으며 차를 몰았다. 그러다 오하라스 건너편 고장난 가로등 아래에 차를 세우고 후방 거울을 보며 립스틱을 다시 바른 후 얼음판 위를 미끄러져 술집으로 갔다.

문을 열자 어둡고 따스한 소음이 펼쳐졌고, 바의 등받이 없는 높은 의자에 다리를 꼬고 앉은 리베카는 꾀죄죄한 젊은 남자들로 꽉 찬 칸막이 하나를 바라보고 있었다. 그들은 모두 조금씩 땀을 흘리는 듯했고, 미소를 머금고 맥주잔을 빙빙 돌리는 모습이 새끼고양이들처럼 초조해 보였다. 다들 흔하게 입는 두꺼운 모직 재킷—저마다 파란색, 회색, 혹은 체크무늬 빨간색—차림에 모자—머리에 딱 붙는 니트이거나 귀에 덮개가 달린—를 썼고, 얼굴은 바람과 햇볕과 추위에 붉게 텄다. 그 남자들 네 명이 리베카의 말을 듣고 있었는데, 내게는 들리지 않았다.

"오, 아일린!" 리베카가 하던 말을 끊고 외쳤다. 그녀의 목소리가 담배 연기와 주크박스에서 흘러나오는 크리스마스캐럴—페리 코모인지 프랭크 시내트라인지, 난 구분할 수 없었다—을 뚫고 노래했다. 칸막이 안의 남자들이 조용해지면서 내가 그녀에게 걸어가는 동안 그 모든 눈이 리베카를 향했고, 나를 보는 이는 없었다. 그런데도 나는 중요한 사람, 심지어 유명인사가 된 느낌이 들었다. 리베카는 바 의자 위에서 빙글 돌아 흠모자 관중들을 무시하고 내게 손을 흔들었다. 마치 우리가 극적인 기간을 헤어졌다 재회하는 친한 친구인 것처럼, 그녀는 낭만적인 여객선 난간 너머로 기대어 있고 나는 보기만 해도 몹시 기분좋은 사람이며 둘이서 할 얘기가 너무나 많은 것처럼. 리베카가 마티니를 마시고 있었기에 나는 그녀가 잔을 어떻게 드는지, 어떤 손가락을 쓰는지 유심히 보았다. 우아한 이브닝 파티에서처럼 검지와 새끼손가락을 올려서 들고 있었다. 오하라스에서 리베카는 주변과 전혀 어울리지 않았다. 옷차림은 출근할 때 그대로에 머리만 뒤로 땋았고, 코트는 옆자리 의자에 걸쳐져 있었다. 내가 다가가자 그녀는 그쪽으로 돌아앉아 코트를 들어 왼쪽 자리에 있는 모피 모자와 가죽장갑 더미 위로 옮겼다. "이 두 자리 모두 맡아둔 거예요." 그녀가 말했다. "누가 여기 앉으려 할까봐, 무슨 말인지 알죠? 자, 앉아요. 뭐 마실래요?"

"맥주로 할까봐요." 나는 말했다.

"맥주라, 아유 멋져." 리베카가 말했다. 그녀에게는 진기한 것이었다, 이 맥주라는 게. 리베카는 소위 유복한 가정 출신이 분명했다. 너무 유복해서 남들이 자신을 어떻게 생각하는지 전혀 신경쓰지 않는 듯했다. 돈이 아닌 동기에 의해 움직이는 사람이었다. 아마도, 개인적 가치 같은. 하지만 상류층 내지는 최소한 나와 오하라스의 멋진 고객들보다 훨씬 높은 계층 출신의 뚜렷한 편안함과 세련됨을 드러내면서도 어딘가 좀 거친 면도 있었다. 머리카락, 특히 그 붉은 색깔, 그 거친 질감, 제멋대로인 그 아름다움 때문에 고상 떠는 속물처럼 보이지 않았다. 샌디가 행주에 손을 닦으며 우리 쪽으로 다가왔다. 그러고는 행주를 어깨에 척 걸치고 바에 팔꿈치를 얹으며 리베카 쪽으로 몸을 기울였다.

"자, 다음은 뭔가요, 예쁜 자기?" 그가 나를 무시하며 말했다. 리베카는 그를 본체만체했다. 그리고 놀랍게도 내 손 위에 자신의 손을 얹었다. 그 손은 뜨겁고 가벼웠다.

"오, 세상에나, 완전히 꽁꽁 얼었네. 머리도 젖었잖아." 그녀는 샌디를 돌아보았다. "맥주 한 잔 주세요, 그리고 우리 아가씨 몸 좀 풀리게 위스키도 조금. 어때요, 음?" 그녀가 나를 보고 미소를 지었다. "당신이 올 수 있어서 정말 다행이에요." 그러고는 내 손을 꼭 쥐고 날 자세히 보려는 듯 몸을 뒤로 젖히는데 그 표정이 묘했다. 내가 망토를 벗자 그녀가 한 말은 대충 이랬다. "어머나, 정말로 매혹적이네요."

나는 볼을 붉혔다. 나는 매혹적이지 않았다. 리베카는 친절을 베풀고 있었고, 그게 겸연쩍었던 나는 위스키를 마셨다. "여길 찾느라 고생할 줄 알았는데, 이렇게 왔네요." 그녀가 노래하듯 얘기하며 벽에 걸린 귀상어 박제를 가리켰다. "좀 웃기지 않나요? 좀 슬프다, 사실은. 음, 많이 슬픈 건 아니고." 리베카는 횡설수설했다. 남자들이 자꾸만 일어서서 그녀 옆으로 와 바에 기대곤 했지만 신경쓰지 않는 듯했다. 누군가 주크박스로 바비 빈턴의 노래 〈미스터 론리〉를 틀었다. 나는 늘 그 노래가 싫었다. 맥주를 조금씩 재빨리 홀짝거리는 동안 리베카는 추위와 빙판길, 뉴잉글랜드의 겨울에 대해 불평했다. 거기에 함께 앉아 그녀가 하는 말을 듣는 것만으로도 감사했다.

일이 분쯤 지나자 리베카의 시선이 내 얼굴 여기저기를 재빨리 훑었다. "괜찮아요?"

"아, 네, 좋아요." 나는 말했다. 리베카가 설명을 바라는 듯 바라보고 있어서 아무거나 할말을 생각해냈다. "차에 문제가 좀 있거든요"가 그 순간 생각해낸 전부다. "그래서 창문을 내리고 운전해야 했어요, 안 그러면 차 안이 연기로 꽉 차니까."

"정말이지 끔찍할 것 같네요. 위스키 더 마셔요. 꼭." 그녀는 손짓으로 샌디를 불러 우리의 빈 잔들을 가리켰다. "남편이 고쳐 줄 수는 없나요?"

"아, 결혼 안 했어요." 나는 그렇게 말하며 샌디가 들을까봐 난처했다. 당연히 나는 결혼 안 한 사람이었다. 리베카는 단지 날 놀리는 것이었다.

"넘겨짚지 않을게요. 어떤 사람들은 독신 여성들에 대해 이상한 생각을 하죠." 그녀가 조심스럽게 말했다. "개인적으론 그게 무슨 대수인가 싶어요. 나도 독신이에요." 그러면서 손톱으로 술잔의 다리 부분을 간질였다. "그냥 결혼에 관심이 없을 뿐이에요."

"저 남자들에겐 말하지 말아요." 그렇게 말하며 내 재치에 감탄했다. 나는 칸막이 안에서 비밀스럽게 중얼거리며 자기들이 뭘 할 수 있을지 따져보고 계획하는 듯한 남자들을 주시하고 있었다. 모두 낯이 익었지만—조우니의 친구들일 수도 있었다—그들의 이름은 알지 못했다.

"당신, 참 재미있는 사람이야, 그거 알아요?" 리베카가 계속 말했다. "난 항상 싱글이었어요. 옆에 남자가 있을 때는 그냥 재미를 위한 관계이고 짧게 끝나요. 어디에도 무엇과도 오래 머물지 않아요. 내 모두스 비벤디* 같은 거랄까, 아니면 병이거나요.

* '생활양식'을 뜻하는 라틴어.

누구에게 말하느냐에 따라 달라지겠지만." 그녀는 말을 멈추고 나를 보았다. "난 누구에게 말하고 있는 거죠? 누구에게 횡설수설하고 있죠?" 그러더니 두 눈을 장난스럽게 크게 떴다.

"아일린." 나는 순진하게 대답했으나, 내가 너무 말이 없어 리베카가 농담한 것뿐이라는 사실을 깨닫고 얼굴이 빨개졌다.

리베카가 독신이며 남편감이나 찾아다니는 사람이 아니어서 기뻤다. 당시에는 그게 젊은 여자들이 하는 일이었다. 남편감 사냥. 리베카가 결혼을 하긴 했을까 궁금하다. 그녀가 키 작고 소심한 남편—분명 유대인—과 함께 있는 모습을 상상하면 즐겁다. 그녀에게는 바로 그런 사람, 머리 좋고 진지하고 신경이 과민하며 그녀의 사교적이고 생기 넘치는 재담에 감명받지 않는 사람이 필요하다는 생각이다. 통제하는 사람. 샌디가 내 앞에 새 술잔들을 내려놓았다.

"이건 다 제 앞으로 계산해주세요." 리베카가 내 잔들을 향해 손가락을 빙빙 돌리며 말했다.

"저 사람들이 계산한대요." 샌디가 남자들이 앉은 테이블 쪽으로 고갯짓을 하며 말했다.

"오, 이런, 아니에요." 리베카가 말했다. "그러면 안 되죠. 여기요, 일단 선불로." 그러면서 카운터 위로 20달러 지폐를 밀었다. 샌디는 돈을 그대로 놔두고 그녀가 주문한 두번째 마티니를 만들었는데, 모르긴 해도 평생 두번째로 만들어보는 마티니였을 것이다. 그 장면이 아주 선명히 기억난다. 이 부분을 이야기하는 이유는, 리베카가 젊은 여자였던 내 마음을 어떻게 끌었는지, 어떻게 내 신뢰를 얻어냈는지 보여주는 면이 있다고 생각하기 때문이다. 처음에 그녀는 내 부러움을 자극했고 그다음에는 그것을 꺼트리려고 노력했다. 술집에 있는 남자들, 그러다 남자 전반을 완전히 무시함으로써 리 포크와의 관계에 대한 앞선 내 의심을 잠재웠고, 내게서 랜디를 빼앗아갈지도 모른다는 두려움을 가라앉혔다. 리베카는 술을 홀짝거리며 바 위에 올려놓은 20달러 지폐를 쿡쿡 찔렀다. "남자와 돈이란." 그녀는 무슨 말을 해야 할지 알았다. "하지만 내 얘기는 그만." 그녀가 말했다. "아일린 얘기를 해봐요. 무어헤드에서 일한 지는 얼마나 됐어요?"

"삼사 년?" 계산이 잘되지 않았다. 리베카의 옆에서 내 과거는 납작해져 아무것도 아닌 게 되어버린 느낌이었다. "어머니가 아프셔서 잠시 여기 돌아와 있을 때 임시로 하려던 일이었어요." 나는 설명했다. "그러다 어머니가 돌아가셨고 난 교도소에 눌러앉았죠. 시간이 그냥 쏜살같이 흘러갔네요." 명랑하고 즐겁게 보이려고 목소리를 점점 높이며 그렇게 말했다.

"아, 어떡해. 아, 저런," 리베카가 고개를 저었다. "정말로 끔찍한 얘기네요. 교도소는 시간이 쏜살같이 흘러가는 곳이 아닌데. 세상에나. 게다가 어머니는 돌아가시고. 여기를 떠나고 싶은 마음이 간절하겠네요. 안 그래요?"

"여기서 행복해요." 나는 맥주를 홀짝이며 거짓말했다.

"있죠, 나도 고아예요." 리베카가 말했다. 나는 그 말을 정정한답시고 아버지가 아직 살아 있다는 말은 굳이 하지 않았다. "부모님 두 분 다 내가 어렸을 때 돌아가셨거든요. 익사예요." 그녀가 말했다. "삼촌이 날 키워줬어요. 저기 서쪽, 태양이 빛나는 곳에서. 이 위쪽에서는 매년 겨울을 어떻게 견뎌내고 있는지 이해가 안 되네요. 정말이지 으스스한데다 사방이 어두침침하고 너무 춥잖아요. 난 아주 그냥 돌아버릴 것 같아." 리베카는 바다에 대해, 해변이 얼마나 좋았는지에 대해 얘기했다. 어릴 적 햇빛과 모래 속에서 몇 시간이고 놀았으며, 기타 등등. 그러더니 케임브리지로 이사하고, 여자 친구들과 함께 찰스강에서 배를 저은 얘기를 했다. 그곳의 수목과 역사를 칭송했고 지식인—'꼰대'—들을 조롱했으며, 자기는 '뉴잉글랜드와 이상한 연애'를 하고 있다고도 했다. 하버드에서 공부한 얘기는 하나도 하지 않았다. 직업과 관련한 얘기도 전혀. "여기 오니 모든 게 굉장히 현실적이야, 안 그래요? 환상이라는 게 전혀 없어. 감상도 없고. 그런 점이 내 마음을 사로잡아요. 여기에는 역사와 긍지가 있지만 상상력은 거의 없죠."

나는 듣기만 했다. 위스키와 맥주와 리베카가 있으니 그곳을, 내 고향을 평가하는 그 말에 반대할 생각은 별로 들지 않았다. 고개만 끄덕였다. 물론 그녀는 완전히 틀렸다. 우리 뉴잉글랜드 사람들이 고지식한 건 사실이지만 정신은 강건하다. 우리는 상상력을 효과적으로 사용한다. 마법적인 개념이나 쓸데없는 꾸밈에 두뇌를 낭비하진 않지만 환상을 품을 능력은 분명히 있다. 수많은 사상가와 작가와 예술가를 예로 들 수도 있다. 그리고 어쨌거나 나도 있었다. 내가 거기 있었다. 말은 별로 하지 않았지만. 그저 거기에 멍청히 앉아서 음악에 맞춰 발을 비틀었다. 한참 지나자 그녀가 말했다. "미안해요. 술을 너무 많이 마셨어. 술을 마시면 말이 많아지거든요."

"괜찮아요." 나는 어깨를 으쓱하며 말했다.

"말을 너무 안 하는 것보단 낫겠죠." 그녀가 내게 눈을 찡긋하며 말했다. "그냥 농담이에요." 내가 기분 나빠할 새도 없이 리베카는 바 의자를 빙글빙글 돌리며 내 다리를 밀쳤다. "정말로 말없는 사람은 레너드 포크란 애예요. 오늘 그애 봤죠?"

나는 고개를 끄덕였다. 리베카가 리 포크에게 관심을 두기 시작하자 아이의 어머니가 갑자기 무어헤드에 나타났다는 우연의 일치가 이상하다는 느낌은 여전했지만, 내가 질문을 할 만한 위치는 아니라는 생각이 들었다. 결국 나는, 비서에 불과했으니까.

"그애가 어머니와 함께 있던 장면을 어떻게 이해했어요?" 리베카가 물었다. "이상하죠." 그러고는 실눈을 뜨고 나를 바라보며 말했다. "그렇게 생각 안 했어요?"

나는 어깨를 으쓱했다. 동굴에서 그애를 훔쳐본 걸 여전히 창피하게 생각했던 것 같다. 조그만 창문 너머로 본 그 모습, 수감복 아래로 움직이는 손과 눈꺼풀이 내려온 졸린 눈을 생각하기만 해도 심장이 빠르게 뛰었다. 심지어 그 자리에서도 흥분을 느꼈다. 흥분으로 인한 수치심, 수치심으로 인한 흥분. "모르겠어요." 나는 입을 열었다. "어쩌면 좋은 말이 생각나지 않아서 말하기를 그만뒀는지도 모르죠. 사람들이 애들한테 하는 말 알죠? 좋은 말을 생각해낼 수 없거든 입을 다물어라."

"애들한테 그런 말을 한다고요?" 리베카가 넌더리를 내며 얼굴을 구겼다. "음, 나는 리가 뭔가를 숨기고 있거나, 감금에 저항하는 의미로 침묵을 다짐한 건 아닐까 생각했어요. 혹은 그저 자기 어머니를 고통스럽게 하려고, 목구멍의 가시가 되려고 그러는 건 아닌지. 어머니의 목을 그을 기회는 잡지 못했으니까. 알겠지만, 그애 파일을 다 읽었거든요."

"말이 되는 것 같네요." 나는 말했다. "누가 내게 말을 안 하려 드는 것만큼 힘든 일도 없잖아요. 적어도 나는, 미칠 것 같던데." 아버지가 며칠씩 내게 말문을 닫기도 한다는 말은 하지 않았다.

마치 내가 안 보인다는 듯 초점 없는 눈빛으로 무시하며, 대답하라고 아무리 애원해도 아무런 말이 없는 아버지. "내가 뭘 잘못했어요? 제발 말해보세요." 리베카는 내게 자세히 얘기해보라고 압박하지 않았다.

"근데 좀 화난 사람처럼 보이지 않았어요? 미시즈 포크." 그녀가 물었다.

"속상한 것 같았어요. 항상 속상해해요, 그 어머니들은요." 나는 리베카가 무슨 말을 하고 싶은 건지 알 수 없었다.

"어쩌면 엄마를 위해 입을 닫은 건지도 모르죠. 은혜를 베푸는 침묵일 수도 있어요, 무슨 말인지 알겠어요?" 리베카는 생각에 잠겨 고개를 갸웃하며 내 얼굴에서 반응을 살폈다. 나는 그녀의 추론을 따라가지 못했지만 고개를 끄덕이며 웃음을 지으려 했다. "비밀과 거짓말?" 그녀가 술에 담갔다 뺀 손가락을 빨면서 말했다. "정말이에요, 우리 예쁜 아가씨." 그 말에 나는 얼굴이 붉어졌다. "어떤 가족은 너무 병적이고 너무 비틀려서 누군가 죽는 게 유일한 해결책이 되기도 한다고요."

"남자애들이 다 그렇죠." 내가 생각할 수 있는 말은 그게 다였다. 리베카는 그저 웃었다.

"오늘 오후에 레너드에 관해 물었더니 교도소장도 똑같은 말을 하던데요." 그 말에 나는 깜짝 놀랐다. 그녀는 남은 마티니를 마저 마시고 바 의자를 빙글 돌려 남자들이 앉은 테이블 쪽을 향했다. 담배에 불을 붙이면서 이제는 몸을 살짝 틀어 유혹적인 자세로. 그러고는 담배 연기를 낮은 천장 위쪽으로 길게 내뱉었다. "내가 물어봤죠." 그녀가 말하기 시작했다. 목소리를 더 높게 올리고 가늘게 뜬 눈으로 남자들을 바라보자 그들은 눈에 띄게 긴장하며 입가를 훔치고 활기를 띠는 듯했다. "레너드가 뭘 했기에 그렇게 오래, 여기 사람들 말로, 동굴에 갇혀 있는 거냐고. 그랬더니 교도소장이 아까 자기와 똑같이 말했어요, 아일린." 그녀는 내 무릎에 손을 올리더니 그 손이 내 다리 위에서 정당한 제자리를 찾았다는 듯 그대로 놔두었다. "남자애들이 다 그렇죠, 라고. 난 그게 성적인 종류의 문제가 틀림없다고 봐요. 뭔가 도착적인. 우리 여자들한테는 그런 얘기 안 하려고 하잖아요. 레너드한테는 그런 모습이 있어. 내 말 알아들어요?"

나는 물론 충격을 받았지만 무슨 뜻인지는 정확히 알아들었다. 전날 그 조그만 창문을 통해 '그런 모습'을 나는 보았다. "알아요."

"그럴 줄 알았어." 리베카는 그렇게 말하며 눈을 찡긋하고 내 허벅지를 세게 쥐었다.

"거기 이름이 뭐라고 했더라?" 남자들 무리에서 누군가 고함을 질러 우리의 사적인 시간을 방해했다. 리베카가 손을 들더니 가슴에 얹고 눈을 둥그렇게 떴다.

"제 이름 말인가요?" 그녀가 물으며 꼬았던 다리를 풀었다가 다시 꼬았다. 남자들이 어린 개들처럼 들떠 자리에서 들썩거렸다. "전 아일린이에요." 그녀가 말했다. "이쪽은 내 친구." 리베카의 손이 아직도 얼음장같이 차갑고 무릎 위에 축 늘어진 내 손을 찾았다. "여러분 다들 여기 제 친구 아시나요?"

"근데 우리 자기는 이름이 뭐예요?" 남자 하나가 내게 물었다. 그곳에 리베카와 함께 앉아 있으니 얼마나 재미있었는지 말로는 다 할 수 없다. 한 테이블 가득한 남자들을 마음대로 휘두르며. 어쨌든 보기에는 그런 것 같았다.

"이 청년들에게 이름을 알려줘요, 우리 예쁜 아가씨." 리베카가 부추겼다. 내가 쳐다보자 그녀는 눈을 찡긋했다. "내 친구가 오늘밤에 수줍음을 좀 타네." 그녀가 말했다. "수줍을 거 없어요, 리베카. 이 청년들은 물지 않아."

"그래달라고 부탁한다면 모를까." 맨 처음 말을 걸었던 남자가 대답했다. "그런데 여기 제리는 빠진 이가 있는데 어떡하나. 보여줘, 제리." 나와 가장 가까이에 있던 남자 제리가 웃자 그 윗입술이 올라가며 우스꽝스러운 빈자리가 보였다. "살살해, 제리." 그의 친구가 어깨를 토닥거리며 말했다.

"어쩌다 그렇게 됐어요, 제리?" 리베카가 물었다. 샌디가 바

위에 우리가 마실 술을 더 내려놓았고, 나는 술을 급히 들이켰다. 알코올을 견디는 능력은 평범한 수준이었지만 일단 마셨다 하면 극도로 갈급해졌다. 아마도 그즈음엔 이미 취했을 것이다.

“아내랑 싸웠나요?” 리베카가 놀렸다.

남자들이 웃었다. “바로 그거야. 잘 맞혔어요. 저 녀석네 할망구 팔이 조 프레이저* 급이거든.”

“어머, 저런.” 리베카가 고개를 저으며 돌아앉아 마티니를 집어들더니 내게 몰래 윙크했다. 그러고는 술잔을 들며 말했다. “제리를 위하여.” 나머지 사람들이 건배하며 환호한 뒤 다들 자기 술을 들이켜는 조용한 순간에, 나는 주위를 돌아보며 이 세상에 새로운 내 자리가 생겼다는 사실에 매우 놀랐다. 거기에는 나, 찬사와 숭배를 받는 숙녀가 있었다.

“말해봐요, 신사분들.” 리베카가 말을 이었다. “여기에 고장난 배기관 고칠 줄 아는 분 있어요? 다들 손재주가 꽤 좋으실 것 같은데.”

“차에 문제 있어요?” 제리가 열두 살 아이 같은 혀짤배기소리로 물었다.

“내 차는 아니고요.” 리베카가 대답했다. “여기 내 친구 차요.

* 미국 프로 권투선수(1944~2011).

말해봐."

나는 고개를 저으며 맥주잔 뒤에 숨었다.

"이름이 뭐라고 했죠, 아가씨?" 남자 하나가 물었다.

"리베카." 내가 대답하자 리베카가 웃었다. 그러고는 내게 물었다.

"춤출래, 리베카?"

마치 마법처럼 주크박스가 다시 켜졌다. 나는 술잔을 내려놓았다. 춤출 용기가 어디서 갑자기 솟아났는지는 모르겠다. 나는 춤을 추지 않는 사람이었다. 물론 그때는 취하긴 했지만 그렇다 해도 리베카가 어떻게 날 그리 쉽게 의자에서 끌어내렸는지 정말이지 놀라울 따름이다. 그녀를 따라 주크박스 옆 조그만 공간으로 갔다. 손을 맞잡고 그녀가 이끄는 대로 몸을 건들거리거나 재빨리 흔들면서 몇 초에 한 번씩 낄낄거리며 멈춰 서기도 했고 쑥스럽고도 즐거워서 손으로 얼굴을 가리기도 했다. 한 시간이나 될까 싶은 동안 춤을 추었고, 처음엔 빠르고 즐거운 춤곡에 맞춰 깔깔거리며 몸을 흔들다 그다음엔 느린 사랑 노래에 맞춰 왈츠를 추었다. 조롱하는 느낌으로 추기 시작한 왈츠였으나 결국에는 우리를 휘감는 달뜬 음악의 맥박에 잦아들었다. 나는 믿을 수가 없어서 생각에 잠긴 리베카의 고요한 얼굴을 지긋이 바라보았다. 그녀의 감긴 눈, 갈망의 타당성을 두고 논쟁하는 천사와 악마처럼 내 양어깨에 올린 손. 리베카와 나는 춤을 추며 조그만 원 모양으로 움직였다. 나는 그녀의 허리를 양쪽 손목으로만 가볍게 눌러 잡은 채 손은 몸에 닿지 않도록 비스듬히 뻣뻣하게 내밀었다. 칸막이 안의 남자들은 처음엔 넋을 빼고 즐겁게 바라보더니 곧 지루해했다. 우리와 춤추겠다고 나서는 이는 없었다. 음악이 끝날 무렵, 내 머리는 빙빙 돌고 있었다. 리베카와 나는 자리로 돌아가 술잔 앞에 다시 앉았다. 나는 여전히 얼떨떨하고 초조한 채로 위스키를 단숨에 들이켜고 남은 맥주도 마셔버렸다. "난 많이 마셨어요." 리베카가 말하며 마티니를 밀쳐냈다. 그것도 내가 마셨는데, 그냥 진이었다.

샌디가 다가와 리베카의 잔돈을 하나씩 세면서 내려놓았다.

"아빠는 어떠셔?" 그러면서 내게 물었다.

"이 사람이 오빠예요?" 리베카가 깜짝 놀라며 물었다.

"아니, 그냥 아버지랑 아는 사이에요." 나는 설명했다.

"조그만 동네들이란." 리베카가 활짝 웃었다.

나는 샌디를 신뢰하지 않았다. 끔찍하게 오지랖이 넓었다. 중요한 인물은 아니지만 기록삼아 말해두자면, 그의 이름은 샌디 브로건이며 나는 그를 싫어했다. 그는 대충 이런 말을 했다. "아버지가 여기 안 오시는 게 좋은 일인지, 아니면 다른 의미인 건지 잘 모르겠네."

"다른 의미예요." 나는 그렇게 말하며 망토를 다시 입고 모자를 둘러썼다. 굉장히 뻔뻔해진 느낌이 들었다. "담배 한 대만 주실래요?" 샌디가 자기 담뱃갑을 털며 내밀었고 나는 거기서 한 개비를 빼냈다. 그가 불을 붙여주었다.

"대단한 아가씨야." 리베카가 말했다.

"착한 아이예요." 샌디가 고개를 끄덕이며 맞장구쳤다. 멍텅구리.

나는 열아홉 살 아이처럼 어색하게 담배를 피웠다. 뻣뻣한 손으로 담배를 잡고 손가락은 쭉 편 채, 담배를 입술로 가져갈 때는 타오르는 그 끝을 바라보느라 사팔눈이 되었다. 나는 기침을 하고 얼굴이 벌게져서는 리베카와 함께 웃었다. 그녀가 내 팔을 잡고서 함께 바를 나왔는데, 걸어나올 때는 그 남자들을 못 본 척했다.

거리로 나오자 리베카가 나를 향해 돌아섰다. 그녀의 등뒤로 어둡고 차디찬 밤이 반짝였고, 흰 눈과 별들은 그녀를 한가운데에 품은 희망과 경이의 은하수 같았다. 그녀는 매우 생기롭고 사랑스러웠다. "고마워요, 아일린." 그녀가 나를 묘한 눈빛으로 바라보며 말했다. "있죠, 자길 보면 어떤 네덜란드 그림이 생각나요." 그러면서 내 눈을 응시했다. "참 이상한 얼굴이야. 흔하지 않고. 평범하지만 매혹적이고. 안에 아름다운 난기류가 숨겨져 있어. 정말 좋아요. 분명히 눈부신 꿈이 있겠죠. 분명히 다른 세상을 꿈꿀 거야." 그녀는 고개를 뒤로 젖히며 예의 그 사악한 웃음을 터트리더니 이내 상냥하게 미소 지었다. "어쩌면 내 꿈을 꿀지도 모르겠다. 내가 아침에 후회하는 꿈. 안 할 리가 없거든요. 난 술 마시면 안 되는데, 그래도 마셔요. 세라비C'est la vie*." 나는 그녀가 자기 차—진한 색 투도어 자동차, 라는 것만 기억난다—에 올라 멀어져가는 모습을 바라보았다.

하지만 나는 아직 집에 가고 싶지 않았다. 밤은 덜 여물었고, 나는 사랑받는 사람이었다. 마침내 중요한 사람이 되었다. 그래서 다시 오하라스로 들어가, 취해서 웃으며 테이블을 내려치고 맥주를 흘리는 남자들이 있는 그 칸막이를 지나갔다. 리베카가 앉았던 자리에 앉아 그녀가 남기고 간 온기의 미미한 흔적을 느꼈다. 샌디가 재떨이를 내 쪽으로 밀어주고 바 위에 올려놓은 내 곱은 손 옆에 칵테일 냅킨을 탁 내려놓았다. 추위에 손이 벌겋게 변해 있었다. "위스키." 나는 그렇게 말하고 담배를 비벼 껐다.

그다음으로 기억나는 건, 집 앞 눈더미에 반쯤 파묻혀 주차된 차의 운전대 위에 꼬꾸라진 채로 아침에 눈을 떴다는 사실이었다. 옆자리에 얼어붙은 토사물이 있었고, 스타킹은 여기저기 올

* 프랑스어로 "그런 게 인생이지."

이 풀려 있었다. 후방 거울에 비춰 본 내 모습은 미친 여자 같았다. 사방으로 뻗친 머리에, 턱까지 번진 립스틱에. 얼어붙은 손에 입김을 불고 전조등을 끈 뒤, 차 열쇠를 빼려고 손을 뻗었지만 열쇠가 꽂혀 있지 않았다. 망토를 잃어버렸고, 트렁크는 열려 있었으며, 핸드백도 없었다.

수요일

집은 잠겨 있었다. 창문 너머로 부엌 의자에서 잠든 아버지를 보았다. 냉장고 문은 활짝 열려 있었다. 아버지는 스토브와 오븐에서 나오는 열기에 땀이 나면 그렇게 냉장고 문을 열어두곤 했다. 그리고 아버지 발에는, 신발이 있었다. 누이의 밀착 보호 아래 성당에 다녀오는 일요일을 제외하고 아버지가 신발을 신었다는 건 문제가 생길 거라는 의미였다. 폭력을 휘두를 위험은 없었지만, 아마도 교도소장이라면 도덕적으로 혐오스럽다고 표현할 일들을 아버지는 바깥에서 저질렀다. 남의 앞마당 잔디밭에서 잠들거나, 드러그스토어에 들어가 판매용 엽서들을 죄다 꺾어놓거나, 공 모양 껌이 나오는 기계를 넘어뜨리거나. 좀더 공격적인 기행으로는 아이들 놀이터의 모래 상자에 오줌을 누고, 메인 스트리트에 가서 지나가는 차에 고함을 지르고, 개들에게 돌멩이를 던지는 행동을 들 수 있었다. 아버지가 밖에 나가면 경찰이 매번 찾아내 차에 태워 집으로 데려왔다. 술에 취해 사팔눈이 되어 턱을 잡아당기는 아버지와 함께 X빌 경찰이 바깥 현관에 서 있을 때, 그 초인종 소리에 얼마나 진저리가 났는지. 문을 열면 경찰관은 모자를 벗고 소리 죽여 말했고, 그사이에 아버지는 술을 찾으러 집안으로 마구 들어갔다. 아버지가 문간에 계속 서서 대화에 참여하려 할 때면, 그들 사이에는 악수와 어깨를 토닥이는 손과 사랑과 의리를 공손하게 표현하는 겉치레가 있었다. "일상적인 점검입니다, 어르신." 경찰관은 그렇게 말하곤 했다. 경찰관이 아주 조금이라도 우려를 표현하려 하면 아버지는 그를 옆으로 데려가 악당들, 폭력배들, 집안의 이상한 소음 등에 대해 불평을 늘어놓기 시작했다. 나쁜 건강과 심장 문제, 허리 통증에 대해 투덜거렸고, 내가, 그러니까 자기 딸이, 아버지를 소홀히 하고 학대하며 자기 돈을 모두 가로채려 한다고 말하곤 했다. "누가 저애한테 내 신발 좀 돌려달라고 말해주겠어? 쟤는 그럴 권리가 없다고!" 그러고는 돌아서서 내 목을 향해 떨리는 손을 뻗으면, 그 즉시 경찰관은 고개를 끄덕하고 뒤돌아 문을 닫고 가버렸다. 그들 중 누구도 악귀와 갱단, 유령과 폭력배에 관한 아버지의 망상에 장단을 맞추지 않을 배짱이 없었다. 저들은 아버지가 살인을 저질러도 빠져나가게 둘 거야, 나는 그렇게 짐작했다. 그들은 문명사회의 경비, 즉 '미국 최고의 경찰'이란 사람들이었다. 나는 지금까지도 내 집 문을 두드리는 경찰관만큼 두려운 게 없다고 솔직히 말하겠다.

그날 아침, 초인종을 누르고 또 눌렀지만 아버지는 꼼짝도 하지 않았다. 차 열쇠는 아버지의 가운 주머니에 있거나, 더 나쁜 경우엔 내가 그랬던 방식처럼 그의 목에 걸려 있을 거라고 판단했다. 내가 그럴 마음만 먹었다면, 목을 조를 끈이 이미 장착된 셈이었다. 그날 나는 걸어서 출근하다 중간에 다른 차를 얻어탈 수도 있었다, 사실이다. 사무실에서 내 옷차림을 두 번 쳐다볼 사람은 없었다. 아무도 신경쓰지 않았다.

나는 집 뒤로 돌아가 지하 저장고 문을 열려고 해보았다. 허리를 숙이고 문을 잡아당기니 트림이 올라오며 헛구역질이 났다. 상쾌한 아침은 아니었다. 잠에서 깨어 입안에 감도는 토사물 맛을 느끼는 것만큼 거슬리는 일도 없다. 높이 쌓인 눈 위로 얼어붙은 얼음을 맨손으로 깨고 입안 가득 눈을 채웠다. 머리가 아팠다. 아마도 그때 전날 밤 기억이 떠올랐을 것이다. 리베카, 섄디, 술집을 나왔다가 다시 들어간 일. 칸막이 안에 앉았던 기억이 난다. 성냥에 붙은 불꽃, 세일럼 담배를 문 채 성냥을 쥔 남자의 손 위로 비틀비틀 고개를 숙인 일, 모직 원피스의 깔끄러운 감촉,

혹은 어느 남자의 거친 스웨터가 내 목을 비비는 느낌, 그러다 넘어지고 웃음을 터트린 일. "리베카." 누군가 불렀고 나는 대답했다. "왜요, 멋쟁이 씨." 하룻밤 동안 나는 리베카였다. 완전히 다른 사람이었다.

지금의 나는 하룻밤 폭음으로 죽을 수도 있다. 그때는 어떻게 감당했는지 모르겠다. 물론 당시에는 수치심과 창피함이 숙취보다 훨씬 더 나빴지만. 나는 조각난 기억을 떨쳐내고 집으로 들어갈 방법을 찾으려 했다. 지하 저장고 문은 물론 잠겨 있었다. 부츠 뒷굽으로 뒤쪽 창문을 깨고 들어가는 방법도 고려했지만, 뒷문 안쪽에 달린 자물쇠를 열 수 있을 만큼 창문 너머로 팔을 높이 뻗을 수 있을 것 같지가 않았다. 깨진 유리에 팔이 잘리고 눈위로 피가 뿜어져나오는 모습이 선했다. 내가 뒷마당에서 피 흘리며 죽어간다면 아버지가 계속 화를 내지는 않겠지. 피로 얼룩진 눈을 상상하니 뱃속이 뒤집혀서 토하려고 허리를 숙였지만 나오는 건 누런 담즙밖에 없었다. 차 안에서 날 기다리는 얼어붙은 토사물 덩어리가 떠오르자 머리가 욱신거렸다. 원피스 소맷자락으로 입을 닦았다.

집 앞쪽으로 돌아가 다시 초인종을 누르고 보니 아버지가 의자에서 사라지고 없었다. 나를 피해 숨은 거다. "아빠?" 나는 외쳐 불렀다. "아빠!" 이웃들이 들을 수도 있으니 목소리를 지나치게 높일 수는 없었다. 그리고 이제 하루가 시작될 참이라 어머니들은 아이들을 학교에 보내고 남자들은 차를 타고 직장으로 떠날 테니, 곧 이웃들이 눈더미 안에 처박힌 오래된 닷지를 보게 될 것이었다. 차는 멀쩡했지만 주차된 상태는 정신 나간 사람의 짓으로 보일 게 틀림없었다.

우리 던롭 가족은 이미 동네에서 문제 있는 집으로 여겨졌다. 경찰로서 얻은, 강직한 시민이며 나라를 위해 봉사하는 사람이라는 아버지의 명성도 우리집이 최근 몇 년간 잔디도 깎지 않고 산울타리도 손질하지 않았다는 사실을 만회하지 못했다. 여름마다 한두 번은 이웃이 대신 그 일을 해주었는데, 동네 외관을 관리하려고 그랬던 게 틀림없었으나, 경찰에 복무했던 노인에 대한 감사의 마음과 어머니도 없고 남편을 구할 희망도 별로 없는 깡마른 여자애, 즉 나에 대한 동정심에서 비롯한 것처럼 포장되었다. 우리 블록에서 마당 덤불 위에 크리스마스 전구 장식이 없고, 거실 창문 너머로 반짝이는 멋진 나무도 없으며, 현관문에 화환 하나 걸어놓지 않은 집은 우리가 유일했다. 핼러윈에 사탕을 사놓은들 우리집 초인종을 누르는 아이는 없었다. 사탕은 결국 내가 다락방에서 모두 씹었다가 뱉어내며 먹어치웠다. 아버지보다 내가 조금이라도 더 이웃들을 좋아했던 건 결코 아니다. 아무리 우리에게 선물과 호의를 베풀었어도 그 루터교도들 역시

하나같이 싫었으니까. 착한 척만 하는 사람들, 나는 그들을 그렇게 생각했다. 그리고 젊은 애가 너저분한데다 차를 출발시킬 때마다 온 동네에 매연을 피운다고, 그들이 그렇게 나를 비판한다고 느꼈다. 하지만 더는 멸시당하고 싶지 않았으며, 누구에게도 험담거리를 만들어주고 싶지 않았다. 의심을 사기 전에 어서 차를 진입로로 들여놔야 했다. 그게 내 생각이었다. 그리고 아버지가 보기 전에 토사물로 뒤덮인 좌석을 치워야 했다.

물론 아버지는 이미 다 보았다. 전날 밤에 나를 기다렸고, 내가 정신을 잃은 후에 나와 열쇠를 빼갔을 거라고 추정된다. 그리고 갑자기 든 생각은, 그날 밤 일산화탄소에 중독될 뻔한 걸 아버지가 막아주었다는 것이다. 내 생명을 구했는지도 모른다. 아버지가 나와서 열쇠를 뺐을 때 엔진이 돌고 있었는지 아닌지 누가 알겠는가. 가능한 생각이다. 정신을 차렸을 때 창문은 닫혀 있었다. 어쩌면 아버지는 그저 트렁크에서 신발을 꺼내고 싶어 열쇠를 가져갔는지도 모른다. 그래도 그날 밤에 아버지로서의 본능, 즉 나를 보호하고 살리고 싶은 아버지의 욕망이 어떻게든 치고 올라와 그의 광기를, 그의 이기심을 누른 거라고 생각하고 싶다. 나 자신에게 그렇게 이야기하는 편이 행운이나 우연을 믿는 것보다 낫다. 그런 마법적인 생각에 빠지면 언제나 지나치게 세세한 부분까지 따지게 되고 마니까. 하여간 살아 있어서 감사했다. 살아 있으니 좋았다. 처음에는 아버지가 무슨 말을 할까, 내 목숨을 구한 대가로 뭘 원할까 싶어 더욱 두려웠다. 그러다 리베카를 생각했다. 리베카가 곁에 있으니 아버지의 자비를 구걸할 필요가 없다. 아버지는 고래고래 소리지르고 울부짖을 수 있지만 날 아프게 할 수는 없을 거다. 난 어쨌거나 사랑받고 있다, 나는 그렇게 생각했다.

다시 현관문을 두드려봤지만 아버지는 여전히 날 무시했다. 벽돌 계단의 연철 난간 위로 올라가 집 정면에 심긴 덤불 너머로 뛰어내려 거실 창문 안을 들여다보았다. 몇 년간 닦지 않은 창문이었다. 서리를 긁고 유리를 닦아 들여다볼 공간을 마련했지만 안쪽에도 두껍게 먼지가 쌓여 있어 잘 보이지 않았다. 그때 이상한 아버지의 환영이 눈에 들어왔다. 창백하고 상체는 알몸인 채, 마르고 허약하나 팽팽하게 긴장한 모습으로 손에 술병을 들고 멈칫멈칫 느리게 거실 창문 앞을 지나는. 가슴이 여자처럼 살짝 부푼 듯했고, 돌아섰을 때는 등 위아래로 뻗은 긴 자줏빛 멍이 보인 것 같았다. 그만큼 오래 살아남았다는 것 자체가 그가 얼마나 완고한지 보여주는 증거다. 두꺼운 유리를 주먹으로 쾅쾅 쳤는데도 아버지는 손을 내저을 뿐 계속 걸어갔다. 결국 더러운 거실 창문 틈새로 끼어 들어가야 했다. 창문이, 이상하게도, 잠겨 있지 않았다.

내가 어른이라는 거, 나도 그건 알았다. 통금도 없었다. 공식적인 가정의 규칙도. 그저 제멋대로 터지는 아버지의 분노만이 있었고, 한번 터지면 그가 생각해낸 온갖 기묘하고 모욕적인 벌을 내가 받아들여야만 가라앉았다. 아버지는 부엌 출입을 금하기도 했고, 비를 맞고 걸어서 라드너스에 다녀오라고 명령하기도 했다. 아버지가 보기에 내가 저지를 수 있는 최악의 범죄는 나 자신의 즐거움을 위해 무언가를 하는 것, 딸의 의무가 아닌 무언가를 하는 것이었다. 나만의 의지가 있다는 증거는 최고의 배반으로 간주되었다. 나는 아버지의 간호사, 조수, 관리인이었다. 하지만 아버지가 정말로 요구하는 것은, 오로지 진이었다. 집에 술이 떨어지는 적은 거의 없었지만—말했듯이, 나는 착한 딸이었다—어쩐 일인지 내가 하는 모든 일이, 내 존재 자체가 아버지의 심기를 거슬렀다. 심지어 〈내셔널 지오그래픽〉 잡지까지도 날 두고 제멋대로라며 통탄할 빌미가 되었다. "공산주의자." 아버지는 잡지를 휘리릭 넘기며 나를 그렇게 불렀다. 그날 아침에 아버지가 격노했다는 사실을 알았지만 나는 겁나지 않았다. 나는 집안 현관의 카펫 위에 서 있었고, 부츠에서 눈이 스르륵 미끄러져 내렸다. "저기," 나는 아버지에게 외쳤다. "차 열쇠 보셨어요?"

아버지가 벽장에서 골프채를 들고 나와 계단을 쿵쿵 올라가더니 위층 계단참에 앉았다. 아버지는 정말로 화가 나면 조용해졌다. 폭풍 전의 고요. 나를 죽이려는 건 아니라는 사실은 알았다. 그런 게 정말 가능한 사람은 아니었다. 하지만 그날 아침에는 취하지 않은 듯했고, 그럴 때면 특히 성미가 사나웠다. 아버지가 거기에 앉아 난간 가로대를 따라 골프채를 두드려댈 때 우리가 서로에게 무슨 말을 했는지 정확히 기억할 수 없지만, 골프채가 아래로 던져질 때를 대비해 손으로 내 얼굴을 가리고 있었던 기억은 난다.

"아빠," 내가 다시 물었다. "열쇠 좀 주실래요?"

아버지는 복도 벽을 따라 쌓아놓은 책들 가운데 하나를 집어 나를 향해 아래로 던졌다. 그러더니 어머니의 침실로 들어가 침대에서 베개를 하나 가져다가 그것도 아래로 던졌다.

"거기 편히 자리잡아." 그러고는 다시 계단 꼭대기에 앉으며 말했다. 아버지는 교도소 경비가 곤봉으로 철창을 긁어대듯 골프채로 난간 가로대를 훑었다. "그 책 다 읽을 때까지 아무데도 못 가. 처음부터 끝까지. 한 단어도 빼지 않고 다 들을 거다." 『올리버 트위스트』였다. 나는 책을 들고 첫 페이지를 펼친 후 목청을 가다듬었지만 거기에서 멈췄다. 일주일 전이었다면 승복하고 아버지가 목말라할 때까지 몇 페이지를 읽었을 것이다. 하지만 그날은 책을 그냥 내려놓았다. 여전히 손으로 얼굴을 가린 채 아버지를 올려다본 기억이 난다. 손가락 사이로는, 유감스럽게도, 아버지의 들춰진 누런 반바지 한쪽으로 삐져나온 거무튀튀한 음낭을 보고 말았다.

"차 열쇠 보셨어요?" 내가 물었다. "지각하겠어요."

아버지의 온몸이 분노로 붉어지는 듯했다. 신고 있는 신발은 닳아빠진 검은색 옥스퍼드 구두였다.

"밤새 나돌고, 차를 처박을 뻔하고, 토한 자리에서 그대로 자더니, 이제 시간 맞춰 출근할 걱정을 하는구나." 으스스할 정도로 침착하고 엄숙한 목소리였다. "널 쳐다볼 엄두가 안 난다, 너무나 수치스러워서. 올리버 트위스트라면 이 가정에, 이 좋은 집에 감사할 거다. 하지만 너, 아일린, 너는 네 맘대로 나갔다 들어왔다 할 수 있다고 생각하는 모양이구나." 아버지의 목소리가 갈라졌다.

"사무실 여자 직원이랑 놀러 나갔었어요." 내가 말했다. 이런 사실을 밝힌 건 실수였지만 아마 자랑스러워서 보란듯이 들먹이고 싶었던 것 같다.

"사무실 여직원? 넌 내가 애송이로 보이냐?"

나는 변명하지 않기로 했다. 예전 같았으면 용서해달라고 빌고, 아버지를 달래려 무슨 짓이든 했을 텐데. "죄송해요!" 하고 울부짖으며 무릎을 꿇었을 테다. 나는 그런 극적인 행동에 능숙해졌다. 내가 완전히 자기비하하는 모습을 봐야만 아버지가 만족했으니. 하지만 그날 아침에는 아버지 수준까지 낮아질 생각이 없었다.

"자," 아버지가 말했다. "그놈이 누구냐? 네가 애를 배고 사탄에게 영혼을 팔아먹기 전에 최소한 만나보기는 해야겠다."

"제발요, 열쇠 좀 주시면 안 돼요? 늦겠어요."

"그 옷을 입고는 아무데도 못 간다. 놀랍구나, 아일린. 감히 어떻게! 그건 네 어머니가 우리 아버지 장례식 때 입었던 옷이야. 넌 존중하는 마음도 없냐? 나를, 네 어머니를, 그 누구든, 그리고 특히 너 자신을 말이다." 손에서 놓친 골프채가 계단을 덜컥덜컥 굴러내려가며 내는 요란한 소음에 아버지 본인이 깜짝 놀랐다. 그러고는 몸을 떨기 시작하더니 손을 깔고 앉아 고개를 숙였다. "쓰레기야, 아일린, 완전히 쓰레기라고." 아버지가 끙끙거렸다. 곧 울음을 터트릴지도 모른다고 생각했다.

"술 갖다드릴게요."

"그놈 이름이 뭐냐, 아일린? 그 자식 이름을 말해."

"리." 나는 거의 아무 생각 없이 대답했다.

"리? 그냥 리?" 아버지가 움찔하더니 머리를 앞뒤로 까딱거리며 비웃었다.

"레너드."

그러자 아버지는 턱을 떨며 이를 갈고 손바닥을 마주 비볐다.

"이제 아시게 됐네요." 나는 그렇게 말하며 이 거짓말이 아버지의 노여움으로부터 나를 막아줄 것처럼 얼굴에서 손을 내렸다. "열쇠는요?"

"내 가운 안에 있어." 아버지가 말했다. "얼른 들어와서 옷 갈아입어. 네 그런 차림을 누가 볼까 겁난다. 내가 죽었다고 생각할 거다."

빈 벽난로에 내던져진 아버지의 가운을 찾았다. 열쇠를 꺼내고 현관문 옆에 쌓아놓은 쓰레기 속에서 핸드백을 건져낸 다음 코트를 입고 나가서 차로 갔다. 얼었던 토사물이 벌써 녹으면서 그 덩어리 가장자리가 안전벨트에 닿았다. 끔찍했다. 냄새는 내가 입은 모든 옷에 스며들어 며칠 있다 닷지를 버리고 사라진 뒤로도 오랫동안 코트에 남아 있었다. 주류점에 갈 생각은 없었다. 어차피 너무 이른 시각이라 문을 닫았을 터였다. 하지만 차 머리를 눈더미에서 빼내야 했다. 상당한 노력이 드는 일이었다. 아버지는 그날 밤 내 목숨을 구했는지는 몰라도 내 안녕에는 별 관심이 없는 게 분명했다. 그가 별로 할 수 있는 것도 없었다는 건 나도 알았다. 전에 딱 한 번 날 괴롭히지 말라고 감히 대들었을 때, 아버지는 웃음을 터트리더니 다음날 아침에 심장발작을 일으킨 척했다. 구급차가 도착했을 때는 소파에 앉아 담배를 피우고 있었다. 이제 괜찮다면서. "저애가 그날인가, 괜히 성화네." 아버지는 구급요원들에게 이렇게 말했고, 그들 모두가 악수를 나눴다.

일단 눈더미에서 차를 뺀 뒤 오하라스로 다시 갔다. 내가 기지 있는 사람이었다면 그때 거기에서 바로 떠날 수도 있었으리라. 자유로운 여자가 되어 아침을 향해 속도를 올려 나아갈 수 있었겠지. 누가 날 막을 수 있었을까? 하지만 아직은 떠날 수 없었다. 리베카를 두고 떠날 수는 없었다. 술집 앞에 차를 세우고 안으로 들어갔다.

항상 그렇듯 컴컴한 내부에는 출입문 바로 위쪽 창문에 바른 검정 페인트가 벗어진 틈으로 가느다란 비수 같은 햇살만 새어 들어올 뿐이었다. 쿰쿰한 맥주 냄새에 뱃속이 뒤집혔다. 샌디가 바 뒤편에 서서 물을 마시고 있었다.

"진 한 병만 빌릴 수 있어요?" 내가 물었다.

"돌아왔네." 그의 미소가 거슬렸다. 어린애들을 주물럭거릴 남자처럼 보였다. 정말로 재수없는 인간이었다.

"아빠가 술이 필요해서요."

"어젯밤에 너희 아가씨들이 여기 있는 진을 다 마셨잖아." 샌디가 킬킬거렸다. "네 아빠가 들으면 믿을 수나 있을까, 어?"

"빌려줄 거 뭐든 없어요?"

"진 있단다, 얘야." 그가 자애로운 척 말했다. 그러고는 바 뒤로 걸어가 허리를 숙여 잠시 사라졌다가 고든스 한 병을 가지고 다시 위로 올라왔다. "이건 크리스마스 선물이라고 생각해. 네가 아니라, 네 아빠. 넌 훨씬 나은 걸 받을 자격이 있지." 그가 말했다. "그래도 먼저 나랑 한 잔만 하자." 그러면서 작은 유리잔 두 개를 탁 내려놓고 술병을 여는데, 마개를 거칠게 비틀어 여는 게 으드득 뼈 부러지는 소리 같았다. "나랑 한 잔만 하면 나머지는 네 거야." 그가 잔을 내 쪽으로 슬쩍 밀었고 나는 재빨리 술을 삼켰다. 비누 같고 타는 듯한 그 맛이, 적어도 입안의 담즙 맛을 가시게 하는 느낌은 있었다. "착한 아가씨." 샌디가 나를 그렇게 불렀다. 그러고는 술병을 건네주며 다른 손을 들어 내 얼굴을 어루만졌다. 나는 거칠게 몸을 뺐다.

"아빠한테 내가 주는 거라고 말해라, 오케이?"

"말할게요, 고마워요."

그를 본 건 그때가 마지막이었다. 그후 오래도록 샌디에 관한 그 전날 밤의 기억에서 내가 뭔가를 묻어버린 건 아닐까 의심했다. 어쩌면 맥주에 얼룩진 그의 두툼한 손이 나를 붙들고, 아마도 입은 내 어딘가에 닿아 그 시큼한 혀가 내 목을 탐사하던 역겨운 기억? 누가 알겠는가? 샌디, 당신이 어디에 묻혀 있든, 문제 일으키지 않고 잘 살았기를 바라. 문제를 일으켰다면 분명 어떻게든 대가를 치렀겠지. 누구나 그렇잖아, 결국에는.

집에 돌아와 식탁에 술병을 내려놓을 때만 해도 잠든 것 같던 아버지는 내가 나가기 전에 안락의자에서 벌떡 일어섰다. 손이 훽 뻗어나와 내 손목을 움켜쥐었다.

"레너드, 그렇게 말했지? 레너드 뭐야?" 아버지가 물었다.

"포크." 내가 대답했다, 멍청하게.

"포크." 아버지가 따라 했다. 그의 녹슨 기어가 돌아가고 있음을 알 수 있었다. 그러고는 고개를 저었다. "내가 아는 사람이냐?"

"아닐걸요." 나는 그렇게 대답하고 그 약한 손아귀를 떼어낸 뒤 계단을 가볍게 뛰어올라갔다. 아버지가 술병을 비틀어 여는 소리가 들리자 안심이 되었다. 추측건대 그는 이 대화의 기억을 곧바로 씻어버렸을 것이다. 아버지가 포크란 이름을 다시 언급하진 않았지만, 내가 사라졌을 때 그 단서를 추적했어야 했는데 그러지 못했다고 애태웠기를 바란다. "그애한테 문제가 있다는 걸 알았어야 해." 아버지가 그렇게 말하는 것을 나는 상상해왔다.

욕실 세면대 아래에서 걸레 한 뭉치를 꺼내 차로 돌아가 조수석의 토사물을 눈밭으로 밀어냈다. 얼어붙은 덩어리를 한 번에 치우는 건 놀랍도록 쉬웠지만 얼룩은 남았다. 그 위에 식기세척

기용 분말 세제를 뿌리고 수건으로 덮었다. 분명 내내 헛구역질하고 토했을 텐데, 나중에 샤워하러 달려올라간 일만이 제대로 기억에 남아 있다. 밤새 엉망으로 부글부글 끓어오른 저 아래를 다시 필사적으로 박박 닦았고, 머리카락에 말라붙은 토사물이 보여 씻어냈다. 전날 밤에 씻은 뒤로 아직까지 축축한 수건을 더듬거리는데 손이 부어올라 팽팽해져 있었다. 남색 스타킹은 이제 갈가리 찢겼고, 성급히 내던져져 욕실 바닥에 놓여 있는 그 모습이 유령 같았다. 재빨리 옷을 입고 젖은 머리를 빗은 후, 코트와 핸드백을 들고 차를 향해 달려내려갔다.

그날 아침 내 행동에 대한 세부 설명은 불필요하다 싶지만, 활발히 움직이는 나 자신을 추억하고 싶다. 나는 이제 늙었다. 더는 격렬하거나 부산히 움직이지 않는다. 지금 나는 우아하다. 신중하고 단아한 정확성을 기해 움직이지만 느리다. 아름다운 거북처럼. 원기를 낭비하지 않는다. 이제 삶은 내게 귀중하다. 하여간 다시 차로 갔을 때, 순찰차가 진입로를 막고 있어 아연실색했다. 경찰관 이름은 벅 브라운이었다. 초등학교를 함께 다녔기 때문에 그를 기억한다. 큰 덩치에 어리숙하고 혀짤배기소리를 하는 그는 여전히 눈에 눈곱이 잔뜩 낀데다 양쪽 입꼬리에는 하얀 침이 고인 것이, 본래보다 더 멍청하게 행동함으로써 상대를 속여 기대를 낮추게 하는 유형의 남자였다. 그런 짓을 하는 남자들이 정말로 싫다. 그는 모자를 고쳐 쓰고 주머니에 손을 찔러넣었다.

"미스," 그가 혀짤배기소리로 말하기 시작했다. "말씀 좀 나눌 수 있을까요?" 경찰은 항상 굉장히 격식을 차렸다. 나를 그토록 오래 알았음에도 그들은 내 이름을 부르지 않았다. 그렇게 엄격히 예의를 차리는 사람은 절대 신뢰하지 말기를. "아버님 관련한 일입니다." 벅이 말했다. 당연히 그렇겠지.

"듣고 있어요, 벅." 나는 조급하게 말했다. 웃으려고 했지만 너무 피곤했다. 그리고 그의 기분을 맞춰주려 애쓸 이유가 없을 것 같았다. 리베카를 만나기 이전의 나는 늘 너무 창피하고 불안했기에 느끼는 그대로 괴팍하게 행동하지 못했다. "왜 그러는 건데요?"

"총 때문입니다"라는 게 그의 대답이었다.

집안에서, 아마도 지하실에서, 내가 빨리 진을 가지고 돌아오지 않았다고 스스로 총상을 입혀 피 흘리고 있는 아버지를 잠깐 상상했다. 아마도 부엌 전화기는 경찰서로 연결된 채 수화기가 떨어져 있을 테고, "끝내버릴 거야!"가 아버지의 마지막 말이었을 것이다. 하지만 물론 난, 바로 얼마 전 너무나 생생하게 살아서 나를 들들 볶던 아버지를 목격했다.

"총이 왜요?"

"어젯밤에 저희가 왔는데 따님은 나가고 안 계시더군요." 그가 나를 질책하듯 바라보며 말했다. 정말로 경멸스러웠다, 그자가, 모든 사람이. 잠시 가만있다 그가 설명했다. "어제 오후에 이웃 분들이, 그리고 학교 교장 선생님께서도 여러 번 전화하셔서 던롭 신부가," 그는 머뭇거렸다. "미스터 던롭이 창문에 앉아서," 그러고는 거실 창문 쪽을 손짓했다. "학교에서 나와 집으로 걸어가는 아이들에게 총을 겨누고 있다고 신고했어요."

"아버지는 안에 계세요. 가서 직접 얘기하세요." 아니, 아마 그렇게 세게 나가지는 않았을 것이다. 아마 이렇게 말했으리라. "어머나"라거나 "어쩜, 세상에"라거나 "죄송해요"라고. 이 아가씨가, 이토록 거짓되고, 이토록 신경질적이고, 이토록 닳아빠진 사람이 나였다는 걸 상상하기 힘들다. 이게 아일린이었다.

"사모님," 그렇게 부르는 걸 듣고 그의 얼굴에 침을 뱉을 뻔했다. "아버님과 얘기 나눴고요." 그가 말했다. "아버님이 본인 소유물을 따님이 관리하도록 넘겨주기로 하셨습니다. 따님이 그 총을 아버지에게 쓰지 않는다는 조건으로요. 본인 표현입니다."

정말로 왜 이런 법석을 떠는지 알 수 없었다. 나는 아버지가 총을 장전해 보관한다고는 생각하지 않았다. 너무 겁이 나서 그렇게는 못할 거라고 추측했다. 아직도 정기적으로 청소한다는 것 정도는 알고 있었다.

"사모님," 그가 말하며 집을 가리켰다. "제가 총을 직접 건네드려야 합니다."

"무슨 말이에요?"

"총을 즉시 따님에게 드리라는 명령입니다. 얼마 안 있으면 아이들이 걸어서 등교할 겁니다." 그토록 간절히 교도소에 가고 싶었던 적은 없었다. "잠깐이면 됩니다." 벅은 그렇게 말하고서 나와 함께 마당길을 걸어 계단을 올라갔다.

집안에서 아버지를 소리쳐 불렀다. "아빠, 아빠를 만나러 온 사람이 있어요."

"무슨 일인지 안다." 아버지가 부엌에서 비틀비틀 걸어나오며 말했고, 가운에는 벽난로의 숯 얼룩이 길게 묻어 있었다. 얼굴에 떠오른 만취의 미소는 이제 그의 얼굴에서 알아볼 수 있게 된 순응의 표정이었다. 입꼬리가 평평하게 당겨지고 눈은 거의 감다시피 실눈을 떠서 아주 조금 흐뭇해하는 듯한 표정. 아버지가 현관 옆 벽장을 열고 여기저기 뒤지다 총을 꺼냈다. "여기, 가져가."

"감사합니다, 어르신." 벅이 말했다. 이 모든 의식이 우습기도 하고 화나기도 했다. "그 무기를 미스 던롭이 훌륭하게 관리해줄 거라 믿습니다."

"다른 모든 걸 관리하는 식으로 말이지, 보면 알겠지만," 아버지는 총을 든 손으로 둥글게 원을 그리며 황폐해진 집 주위를 가리켰다. 벅이 깜짝 놀라 뒤로 물러섰다. 나는 그 순간 벅의 머리 위에 매달린 고드름 하나가 깨지며 곧장 두개골로 처박히는 모습을 떠올렸다. 아버지가 총을 벅에게 넘겼고, 그는 그것을 평평하게 펼친 내 손바닥 위에 조심히 내려놓았다.

그전까지 아버지의 총을, 사실상 그 어떤 총이라도 만져본 적 없었다. 묵직한 물건이었다. 예상보다 훨씬 묵직했고 얼음처럼 차가웠다. 그것을 들고 있자니 처음에는 겁이 났다. 당시엔 어떤 종류의 총이었는지 말할 수 없었을 테지만 그 외관만은 똑똑히 기억한다. 목제 손잡이에 '던롭'이라는 글씨가 새겨져 있었다. 그뒤로 총에 관한 책들을 보며 기종을 알아냈는데, 스미스 앤드 웨슨 모델 10이었다. 총열 길이는 십 센티미터가 넘고 무게는 구백 그램에 달했다. 도망치고 난 후에도 몇 주간 보관하고 있다가 브루클린 다리 아래로 던져버렸다.

"이만하면 되겠습니다." 벅은 이렇게 말하고서 뒤뚱뒤뚱 걸어 순찰차로 돌아갔다.

아버지가 터벅터벅 걸어들어가며 뭐라고 중얼거리다 이내 또렷이 말했다. "네겐 행운의 날이구나, 아일린." 아버지가 옳았다. 나는 총을 핸드백에 넣었다. 그것을 도로 가져가려고 싸움을 걸어올 줄 알았지만, 부엌에서 유리잔이 챙그랑거리는 소리, 그 다음에는 안락의자가 아버지 무게에 찌걱거리는 소리가 들릴 뿐이었다. 총과 관련한 이 수난에 속이 시끄러웠다고 말하는 건 적절치 않은 것 같다. 몇 년간 그것이 집에 있다는 사실에 무감각했으니까. 그런데도 손에 들고 있자니 기분이 이상했다. 나는 고드름에 주의하며 현관문을 가만히 잠그고 집을 나왔다. 그렇게 비정상적으로 구는 와중에도 아버지는, 아마도 내가 차에서 토사물을 닦아내고 있을 때로 추정되는데, 바깥 현관에 신발을 내놓았다. 어쩌면 그건 내게 할일이 있다는 것, 어쨌거나 나는 아버지의 보호자, 돌보미, 교도소 경비라는 것을 상기시키기 위한 행동이었을 테다.

차를 몰고 출근하는 동안 그 총이 내게 줄 수도 있는 이점을 곰곰이 생각했다. 아버지가 경찰에서 일하던 내내 가지고 다닌 총이었다. 어릴 적에는 저녁 식탁에도 그 총의 자리가 따로 있는 것 같다는 생각까지 했다. 아버지는 상석, 어머니는 그 맞은편, 조우니와 나는 한쪽, 그리고 총은 그 반대편. 그러다 은퇴한 후에는 그 총을 배의 맨살에 찬 총집에 감추고 집안을 쿵쿵거리며 돌아다녔다. 빨간불일 때 핸드백에 있던 총을 조심스럽게 꺼냈다. 조수석 사물함에 밀어넣을 생각이었으나 그 안에 든 얼어붙은 쥐를 보고 마음을 바꿨다. 그 자그마한 동물은 쓰라린 결말에 이르기까지 내내 그 안에 있었다. 무슨 의미가 있는 건 아니지만 아직도 그 작은 얼굴을 기억한다. 긴 주둥이와 벌린 입, 조그만 이빨, 부드러운 흰 귀를. 아마 그때가 그것을 본 마지막이었을 것이다. 나는 총을 허벅지에 올려놓고 차를 몰았다. 누구에게나 그럴 거라고 예상되지만, 총이 내게 어떤 영향을 미쳤다. 내 마음을 진정시켰다. 위안을 주었다. 어쩌면 숙취 때문에 안일해져서 그랬는지도 모르지만, 그날 아침 무어헤드 주차장에 도착해 총이 든 핸드백을 트렁크에 넣고 잠그는 대신 교도소 안으로 가지고 들어가 책상 위에 보란듯이 올려놓았다. 손을 뻗어 만질 때마다 그 흉한 갈색 가죽이 내 마음에 두려움과 흥분을 불어넣었다.

아마도 그날은 무어헤드의 전형적인 아침이었을 텐데, 문이 열리고 바람이 들이칠 때마다 처음에는 숙취로 인한 두통이 뇌를 강타하는 느낌에 움찔했다가 다시 고개를 들고 악귀 같은 눈으로 들떠서는 리베카가 걸어들어오나 바라보았지만 그녀는 나타나지 않았다. 어서 다시 리베카와 만나서 간밤에 느낀 감정을 재확인하고 싶었다. 몸속에서 날뛰는 흥분이 성냥을 켤 때 불타는 황의 매캐한 충격처럼 냄새로 느껴졌다. 이제 리베카와 함께하게 된 X빌을 어떻게 떠날 수 있을까? 내가 사라질 때 그녀도 함께 가지 않을까, 나는 자문했다. 한곳에서 오래 머물지 못한다고 하지 않았나? 우린 함께 재미있게 지낼 것이다. 뉴욕에 가면 내 외모를 어떻게 바꿀까, 어떤 옷을 입고 머리는 어떻게 할까, 필요하면 염색을 하거나 긴 가발이나 가짜 안경을 쓸까 하면서 상상의 나래를 펼쳤다. 원한다면 이름도 바꿀 수 있을 거다. '리베카'도 더할 나위 없이 좋은 이름이다. 미래에 대해서는 차근차근 생각할 시간이 있겠지. 나는 그런 생각들을 했다. 그날 아침 언제인가 화장실에 가서 립스틱을 고쳐 발랐다. 바로 그때 리베카가 문을 끼익 열고 들어오더니 흔들흔들 춤추며 옆으로 다가와 거울 속 내 얼굴 옆에 자기 얼굴을 나란히 했다.

"아, 안녕, 우리 아가씨." 리베카가 거울 속의 내게 말했다. 장난기가 넘쳤고 재미있었다.

"안녕하세요." 아주 기분좋은 듯 자신 있고 유쾌하게 말하자고 그 자리에서 마음먹었다.

"나 크리스마스 색깔로 차려입으니 귀엽지 않아요?" 그녀가 빙글 돌며 물었다. 빨간색 모직 치마 정장을 입고 목에는 녹색 스카프를 두른 차림이었다. "어지러워." 극적인 몸짓을 하며 리베카가 머리를 떠받쳤다.

"사랑스러워요." 나는 고개를 끄덕이며 말했다.

"유감이지만 난 예수님한테는 쥐똥만큼도 신경 안 써요." 그녀가 그렇게, 혹은 그런 투로 투박하게 말했다. "하지만 아이들은 크리스마스를 좋아해, 그런 것 같아." 그녀는 화장실 칸막이 속으로 건들건들 걸어들어가 소변을 보는 동안에도 계속 말을 했다. 그 말을 들으며 거울 속에서 빨개지는 내 얼굴을 보았다.

립스틱을 문질러 지워버렸다. 새로운 색깔은 너무 밝아서 내게 어울리지 않았다. 아버지 말이 맞았다. 엄마 화장품을 가지고 노는 어린애처럼 보였다. “크리스마스이브에 아일린은 뭘 할 건가 궁금했어요.” 리베카가 말을 이어갔다. “우리 쉬는 날이던데.” 그러고는 변기 물을 내리고 나와 슬립을 드러낸 채 스타킹을 추켜올렸다. 허벅지가 열두 살 아이처럼 가늘었고, 또 그만큼 팽팽했다. “내일 우리집에서 한잔할 생각 있어요? 좋을 것 같은데. 그러니까, 달리 계획이 없다면요.”

“아무 계획 없어요.” 나는 그녀에게 말했다. 크리스마스를 기념하지 않은 지 오래였다.

리베카가 소매를 걷고 가슴 쪽 주머니에서 펜을 꺼냈다. “이렇게 하죠. 여기에 전화번호를 적어줘요. 이렇게 하면 잃어버릴 일이 없죠, 샤워를 하지 않는 한. 샤워는 안 할 거고요.” 그녀가 말했다. “의사를 방문하거나, 신사가 찾아오는 경우가 아니면……” 그러고는 깔깔 웃었다. “샤워를 거의 안 해요. 어쨌거나 여기는 너무 춥잖아. 발설하진 말아요.” 그녀는 양팔을 들어올려 겨드랑이 이쪽저쪽으로 목을 우스꽝스럽게 돌려대더니 조용히 하라는 듯 입술에 손가락을 얹었다.

“나도 그래요. 때로는 더러움 속에 뒹구는 느낌도 좋아요. 옷자락 밑의 작은 비밀이죠.” 우리는, 나와 리베카는 같다. 그런 생각이 들었다. 리베카도 그렇다는 걸 안다. 그녀에게는 무엇도 감출 필요가 없다. 그녀는 나를 있는 그대로 받아들인다. 심지어 좋아하기까지 한다. 리베카가 펜을 건네고 팔을 내밀며 그 위에 쓰라고 했다. 그 창백하고 가느다란 손목을 잡고 팔 아래쪽에 내 전화번호를 쓰는데, 피부가 무척 깨끗하고 부드럽고 팽팽한 나머지 신생아처럼 때묻지 않은 무언가를 더럽히는 기분이 들었다. 형광등 불빛에 비친 내 손은 추위에 벌겋게 달아오르고 거칠게 부어 있어 스웨터 소매 속으로 집어넣었다.

"난 오늘 좀 일찍 나가요." 그녀가 말했다. "내일 전화할게요. 재미있을 거야."

나는 고급 음식이 차려진 화려한 식탁과 턱시도를 입고 크리스털 잔에 와인을 따르는 집사를 떠올렸다. 내가 그린 환상이었다.

정오 무렵, 점심을 사러 차를 몰고 가까운 식료품점에 나가야 한다는 사실이 고맙게 느껴졌다. 그건 다시 총을 잡아보고 닻지를 부드럽게 굴리고 머리에 흩날리는 바람을 느낄 수 있다는 의미였다. 그날의 허기는 여태껏 느껴본 어떤 허기와도 달랐다. 우유 한 통과 치즈 크래커 한 상자를 샀다. 무어헤드 주차장의 차 안에서 토사물 냄새가 여전히 지독한 와중에 게걸스럽게 크래커를 먹고 럭비 선수처럼 우유를 꿀꺽꿀꺽 넘겼다. 어떤 음식도 그토록 맛있었던 적은 없었다. 허벅지 위에 놓인 총의 딱딱한 묵직함이 식욕과 모종의 관련이 있는 것 같았다. 언제든 그것을 누군가에게 겨누고 지갑이나 코트를 내놓으라 하거나, 날 기쁘게 할 뭔가를 하라고, 노래를 부르거나 춤을 추거나 내게 아름답고 완벽하다고 말하라고 요구할 수도 있었다. 랜디에게 내 발에 입맞추라고도 할 수 있었다. 라디오에서 비치보이스의 노래가 나왔다. 그때는 로큰롤을 이해하지 못했지만—록 음악을 들으면 손목을 긋고 싶어지거나, 어딘가에서 멋진 파티가 벌어지고 있는데 나만 그걸 놓치고 있다는 느낌이 들었다—그날은 자리에 앉아서 몸을 조금 흔들었을 것이다. 행복했다. 나 같지 않은 느낌이었다.

주차장으로 나와 구두 뒤축으로 제설용 소금을 짓밟고 소년교도소의 전경을 바라보았다. 멀리서 보면 부자의 여름별장을 떠올리게 하는 오래된 회색 석조 건물이었다. 돌로 조각한 세부, 울타리 친 자갈밭 너머로 굽이치는 모래 언덕들은 다른 상황에서라면 아름답게도 보였을 테다. 편안하고 평화롭고 명상하기 좋은 곳, 뭐 그 비슷한 걸 위해 지어진 곳처럼 느껴졌다. 앞쪽 복도에 있는 기묘한 진열장 속 역사화·지도·사진 등을 보고 이해한 바로는, 그곳은 백 년도 더 된 과거에 맨 처음 선원들의 금주를 위한 합숙소로 건설되었다가 그다음에는 증축을 거쳐 군 병원으로 개조되었다. 어쨌거나 바닷바람은 상쾌했고, 과민한 신경을 가라앉혔다. 어느 시점에는 기숙학교로도 사용되었던 모양인데, 대도시에서 벗어나 조용한 삶을 살길 원하는 멋지고 부유한 사람들이 주 전체에서 모여들어 지역이 번창하던 시기였다. 건물 앞에 에머슨 기념비와 원형 진입로, 영국식 정원, 분수가 존재한 적이 있다는 내용도 기억난다. 나중에는 고아원이 되었다가 병든 참전용사들의 재활 병원, 그리고 남학교가 되었다가 마침내 내가 그곳에 가기 이십몇 년 전, 소년 교도소가 되었다. 남자로 태어났다면 나도 아마 그곳에 갇혔을지도 모른다.

다시 차에 타 열린 차창으로 몸을 내밀고 추위에 귀가 선홍색이 된 채, 측면 거울을 보며 콧등에 파우더를 발랐다. 그러면서 한 교도관이 순찰차 뒤에서 남자애를 내리게 해 교도소로 데리고 들어가는 모습을 지켜보았다. 새로운 재소자가 오면 특히 신났으나 그런 일은 일주일에 한 번 정도밖에 일어나지 않았다. 그때마다 내 몫의 서류 작업이 생겼다. 지문 채취와 사진 촬영도.

그날 점심을 먹고 늦게 들어갔더니 사무실 여자들이 날 째려보았다. 기분도 몸 상태도 훨씬 좋아진 나는 의자 위로 코트를 휘리릭 걸고서 있으나마나 한 장갑을 이로 물어 빼낸 다음, 손가락으로 눈가의 눈곱을 떼어내고 양손을 마주 비볐다. 미시즈 스티븐스가 교도관과 잡담을 나누는 동안 새로 온 아이가 수갑을 만지작거렸다. 들창코에 오동포동한 금발의 십대 소년은 손이 큼지막하고 살집이 좋았으나 어깨는 여자애처럼 자그마했다. 그 애가 기억난다. 울지 않으려고 눈을 질끈 감은 모습을 보니 마음이 찡했다. 아이는 수갑을 차고 착 가라앉은 모습으로 내 건너편에 앉아 있었다. 나는 이름을 물어 적고 키와 몸무게를 쟀으며 눈 색깔을 기록하고 얼굴의 상처를 점검한 뒤 풀 먹인 파란 수감복을 건네주었다. 건조하게 보살피며 고통에 영향받지 않는 간호사가 된 기분이 들었다. 그러고는 조용히 말을 건네고 사진을 찍었다. 뷰파인더 속 아이의 표정, 묘하게 수동적으로 뒤섞인 체념과 분노, 그 여린 슬픔이 기억난다. 조수석 사물함 속 죽은 쥐를 들여다보았을 때처럼, 그애의 사진이 내 기운을 북돋웠다. '내가 아니라서 다행이야.' 그게 내 감정이었다. 그동안 교도관은 서명 절차에 입회하기 위해 아이 뒤에서 팔짱을 끼고 서서 기다렸다. 아이가 도망치거나 나를 공격할 경우를 대비해 경비 두 명이 서성거리고 있었지만 여태 누구도 그런 시도를 한 적은 없었다. 기억하기로 그애는 잘해야 열네 살 정도였다. 가여운 마음이 솟았던 것 같다. 내 기분이 좋기도 했지만 아이가 그 나이치고는 키가 작고 통통해서, 그리고 슬퍼하는 모습을 보니 그애도 나처럼 좀 이상한 아이, 매정한 주변 세상에 깊이 고통받아 여리고 의심이 많아진 아이 같았기 때문이다. 그애의 파일을 캐비닛에 넣을 때 죄목을 읽었다. 영아 익사 살해.

이런 입감 검사들을 수행하고 있을 때면 내가 하루의 일과를 수행해나가는 보통 사람처럼 정상적이라는 느낌이 들었다. 명확한 지시를 이행하고 정해진 의례를 따르는 일이 좋았다. 그런 일들은 목적의식과 편안함을 주었다. 내 정신의 소란스럽고 광적인 내적 회로에서 잠시 벗어나는 휴식이었다. 사람들은 날 이상하게 봤을 테고, 지금도 분명히 그럴 것이다. 지난 오십 년간 꽤 많이 변했음에도 여전히 사람들을 몹시 불편하게 만들 때가 있다. 지금은 완전히 다른 이유에서 그렇다. 요즈음 나는 너무 거침없고 사랑이 넘쳐서 탈이다. 바보처럼 너무 열정적이고 야단스럽고 뭐든 과하다. 과거에는 이상한 젊은 여자일 뿐이었다. 어색한 젊은이. 당시에 젊은이의 불안은 대세적인 감정이 아니었으니. 무표정하게 응시하던 예전 내 눈빛을 지금 거울로 본다면 정말로 무서울 것 같다. 돌이켜보면 그때 나는 교화가 거의 안 된 사람이었다고 하는 게 맞겠다. 교도소에서 일한 데는 다 이유가 있었다. 나는 그다지 유쾌한 사람이 아니었다. 은행원으로 일하면 더 좋겠다고 생각했지만 나를 받아주는 은행은 없었을 듯하다. 결국은 잘된 일이다, 아마도. 현금 서랍에서 돈을 훔치기까지 그다지 긴 시간이 걸렸을 것 같지 않다. 교도소는 내게 안전한 일터였다.

면회 시간이 흘러갔다. 책상 의자 뒤로 닳아빠진 끈에 매달린 흉한 갈색 가죽 핸드백을 보면 즐거웠다. 나나 누구든 이 핸드백을 밀치면 안에 든 총이 의자의 텅 빈 금속 뼈대에 부딪혀 철컹거리겠지. 내가 이렇게 무장한 걸 알면 리베카는 어떻게 생각할까 궁금했다. 무기 소지는 천박한 행위라는 게 내 막연한 생각이었다. 지독히 돈이 많은 경우가 아니라면 사냥은 야만적인 하층민, 교화되지 않은 시골뜨기, 원시적인 유형과 아둔하고 야멸차고 추한 사람들이나 하는 일이었다. 폭력은 또하나의 신체기능으로서 발한이나 구토보다 특이할 것 없었다. 성교와 같은 칸에 놓이는 기능이었다. 그 두 가지는 자주 뒤섞이는 걸로 보였다.

그날 나머지 시간에는 맡은 일을 기계적으로 해나갔다. 다시 랜디에게 관심을 쏟으려고, 늘 그랬듯 등받이 없는 의자에 앉은 그를 힐끗거렸지만 그 강렬한 흥미는 완전히 사라졌다. 좋아하는 노래를 너무 많이 들어 오히려 거슬리기 시작할 때처럼. 혹은 가려운 데를 너무 세게 긁어 피가 나기 시작할 때처럼. 이제는 랜디의 얼굴이 평범해 보였고 애처럼 통통한 입술은 여성스럽기까지 했으며 머리 모양은 허세적이고 우스꽝스러워 보였다. 그의 사타구니도 내 마음을 사로잡지 못했고 팔뚝 역시 그다지 특별할 게 없는 듯했다. 그의 근육이 발휘하던 마법이 사라져버린 것이다. 입에서 소시지와 탄 커피와 담배 냄새를 풍기며 어둠 속에서 내게 다가오는 그를 상상하니 심지어 속이 좀 울렁거리기까지 했다. 마음이란 기복이 심하고 탐욕스러운 물건이다. 그런 것 같다. 하지만 그는 정말로 특별했다. 리베카가 나타나기 전, 기회를 잡아 랜디에게 사랑한다고 말해버렸더라면 좋았을지도. 그는 나를 매료시켰고, 그럴 수 있는 사람을 만나는 건 흔치 않은 일이다. 랜디, 당신이 어디에 있는지는 모르지만, 난 당신을 보았고 당신은 아름다웠어. 당신을 사랑했어.

그날 오후 무어헤드에서 마지막 퇴근을 했다. 비록 그때는 예견하지 못했지만. 엉망으로 어질러놓은 책상을 그대로 두고 나왔다. 베르무트와 초콜릿이 사물함 안에 있었고 서랍 속에는 도서관 책 한 권이 있었다. 그 교도소에서 보낸 마지막 순간들은 잘 기억나지 않는데, 내 물건들이 어떻게 되었을지, 휴일이 지나고도 내가 출근하지 않았을 때 사무실 여자들이 무슨 말을 했을지 가끔 생각해보기도 했다. 미시즈 스티븐스는 면회 업무를, 미시즈 머리는 입감 절차를 다시 도맡게 되었을 것이다. 별 소동이 있었을 것 같진 않다. 리베카가 되돌아갔다면 나를 위해 둘러대려고 노력했을 테다. "아일린은 가족을 만나러 갔어요." 그렇게 거짓말했을지도 모른다. 나는 개의치 않는다. 무어헤드에 남기고 온 것들 생각에 잠을 설친 적은 한 번도 없다.

그날 저녁에 나는 기진맥진한 상태로 차를 몰고 집에 돌아갔고, 생리 사흘째에 늘 겪는 쥐어짜는 듯한 통증에 충분히 시달리고 있었다. 그날 밤에는 너무 피곤해서 퇴근길에 라드너스에 들를 수 없었다. 무엇이 필요하든 그건 아버지 문제였다. 하룻밤쯤 우유 한 잔 마시고 맨정신으로 지나간다고 죽지는 않겠지, 나는 생각했다. 아니 어쩌면 죽을지도. 어느 쪽이든 상관없었다. 아마 바로 그 순간이었던 듯하다. 핸드백에 든 총의 무게를 허벅지로 느끼며, 양옆에 벽처럼 눈더미가 쌓인 컴컴하고 미끄러운 진입로로 들어서면서, 아버지를 비참한 처지로부터 벗어나게 해줄 생각을 한 것은. 총으로 쏠 수도 있었겠지만 그러면 주변이 엉망이 되고 내가 곤경에 빠질 것 같았다. 어머니의 알약이 더 나은 아이디어였으나 약병에 남은 게 몇 알 없었다. 어머니는 의사의 처방대로 그 약을 죽어가는 고통을 덜기 위해 먹었다. 하지만 어머니는 말했다. 그 약을 먹는 건 딸을, 불쌍한 나를 보호하기 위해서라고, 자기가 하루 내내 신음하고 악쓰고 투덜거리고 죽는 소리하는 걸 듣지 않게 해주기 위해서라고. 나도 간간이 그 약을 한 알씩 먹어가며 어머니가 마침내 '양동이를 발로 차기를'* 기다렸다. 어머니가 돌아가신 날 아침 조우니에게 전화해 좀전에 일어난 일을 설명할 때 쓴 표현이다. 전날 밤에도 나는 그 좋은 약

* 목을 매는 사람이 디딤대삼아 올라선 양동이를 차내는 순간에서 유래한, 죽는다는 의미의 표현.

이 선사해준 암흑 속에 빠져 있었는데, 잠에서 깨어보니 침대 옆 자리에 차갑게 식은 죽은 몸, 어머니의 성난 시체가 있었다.

핸드백에 든 총의 묵직함을 어깨에 느끼며 그날 밤 나는 현관 앞 계단을 걸어올라갔다. 물을 뚝뚝 흘리는 얼음 단도들 아래를 조심스레 지나 현관문을 열고 안으로 들어섰다. 침침한 어둠 속에서도 현관 안쪽의 오래된 신문과 빈병이 치워지고 심지어 비질까지 된 것을 알아볼 수 있었다. 부엌 식탁을 덮은 흰 원형 식탁보의 시원스러운 모양이 누군가 청소했음을 알려주었다. 어쩌면 존경받는 내 아버지가 돼지우리에 살고 있다는 소문이 퍼져 경찰서에서 신입 경찰관을 보냈는지도 모른다. 아니면 아버지가 스스로 청소했을 수도 있다. 진한 커피를 한 주전자 끓이고 근면함을 발휘해 맨정신으로 하루를 보냈는지도. 과거에 아버지는 지하실 정리용 선반 설치나 다락방 단열 처리 같은 주거 환경 개선을 위한 작업에 착수하기도 했지만, 커피가 식자마자, 맥주 한 잔할 자격이 있다는 생각이 떠오르자마자 내팽개쳐버리곤 했다. 술병을 내려놓겠다는 맹세가 오후 반나절을 넘긴 적은 단 한 번도 없었다. 내가 떠날 때도, 경사진 지붕 밑 다락방 구석에는 연분홍색 단열재 두루마리가 처박혀 있었다. 몇 년간 밤마다 그것을 쳐다보며 잠들곤 했다.

아버지의 코트가 현관문 옆 고리에 걸려 있었다. 부엌에 들어가 불을 켰을 때 아버지의 의자가 빈 것을 알았다. 나는 냉장고에서 빵 두 쪽을 꺼내 한 쪽에 마요네즈를 듬뿍 발라 나머지와 척 붙이고 한 입씩 베어 혀 위에서 녹였다. 그게 저녁식사였다. 그후 적절하게 식사하는 법을 배우기까지, 혹은 적절하게 식사하려는 욕구를 갖게 되기까지는 오랜 시간이 걸렸다. 과거 X빌에서 나는 어른 여자처럼 보이지 않기를 절박하게 바랐다. 그렇게 보여서 좋을 일이란 전혀 없는 것 같았다.

위층으로 올라가자 어머니의 침실이 불이 켜진 채 닫혀 있었다. 방문 너머로 잠든 아버지의 요란하고 불규칙한 숨소리가 들렸다. 어머니가 예전에 먹던 알약은 침대 옆 협탁 서랍에 있었지만 안으로 들어가 아버지를 깨울 위험을 감수할 엄두가 나지 않았다. 계단 꼭대기에 반쯤 빈 진 병이 놓여 있어 그것을 들고 다락방으로 올라갔다. 지난여름 어느 날 아침, 아버지는 폭력배들이 우리를 죽이려고 지하 저장고에서 작당하고 있다고 소리지르며 나를 깨우러 올라오다 다락 계단에서 굴러떨어졌다. 나는 잠이 덜 깬 채, 아버지가 발을 헛디뎌 계단 아래로 천둥처럼 구르는 소리, 나무 파편들이 번개처럼 쪼개지는 소리, 아버지의 몸이 계단참에 떨어지며 쿵 울리던 낮은 소리를 들었다. 얼른 옷을 입고 나가 절뚝거리는 아버지를 차까지 부축해야 했다. 아버지를 태워 응급실에 가자 그곳 사람들이 온갖 수액을 주입하고 간 수치를 쟀다. 의사가 내게 전한 나쁜 소식은 아버지가 술을 끊으면 죽을지도 모른다는 것, 그리고 계속 술을 마시면 반드시 죽는다는 것이었다. "이도 저도 못하는 상황이죠." 의사가 말하며 내 멍든 무릎을 내려다보았다. "따님은 시금치 통조림을 좀 드세요." 나는 집으로 갔다. 빨래를 하고 목욕도 했다. 아버지가 없으니 남의 집 같았다. 내 물건들이 다 거기 있는데도 방들이 전부 텅 빈 것 같고 생경했다. 거슬렸다. 결국 아버지는 발목에 붕대를 두르고 턱을 한 바늘 꿰맨 채 지팡이를 짚고 퇴원했다. 아버지는 상처를 당당하게 드러내며 처음에는 꼼꼼하게 씻다가 나중에는 과하게 씻었고, 거기에 쓰는 소독용 알코올을 갈수록 더 많이 요구했다. 나도 그 냄새가 좋아서 아버지가 보지 않는 틈에 살짝 한 모금 마셨다가 하마터면 질식할 뻔했다.

그날 밤, 진과 핸드백을 다락방으로 가져갔고 잠옷으로 갈아입은 후 총을 베개 밑에 넣었다. 그렇게 하는 건 기도 같기도 했고, 어릴 적 젖니가 처음 빠졌을 때 베개 밑에 넣고 잠들었던 때 같기도 했다. 언젠가 잠에서 깨어 베개 밑에서 빛나는 5센트 동전 두 개를 발견한 기억이 난다. 나를 충격에 빠트린 건 은이 된 이빨의 변신이 아니라, 밤중에 어머니 혹은 아버지가 일으킨 소동도 모른 채 계속 잤다는 생각, 의식도 못하고 아무것도 모른 채 무방비 상태에 있었다는 생각이었다. 그날 아침에 떠오른 질문이 생각난다. 어머니와 아버지는 잠들어 있는 내게 그 밖에 무슨 일을 했나? 종종 내가 잠에 빠져서 모르고 지나간 모든 것들에 대해, 어떤 언쟁, 어떤 비밀이 있었는지에 대해 생각하곤 한다. 어린 시절을 생각하면 집 자체, 가구와 그 배치, 뒷마당에 나타나던 계절의 변화 외에는 별로 떠오르는 게 없다. 사람들의 얼굴은 흐릿하고, 방을 빠져나가 슬며시 사라지는 그들의 그림자만 있을 뿐이다. 어머니에 관해 가장 기억나는 건, 죽던 날 아침 침대 위의 그 가벼운 무게, 어린 시절 이후 아마도 처음으로 잡은 것일 손의 싸늘함, 어깨에 기대어 울 때 쑥 들어가던 어깨다.

그날 밤, 옛일을 회상하며 한참 술을 마셨다. 그런 다음 술병을 내려놓고 읽을거리를 꺼냈다. 고백할 사실 한 가지는 〈내셔널지오그래픽〉 잡지 더미 속에 아버지의 포르노 잡지 몇 권이 감춰져 있었다는 점이다. 그중 한 권을 꺼내 무심히 책장을 넘기다 잠들었다.

크리스마스이브

내가 자라는 동안 어머니는 학교에 가져갈 점심 도시락을 싸주지 않았다. 다른 아이들이 샌드위치를 먹는 동안 가만 앉아서 무릎만 내려다보고 있자면 텅 빈 뱃속에서 꼬르륵 소리가 났다. 오후에 집에 돌아가자마자 버터 바른 빵으로 배를 채웠는데, 그게 어머니의 너저분한 부엌에서 찾을 수 있던 유일한 음식이었다. 내 어린 시절, 식탁에 둘러앉은 던롭 가족의 저녁식사는 자양분이 되지 못했다. 식사 시간은 짧고 불편했다. 부모님은 조우니와 내가 있는 곳에서만 싸웠는데, 내밀한 문제들을 논하는 자리에는 우리가 청중으로 필요한 모양이었다. 어머니는 우는소리를 했고, 아버지는 짜증스러운 신음을 내며 식탁 저편으로 포크를 내던지고는 접시 옆에 놓인 스미스 앤드 웨슨에 눈길을 주었다. 조우니나 내가 까탈을 부리면 어머니는 행주를 바닥에 팡 터지는 소리가 나도록 내던졌는데, 갑작스럽고 요란한 그 소리는 번개 같기도 하고 불꽃놀이 같기도 했다. 부모님이 무엇을 두고 항상 그렇게 언쟁했던 건지는 기억나지 않는다. 나는 음식을 재빨리 씹고 개수대에 접시를 넣은 뒤 계단을 달려올라갔다. 게다가 어머니가 만드는 음식은 형편없었다. 내가 좋은 음식을 먹게 된 건 두번째 남편을 만난 후부터다. 그는 스테이크란 프라이팬에서 까맣게 태운 얇고 질긴 힘줄 덩어리가 아니라 두껍고 향기롭고 맛좋은 것이며 최고로 잘 구운 것은 무딘 숟가락으로도 먹을 수 있음을 알려주었다. 우리가 함께 산 처음 한 달 동안 체중이 4.5킬로그램 정도 늘었던 것 같다. 다시 X빌로 돌아가자면, 던롭 가족의 저녁식사는 잘해봐야 버석한 닭고기, 인스턴트 매시드 포테이토, 통조림 콩, 늘컹거리는 베이컨 정도였다. 크리스마스도 크게 다르지 않았다. 해마다 맛있게 먹었다고 기억되는 음식은 가게에서 산 스펀지케이크뿐이다. 던롭 가족은 대식가가 아니었다.

하지만 술은 크리스마스 내내 넘쳐흘렀다. 당연하게도. 그 축제 분위기를 상상해보라. 어머니는 "제대로 한번 만들어보자!"며 칵테일 셰이커를 꺼내 본인이 디플로매트, 스토미 웨더 등으로 부르던 음료를 만들었다. 그 옛날 칵테일들은 이름이 근사했다. 매기 메이즈, 올드 패션드. 어머니는 자기가 마실 칵테일을 직접 만들었고 아버지는 나를 시켜 블루 블레이저와 하이볼 같은 걸 만들게 했다. 소위 경찰 내 '친구들'이 크리스마스 때마다 주는 좋은 술을 가지고 말이다. 우리에게는 여러 칵테일 제조법이 실린 조그만 책이 있었다. 나도 당연히 술을 홀짝거렸고 리번즈, 매미 테일러, 맨해튼 같은 것들을 만들러 부엌을 들락거리며 마라스키노 체리를 반병쯤 먹어치웠다. 위스키 밀크펀치는 밀크셰이크 맛이 나서 가장 좋아했다. 또하나 생각나는 건 모닝글로리. 즉석 요리사처럼 달걀을 척척 깨트려 술에 섞었다. 즐거운 기억이다. 음반이 돌아가고 벽난로에서 불이 활활 타오르는 와중에, 무대 뒤 충실한 일꾼인 나는 부엌에서 칵테일 거품을 홀짝홀짝 빨아먹으며 여전히 뭔가 좋은 크리스마스 선물—현미경 혹은 물감 세트—을 기대했고, 조우니는 거실에서 엘비스의 음악에 맞춰 몸을 배배 꼬며 우리를 즐겁게 했다.

크리스마스는 부모님이 손님을 초대하는, 일 년에 몇 번 안 되는 날 중 하나였다. 유일한 고모인 루스는 어린 조우니와 나에게 거의 관심이 없어서—결코 이해할 수도 없고 용서도 안 되는 일이었다—진 마티니만 연신 마셨다. 던롭 가문의 핏줄에는 수세대에 걸쳐 진이 흐르고 있었던 게 분명하다. 아마도 루스 고모는 아버지보다 더 빨리 운명의 길에 들어섰을 것이다. 그 마티니들은 고모에게 별 좋은 영향을 끼치지 못하는 듯했다. 언제나 찡그린 표정이었고, 피부에는 부스럼이 일었으며, 얼굴은 어찌나 납작한지 축축하고 번들거리는 웅덩이처럼 보일 지경이었다. 씁쓸하게, 라는 말이 고모가 애정을 드러내는 방식을 가장 잘 표현한다. 크리스마스에는 통조림 햄이나 땅콩 한 병, 아버지에게 줄 싸구려 스카치 같은 걸 가져왔고, 어머니를 위한 초콜릿이 좀 있었던 것도 같다. 고모는 아이가 없었고, 늘 이래라저래라 했으며, 식사 전에 기도하자고 우기는 유일한 사람이었다. 이미 취한 어머니는 눈을 흡뜨며 식탁 아래에서 나를 꼬집어 웃음을 터트리게 했다. 크리스마스에 어머니는 그리 나쁘지 않았던 것 같다. 술에 취하고 스펀지케이크로 배가 부른 채 잠자리에 들 때면 나는 항상 큰 희망을 품었다. 하지만 결국 크리스마스 아침에는 아버지가 제복 바지 주머니에서 보풀이 덕지덕지 붙은 지폐 뭉치를 꺼내 조우니와 내게 각각 1달러씩 주고는 끝이었다. 몇 번인가는 어머니가 새 양말이나 연필을 주기도 했다. 그게 전부였다.

어머니가 돌아가신 뒤 아버지와 나는 크리스마스를 그냥 넘기기로 암묵적인 동의를 했다. 딱 한 번 아버지한테 선물을 한 적이 있는데, 아버지가 처한 곤경을 감안하면 그 무용함 때문에 무자비하게 느껴지는 그것은 넥타이였다. 조우니는 생각나면 카드를 보내왔다. 조우니가 따로 자기만의 크리스마스 파티를 연다는 걸 알았지만 나를 초대한 적은 없다. 그렇다고 유감을 품지는 않는다. 나는 그다지 재미있는 사람이 아니었으니.

운명의 크리스마스이브, X빌에서의 마지막 크리스마스이브에 잠에서 깼을 때, 내게는 보석함에 숨겨둔 647달러가 있었다. 그 정도면 당시에 상당한 액수였다. 내 평생의 예금. 그리고 총이 있었다. 베개 밑에서 총을 꺼내는데 정말이지 꽤 멋진 기분이 들었다. 다만 그것의 이상한 출처에 대해서는 생각하지 않을 수 없었다. 아버지는 맨 처음 그것을 근무중 권력의 소도구로 사용했고, 나중에는 자기 눈에만 보이는 투명한 범죄자들을 위협하는데 썼다. 자신이 총을 쏘려고 들면 정말로 죽일 작정이라는 걸 그 환영들은 잘 안다고, 아버지는 주장했다. 사람은 손에 총을 들면 거창한 자만심 위에서 생각하기 시작한다, 그건 사실이다. 내 자유로 향해 가는 길을 이 총으로 깨끗이 정리하리라, 그날 아침 보이지 않는 장애물을 겨냥하며 그렇게 생각했다. 그 물건 하나로 그리 쉽게 자신만만해져 가능성의 세계가 열린 양 벅차올랐던 기억을 떠올리면 당혹스럽다. 나는 생각했다, 저녁에 리베카에게 총을 보여줄까. 숲으로 나가 나무에 쏴보자고 제안해봐도 되겠지. 얼어붙은 호수로 나가 그 위에 서서 달을 향해 쏠 수도 있고. 아니면 해변으로 가 눈 위에 드러누워 천사 모양을 만들고 별을 향해 쏴도 되겠다. 새로운 절친과 보낼 저녁에 관한 나의 낭만적인 생각은 이러했다.

간이침대에 누워서 무엇을 입을까 심각하게 고민했다. 리베카라면 옷을 편안하게—섬세한 드레스나 비싼 보석은 착용하지 않고, 어쨌거나 자기 집이니까—하지만 아름답게 입을 거라고, 아마도 두꺼운 캐시미어 스웨터와 몸에 붙는 바지를 입어 스키 휴가를 떠난 재키 케네디 같은 분위기가 날 거라고 상상했다. 리베카의 집에 관해서는, 넓게 깔린 짙은 색 동양풍 카펫, 벨벳 쿠션이 있는 화려한 소파, 곰 가죽 러그를 떠올렸다. 어쩌면 더 현대적이고 간소해서, 짙은 색 원목 마루와 차가운 유리 소재의 거실 탁자, 진홍색 커튼, 막 꺾은 신선한 장미꽃이 있을지도 모른다고 생각했다. 마음이 들떴다. 졸음에 빠져들면서도 머릿속으로는 어머니의 옷장 속을 헤아리며 그날 저녁에 입을 옷을 이리저리 맞춰보았다. 그 안에 있는 옷들을 속속들이 알고 있었다. 말했듯이 내게 맞는 옷은 하나도 없었으므로 스웨터를 몇 겹씩 껴입거나 긴 속옷을 입어 안을 채웠다. 나는 간이침대에 누워 주먹으로 배를 두드리고 얼마 안 되는 허벅지 살을 꼬집는 나쁜 버릇이 있었다. 내 존재가 줄어들면 내가 겪는 문제도 적어지리라 진심으로 믿었다. 어머니의 옷을 입은 것도 아마 그런 이유였을 테다. 별로 크지 않았던 어머니의 몸집만큼도 되지 않겠다는 다짐을 게을리하지 않으려고. 말했듯이 나에겐 어머니의 인생, 여자의 인생이 철저히 혐오스럽게 느껴졌다. 당시에는 누군가의 어머니, 누군가의 아내가 되는 일만큼 싫은 게 없었다. 물론 스물넷이라는 어린 나이에 나는 이미 아버지에게 그 두 가지가 모두 되어 있었다.

"아일린!" 그날 아침 느지막이 아버지가 다락방 계단을 쿵쿵 올라오며 소리를 질렀다. "가게가 이미 문을 열었다. 어서, 내려와!" 문을 열자 옷을 다 입은 아버지가 양손을 옆구리에 올리고 있었다. "오늘 크리스마스이브 아니냐?"

"아니에요, 아빠." 나는 거짓말했다. "크리스마스를 놓치셨네요. 어제였어요."

"건방진 것. 지금 내려오면 혼내지 않을 테니까, 당장 내려와."

"알겠어요. 근데 운전은 누가 하죠?"

"네가 하지. 차에 타, 어서 가자. 나도 같이 갈 거야."

아버지가 정상적인 사람처럼 집밖에 모습을 드러낼 엄두를 내는 일은 흔치 않았지만 그날 아침에는 완강했다. 내가 자기를 버릴 거라는 걸 어떻게든 감지했는지도 모른다. 그보다는 상점들이 문을 닫는 연휴 기간을 버틸 만큼 충분한 술을 내가 사다놓지 않을까봐 걱정됐던 것 같지만. 아버지는 부엌 의자에서 위층 침대로 자신의 자리를 옮긴 이유를 설명하지 않았다. 전략적인 조치였을지도 모른다. 총이 없으면 악당들에게 무방비로 당할 테니 숨는 편이 나았을지도. 죽을 자리로는 다른 어느 곳보다 아내의 임종 병상이 좋겠다고, 그렇게 생각했을 수도 있다. 그렇다고 아버지가 굴복한 건 아니었다. 그 점은 분명했다. 여느 때와 마찬가지로 바짝 경계하는 듯했다. "어서 서둘러!" 아버지는 소리를 지르며 밝고 반짝이는 아침을 향해 현관문을 열어젖혔다. "다 팔리기 전에. 크리스마스이브잖아. 술 마시려고 개떼처럼 몰려들 때지. 어서 가자고. 열쇠 있냐? 잠가라. 이때만 되면 사람들이 미친단 말이야. 범죄가 치솟는다고. 증명된 사실이야, 아일린. 세상에." 나는 나가서 아버지 신발을 가져다 바깥 현관 위로 던졌다. 아버지는 계속 말하고 있었다. "모두가 외출하지, 문을 활짝 열어놓기도 하고. 바보짓이야. 멍청이들. 이 동네에 도둑이 득시글거리는 걸 모른단 말이야?" 신발을 꿰어 신은 아버지는 차로 터벅터벅 걸어가며 동굴에서 기어나온 사람처럼 햇빛에 움찔하더니 양팔을 힘없이 머리 위로 올려 눈을 가렸다. 그러고는 내 옆 조수석에 앉아 차 안으로 발을 하나씩 들여놓았고, 나는 옆으로 몸을 숙여 신발끈을 매주어야 했다.

주류점으로 가는 길은 또다시 내린 새 눈으로 반짝거렸다. 리본과 호랑가시나무로 장식된 가로등과 크리스마스 분위기로 예쁜 상점 진열창들이 보였다. 인도를 따라서는 모자와 체크무늬 모직 코트, 장화, 장갑으로 차려입은 사람들이 바삐 걸어다녔다. 여자들의 치맛자락이 인도를 따라 치워둔 눈더미를 스쳤고, 사람들은 밝은색으로 포장한 상자들을 쏟아지지 않게 팔에 겹쳐 안고서 차 트렁크에 차곡차곡 실었다. 대기에 음악이 흐르는 듯했다. 아이들은 앞마당 잔디밭에 눈사람을 세우거나 공공 도서관 마당에서 놀았다. 나중에 나는 그 오래된 도서관을 그리워하게 된다. 그 책들이 나를 살렸다는 사실을 그때는 깨닫지 못했다. 나는 차창을 내렸다.

"추워." 아버지가 말했다. 아버지한테 배기관 문제에 대해 말한 적이 없었다.

"차 안 공기가 탁해요." 사실 차 안에서는 여전히 토사물 냄새가 났는데 아버지는 알아차리지 못했다. 추측하건대 그의 피부와 숨결에서 새어나오는 진 냄새가 주변의 다른 냄새를 모두 지워버린 것 같았다.

"탁해? 누가 탁한 걸 상관해?" 아버지는 내 허벅지 위로 손을 뻗어 다리를 쓰다듬더니 무릎 사이에 아무렇게나 팔꿈치를 넣어 지탱하며 창문을 올려 닫았다. 나는 그냥 침착하게 앞을 바라보았다. 아버지는 내 편안함이나 사생활을 존중하지 않았다. 어린 시절 발육이 막 시작되었을 때, 아버지는 밤에 어머니와 식탁에 앉아 술을 마시다 이따금 나를 불러 얼마나 자랐는지 본다며 꼬집고 재고 했다.

"별로 좋지 않아, 아일린." 아버지는 말했다. "좀더 노력해야겠어."

"뭐야," 어머니가 웃으며 말했다. "그렇게 잔혹하게 굴지 마." 그러더니 언젠가는 이렇게 말했다. "당신이 만지기에 이제 저앤 너무 컸어, 찰리." 그러고서 혀를 끌끌 찼다.

물론 훨씬 나쁠 수도 있었다. 문지르거나 주무르는 일, 강간을 당한 여자애들도 있었다. 나는 그냥 쿡쿡 찔리고 조롱당하는 정도에 불과했다. 그런데도 상처를 받았고 화가 났으며, 더 나이가 들어 누군가 나를 재거나 판단하는 느낌이 들면 심하게 반발하게 되었다. 잠시 동거했던 남자는 넌지시 말했다. 내가 큰 가슴을 은밀히 소망했을 거라고, '작은 젖통' 때문에 아버지를 실망시켜 내 기분이 나쁜 거라고. "여자애들은 모두 아빠가 찌찌를 만져주길 바라지." 멍청한 새끼. 그는 부유한 집에서 태어나 음악을 했으나 썩 재능은 없었다. 한동안 참고 지낸 이유는 그가 내 어두운 진실을 지적하고 있는 건지도 모른다는 생각 때문이었는데, 아마 정말로 그랬을 것이다. 그런 남자를 사귄 나는 바보였다. 남자 전반에 관해서도 바보였다. 사랑에 대해 배우기까지 오랜 시간이 걸렸고, 온 동네의 문을 다 두드려보고 나서야 맞는 집을 찾았다. 지금은 마침내 혼자 살고 있다.

"젠장, 도대체 어디로 가는 거야?" 아버지는 식식거리더니 차가 모퉁이를 돌자 몸이 뻣뻣하게 굳어서는 자리에서 스르르 미끄러졌다. 아버지는 머리가 정상이 아니었다, 이미 말했듯이. 자기 그림자를 무서워했다. 아버지가 그런 상태라는 게 이쯤이면 확실해졌을 거라고 생각한다. "이 길이 아니잖아. 여기 나쁜 사람들이 있어. 젠장, 아일린, 총도 안 갖고 왔단 말이야."

"눈을 뭉쳐 던지면 되죠." 나는 깔깔 웃었다. 총은 물론 내 핸드백 속에 있었다. 아버지는 차라리 총을 어딘가에 두고 잊어버렸다고 여기는 쪽이 좋은 듯했다. 상관없었다. 그 무엇도 내 좋은 기분을 망칠 수 없었다. 마침내 크리스마스를 함께 기념할 리베카가 있으니 나도 그날을 즐길 수 있을 것이다. 아버지가 날 발가벗기고 유리 파편을 내던진다 해도 상관없었다. 그날은 무엇도 나를 괴롭힐 수 없었다. 나는 곧 리베카의 집에 가서 여왕처럼 대접받을 것이다.

"날 내보내줘." 아버지가 코트 깃을 머리 위로 당겨올리며 우는소리를 했다. 신호등에 멈춰 섰을 때, 아버지는 엄지로 등뒤를 가리켰다. "악당들이야." 두려움으로 눈이 흐려진 채 속삭였다. 나는 그냥 픽 웃고 시내 도로 위를 부드럽게 움직이며 공동묘지와 경찰서를 지나고, 다시 차를 돌려 초등학교 주차장을 빙 돌아 통과했다. 아버지를 괴롭히려고 했던 것 같다. "뭐가 보이는지 말해봐." 아버지가 말했다. "그것들이 우릴 따라오냐? 나를 봤어? 자연스럽게 행동해. 말하지 마. 그냥 운전만 해. 그리고 창문을 내려, 그래, 그거 좋은 생각이다. 그러면 저것들이 우리한테 총을 쏴도 유리가 산산이 부서지진 않겠지."

나는 반갑게 창문을 내렸고, 그날은 아버지의 광기를 즐겼다. 아버지는 코미디언, 거의 슬랩스틱 코미디언에 가까운 인물이었다. 라드너스에 도착해서는 카운터 뒤에 있는 미스터 루이스에게 소곤거리며 진 한 상자를 주문하고 진열대에서 감자칩 몇 봉지를 꺼냈다. 나는 리베카의 집에서 보낼 저녁을 위해 와인을 한 병 샀다. 아버지는 왜냐고 묻지 않았다. 집으로 가는 길에 아버지는 뒷자리에 가로누워 몸을 떨고 땀을 흘렸다. 차가 진입로에 들어섰을 때는 밖으로 기어나가 바깥 현관까지 눈을 헤치고 가더니 내게 애원했다. "어서 와서 문 열고 안에 들어가게 해줘. 여기 바깥은 안전하지 않아." 나는 차분하게 술 상자를 마당길에서 바깥 현관까지 옮겼다. 하지만 아버지는 참지 못하고 거실 창문을 기어오르며 그곳을 잠가놓지 않았다고 나를 나무랐다. "너 미쳤냐?" 그러고는 안에서 현관문을 열고 술 상자를 뜯더니 진 두 병을 꺼내 겨드랑이에 한 병씩 끼웠다. "내가 바보를 키웠구나." 나는 아버지가 안으로 종종거리고 들어가 신발을 벗어던지는 모습을 바라보았다. 아버지는 "태어난 지 이틀밖에 안 됐냐!" 하고 소리지른 뒤 바깥 현관에서 발견한 꽁꽁 언 신문을 들고 안락의자에 앉으며 목청을 가다듬었다. 나만의 계획에 몰두해 있었기에 나는 아버지의 신발을 곧바로 차 트렁크에 넣고 잠그는 수고는 하지 않았다.

위층에서 어머니의 알약을 찾아 핸드백 속에 넣었지만 먹지는 않았다. 아껴두고 싶었다. 크리스마스 당일에 미사에서 돌아온 아버지와 함께 집에 있어야 한다면 그 약을 먹고 깊은 초저녁잠을 청하고 싶었다. 간이침대로 돌아간 나는 다시 리베카와 함께 보낼 저녁에 대한 공상에 빠졌다. 그녀가 "너 같은 사람은 만난 적이 없어" 같은 말을 해주는 상상을 했다. "누군가를 이렇게 가깝게 느낀 적은 없어. 우리는 공통점이 아주 많아. 넌 완벽해" 같은 말도. 그리고 둘이서 몇 시간 동안 대화에 열중하고 맛좋은 와인을 마시고 따뜻한 불을 쬐는 모습, "넌 가장 좋은 친구야. 사랑해" 하며 신전의 예언자나 사제에게 하듯 리베카가 내 손에 입맞추는 모습도 그려보았다. 나는 몸 아래에 깔고 있다 쥐가 난 붉은 손을 꺼내 숭배하듯 입을 맞췄다. "나도 사랑해." 내 손에 대고 그렇게 말한 뒤 너무 바보 같아서 웃음을 터트리며 이불을 머리 위로 끌어올렸다. 리베카의 전화를 기다리다 스르르 잠이 들었다. 그 꿈들은 기억나지 않는다. 그 집에서 내가 마지막으로 꾼 꿈. 기억나면 좋겠다. 좋은 꿈이었기를 바란다.

그날 오후 다락방 계단 아래에서 아버지가 고래고래 소리를 지른 건 기억난다.

"왜 그래요, 아빠?" 나는 침대에서 벌떡 일어나며 소리쳤다.

"전화 왔어. 어떤 여자가 널 찾는다. 여자 경찰인가, 잘 모르겠다."

"뭐라고 하셨는데요?"

나는 아버지의 대답을 기다리며 발을 쿵쿵 굴렀다.

"아무 말도 안 했어." 아버지가 양팔을 들어올렸다. "아무것도 모르니 아무 말도 안 했지. 나는 입다물었다." 날 듯이 계단을 내려가 부엌에서 전화기를 찾는데, 거치대에서 떨어져 대롱대롱 매달린 수화기가 목재 수납장을 쿵쿵 때리고 있었다.

"아, 안녕, 크리스마스 천사." 내가 수화기를 들었을 때 리베카가 한 말이었다.

이제 그날 저녁 일을 기억하는 대로 모두 전할 참인데, 들으면서 꼭 염두에 두어야 할 사실은, 내겐 정말로 그때까지 진짜 친구가 없었다는 것이다. 어린 시절 내 곁에 있었던 이들은 나를 싫어했던 조우니와 초등학교 때 여기저기서 사귄, 대개는 따돌림을 당하는 다른 반 여자애 한둘뿐이었다. 중학교 때는 다리에 보조기구를 찬 여자애 하나가 있었고, 고등학교 때는 좀처럼 말이 없던 비만인 여자애 하나가 있었던 걸로 기억한다. 부모가 X빌에서 중국 식당을 하던 아시아계 여자애도 있었는데, 그애마저도 치어리더 반에 들어가고 나서는 나를 버렸다. 그애들은 진짜 친구가 아니었다. 친구들은 서로를 사랑한다고, 그리고 사랑은 상대의 행복을 위해 뭐든지 기꺼이 하고 희생하는 마음이라고 믿었으므로 나는 불가능한 이상을 좇게 되었다. 리베카가 나타나기 전까지는. 나는 전화기를 심장 가까이에 대고 숨을 골랐다. 너무 기뻐서 꽥 소리를 지를 것 같았다. 사랑에 빠져본 사람이라면 이런 강렬한 기대감, 이 황홀감을 알 것이다. 내가 어떤 흘러넘치기 직전의 상태에 있음을 느낄 수 있었다. 그때 나는 리베카와 사랑에 빠졌던 것 같다. 그녀가 내 가슴속에 오래 잠들어 있던 용을 깨웠다. 그뒤로 다시는 그렇게 타오르는 불길을 느껴보지 못했다. 그날은 의심의 여지 없이 내 인생에서 가장 흥분되는 날이었다.

리베카는 내게 아무때나 내키면 오라고 했다. 집에서 '느긋하게 쉬고 있을' 거라면서 "우리집에 와 앉아서 수다나 떨어요"라고 말했다. "대단할 건 없지만, 재미있을 거예요. 음반이 좀 있으니까 틀어놓고, 모든 게 잘 흘러가면 다시 춤을 춰도 되겠죠." 그 상냥하고 신중한 목소리와 그녀가 한 말을 모두 선명히 기억한다. 나는 주소—내가 아는 거리 이름은 아니었다—를 받아적었다. 기절할 것만 같은 기분으로 전화를 끊은 뒤 너무 기뻐 눈앞이 캄캄해져 잠시 그대로 서 있었다.

"아버지는 모르셔도 돼요." 나는 중얼거렸다. 날 깜짝 놀래켜 그 멍한 상태에서 빠져나오게 하려고 아버지가 식탁을 두드렸을 때였다.

"감자칩 좀 이리 달란 말이야!" 아버지가 소리쳐 대꾸했다. 레너드 포크와 밤 외출을 했다는 이야기는 잊은 모양이었다. 나는 그 거짓말이 간밤에 마신 진에 쓸려내려갔다고 추측했다.

외출 준비를 하러 위층으로 달려올라갔다. 거울에 비친 얼굴이 보통 때보다 덜 기괴해 보였다. 리베카가 보고 싶어하는 얼굴이라면 그렇게 나쁘지는 않겠지. 심장이 두근거릴 때 정신이 하는 일들은 참으로 경이롭다. 어머니의 옷장에서 회색 리넨 정장을 골랐고, 리베카가 좋게 봐줄 거라고 생각했다. 너무 요란하지 않은 옷. 그 정장을 입은 모습이 분명 촌스러운 할머니처럼 보였을 테지만 그때는 괜찮다고 느꼈다. 차분하고 성숙하고 사려 깊은 분위기. 돌이켜보면 그건 들러리 노릇이나 하는 사람들이 입는 옷, 서비스 유니폼, 텅 빈 페이지 같은 것이었다. 나는 흰 나일론 슬립과 남색 새 팬티스타킹, 스노부츠에 어머니의 캐멀 코트를 입었다. 그 옷가지를 하나씩 완벽하게 기억하는 이유는, 마침내 X빌을 떠날 때 입었던 옷이면서 결국 어머니의 옷장에서 가져간 옷이기도 해서다. 원대했던 계획과 달리 나는 그저 몸에 걸친 옷과 돈이 가득 든 핸드백, 그리고 물론 총, 그것들만을 가지고 떠났다. 거울을 보며 머리를 빗는데 번들거리는 립스틱이 갑자기 가식적이고 천박하고 바보 같아 보였다. 화장은 하지 않고 가기로 마음먹었다. 어쨌거나 리베카도 화장을 안 했으니까. 그리고 리베카에게 가까이 다가가고 싶은 욕망, 그녀에게 이해받고 받아들여지고 싶은 욕망이 화장과 무심함의 가면 없이 얼굴을 내보이도록 두려움을 덜어준 것 같다.

차로 나가서 X빌 지도를 찾은 다음 반짝이는 눈무더기를 뚫고 서툰 사슴처럼 질주해 다시 집안으로 들어간 기억이 난다. 활기가 넘쳤다. 현관문을 조심스레 닫으며 마당 저편을 내다볼 때 헐벗은 나무들 사이로 교회종 소리가 울려퍼졌고, 해가 지며 주황색과 푸른색으로 물든 그 순간의 밝은 하늘이 매우 아름답다고 생각했다. 행복했다. 정말로 행복하다고 생각했다. 리베카의 집은 소위 못사는 동네에 있는 듯했는데, 당시에는 그다지 이상한 느낌이 들지 않았다. 나는 그곳으로 가는 길을 재빨리 파악하고서 지도를 접어 코트 주머니에 넣었다. 그 지도를 지금도 가지고 있다. 내 집 옷장 문 뒤쪽에 압정으로 붙여두었다. 이제는 색도 바래고 뻣뻣한 그 지도를 오랜 세월 지니고 다니면서, 그걸 보며 수도 없이 울었다. 그것은 내 유년기, 슬픔, 에덴동산, 지옥 겸 고향의 지도다. 이제 그 지도를 보면 내 가슴은 감사함으로 부풀어올랐다가 다시 환멸로 쪼그라든다.

리베카의 집을 향해 떠나기 전, 마음을 진정시키기 위해 베르무트를 좀 마셨고, 어머니의 검정 가죽장갑을 끼고 어머니의 유일한 모피 제품인 여우털 모자를 쓴 후, 부엌 개수대 앞에서 삶은 달걀을 까고 있는 아버지에게 인사했다.

"어딜 가는 거냐?" 아버지가 혀 꼬부라진 목소리로 유순하게 물었다.

"크리스마스 파티에요." 나는 대답하고 와인을 집어들었다.

아버지는 손을 멈추고 잠시 진심으로 혼란스러운 표정을 짓더니 비꼬며 말했다. "저녁 먹을 시간에 맞춰 오기만 한다면야." 그러고선 킬킬 웃더니 달걀 하나를 통째로 입에 쏙 넣고 셔츠에 손을 닦았다. 우리가 마지막으로 함께한 진짜 저녁식사는 어머니가 돌아가시기 몇 년 전, 아마도 누군가의 생일 때였다. 바삭거릴 정도로 프라이팬에 태운 닭고기와 질척거리는 마카로니 한 냄비. 온종일 아버지가 먹는 음식이라고는 그 삶은 달걀 하나와 감자칩 한 봉지 정도였다. 그날 저녁 아버지를 두고 떠날 때 마음이 안 좋았나? 아니. 밤에 다시 집에 돌아와 처참한 지경의 아버지를 견디고, 그 모든 불평을 듣고, 어쩌면 아버지가 성당에 가기 전 아침에 함께 술을 마실 거라고, 그러다 마지막 남은 어머니의 알약을 삼키면 거의 온종일 잠들어 있을 거라고 예상했다. 크리스마스에 아버지를 홀로 두는 건 서글펐겠지만, 그는 동정반을 위험을 감지하면 자존감을 정확히 겨냥한 모욕적인 말로 나를 공격했다.

"유령처럼 창백하구나, 아일린." 아버지가 다시 의자에 등을 기대고 앉으며 말했다. "어린애들이 보면 놀라서 질겁하겠다."

난 그냥 아버지를 비웃었다. 그 순간에는 무엇도 나를 아프게 할 수 없었다.

눈을 치운 마당길을 깡충깡충 뛰어가, 젖어서 까맣게 반짝이는 도로로 나갔다. 운명을 만나러 가는 길이었다.

그날 저녁 리베카의 집을 향해 차를 몰고 X빌을 지날 때, 기대감으로 최고조에 이른 내 쾌감에는 그 무엇도 영향을 줄 수 없었다. 고요한 도로나 부드럽게 내리는 눈도, 행복한 가족으로 가득한 집들도, 크리스마스트리마다 깜빡거리는 전구 불빛도. 배기가스와 토사물 냄새 말고도 바깥에서 햄과 쿠키 굽는 냄새가 흘러들어왔지만 그런 명절의 흥겨움은 필요하지 않았다. 이제 내겐 리베카가 있었다. 인생은 근사했다. 배기가스와 토사물로 이루어진 내 조그만 세상도 어쩐지 근사했다. 나는 열린 차창 밖으로 어느 집에 도착한 손님들을 바라보며 지나갔다. 유리팬에 담긴 파이를 든 아이, 빨간 셀로판지와 리본으로 포장한 와인 선물을 든 부모. 행복해 보였지만 그 크리스마스에는 누구도 부러워하지 않을 참이었다. 자기연민과 원한을 잘 느끼는 사람들에게 최고의 휴일인 크리스마스. 사람들이 달리 그 많은 와인과 에그노그를 마시는 게 아니다. 리베카를 위해 산 와인이 주류점에서 준 형편없는 갈색 종이봉투에 싸인 채 옆자리에 놓여 있었다. 좀 예쁘게 꾸몄어야 했는데, 나는 생각했다. 정말로 포장지나 리본 같은 걸 구했어야 했는데. 그런 허술한 선물을 들고 가는 게 문득 수치스러운 일, 너무나 모욕적인 일처럼 느껴졌다. 리베카는 더 나은 대접을 받을 자격이 있다, 그렇지 않나? 남의 집을 찾아가 문을 두드리거나 쓰레기통을 뒤져서라도 줄무늬나 호랑가시나무 패턴이 있는 종이를 찾아볼까 생각했지만, 나는 절대로 그러지 못할 사람이었다. 아무리 그래도 그 종이봉투는 바람직하지 않았다.

마치 하느님이 듣고 있기라도 한 듯, 베이어 스트리트를 지날 때 긴 스포트라이트 조명이 켜지더니 조그만 둔덕 아래 눈 쌓인 자리에 차려진 성탄 재현 장식물을 비췄다. 둔덕 꼭대기에서 나이든 여자가 세인트 메리 성당의 육중한 아치문을 열어젖히고 안으로 사라지는 모습이 보였다. 아버지가 매주 일요일에 다니는 그 성당이었다. 나는 무엇이 호기심을 발동시킨 건지도 잘 모른 채 한쪽에 차를 대고 장식물을 자세히 들여다보았다. 성탄 재현 장식은 높이가 육십 센티미터 정도 되는 갈색 나무 울타리 한 토막 앞에 눈 속으로 인형들을 박아놓은 게 전부라 단순했다. 마리아는 요셉 옆에서 무릎을 꿇고 있었고, 둘 다 노끈으로 허리를 묶은 진홍색 가운 차림이었다. 금빛 천으로 감싼 무언가가 마리아의 품에 있었다. 나는 차에서 내렸다. 영감이 떠올랐다.

색칠한 나무로 만들어진 성탄 재현 장식의 인형들은 사실 꽤 아름다워 보였다. 어릴 때 나는 인형을 좋아했는데 여섯 살이 되자 어머니가 모두 모아 내버렸다. 마리아 인형은 얼굴 가득 미소를 띠고 있었다. 그런데 가까이 다가가 눈을 치운 인도에 서서 보니 입이 훼손되어 있었다. 누군가 밝은 빨간색 립스틱 같은 걸로 덧칠해놓은데다, 입술 안쪽에 검은 사인펜으로 엇갈려 그은 선 때문에 마리아의 미소가 핼러윈 호박등의 히죽 웃음으로 바뀌어 있었다. 나는 웃음이 나왔다. 성당 안에서는 찬송가를 부르는 목소리, 부드럽고도 불안정한 고음 위로 밝게 통통거리는 피아노 소리가 들렸다. 그리고 어린애 하나가 울었다. 나는 눈 위에 발자국을 남기며 장식물 가까이 걸어갔다. 아기 예수일 무언가를 감싼 두꺼운 겨자색 합성섬유는 앞으로 내민 마리아의 팔에 마스킹테이프로 고정되어 있었다. 장갑을 벗고 테이프를 만져보니 습기 때문에 찐득거렸지만 천은 부드럽고 비단처럼 매끄러웠다. 성당의 음악이 멈추고 사제가 기도문 낭송을 시작하자

귀를 기울였다. 그 소리 때문에 문득 두려움에 휩싸였지만 그렇다고 마리아의 팔에서 마스킹테이프를 떼어내고 금빛 천을 잡아채는 걸 멈출 수는 없었다. 천 속에는 자동차 엔진오일을 담았던 빈 통이 있었다. 기분이 좋았다. 차 안에서 예수의 담요로 와인을 포장했다. 적절하다는 느낌이 들었다. 그러고선 지도를 들여다본 다음 차를 계속 몰고 갔다.

지금 어떤 영상들이 떠오른다. 예를 들면 눈 덮인 공동묘지, 그 표면을 비추는 아롱진 푸른색, 얼어붙은 표면 위로 솟은 비석들의 둥그런 꼭대기가 만들어낸 불규칙한 패턴, 점점 줄어드는 나무들의 긴 그림자. 막 해가 진 뒤라 시내를 통과하는 동안 도로는 점점 어두워졌고 가로등은 노랗고 흐릿했으며 어떤 것들은 깜빡거렸다. 집들이 점점 작아지고 다닥다닥 붙기 시작했다. 우리 동네의 웅장한 콜로니얼 양식 벽돌집들이 아니라 덜 잘사는 사람들, 거칠게 말하면 가난한 사람들이 사는 트레일러만한 색 바랜 목조 주택들이었다. 실상은 오두막에 가까운 그 집들은 해안가 판자촌에 지은 것과 비슷하게 값이 쌌다. 모퉁이 상점을 지나는데 창문에 철 지난 담배 광고와 빵, 맥주, 달걀 가격을 손으로 적은 표지판이 붙어 있었다.

리베카의 집이 있는 도로에 들어섰을 때, 그 처량하고 좁은 집들 가운데 불이 켜진 곳은 몇 군데 되지 않았다. 그 지역은 바다에 더 가깝고, 우리 동네보다 바람이 더 셌다. 집들은 서로 바짝 붙어 바닥에 웅크린 채 숨어 있는 것처럼 보였다. 집마다 마당에 철조망 울타리를 둘러쳤고 진입로에 차가 있는 곳도 드물었다. 나는 번지수를 셌다. 리베카가 왜 그런 동네에 살고 싶어하는지 알 수 없었다. 분명 교도소에서는 좋은 동네의 아파트를 구할 만한 보수를 지급했다. 리베카는 부유한 사람처럼 보였다. 옷도 멋지고 비싸 보였다. 누더기를 걸쳤다 한들 그녀가 가난한 사람이 아니라는 사실은 분명히 드러났을 테지만. 그런 사람은 무엇을 입어도 부유한 자태를 풍긴다. 턱선에서, 피부의 어떤 광채에서, 상대에게 반응할 때 시간을 끌고 멈추는 태도에서 드러난다. 가난한 사람들은 요란한 소음이 들리면 고개를 홱 돌린다. 부유한 사람들은 하던 말을 마저 끝내고 살짝 뒤돌아볼 뿐이다. 리베카는 부유했고, 나는 그걸 알았다. 그녀가 X빌에서 산다는 것 자체가 이상하게 느껴졌다. 생각하기로 좀더 중심인 곳, 보스턴이나 케임브리지 같은 곳, 지적이고 세련된 젊은이들이 있고 예술이 있으며 할일이 있는 곳에 사는 편을 더 좋아할 것 같았다. 아마 장거리 통근을 싫어했을 수도 있다. 어쨌거나 내가 뭘 알겠는가? 어쩌면 리베카는 고상한 척하는 속물이 아니며, 그녀가 그런 편안한 삶을 원할 거라고 기대한 내가 틀렸을지도 모른다. 그녀의 집이 있는 구역을 천천히 내려가며, 아닌 게 아니라 이 거리에는 어두운 매력 같은 게 있다고 혼잣말했다. 그리고 리베카처럼 부유한 여자가 공장이나 주유소, 고깃배 등에서 일하거나 아예 일하지 않는 사람들 사이에서 살자면 용기와 너른 마음이 필요하겠다고 생각했다. 아버지가 경찰 일을 가장 잘한 동네가 이곳일 거라고, 여기에서 십대 아이들을 패거나 가정집들을 급습했을 거라고 생각했다. 그러면서 술 취해서 고함이 난무하는 집들, 방안에서 우는 아이들, 머리가 긴 남자들, 충치와 문신과 주름투성이에 살이 피둥피둥 오른 여자들이 속옷만 입고 있는 광경을 상상했다.

그러다 리베카의 집을 찾았다. 흰색 테두리 장식이 둘러진 진갈색 이층집이었고, 현관 계단 꼭대기에는 앙상한 식물들이 얼어 있었다. 그 구역의 다른 집들보다 약간 덜 한심하기는 했다. 창문마다 불이 켜져 있었고 집안에서 나오는 음악소리가 커서 바깥의 차 안까지 들렸다. 나는 차를 세우고 창문을 올린 뒤, 후방 거울을 보며 매무새를 다듬은 다음 와인을 들고 밖으로 나왔다. 여기에서 내 기억은 슬로모션처럼 분할된다. 대문 고리를 풀고 마당으로 들어섰다. 내 검은색 스노부츠가 급히 눈은 치웠지만 여전히 얼음판인 마당길에 닿았다. 미끄러져 넘어져서 와인을 깨트리거나 바보처럼 보이고 싶지 않아 조심스럽게 걸었다. 긴장됐다. 어디든 가고 싶은 곳에 간 게 오랜만이었다. 계단 위로 노란 커튼 뒤에서 움직이는 그림자가 보였다. 방충문을 옆구리로 지탱하고 페인트칠된 합판 문을 노크했더니 거의 손이 닿자마자 문이 활짝 열렸다.

"왔네요!"

그녀가 있었다. 나의 리베카. 그 품에 안긴 지저분한 흰 고양이가 풀려나온 그녀의 머리를 발로 만지다 나를 보고 하악 소리를 냈다. "이 아가씨는 신경쓰지 말아요, 총각인가?" 그녀가 말했다. "얘 주인이 종일 좀 히스테릭해서 얘가 기분이 별로야."

"안녕," 내가 어색하게 말했다. "메리 크리스마스."

"나, 크리스마스라는 걸 깜빡할 뻔한 거 알아요? 어서 들어와요."

리베카가 닳아빠진 나무바닥에 육중한 쿵 소리와 함께 고양이를 내려놓자 고양이는 하악 소리를 좀더 내다 슬그머니 사라졌다. 그녀 역시 시작부터 불안해 보였다, 리베카 말이다. 내가 침입자가 된 기분이 들었다. 나는 물건을 내려놓을 곳을 찾아보았다. 현관 안쪽에는 표면이 벗어진 좁은 고동색 벽이 있었다. 흉한 금속 난간이 카펫 깔린 계단을 따라 위로 이어졌는데, 계단은 유달리 더러웠고 고양이가 긁어댄 곳은 카펫 올이 풀려 너덜거렸다.

"와인을 가져왔어요." 병을 감싼 금색 천을 풀고 리베카에게 상표를 보여주었다.

"와, 정말 깜찍한 아가씨야." 그렇게 말하는 태도가 어쩐지 묘했다. 딱딱하고 가짜 같았지만 그녀가 하는 말은 듣기 좋았다. "정말로 사려 깊네요." 그녀는 테리 직물로 된 얼룩진 하얀 목욕 가운 주머니에서 담배를 꺼냈다. 실내복처럼 옷 위로 그 가운을 걸치고 있는 모습이 기이해 보였다. 내가 너무 일찍 도착한 걸까? "난 신경쓰지 말아요. 내 옷이 더러워지는 게 싫어서 그래요." 그러면서 입고 있는 가운을 가리켰다. "한 대 피울래요?" 그녀가 자기 담배에 불을 붙이고 담뱃갑을 내밀며 물었다. 나는 한 개비를 꺼냈지만 장갑과 와인과 핸드백 때문에 손을 더듬거렸다. 그러자 대신 불을 붙여주었는데, 라이터를 잡은 그녀의 손이 떨렸다. 고개를 들어 바라보자 그녀의 시선 역시 흔들리는 불꽃에 고정되어 있었다. 공기 중에서 고양이 오줌과 막 피운 담배 연기와 찌든 땀냄새가 났다. 아버지의 안락의자가 생각났다. 그 집도 추웠기에 나는 코트를 계속 입고 있었다.

"집이 너무 엉망이라 미안해요. 치운다고 했는데도 전혀 티가 안 나네. 그래도 여기," 그녀가 부엌 쪽을 가리켰다. "우리 앉아서 와인을 따요."

우리는 거실처럼 보이는 곳을 지나갔다. 목재 테이블에는 쓰레기와 열어보지 않은 우편물이 높이 쌓여 있었고, TV는 지직거리는 소리를 냈으며, 소파 위 빨랫감은 아래로 흘러내렸다. 벽에는 아무것도 걸린 게 없었는데, 회갈색 벽지 몇 군데에 좀더 밝고 네모난 흔적들이 있는 걸로 보아 그림이 걸려 있었던 게 분명했다. 전축에서는 우스꽝스러운 음악이 흘러나왔다. 지금은 라흐마니노프나 바그너의 〈발퀴레〉가 떠오르지만 아마도 팻 분 같은 진부한 사랑 노래였을 가능성이 크다. 그런데도 그 인상은 이상하리만치 병적이고 불길했다. 부엌 입구에는 전화기가 걸려 있었고 입구 너머로 조그만 에나멜 식탁과 의자 하나, 더러운 그릇들이 가득한 개수대, 누렇게 변한 리놀륨 조리대 위 뜯어진 봉지에서 나온 식빵들이 부채꼴로 펼쳐진 광경이 보였다. 벽 높은 곳에서 시계가 웅웅 돌아갔고, 그 아래 1962년 5월이 펼쳐진 달력에는 턱선이 날렵한 해병이 경례하는 사진이 있었다. 식탁 위에는 빈 슐리츠 맥주캔들과 땅콩 껍데기가 쌓여 있고, 식탁 아래로는 흘러내린 땅콩 껍데기를 받아내도록 쓰레기통이 놓여 있었다. 우리집과 별다를 것 없어 보였다. 내 감각은 예리하게 벼려져 있었지만 그곳의 혼란이 부산히 알리고 있는 무언가를 즉시 알아채지 못했다. 리베카는 머리카락을 만지작거리고 있었다. 그녀는 달라 보였고, 극도로 불안해 보였다. 누군가가 미쳐가고 있고 주위에는 팽팽한 긴장이 흐르는 영화 속 장면으로 걸어들어온 것만 같은 느낌이 들었다. 나는 자연스럽게 보이려고, 미소를 지으려고, 리베카의 부자연스러운 신호를 읽어내려고 노력했다.

"여기, 앉아요." 그녀가 타일 바닥에 담뱃재를 털며 말했다. "이것 좀 치울게요." 그러고서 맥주캔들과 땅콩 껍데기를 쓰레기통으로 우아하게 쓸어넣고 노란 쿠션이 놓인 양철 의자 위를 톡톡 두드렸다. "앉아요."

내가 집안으로 걸어들어온 후로 리베카는 눈을 마주치지 않았다. 내 얼굴에 입맛 가시게 하는 뭔가가, 갑자기 솟아난 여드름이나 굳은 눈곱, 코에 매달린 코딱지 같은 게 붙어 있나 싶어 얼굴 이곳저곳을 더듬거려보았지만 아무것도 없었다. 나는 자리에 앉았다. 우리는 조용하고 어색했으며 잠시 쑥스러워했다. 리베카는 새로 치운 식탁을 살피며 불안하게 담뱃재를 털었고, 나는 장갑을 접고 코트 단추를 풀었다 다시 잠갔다 했다. 그러다 마침내 내가 와인병을 향해 고갯짓을 했다.

"좋아하는 종류였으면 좋겠는데." 내가 말하기 시작했다.

"아, 끝내주게 좋을 것 같은데요." 리베카가 말하며 혼란스러운 듯 싱크대를 돌아보았다. "난 많이 안 마셔도 될 것 같으니까 당신이 많이 마셔요. 자, 이제 코르크 따개가 어디에 숨어 있는지 보죠." 그녀가 싱크대 문 하나를 여니 선반 위에 양념들과 식료품 깡통 몇 개가 놓여 있었고, 다른 문을 열자 접시와 컵받침들이 있었다. 그녀는 덜컥거리는 서랍을 당겼다 쾅 닫았다. "이 난장판 속에도 하나쯤은 있을 거야, 그죠?" 그러면서 다른 서랍을 열고 스푼들과 포크들 사이를 뒤졌다. 또다른 서랍은 완전히 비어 있었다. "아, 운이 없네. 병을 이리 줘요, 이렇게 하죠."

리베카는 병에 반지가 부딪혀 짤랑거리는 소리를 내며 개수대로 걸어가 서성이다 잠시 머뭇거리더니 병 아래쪽을 잡고 조리대 돌출부에 병목을 내려쳤다. 유리가 요란하게 갈라지는 소리가 났다. "거의 됐어." 다시 병을 내려쳤고 병목이 부서져 떨어지면서 더러운 타일 바닥 위로 와인이 쏟아졌다. "이 정도면 되겠어." 그녀는 말하며 붉은 웅덩이에 걸레를 던지고는 가죽 롱부츠를 신은 발로 쓱쓱 닦았다. "엎지르지 않고 하는 걸 본 적이 있는데. 아마 그 남자는 망치를 썼을 거예요. 잘 모르겠네."

"그 남자?" 나는 그렇게 묻고 싶었을 것이다. "아주 창의적이네요"가 생각해낼 수 있는 유일한 말이었다. 나는 미소를 지었으나 속으로는 그 집의 음침한 어수선함과, 되도록 좋게 말하자면, 예의를 갖추지 않는 리베카의 태도에 마음이 불편했다. 그녀는 잠시 손가락을 빨며 이리저리 서성거렸다. 뭔가 생각이 있는 듯했지만 그게 뭔지 물을 엄두가 나지 않았다. 그러다 마침내 그녀가 내 눈을 똑바로 바라보며 얼굴을 찡그렸다.

"참 형편없는 집주인이죠." 그녀가 한숨을 쉬었다.

"그런 소리 마세요. 내가 사는 곳을 봐야 해요." 천장등은 전

선에 매달린 알전구가 다였다. 부엌 창문 밖을 슬쩍 보니 눈 덮인 차 한 대가 있고, 그 뒤에 있는 리베카의 투도어 자동차 위에는 눈이 살짝 흩뿌려져 있을 뿐이었다. 모든 게 너무 이상했다. 리베카의 남자친구 집인가? 이곳 사람이랑 동거하는 건가? 가능한 얘기라고 생각했다. 내가 실망했던가? 물론이다. 나는 본차이나와 마호가니, 모서리를 경사지게 깎아낸 거울, 다마스크 천, 부드러운 베개, 벨벳을, 편안함과 퇴폐를, 잡지에 나오는 것들을 기대했었다. 이곳은 가난한 사람의 집이었다. 그것도 아주 열악한 상태에 처한. 우리는 모두 이런 집들을 본 적이 있다. 지저분하고 음울하고 그 어디에 활기도 색채도 없는, 거친 흑백 TV 화면 같은 곳. 나는 성인기를 지나면서 셀 수 없이 많이, 지금이라면 발을 들여놓지 않을 그런 곳에서 살아왔다. 그런 어둠 속에서 사람들이 얼마나 많은 것들을 보지 못하게 되는지 생각하면 놀라울 뿐이다. 그 집에서 찾은 유일한 위안은 전체적으로 내 집보다 더 열악한 상태라는 사실뿐이었다.

나는 집이란 것에 대해 이렇게 말하겠다. 그날 저녁 X빌을 지나며 스친 완벽하고 깔끔한 콜로니얼 양식 주택들은 정상적인 사람들의 데스마스크다. 정말로 그렇게 질서정연하고 완벽한 사람은 없다. 그런 집은 집주인의 문제에 관해 낡아빠진 돼지우리보다 더 많은 것을 말해준다. 완벽한 집을 가진 사람들은 죽음에 사로잡혀 있을 뿐이다. 그토록 잘 유지되고 보기 좋은 고급 가구가 들어차고, 고상한 장식 등 모든 것이 제자리에 놓인 집은 살아 있는 무덤이 된다. 진정으로 삶에 뛰어든 사람들의 집은 어수선하다. 스물네 살에 나는 이를 은연중에 알고 있었다. 물론 그때 나 역시 죽음에 사로잡혀 있었다. 그 공포에서 눈을 돌리기 위해 X빌의 주부들처럼 살림에 집중하지 않고 기이한 섭식과 강박적인 습관, 끊임없는 양가감정, 랜디 등등에 집중했다. 리베카의 식탁에 앉아 땅콩 껍데기를 부수고 손가락을 빠는 그녀의 모습을 바라보고 있을 때에야 깨달았다. 난 언젠가 죽겠지만 아직은 아니라고. 그때 나는 그런 상태였다.

어리석은 뻔한 말이 생각난다. "네가 날 사랑한다면 내 결점이 눈에 보이지 않을 거야." 평생 이 대사를 여러 남자에게 시험해 봤을 때 대부분 반응은 이랬다. "그럼 난 널 사랑하지 않나보지." 그 기억을 떠올릴 때마다 웃음이 터져나온다. 리베카의 행동을 선의로 해석한 나는 내 지저분함을 정당화하듯 그녀에게도 그렇게 하려고 노력했다. 식탁에 때가 덕지덕지 낀 건 리베카가 청소하기 싫어서 그런 것이다. 뭐, 나도 그렇지 않은가. 일리 있다고 생각했다. 분명 리베카는 대신 청소해줄 사람을 구할 돈이 있지만 아직 고용할 짬을 내지 못한 것이다. 어쨌거나 이곳에 온 지 얼마 되지도 않았으니. 그녀가 멋지다고 생각했다. 그녀의 과민함, 들쭉날쭉 자란 머리칼, 갈라진 입술, 이런 별난 점들이 오히려 그녀를 아름답게 했다. 나는 그녀가 돌아서서 이런저런 찬장과 벽장을 여닫기 시작하는 모습을 바라보았다. 목욕가운이 모피 숄처럼 어깨 부근으로 흘러내렸다. 그 여자가 면제받지 못할 일이란 아무것도 없었다.

"아하." 리베카가 감탄하며 컵 두 개를 내려놓았다. 간이식당에서나 볼 수 있을 싸구려 머그컵은 이가 빠지고 안쪽이 갈색으로 물들어 있었다. 그녀는 부서진 병에서 어색하게 와인을 따랐다. "음악 좋아요?" 긴 손가락을 허공에 찌르며 묻는 모습이 조마조마했다. 내가 도착하기 전에 뭘 먹었을 수도 있겠구나, 그땐 그렇게 생각했다. 당시에는 많은 여자들이 몸매 관리를 위해 약을 먹었다. 약을 먹으면 신경이 과민해지고 행동이 기묘해졌다. 리베카가 그런 데 초월한 사람이었다는 생각은 들지 않는다. 지금 와서 그 꼿꼿한 자세와 수선스러운 긴 머리, 이상한 단색조의 차림새를 생각해보면 그녀는 상상 이상으로 허영이 심했던 사람 같다.

"물론이죠." 나는 허공에 음악이 떠다니는 게 보인다는 양 위를 쳐다보며 말했다. "좋네요."

리베카가 식탁 위 땅콩 껍데기가 가득한 대접을 내 쪽으로 밀었다. "그걸 재떨이로 써도 돼요. 와인은 조심해서 마시고요. 안에 깨진 유리가 있을지도 모르니."

"고마워요." 나는 그 진한 색 액체를 들여다보았다. 내 차 안의 토사물과 비슷한 냄새가 났다.

"음." 리베카가 맛을 보며 가르랑거렸다. "정말이지 훌륭하네요. 이거 사느라 돈을 많이 쓴 게 아니라면 좋겠네. 건배." 그녀는 식탁 너머 내 쪽으로 몸을 기울이며 머그컵을 내밀었다. "예수님께, 생일 축하해요." 우리는 잔을 부딪쳤다. 그녀는 웃었고 조금은 느긋해진 것 같았다. "오늘 크리스마스이브는 어땠나요, 미스 아일린?"

"꽤 잘 보냈어요. 아침에는 아버지와 함께 있었어요." 사회에 잘 적응한 사람의 말처럼 들리기를 바랐다.

"아버지? 여기 가족이 있는지 몰랐네. 아버지가 근처에 사세요?"

"멀지 않은 곳에요." 그녀가 나타나기 전까지 나는 아버지의 자발적인 노예였다고, 아버지는 미친 주정뱅이라고, 너무 싫어서 때로는 죽었으면 할 때도 있다고 진실을 말할 수도 있었지만 분위기가 이미 너무 우울했다. "집에서 걸어서 갈 수 있는 거리에 사세요. 은퇴하신 뒤로는 가까운 게 좋더라고요. 자주 외로워하시거든요."

"정말 좋네. 부녀가 자주 같이 지내서 좋다고요, 아버지가 외로워서 좋다는 게 아니라." 리베카가 웃으며 말했다.

나도 겸연쩍게 킬킬거려봤지만 제대로 되지 않았다. "여기 혼자 살아요?" 그녀에게로 화제를 돌리고 싶어서 그렇게 물었다.

"아, 맞아요." 무척 다행스럽게도 리베카는 그렇게 말했다. "룸메이트와는 같이 못 살아. 나만의 공간을 좋아해서요. 그리고 요란한 소음 내는 걸 좋아하죠. 원하는 만큼 음악을 크게 틀 수 있는 거."

"나도 그래요." 나는 거짓말했다. "룸메이트를 견딜 수 없어요. 대학 다닐 때도……"

"사람들은 생긴 대로 살고, 하던 대로 행동하죠, 안 그래요?" 리베카가 내 말을 끊으며 조리대에 기댔다. 대답에는 관심이 없는 듯했다. 그저 자기 와인을 뚫어져라 내려다보는데, 입술에 벌써 와인 얼룩이 졌고 얼굴은 약간 발그레해졌다. 그녀가 입은 목욕가운이 정말로 의아했다. 오래되고 해지고 변색되어 손님과 있을 때 입을 만한 옷이 아니었다. 내가 그보다 나은 옷을 입고 만날 가치가 없는 사람인 건가? "사람은 원하지 않는 일은 하지 않는다고 난 생각해요." 그런 묘한 말을 하는 리베카의 목소리는 심각하고 차분했다. "총이 머리를 겨누고 있지 않다면 말이에요. 심지어 그런 경우에도 선택의 여지는 있죠. 하지만 나쁜 사람이 되고 싶고 나쁜 짓을 하고 싶다고 인정하길 원하는 사람은 없어요. 그런데도 사람들은 그저 망신 주기를 좋아하고요. 이 나라 전체가 거기에 몰두하고 있다는 게 내 생각이에요. 하나 물어볼게요, 아일린." 그녀가 내게로 고개를 돌렸다. 나는 이미 거의 빈 머그컵을 내려놓고 기대감에 빛나는 눈으로 그녀를 올려다보았다. "우리 교도소 아이들이 나쁜 사람들인가요?"

듣고 싶었던 질문이 아니었다. 나는 실망감을 감추려고 생각에 잠긴 듯 눈썹을 살짝 올리며 교도소 아이들에 관한 질문을 진지하게 숙고하는 척했다. "대다수가 애초에 운이 없었던 애들이라고 생각해요. 썩어빠진 운이죠, 대개."

"그 말이 맞는 것 같네요." 리베카가 머그컵을 내려놓고 그 안에 담배꽁초를 떨어뜨렸다. 그러고선 팔짱을 끼고 내 눈을 퉁명스럽게 바라보았다. "하지만 말해봐요, 미스 아일린, 정말로 나쁜 사람이 되기를 원했던 적, 옳지 않은 줄 아는 일을 하고 싶었던 적 있나요?"

"없는데요." 나는 거짓말했다. 왜 부인했는지는 모르겠다. 리베카가 내 거짓을 꿰뚫어볼 수 있다는 걸 감지한 나는 긴장하며 머그컵 뒤에 표정을 숨기고 남은 와인을 마저 꿀꺽 마셨다. 이해와 존중을 받고 싶었던 거라고 말할 수 있을 것이다. 그러면서도 내 진짜 감정을 표현하면 벌을 받을지도 모른다고 느꼈다. 이 수치스러운 생각과 감정이 정말 얼마나 사소한 것인지 나는 까맣게 몰랐다. "욕실 좀 써도 될까요?"

리베카가 천장을 가리켰다. "위층에 하나 있어요."

핸드백을 챙긴 뒤 금속 난간을 잡고 균형을 유지하며 카펫 깔린 더러운 계단을 터벅터벅 올라갔다. 어깨에 느껴지는 총의 무게가 위로가 되었다. 그저 잠깐만 그것을 손에 들고 싶었고, 내 상황을 파악하고 싶었다. 계단을 오르며 내 비겁함을 한탄했다. 리베카에게 내 속마음을 알 기회도 주지 않고서 어떻게 내가 행복해질 수 있단 말인가, 그렇게 자문했다. 그런 말들을 그토록 심각하게 받아들였다니, 참 바보 같았다. 그런데도 그때 뻣뻣하게 행동한 스스로를 자책했다. 리베카는 집으로 날 초대했고, 아무리 단정치 못하고 과민할지언정 자신의 자연스러운 상태를 드러냈다. 그건 우정이다. 나는 그녀를 실망시키고 싶지 않았다. 하지만 오늘 저녁에 진정한 나를 드러내야 한다면, 어떤 식으로든 우리가 깊은 유대를 형성하고자 한다면, 알코올이 더 필요하다고 생각했다.

계단 꼭대기에 있는 욕실 문은 활짝 열려 있었다. 안에서 고약한 냄새가 났다. 분홍색 타일을 바른 실내에는 이음매가 주황색으로 녹슨 오래된 금속 용품들이 붙어 있고, 구깃구깃한 비닐 샤워커튼에는 갈색 곰팡이가 슬어 있었다. 문고리가 덜렁거려 꽉 닫히지 않았으며, 욕조 수도꼭지에서는 물이 샜고, 테두리에 푸르스름한 얼룩이 진 욕조에서는 곰팡내가 났다. 개수대 역시 푸르스름했으며, 선반에는 잘근잘근 씹힌 빨간색 칫솔이 있고 할인 상품인 치약은 끝이 단단히 말린 채 딱딱하게 굳어 있었다. 기름때 묻은 거울 아래에 놓여 있는 튜브형 립스틱을 열어보았다. 거의 다 쓴 연분홍색. 샤워커튼 봉에 살구색 스타킹이 걸려 있었고, 비누의 희끄무레한 표면에는 짧고 꼬불꼬불한 털이 말라붙어 있었다. 리베카의 음모가 틀림없다, 나는 생각했다. 비누를 들어 얼굴에 문지른 다음 거품을 씻어냈더니 기분이 조금 나아졌다. 그러고선 손의 물기를 걸레에 닦고 총을 꺼냈다. 나무와 철의 매끄러운 느낌이 위안을 주었다. 총을 거울 속 내 모습에 겨눠본 뒤 얼굴에 가져다댔더니 차갑고 단단했다. 총에서 아버지 냄새가 났다. 당시 아버지에게서 흘러나오던 진의 매캐한 광기가 아니라, 어리석게도 아버지를 우러러본 어린 시절에 맡았던 위스키의 따스하고 포근한 스모키향. 나는 핸드백에 총을 도로 넣고 거울을 보며 머리를 매만졌다.

부엌으로 다시 내려가기 전, 조용히 난간 주위를 돌아 불 켜진 위층 방들을 들여다보았다. 하나는 침실이었다. 초록색과 분홍색 꽃무늬 침대보, 칙칙한 화장대 위에 놓인 싸구려 탁상 전등, 담청색 컵받침에 놓인 못생긴 금귀걸이, 빈 맥주캔 하나. 벽장 문 위에는 거울이 걸려 있었다. 그 안에 있을 리베카의 옷들을 보고 싶었지만 그 정도까지 염탐할 엄두는 나지 않았다. 그녀가 정말로 너저분한 게으름뱅에 그 우아함과 세련미가 가짜라면 결국 내게도 희망이 있지 않을까 싶었다. 나 역시 사기꾼이 되어 우아하고 세련되게 보일 수 있지 않을까. 다음 침실은 당시의 내게 아무런 의미도 없었다. 작은 목재 책상, 시트를 모두 벗겨낸 트윈베드, 침대 협탁 위 조그만 곰 인형과 그 옆의 선풍기, 벽에 걸린 미국 지도. 전부 앞뒤가 맞지 않았지만, 가구가 완비된 셋집에 이사온 뒤 집을 치우지 않은 거라고 추론했다. 거울을 쳐다보았다. 핼쑥하고 초췌한 얼굴이 나를 바라보았다. 할머니처럼, 시체나 좀비처럼 보였다. 미소를 지었더니 아주 조금 덜 죽을상이 되었다. 이 아름다운 여자가 나를 가까이하려 한다는 사실이 터무니없게 느껴졌다. 계단을 다시 내려가면서는 레너드 포크와 같은 가면을 썼다. 자족하고 자신 있고 완벽히 편안한 얼굴.

식탁 의자로 돌아와 앉았을 때, 리베카는 다시 싱크대 수납장들을 정신없이 들여다보고 있었다. "아하!" 그녀가 감탄사를 내지르며 코르크 따개를 들고 돌아섰다. "너무 늦게 찾았네요, 미안. 와인 좀더 마셔요." 그녀가 마지막 남은 술을 따랐다. "이거 가져와줘서 고마워요."

"오늘은 일종의 집들이도 겸하는 것 같은데, 맞나요? 이사온 지 얼마 안 됐으니까?" 나는 쾌활하게 말하려고 애썼다.

"그거 좋네요. 집들이, 맞아요. 고마워요." 리베카가 대답했다. "굉장히 적절한 말이네. 이 집은 좀 따뜻하게 데워질 필요가 있어요. 외풍 심한 오래된 집." 그녀는 가운 옷깃을 올리고 무슨 말인가를 더 하려는 듯 입을 열었다가 멈추더니 가슴 앞으로 팔짱을 끼었다.

"여기 산 지 얼마나 됐어요?" 내가 물었다. "이런 거 물어도 되는지 모르겠지만."

"이 도시에 온 지 몇 주밖에 안 됐어요." 그녀가 가운을 정돈하며 대답했다. "물론 추위는 예상했지만 사실 이 정도일 줄은 몰랐어요. 여기 추위는 정말이지 혹독해. 케임브리지보다 더 심해요. 하지만 눈은 예쁘죠. 그렇지 않아요?"

대화는 그렇게 건성으로 이어졌다. 마법은 사라졌다. 얼음은 깨트렸지만 차가운 물에서 저체온증에 빠진 우리는 굼뜨고 거짓되게 굴었다. 나는 생각했다. 기회를 놓친 거다, 그녀의 진정한 친구가 될 기회를. 리베카가 문을 열어주었는데 내가 그 면전에서 쾅 닫아버렸다. 나는 지루한 사람이다. 해줄 수 있는 게 아무것도 없는 사람. 나는 자기연민에 빠져 활기 없어진 태도를 만회하고자 이젠 처량할 정도로 애썼다. "난 외출을 잘 안 해요. 여기에선 겨울에 할일이 별로 없죠. 다른 계절도 마찬가지지만."

"스케이트 타요?" 리베카가 열의를 보이며 물었지만 내가 느끼기엔 가짜 같았다.

나는 아니라는 의미로 고개를 저으며 웃음을 지었다가 이내 정정했다. "하지만 타고 싶다면 함께 갈게요."

"아, 괜찮아요." 리베카가 대답했다. 끔찍하게 불편했다. 의자는 너무 딱딱하고 집은 몹시 추웠다. 그래도 와인을 홀짝이며 최선을 다해 고개를 끄덕이고 활짝 웃었다. 내가 무얼 숨기고 있는지 나는 알았다. 실망감, 좌절된 환상, 갈망. 리베카가 무엇을, 왜 숨기고 있는지는 완전한 수수께끼였다. 그녀는 여름 동안 피부가 그을렸다고, 차를 운전하고 있으면 손에 쥐가 난다고, 가장 좋아하는 화가—기억하기로는 모두 추상화가들—는 누구라고 장황하게 떠들었다. 우리는 봄에 함께 보스턴의 미술관에 가기로 뜻을 모았지만, 리베카는 머릿속 어딘가로 멀리 물러나 껍데기만 나와 함께 있는 것 같았다. 어쩌면 그녀를 멀리서 바라볼 주제밖에 안 되는가보다, 나는 그렇게 생각했다. 내가 뭐라고 리베카처럼 아름답고 독립적이고 전문직에 종사하는 여자가 정말로 나를 알고 싶어한다고 생각한단 말인가? 나 자신에 대해 말할 수 있는 게 뭐가 있나? 나는 별 볼 일 없는 사람, 괴짜다. 그녀가 대화를 이끌어가고 있다는 사실에 감사해야 한다. "수영 해요? 스키는요? 그 모피 모자는 어디에서 샀어요?" 그녀가 내 비위를 맞추고, 안쓰럽게 여기고, 심지어 나와 내 지루한 삶을 놀리고, 그런

엉뚱한 질문들로 나를 편하게 해주려 한다는 느낌이 들었다.

마침내 내가 말했다. "이제 가야겠어요." 다른 밤들이 있겠지, 속으로는 그렇게 말했다. 어쨌거나 진정한 우정은 하룻밤에 다 져지지 않는다. 불화보다는 지루함의 기운을 남기는 편이 더 낫다. 나는 의자에서 일어나 다시 장갑을 끼기 시작했다. 그때 리베카가 등받이 없는 의자에서 일어났다.

"아일린." 내게로 다가오며 말하는 그녀의 목소리가 갑자기 낮고 엄숙하면서도 차갑게 변했다. "가기 전에 날 좀 도와줬으면 해요." 나가는 길에 쓰레기를 내놓으라거나 무거운 가구를 들게 도와달라고 할 줄 알았지만 그저 이렇게 말했다. "더 있어요. 좀만 더 나랑 이야기해요."

그녀는 걱정이 많아 보였다. 어디 아픈 건가 싶었다. 아니면 질투 심한 연인이 곧이라도 올 것 같아서 저러는 건가. 물론 나는 더 있을 작정이었다. 와인을 더 마시고 싶은 마음이 절실했고 배도 고팠다. 내 마음을 읽기라도 한 듯 리베카가 자리에서 일어나 낡은 냉장고를 열었다. 그러고는 치즈 한 조각과 양파 피클 한 병, 햄을 조금 꺼냈다.

"샌드위치를 만들게요. 정말로 형편없는 집주인이죠, 나도 알아요." 나는 그녀가 접시 두 개를 씻고 목욕가운 끝으로 토닥여 물기를 닦아내는 모습을 지켜보았다. "뭔가 먹으면 기분이 나아질 거예요."

"난 기분 괜찮은데요." 방어적으로 말했다. 그냥 나와버린 말이었지만 그 추운 부엌에서 그 말은 날카롭고 무례하고 거짓되게 들렸다. 다소 횡설수설하며 변명하기 시작했으나 리베카가 내 말을 잘랐다.

"분위기가 좀 팽팽하다는 거, 당신도 나만큼 잘 알 거예요. 당신도 느끼고 나도 느껴요. 사실인데 왜 부정하겠어요?" 그녀는 고개를 젓고 어깨를 으쓱하며 살짝 미소를 짓더니 등을 돌리고서 조리대에 식빵을 쌓아올렸다.

나는 신경증이 묻어나는 높은 목소리로 킬킬 웃었다. 이에 리베카가 화가 났는지 재미있어했는지는 알 수 없었다. "미안해요." 내가 중얼거렸지만 그녀는 못 들은 척했다. 우리 사이에 흐르는 어색한 기류를 무시한 채 리베카는 다시 무어헤드에 관한 화제를 입에 올리며 조리대 앞에서 움직였다. 나는 그녀가 떨리는 손으로 우리가 먹을 샌드위치를 만드는 모습을 지켜보았다. 갈라진 입술을 뜯고 핸드백 안에서 총을 만지작거리며 리베카가 하는 말을 들었다. 조금 안정됐는지 그 목소리가 낮은 음역으로 퍼져나갔다. 그녀는 등을 돌린 채 말하다 이따금 멈추기도 하고 중간에 칼로 허공을 찌르기도 했다.

"교도소에서 날 고용한 건 아이들을 위한 공통 교육과정 같은 걸 개발하기 위해서예요. 모두가 같은 나이에 같은 수준이라도 된다는 양 그 모두를 위한 매일 계획을 짜라는 거야. 수업을 계속 반복하기만 하면 되는 것처럼. 그 자체로 말도 안 되는 생각이죠. 내가 무슨 19세기 농촌 학교 선생도 아니고. 그리고 이 아이들은 배울 수 있어요. 대부분 읽고 쓸 줄 알아요. 물론 검사를 해봐야 할 테고, 나는 나대로 시행착오를 거쳐야 무엇이 효과적인지 알 수 있을 테고, 그다음엔 큰 질문들이 있겠죠, 목표가 무엇인가, 무엇이 중요한가? 내가 아이들에게 차 엔진 고치는 법을 가르치려고 여기 있는 건 아니잖아요. 이 아이들은 문학, 역사, 철학, 자연과학 교과들을 배워야 해요. 그게 내 생각이에요. 십수 명은 필요한 일이죠. 로버트는 그 아이들에게도 정신이 있다는 것, 심지어 의식이 있다는 것조차 이해하지 못해요. 그 사람에게 이 아이들은 그냥 소떼일 뿐이야."

"로버트? 교도소장 말이에요?"

"교도소장." 리베카는 고개를 설레설레 저었다. "그 작자가 하는 일이라곤 딸딸이 쳤다고 아이들을 벌주는 것뿐이죠." 그게 무슨 뜻인지 잘 알았다. "당신도 알았잖아요, 안 그래요?" 리베카는 살짝 돌아서서 진지한 옆모습을 보였다. "그 인간은 정말 물건이야. 그가 지껄이는 우스꽝스러운 기독교적 미사여구는 전적으로 부적절해요. 그리고 레너드 포크가 동굴에 처박힌 게 '부적절한 만짐' 때문이란 걸 알게 됐죠." 그녀가 다시 고개를 저었다. "내가 그 아이들 입장이었다면 시도 때도 없이 내 몸을 만질 거야. 무어헤드 같은 데서 즐길 수 있는 유일한 재미일 텐데, 그렇게 생각 안 해요?" 그때 리베카가 콧잔등을 찌푸리고 눈을 반짝이며 내게로 돌아섰다. 그러면서 갑자기 활기를 띠며 못된 짓을 공모하는 듯 즐거워했다.

"아, 당연하죠." 나는 그렇게 말하며 허공에서 손을 비틀었다. 유연하고 개방적이며 거리낌없는 사람임을 보여주기 위해서.

"정말," 리베카가 말을 이어갔다. "그게 다 무슨 대수라고 그러는지 이해할 수 없어." 그러면서 고개를 저었다. 나는 리베카가 자기 몸을 만지는 장면을 상상해보려 했다. 어떤 식으로 만지는지, 내가 하는 종류와는 어떻게 다르기에—그때까지 그녀에 대해 알게 된 점들로 미루어봤을 때—리베카는 아무런 수치심을 느끼지 않는 듯 보이는지. 수치심을 느끼지 않고도 즐길 수 있는 황홀경이란 무엇인지 궁금했다. 상상이 되지 않았다. 그때 나는 거기 앉은 채로 얼이 좀 빠져 있었고, 그녀가 계속 떠들어주니 고맙기까지 했다. 그녀는 교도소에서 일하게 되어 얼마나 행복한지, 학위 공부를 다 마쳐서 얼마나 다행인지 얘기했다. 그리고 훌륭한 효과를 얻을 수 있으리라는 걸 확신한다고, 벌써 그 아이들을 아끼게 되었다고도 했다. "내 남동생들 같아요" 하던 말이 똑똑히 기억난다. 그녀는 내게 접시를 건네고 그 위에 샌드위치를 털썩 내려놓았다. 우리는 식탁에 앉아서 조용히 먹었다.

"지금쯤이면 알아봤을 테지만요, 아일린." 얼마 있다 그녀가 말했다. "난 대부분의 사람들과는 좀 다르게 살아요."

"아, 아니에요." 나는 우겼다. "이 집, 정말로 좋아요."

"부탁인데 그렇게 예의 차리지 말아요. 집 얘기가 아니야." 리베카는 나를 쳐다보고 양파를 아작아작 씹으며 일어섰다. "내겐 나만의 생각이 있다는 말이에요. 난 아일린이 함께 일하는 여자들과는 달라." 그건 명백했다. "혹은 학교에서 만났던 선생들이나, 혹은 당신 어머니와도." 그녀는 접시를 다시 개수대에 슬며시 넣었다. "아일린도 자기만의 생각이 있다는 걸 난 알 수 있어요. 어쩌면 우리의 생각 중에는 일치하는 것들도 있을지 몰라요."

이제는 그녀가 나를 시험하고 있다는 느낌이 들었다. 난 '대부분의 사람들'처럼 뒤에서 따라가는 사람인가, 아니면 그녀처럼 '다른' 사람인가. 그녀가 준 샌드위치는 거의 먹을 수 없었다. 빵은 오래되었고 햄은 끈적끈적했다. 그런데도 착한 여자애처럼 음식을 씹고 고개를 끄덕였다.

"지난 몇 년간 깨달은 것들이 있어요." 그녀가 손가락을 빨면서 말했다. "난 선과 악이 있다고 믿지 않아." 그러면서 내게 담배를 권했다. 한 개비를 받으면서 샌드위치를 내려놓을 핑계가 생겨 감사했다. "무어헤드의 남자애들, 그애들은 거기에 있으면 안 돼요. 그애들이 뭘 했든 상관없어. 그런 처벌을 받아 마땅한 아이란 없어요."

와인을 두 컵도 채 마시지 않은데다 취하지 않으면 언쟁하지 않는 성격이므로, 그다음에 내가 한 말은 나 자신도 놀라웠다. 애초에 난 그 문제에 별 관심이 없었으므로, 그때 내 안에서 아버지의 정신이 작용한 건가 싶기도 하다. "그애들은 모두 범죄자예요. 어떤 식으로든 벌을 받아야죠." 리베카는 말이 없었고, 나는 와인을 마저 마셨다. 얼마간 시간이 지나자 묵직해진 머리가 후회로 빙글빙글 돌았다. 그녀의 감정을 상하게 한 게 분명했다. 뱃속이 울렁거렸다.

"저는 가야겠네요. 피곤하실 텐데." 그때까지 그 집에는 한 시간도 채 있지 못했던 것 같다. 피부가 번질거리고 뜨거웠다. 방 안 공기는 먼지와 연기와 썩어가는 음식 냄새가 뒤섞인 느낌이었다. 나는 담뱃불을 껐다. 리베카는 깊은 생각에 빠진 듯 보였다. 나에 관해, 내 부족한 시야나 공감력에 관해 이런저런 생각을 하는 것이었으리라. 난 얼마나 고지식했는지. 얼마나 돼지처럼 욕심이 많았는지. 토할 것 같아서 걱정스러웠고, 무조건 바로 집에 가야만 할 것 같았다. 하지만 리베카에게는 다른 생각이 있었다.

"비밀을 털어놔도 될까요?" 갑자기 부드러우면서도 긴박한 목소리로 그녀가 물었다. 그러고는 식탁 위로 팔 하나를 올리고 나를 향해 쪼그려앉았다.

그전까지 내게 비밀을 털어놓은 사람은 아무도 없었다. 나는 리베카의 얼굴을 똑바로 바라보며 숨을 멈췄다. 그녀는 정말로 아름다웠다. 갑자기 눈빛이 맑아지면서 고요하고 섬약해진 모습이 숲속에서 겁먹은 아이 같았다. 그녀가 망연히 손을 잡는데 내 거친 피부에 닿는 그 손가락은 차갑고 부드러웠다. 나는 긴장을 풀려고 애쓰면서 개방적이고 수용적이며 경청하는 사람임을 보여주려 했다. 하지만 다시 데스마스크가 스멀스멀 올라오는 느낌이 들었다. 나는 눈을 감은 채 고개를 끄덕이며 그것이 신의를 보여주는 엄숙하고 믿음직한 몸짓이리라 생각했다. 그때 리베카가 내게 키스하려 했다면 나는 응했을 것 같다.

"리 포크에 관한 거예요."

그 순간 정말로 토할 것 같았다. 나는 핸드백에 손을 뻗으며 슬슬 자리에서 일어났다. 그녀가 그 아이와 키스, 혹은 더한 짓을 했다는 말을 미처 하지 못하고 기가 죽기를 바랐다. 하지만 그녀는 다시 내 손을 붙잡았고, 나는 도로 자리에 앉았다.

리베카가 "그애와 사랑에 빠졌어요" 하지 않고 "그애가 내게 말했어요" 했을 때 얼마나 안도했는지. 그렇긴 해도 그녀의 얼굴에는 어딘가 비뚤어진 자긍심과 기쁨의 표정이 떠올라 있었다. 조우니가 그로부터 수년 전 "그앤 날 맛보는 걸 좋아해"라고 말하면서 드러낸 자기만족이 다시금 생각났다. 리베카는 내 손가락을 꼭 쥐고 침을 꿀꺽 삼켰다. "그애가 다 말했어요. 무슨 일이 일어났고, 자기가 무슨 짓을 했고, 어떻게 무어헤드에 오게 되었는지. 이걸 봐요." 그녀는 가운 주머니에서 오래된 사진 한 장을 꺼냈다. 범죄 현장 사진이었다. 리 포크의 아버지가 엉클어진 시트에 부분적으로 감싸인 채 피로 검게 얼룩진 카펫 위에 누워 있었고, 그 옆에는 어수선한 침대가 있었다.

"이게 아버지예요." 리베카가 계속 말했다. "사람들은 항상 이걸 오이디푸스와 연결짓죠. 아버지를 죽이고 어머니와 결혼한다. 나도 그렇게 가정했었고요."

"역겨워라." 다시 사진을 봤다. 남자는 눈을 살짝 뜨고 있었는데, 꼭 몰래 아래를 훔쳐보듯 찔리는 구석이 있는 듯한 모습이었다. 양팔은 머리 위로 들린 채 침대 협탁에 손가락들이 걸려 포개져 있었다. 전에도 다양한 책과 잡지에서 죽은 사람들의 사진을 본 적이 있었는데, 대개는 묘 안에 누워 있는 유명인사나 전장에서 고꾸라진 병사와 굶어죽은 이들의 사체 같은 전쟁 사진이었다. 물론 십자가 위에서 죽은 예수는 고개만 돌리면 어디에나 있었고. 무어헤드의 다른 재소자들 파일에서도 그런 범죄 현장 사진을 몇 장 봤지만 그 어느 것도 미스터 포크의 사진처럼 죽음의 본질을 포착하지는 못했다. 심지어 내 어머니의 시체도 그렇게 강렬한 충격을 주진 않았다. 사실, 어머니는 그저 희미해졌다. 날마다 조금씩, 결국에는 아무것도 남지 않을 때까지. 그러나 미스터 포크에게서는 생명이 뜯겨나갔다. 죽음이 사진 안에 생생히 살아 있었다. 나는 리베카한테서 손을 빼내고 일어나 개수대 쪽으로 몸을 날려 그 끔찍한 샌드위치와 와인을 전부 토해냈다.

"미안해요." 내가 말했다.

리베카가 내 뒤로 다가와 등을 문질러주었다. "미안해하지 말아요." 그녀는 내게 차갑고 축축하고 곰팡이가 슨 행주를 건넸다. "그 사진을 보면 당연히 구역질이 나죠." 나는 수돗물을 틀어 접시에서 토사물을 씻어냈다. "그럴 필요 없어요." 리베카가 말했다.

"미안해요." 내가 또 말했다. 미안한 마음이 얼마나 진심이었는지는 잘 모르겠다. 그렇게 속을 게워내니 짜릿했다. 그때 말고는 무언가를 보는 것만으로 구토한 일이 지금껏 없었던 것 같다. 그 사진을 다시 보고 싶었다. 그 안에는 내가 완전히 알아보지 못한 무언가가 있었다. 구겨진 침대 시트와 잔줄무늬 잠옷 윗도리, 카펫에 고인 검은 얼룩 사이에서 힘없이 얼굴을 축 늘어뜨린 미스터 포크는 뭔가 할말이 있어 보였다. 사진에 포착된 텅 빈 표정 뒤에 다른 종류의 삶이 있었다. 나는 사진 안으로 들어가 깊게 베인 목 부위를 자세히 보고, 피를 만지고, 상처에 비밀이 박혀 있기라도 한 듯 그곳을 살펴보고 싶었지만 사진으로는 목이 보이지 않았다. 그 눈은 무엇을 알았을까? 미스터 포크가 마지막으로 본 건 무엇이었을까? 리, 칼, 어둠, 아내, 자신의 영혼이 몸 밖으로 떠오르는 모습? 그 고요하고 교활한 눈이 보기 좋았다. 내가 이해하고 싶었던 비밀을 미스터 포크가 품고 있다는 것을 나는 알아챘다. 그는 죽음을 알았다, 그런 것 같다. 아마도 죽음은 그토록 간단한 일이었을 것이다.

"이건 어디서 났어요?" 리베카에게 물었다.

"리의 파일. 무섭죠, 음?"

나는 정신이 들고 차분해진 상태로 다시 의자에 앉았다. 그리고 아무 소용도 없는 거짓말을 했다. "별로요."

"리가 부엌칼을 들고 부모의 침실로 숨어들어가 아버지의 목을 난도질했어요. 어머니는 쇼크에 빠졌다고 주장하죠. 그 여자는 경찰에 바로 전화하지도 않았어. 정신을 차리고 보니 남편이 죽어 있어서 강도가 들었다고 추측했다면서. 그런 일이 벌어지는데 어떻게 안 깨고 잘 수 있나 궁금해. 상상이 돼요? 칼은 부엌 개수대에서 나왔고, 리는 침대에서 곰 인형을 안은 모습으로 발견디었어요."

애기가 계속될수록 리베카의 표정이 굳어졌다. 나는 그녀의 얼굴을, 섬세한 눈가 주름과 싱싱하고 발그레하며 투명한 피부를 자세히 보았다. 한순간 성숙한 여자 같았다가 이내 어린 소녀 같았다. 내 눈이 술수를 부리는 듯했다. 놀이공원 유령의 집에서 거울을 들여다보는 듯, 모든 것이 꿈인 듯. 그녀는 내 손을 톡톡 두드려 주의를 끌었다. "하지만 리는 이 일에 책임이 없어요." 그러고는 계속 말했다. "그애가 어제 설명해주었어요. 그 시련 모두를. 아이가 혼자 간직하기엔 너무 버거웠던 거지." 감정이 격해지는지 리베카는 고개를 돌렸지만 다시 나를 바라볼 때는 고요하게 진정되어 심지어 활짝 웃기까지 했다. "정말 끔찍해요, 이 사진. 충격적이죠. 이걸 보고 그다음에 리를 만났을 때는 내가 알고 있던 당연한 사실도 이해하기가 힘들었어요. 그런 영리하고 수줍은 많은 남자애가 이런 일을 하다니. 앞뒤가 맞지 않았어요. 그래서 정말로 그런 일을 했냐고, 아버지를 죽인 거냐고 물었죠." 리베카는 사진 속 죽은 남자의 얼굴 위로 손가락을 톡톡 두드렸다. "맞다고, 자기가 했다고 그러더라고. 아니, 실은 그냥 고개만 끄덕였던가. 왜냐고 물었더니 그저 어깨만 으쓱. 그러니까 바로 내게 마음을 열지는 않았던 거죠. 제대로 된 질문을 해야 했는데, 처음에는 그저 어둠 속을 찔러댄 거예요. 애아빠가 엄마를 때렸나? 엄마가 보험금을 타려고 아빠를 죽이게 했을까? 뭐였을까? 그냥 그 가족 안에서 뭔가 지독한 일이 벌어지고 있다는 감이 들었어요. 어쨌든 그 어머니의 얼굴 전체에 쓰여 있어. 그 여자 봤잖아요. 뭔가 문제가 있다는 걸 난 알았어요. 그래서 그 여자에게 전화해 한번 들어오라고 한 거야. '아드님이 어머님과 얘기하고 싶어하는 것 같아요'라고. 그 둘이 함께 있는 거 당신도 봤죠. 그 불쌍한 아이는 엄마랑 눈을 마주치지도 못했어. 그래서 나중에 딱 잘라 물었지. '아버지가 네게 뭘 한 거니? 널 만졌어?' 그러자 그애가 말했어요. 몇 분 안에 모든 걸 쏟아내더라고. 그 남자, 미스터 포크가 그애를, 자기 아들을 강간한 거야. 전에는 아무도 리에게 굳이 묻지 않은 거예요. 아무도 알고 싶어하지 않은 거지."

이 시점에서 리베카의 눈이, 열의라고 해야 할까, 그런 느낌으로 이글이글 타올랐다. 그러면서 거의 침을 흘리다시피 했으며, 양손으로는 내 손목과 팔을 지나 어깨를 붙잡았다. 나는 리베카의 분홍빛 입과 잇몸에, 튼 입술 가장자리에 스민 검은 와인 찌꺼기에 사로잡혔다. 그녀가 말하던 것과 같은 얘기들을 들은 적이 있었다. 그 모든 게 무슨 뜻인지는 어슴푸레했다. "심리학 학위가 없어도 진실을 알아낼 수 있어요." 리베카는 자신만만하게 말하고서 내 어깨를 놓았다. "그리고 징역형이 없어도 문제를 바로잡을 수 있죠. 이 세상의 교도소장들과 정신과 의사들은 대부분의 살인자보다 더 미친 사람들이야, 장담해요. 사람들은 정말로 듣고 싶어하는 이에겐 진실을 말해주는 법이죠. 생각해봐요, 아일린." 그녀가 내 손을 다시 꽉 쥐며 말했다. "무엇이 자기 아버지를 죽이게 하는 걸까요?" 간절히 나를 올려다보는 그녀의 시선이 내 두 눈 사이를 빠르게 오갔다. "무엇이?" 그녀는 이렇게 따져 물었다.

나는 비슷한 의문을 품고 몇 년 동안이나 마음속으로 논쟁을 벌여왔다. "죽이는 게," 나는 대답했다. "벗어날 수 있는 유일한 방법이어야겠죠."

"유일한 의지처, 맞아요." 리베카가 고개를 끄덕였다.

우리는 다시 사진을 응시했다. 그녀의 머리가 내 옆에 너무나 가까이 있어서 우리의 볼이 맞닿았다. 리베카는 내 어깨 위로 고개를 숙이고 팔로 나를 감쌌다. 바람이 집을 흔들었고 바람에 날린 눈발이 외풍 심한 부엌 창문을 흔들었다. 나는 눈을 감았다. 수년 만에 타인과 가장 가까이 있는 순간이었다. 뜨겁고 빠르면서도 고른 리베카의 숨결이 내 손에 느껴졌다.

"의문이 들 수밖에 없는 건," 그녀가 말을 이었다. "왜 어머니는 아무것도 하지 않았을까."

그녀를 올려다보았다. 강한 불빛 아래 긴장된 그 이상하고 종

잡을 수 없는 표정, 눈썹이 올라가고 눈은 휘둥그렇고 입은 벌어진 그 표정이 기쁨 때문인 건지 기대 때문인 건지 분간되지 않았다. 그녀는 흥분하고 동요하고 열광하고 경이에 벅차오른 듯 보였다. 나는 경련이 일었다. "내 어머니는 돌아가셨어요." 방어적으로 말했으나 리베카는 난데없이 끼어든 말에 짜증내지 않았다. 나는 숨을 참았다.

"어머니들은 굉장히 어렵죠." 리베카가 대답했다. 그러더니 갑자기 일어서서 나를 내려다보며 말했다. "여자들은 대부분 서로 미워해요. 당연한 거야, 우리 모두 경쟁하니까, 어머니와 딸은 특히 더 그렇고. 물론 내가 아일린을 미워한다는 얘긴 아니에요. 난 당신을 경쟁 상대로 보지 않아요. 내 동지, 그리고 소위 말하는 범죄 공모자로 보지. 당신은 특별해요." 그녀가 부드러워져선 말했다. 그 말을 듣자 울음이 나올 것 같았다. 나는 눈을 세게 깜빡였다, 눈물이 나온 것도 아닌데. 그녀는 내 손을 한번 더 꼭 잡아 자기가 한 말을 재확인했고, 다시 쪼그려앉아 나와 눈높이를 맞췄다. "그 어머니. 미시즈 포크, 그 여자 기억하죠, 그렇죠?"

"뚱뚱했어요." 나는 고개를 끄덕이며 말했다.

"조용히." 리베카가 갑자기 속삭이더니 일어서서 허공에 손가락을 올리며 날 조용히 시켰다. 바람에 덜컹거리는 소리만 빼면 집안은 고요했다. 음악이 멈춘 것도 모르고 있었다. 나는 숨을 참았다. "리의 어머니." 그녀가 단어 사이에 손톱으로 식탁을 두드리는 소리를 끼워넣으며 말을 이었다. "그 여자가 진짜 수수께끼예요. 더 듣기 좋게 말할 방법이 없네요, 아일린. 그 아이가 해주는 얘기를 듣는데 가슴이 미어졌어요. 하지만 우리 둘 다 알듯이, 진실을 끌어내는 건 정말로 중요하잖아요. 리가 말하기를, 매일 저녁을 먹고 나면 어머니가 자기를 위층으로 데려가 잠자리에 들기 전에 관장을 해줬대요. 그러고는 그냥 앉아서 〈신혼부부들〉 같은 드라마를 보거나 손톱에 매니큐어를 바르거나 자거나 했대요, 그들이 일을 끝낼 때까지. 그 여자는 왜 막지 않았을까? 대답은 뻔하죠, 그러기 싫었다는 것. 어떤 식으로든 거기에서 이득을 얻었을 거야. 어떤 이득인지는 모르겠지만."

물론 나는 넌더리가 났다. 그러면서 의심도 들었다. "정말 끔찍하네요." 나는 고개를 앞뒤로 흔들며 말했다. "역겨워." 한번 더 말하고서 리베카가 식탁에서 물러나 조리대에 등을 기대는 모습을 바라보았다. 그녀는 팔짱을 끼고 천장을 응시했다. 그녀가 그렇게 멀리 있으니 갑자기 춥고 외로웠다. 자리에서 일어나 다가가서 그 목욕가운 안에 파고들어 어린애처럼 품에 안기고픈 마음이 간절했다.

"상상해봐야 해요, 아일린." 그녀가 말을 이었다. "당신은 부엌 식탁에 앉아 있는 어린애야." 그녀는 포크 가족의 집에서 매일 밤 일상적으로 일어난 모든 일을 자신의 상상대로 설명하면서, 관장이 어떻게 이루어지는지, 어린아이 신체 부위의 크기는 어떠한지, 성행위 도중 지하 세계가 어떻게 찢어지는지, 그리고 평생 충족 못할 욕망에 시달렸을 아버지의 심리는 어떠했을지 등을 심도 있게 묘사했다. "아버지의 동기는 명백한 편이죠." 그녀는 말했다. "뭔가를 오해한 거예요. 그에게는 아들과 그렇게 하는 것, 그게 사랑이었을 거야. 듣기엔 끔찍하지만, 사랑은 때로 그런 식이죠. 자기 아들을 강간하게도 해. 우리는 결코 하지 않을 짓이지만, 분명 미스터 포크는 다른 방식을 알지 못했을 거야." 아버지, 그리고 그 점에서는 어머니까지, 떠올려보면 내 어린 시절 그들은 가끔 꼬집고 찌르는 것 말고는 거의 애정을 주지 않았다. 결국 어쩌면 운이 좋았는지도 모른다. 다 지나고 나면 누가 누구보다 더 힘들었는지 헤아리기가 굉장히 어려운 법이다.

"하지만 그 어머니, 리타의 동기는 이해가 안 돼요." 리베카는 요점에 도달하는 데 열중했다. 나는 포크 가족에 대해 전혀 관심이 없었다. 이제 내겐 리베카가 있었으니. 우리는 범죄 공모자였다. 그녀가 바로 그 표현을 썼다. 나는 곧장 그 자리에서 부엌칼로 손바닥을 베고 혈맹을 맺어 영원한 친구 혹은 영원한 자매가 될 수도 있었다. 하지만 그저 앉아 열심히 들으면서 고개를 끄덕이고 눈썹을 찌푸리고 속눈썹을 깜빡거리며 할 수 있는 최대한

의 흥미로움을 가장했다.

"그가 자기 아내를 협박했다는 느낌은 안 들어요." 리베카가 이어나갔다. "그런 느낌을 주는 여자는 아니었어." 사실 나도 그 말이 무슨 뜻인지 알았다. 그주에 면회를 왔을 때, 미시즈 포크는 희생자처럼 보이지 않았다. 고개를 빳빳이 든 채 슬프기보다는 화난 듯 보였고, 우리—나, 랜디, 리베카, 레너드—를 가만히 바라보며 판단하는 듯한 분위기를 풍겼다. 남들의 비위를 맞추려 크게 노력하는 유형 같지도 않았다. 뚱뚱했고 보기 흉한 옷을 입었다. "뭔가 결정적인 걸 그 여자와 해결해야," 리베카가 말을 이었다. "리가 진정 앞으로 나아갈 수 있을 거라 믿어요. 그리고 말했듯이, 난 처벌이 옳다고 믿지 않지만 응징은 옳다고 믿어요. 리의 아버지는 그애를 강간했어요. 나쁜 짓을 해서 죽임을 당한 거야. 리는 아버지를 죽여서 교도소에 있는 거고. 그 어머니는 자기 몫의 죄가 있는데 어떤 책임도 지지 않았어. 그런데 아일린?" 그녀가 내 종아리를 붙잡았다. "이 얘기 아무한테도 하면 안 돼, 약속하죠?" 나는 고개를 끄덕였다. 리베카의 손이 내 다리에 닿은 것만으로도 그녀에게 온 세상을 약속할 수 있었다. 다만 여전히 포크 가족에 대한 그녀의 진심, 그 심각한 열의는 이해할 수 없었다. 무슨 상관인가? 그녀는 왜 신경쓰는 걸까? 그녀가 내민 가느다란 새끼손가락에 내 손가락을 걸었다. 그리고 우리는 함께 흔들었다. 이 손짓이 너무도 절절하고 순수하면서도 어딘가 아주 비뚤어진 것 같아 눈에 눈물이 고였다.

"여긴 내 집이 아니에요, 아일린." 그때 리베카가 말했다. "포크 가족의 집이야. 아래층에 리타 포크를 묶어놓았어요."

나는 X빌에서 꽤 곱게 자란 젊은이로서 사람들 사이의 직접적 충돌을 경험한 일이 거의 없었다는 말을 해둬야겠다. 어린 시절 부모님의 밥상머리 싸움은 다 소용없는 짓이었다. 분명 존재했을 각자의 더 깊은 불만들의 표면을 덮는 투덜거림에 불과했으며 주먹다짐으로 번지는 일은 없었다. 비록 함께 생활했던 마지막 몇 년 동안 가끔 아버지는 연필처럼 가느다란 내 목에 손바닥을 바싹 대고서 그럴 맘만 있다면 언제든 목을 졸라 숨을 끊어놓을 수도 있다고 위협하기는 했다. 아프지는 않았다. 내 목에 얹힌 아버지의 손은 사실 위안에 가까웠다. 당시에 내가 받았던 애정의 전부. 열두 살 때가 생각나는데, 인근 소도시에서 여자애가 실종되었다가 X빌의 바닷가 바위로 떠밀려와 알몸 시체로 발견되었다. "모르는 사람 차를 얻어타지 마라." "누가 잡으려 하면 소리질러라." 선생들은 그런 말로 우리에게 경고했지만 나는 그 경고가 무섭지 않았다. 오히려 납치를 당한다는 건 말하자면 내 은밀한 소망 같은 것이었다. 그러면 적어도 내가 누군가에겐 중요하다는 것, 내가 가치 있다는 것을 알게 될 테니까. 내게는 안간힘을 쓰고 인내하는 대화보다 폭력이 더 이해하기 쉬웠다. X빌에서 자라는 동안 가족들이 심하게 싸웠다면 상황은 달라졌을 수도 있다. 난 거기 남았을지도 모른다.

아버지가 날 사랑하지 않아서 때리지 않았다는 내 불평이 끔찍한 자기연민처럼 들릴 것이다. 하지만 그래서 뭐? 난 이제 늙었다. 뼛속은 숭숭 비었고 머리카락은 희어졌으며, 호흡은 느리며 얕아졌고, 식욕도 변변치 않다. 내 정당한 몫보다 더 많은 찰과상과 타박상을 입었고, 이젠 살 만큼 살아서 자기연민은 더이상 처량한 정신적 습관이 아니라 불가피한 사멸에 대한 두려움의 열기를 식혀줄 이마 위의 차가운 물수건 같은 것이다. 불쌍한 나, 그래, 불쌍한 나. 젊었을 때는 신체적 평안에 대해 전혀 신경쓰지 않았다. 젊은이들은 누구나 자신이 막강하다고, 알 건 다 아니까 어리석은 경고에 귀기울이지 않아도 된다고 믿는다. 나를 X빌 밖으로 이끈 건 그런 종류의 용감한 아둔함이었다. 그곳에서 도망쳐 이르게 되는 곳이 얼마나 위험한지 알았다면 어쩌면 떠나지 않았을 것이다. 그 당시 뉴욕은 젊은 여자, 특히 잘 속고 의지할 데 없고 분노와 죄책감과 걱정으로 가득한 나 같은 여자가 혼자 살 만한 곳이 아니었다. 지하철에서 더듬고 움켜쥐는 손길을 얼마나 자주 감당해야 하는지, 마음이 얼마나 자주 찢어질 것인지, 눈앞에서 쾅 닫히는 문이 얼마나 많을 테고 내 기가 얼마나 꺾일 것인지 누가 미리 말해줬더라면, 난 아마 집에 남아 아버지와 살았을 것이다.

X빌 시절에도 교도소 파일에서 폭력에 관한 끔찍한 이야기들을 읽었다. 공격, 파괴, 배신, 나와 관련만 없다면 상관없었다. 그런 이야기들은 〈내셔널 지오그래픽〉 기사 같았다. 자세한 사연들은 내 비뚤어진 상상과 환상을 키웠을 뿐 안전에 대한 두려움을 일으키지는 않았다. 나는 순진했고 냉담했다. 타인의 평안에 신경쓰지 않았다. 원하는 것을 얻는 일에만 신경썼다. 그래서 리베카의 폭로가 내 뇌리를 강타했을 때, 다들 그럴 법할 정도로 경악하지 않았다. 하지만 모욕감은 들었다. 나로선 그녀의 우정이 순수하게 존경과 애정에서 비롯되었다고 생각하고 싶었으나, 그렇지 않다는 사실이 그 순간 갑자기 분명해졌다. 리베카가 우리 사이에 라포르*를 구축한 건 확실히 전략의 일환이었다. 그녀는 자신에게 내가 유용할 거라고 짐작했고, 결국 나는 실제로 그랬다고 생각한다.

"정말 미안해요." 나는 실망을 감추려고 애쓰며 말을 더듬었다. "정말로 몸이 좋지 않아요." 그녀에게 미쳤느냐고, 병원에든

* 사람 사이의 상호 신뢰 관계를 일컫는 심리학 용어.

교도소에든 가야 할 사람이라고, 나는 얽히기 싫다고 말할 수도 있었다. 하지만 나를 유혹해 일종의 공범으로 두려 한 그 계략에 너무나 상처받고 낭패하여 신랄한 말들을 생각해낼 수 없었다. "잘해보세요" 정도면 충분했을 것이다. 어쨌거나 상처받은 마음을 드러내진 않을 작정이었다. 이미 충분한 굴욕을 당했으니. 정말 바보였다. 리베카가 날 진심으로 좋아할 리가 없지. 처량하고 못생기고 약하고 이상한 나를. 그녀 같은 사람이 왜 나 같은 애와 친구가 되고 싶겠는가? "정말로 가야겠어요." 그렇게 말하고 일어나 문을 향해 갔다. 그러나 리베카는 복도에서 내 팔을 잡았다.

"제발, 이렇게 빨리 가버리지 말아요. 지금 내 처지가 좀 곤란해요." 그녀를 보니 겁먹었다는 걸 알 수 있었다. 그녀를 떨쳐내고 나가 차를 몰고 집으로 가서 아버지에게 말하고 경찰을 부를까 생각했다. "제발, 정말로 당신이 필요해요, 아일린. 친구가 되어줘요." 리베카가 그렇게, 내가 자신을 구할 수 있을 거라는 듯 바라보며 말하자 나는 굴복하기 시작했다. 그녀는 내게 담배 한 개비를 빼주고 떨리는 손으로 불을 붙여주었다. "내가 믿는 사람은 아일린뿐이야." 나를 다시 끌어들이는 데는 그 정도 말이면 충분했다. 리베카는 결국 나를 존중하는 거라고, 그렇게 믿기로 했다. 그녀는 내가 자기 옆에 있기를 바랐다. 그 두 눈에 눈물이 고이더니 뺨으로 흘러내렸다. 리베카는 가운 소매로 눈물을 닦아내고 숨을 내쉬며 몸을 벌벌 떨고는 애원하듯 나를 바라보았다.

"오케이." 그때까지 내게 와서 운 사람은 없었다. "내가 도울게요."

"고마워요, 아일린." 그녀가 흐르는 눈물 사이로 미소를 지으며 말했다. 그러고는 옷 소매에 대고 코를 풀었다. "미안해요. 나 정말 엉망이야." 그렇게 겁먹고 약한 리베카의 모습을 보니 기분이 좋았다. 그녀는 조리대에서 빵 한 조각을 가져다 잠시 아무런 생각 없이 깨작거렸다. "어쩌다 이런 일에 빠져들었는지 모르겠어요. 하지만 이렇게 되었으니 우리가 시작한 일을 끝내야 해요."

나는 의자에 등을 기대고 똑바로 앉아서 숙녀처럼 다리를 꼬고 손을 겹쳐 허벅지 위에 올려놓았다. "그냥 경찰을 불러 무슨 일이 일어났는지 설명해도 돼요." 그러고선 부드럽게 말했다. "사고였다, 그렇게 말해도 돼요." 이런 제안이 말도 안 된다는 건 잘 알았다. 그저 그녀에게서 최대한 절박함을 끌어내고 싶었을 따름이다. 내 의리에 대한 보답으로 그 정도는 얻을 자격이 있다고 생각했다.

"그래서 뭐라고 말하게요? 그 여자를 실수로 묶었다? 그럼 날 감옥에 가둘 거라고요!" 그녀는 외쳤다.

"아버지가 경찰이었어요." 리베카가 눈을 크게 뜨고 나를 내려다보았다. "물론 아버지에게 말하진 않을 거예요. 내 말은, 미시즈 포크가 리베카를 위협했다고 하면……"

"우리에게 가장 불필요한 게 바로 경찰의 개입이에요. 미스터 포크는 경찰이었어요, 알잖아요. 경찰이 정말로 정의에 관심이 있다면 나는 애초에 여기 올 필요도 없었을 거예요. 난 감옥에 갈 수 없어요, 아일린. 사람들은 내가 하려는 선행을 이해하지 못할 거야." 리베카는 빵조각을 뒤적뒤적하더니 개수대에 버리고 담배에 불을 붙였다. 그러고는 깨진 와인병을 들여다보았다. 비어 있었다. "술이 좀 있으면 좋으련만."

"술은 안 돼요." 리베카가 너무 절박한 나머지 나를 판단하려 들지 않을 거라는 사실이 흡족스러웠다. "우린 정신을 똑바로 차려야 해요. 고백을 끌어내야 하잖아요." 나는 성실한 사람처럼 말하도록 애쓰면서 담배를 비벼 끈 뒤 양손을 맞잡았다. "우린 할일이 있어요." 리베카가 힘없이 웃었다. "무슨 일이 일어난 건지 말해봐요. 모든 걸 얘기해줘요." 당혹스러워하는 그 모습을 보니 즐거웠다. 그녀는 양손을 머리 위로 훽 올리더니 머리칼을 잡아당기고 배배 꼬면서 부엌 바닥 위를 서성거렸다.

"어제 오후에 시작됐어요. 나 자신을 미시즈 포크의 집으로 초대했죠." 그녀는 마치 판사나 배심원에게 할 말을 연습하는 듯 태연하고 침착하고 믿을 만하게 보이도록 목소리를 진정시켰다. "관장과 성적 학대 등에 관해 리가 해준 말을 되풀이하면서 그 여자와 남편의 행동에 대해 따졌어요." 일상적으로 강간이 일어난 위층을 가리키듯 리베카는 손을 파닥거렸다. 나는 좀전에 그녀가 묘사했던 학대를 그리 잘 이해하지 못했다. 신체의 어떤 부위가 어디로 가는지, 관장이 왜 필요했는지. 그 모든 의미가 아직 명확히 다가오지 않았다. 나는 순진했고 도착적이었으며, 동성애가 무엇인지 이론적으로는 알았지만 경험이 없어 성교 장면을 구체적으로 떠올릴 수 없었기에, 어린 소년을 강간하는 그 왜곡된 형태를 제대로 이해할 수 없었다.

"그 아빠가 아들한테 정확히 뭘 한 거죠?" 이렇게 묻자 리베카는 서성거림을 멈추고 나를 천치 보듯 쳐다보았다. "그냥 확인하는 의미로."

"남색. 항문 삽입. 이만하면 명확해요?"

가능한 일인가 싶었지만 그냥 고개를 끄덕였다. "계속해요." 그러고는 목청을 가다듬었다. "듣고 있어요."

"미시즈 포크는 물론 모든 걸 부인했죠." 리베카가 말을 이었다. "자기 남편은 성인 같은 사람이고, 내가 말하기 전까지 '관장'이라는 말은 들어본 적도 없다고. '그걸 왜 하는 건지 아무것도 몰라요'라면서. 하지만 계속 물었죠. '왜 레너드를 데리고 도망치지 않았나요? 왜 이런 일이 계속되게 했죠? 어떻게 그런 고문의 공모자가 될 수 있죠?' 그랬더니 그냥 대답을 안 해. 그래서 좀더 생각해보라고 했어요. 내 전화번호를 남기긴 했지만 전화가 안 오리라는 걸 알았죠. 간밤에 한숨도 못 잤어. 그 여자가 내 면전에 대고 거짓말했다는 생각에 속이 타들어가서. 그래서 오늘 아침에 다시 왔죠. 그 여잔 당연히 더이상 할말이 없다더군요. 심지어 입을 더 꽉 다물었고. 내가 미쳤대. 난 그 여자가 한 짓을 신고하겠다고 위협했죠. 그러다 내 말에 그 여자가 화를 내면서 싸움이 붙었어요. 리를 위해서 온 거라고, 그 여자에게도 도움을 주고 싶다고 말하려 했다고요. 그런데 듣질 않는 거야. 미친 여자예요. 날 공격했어. 보여요?" 리베카는 가운을 젖히고 블라우스를 들춰 가슴께에 난 연한 손톱자국을 보여주었다. 심각하거나 흉터를 남길 만한 건 아니었다. 그녀의 몸통은 너무도 가늘고 티 없이 깨끗해서 하얀 피부가 안에서부터 빛을 내는 듯했고, 갈비뼈는 피아노의 흰 건반 같았으며, 배는 섬세한 근육조직으로 팽팽했다. 검은색 새틴 소재에 섬세한 레이스가 달린 브래지어가 그녀의 조그만 가슴을 감쌌다. "그 여자를 잡아둘 수밖에 없었어요. 경찰을 부르겠다고 협박하잖아. 내가 경찰에 뭐라고 말하겠어요?"

"옳은 일을 했네요." 나는 눈에 힘을 주고 얼굴에서는 긴장을 풀었다. 내가 대담하고 차분하다는 것, 어린애를 상대로 한 그 끔찍한 범죄에 경멸을 느끼고 냉정해졌다는 것, 끝장을 보기 위해 정신 똑바로 차리고 노력하리라는 것을 리베카에게 전하고 싶었다. 끝장을 본다는 게 무슨 의미일지 알지도 못하면서. 리베카의 분노가 살짝 누그러졌다. 그녀는 머리카락을 뒤로 쓸어모았다.

"진짜로 다치게 하진 않았어요. 아픈 데는 없어요. 오랫동안 소리를 지르기에 음악을 크게 튼 거야. 하지만 지금은 조용하네요. 그 여자가 결국 진실을 말하고 자기 몫의 책임을 인정할 거라고, 그러면 상황을 바로잡을 수 있을 거라고 생각했어요. 그런데 전혀 자백을 안 하네요. 말 자체를 거부해요. 이 추위에 그 여자를 오래도록 묶어둔 채 계속 저 아래에 놔둘 순 없어요. 더한 일을 당해도 싸지만 난 악당이 아니니까. 내 말 알아들어요?"

리베카가 왜 나를 계략에 끌어들여야 했는지 확실히는 모르겠다. 정말로 내가 자기를 도울 수 있다고 생각했을까? 아니면 그저 그 기발한 프로젝트의 목격자이자 자신의 죄책감을 면제해주는 존재로 거기 두었던 걸까? 그녀가 품었던 연민의 진정성에 관해 나는 혼자서 수도 없이 논쟁을 벌여왔다. 포크 가족의 드라마에 개입한 그녀의 동기는 과연 무엇이었을까? 자신에게 남의 죄를 대신 속죄할 힘이 있다고, 자신의 기지와 우월한 사고로 정의를 이끌어낼 수 있다고 진심으로 믿은 걸까? 특권을 갖고 태어난 사람들은 때로 그런 혼동을 한다. 하지만 이제 그녀는 겁에 질려 있었다. 아마도 미시즈 포크는 리베카가 확신한 수준보다 훨씬 더 악했을 것이다.

"몇 시간 더 아래에 놔둬요." 내가 제안했다. "그게 형벌이 될 거예요. 그러면 말하겠죠."

"하지만 지금껏 한 마디도 안 했다고요!" 리베카가 외쳤다. 그러고는 다시 조리대에 털썩 기대며 팔짱을 꼈다. "저 빌어먹을 여자는 고백하지 않을 거예요. 구제불능이야. 아들만큼이나 입을 안 열어."

"술을 먹여요. 사람들은 언제나 술에 취하면 의도하지 않은 말들을 하니까."

"그건 말이 안 돼요." 리베카가 숨을 내쉬었다. "어쨌거나 주류점은 지금쯤 문을 닫았을 거고. 우리에게 필요한 건 서명이 있는 자술서예요. 그 여자가 나중에 부정할 수 없는 것. 하지만 겁이 안 나는지 아무것도 인정하지 않아요. 마구 팰 수도 없는 노릇이고." 그러면서 나를 정면으로 바라보았다. "누군가를 구타해본 적 있어요?" 리베카는 그 말을 입 밖에 내느라 머뭇머뭇 애를 썼다.

"아뇨," 나는 대답했다. "상상은 해봤지만."

"당연히 아니겠죠, 당연히." 그녀는 다시 서성거리며 새로운 빵조각을 주물러 조그만 공들을 만들었다. 나는 속이 울렁거렸다. "우린 생각을 해야 해요. 열심히." 그렇게 잠깐 시간이 흘렀다. 그러다 떠올린 해법이 너무도 간단하고 쉬워서 웃음이 나올 뻔했다. 나는 의자 등받이에 걸린 핸드백 쪽으로 돌아앉아 조심스럽게 총을 꺼내 식탁 위에 올려놓았다.

"아버지 거예요." 신나서 씰룩거리는 얼굴은 통제할 수 없었지만 입은 애써 다물었다. 웃지 않으려고 애썼다.

"오, 자기야." 리베카가 눈을 크게 뜨고 중얼거리는 와중에 어깨에서 가운이 흘러내렸다. 그녀는 여왕처럼 가운을 뒤로 끌면서 식탁으로 다가왔다. "그거 진짜예요?" 그 눈이 경외감에 차서 번들거렸다.

"진짜예요." 그녀가 손을 내밀어 만져보려 했지만 나는 총을 집어 오른손으로 꽉 잡았다. "안 만지는 게 좋을 거예요. 장전되어 있을지도 몰라요." 말은 그렇게 했지만 아닐 거라고 짐작했다. 어떻게 그럴 수가 있겠나? 아버지가 그렇게까지 미친 건 아니라고 생각했다.

"믿을 수가 없네요." 그러더니 리베카가 물었다. "그걸 왜 갖고 있죠? 왜 그걸 여기에 가져온 거예요?"

무슨 말을 할 수 있었을까? 무슨 말을 해야 그녀가 믿었을까? 나는 진실을 말했다. "아버지가 좀 아파요." 그렇게 말하며 손가락을 관자놀이에 갖다댔다. "그래서 혼자 계실 때면 이걸로 무얼

할지 걱정돼요."

리베카가 진지하게 고개를 끄덕였다. "알겠다. 아버지의 수호자. 아버지를 그 자신으로부터 구하는."

"다른 사람들을 구하는." 나는 그녀의 말을 정정했다. 리베카가 나를 순교자로 보는 건 원치 않았다. 난 영웅이 되고 싶었다.

"대단한 아가씨야." 리베카가 그렇게 말하며 며칠 전 밤 오하라스에서의 교활한 눈빛과 공모하는 듯한 표정으로 나를 보았다. "우린 좋은 팀이고." 그 말에 나는 무법자 단짝이 된 우리 둘을 상상할 수 있었다. 거만함과 도덕적 환상으로 무장한 리베카와 감정 없는 눈빛과 총으로 무장한 나. 총을 다시 식탁에 내려놓았다. 그녀는 총을 들어보고 싶어 안달인 듯했다. "아래층으로 내려가죠." 바닥까지 흘러내린 목욕가운을 올린 그녀는 코를 찡그리고 가운 끈을 허리에 꽉 묶었다. "거긴 지저분해서요." 하지만 나는 시간을 끌었다. 아래층에 정말로 여자가 묶여 있다면 리베카와 단둘이 있을 시간이 줄어드는 셈이니.

"리가 거짓말했다면요?" 내가 물었다. "그애가 다 지어낸 말이면요? 그애는 아빠를 죽이고 엄마에게 책임을 뒤집어씌울 좋은 핑계를 생각해낼 시간이 몇 년이나 있었어요. 미시즈 포크는 죄가 없을지도 몰라요. 그렇게 생각하지 않아요?"

"아일린." 리베카가 엄한 얼굴로 나를 내려다보며 가슴 앞에 팔짱을 꼈다. "그 아이의 눈물을 보고, 직접 아이의 이야기를 듣고, 울면서 떠는 그 몸을 느꼈다면, 단 일 초도 의심하지 않을 거예요. 봐요." 그녀가 총 옆으로 미스터 포크의 사진을 밀며 말했다. "이 남자는 실제보다 더한 일을 당해도 싸요. 모르겠어요?"

다시 그 사진을, 비밀스럽게 곁눈질하는 남자의 눈을 보았다. 그 시체가 지극히 이상하고 기분 나빴기에 그건 당해도 싼 일이었다고 믿어야 했다. 그렇지 않았다면 감당하기 힘들었을 것이다. 당시 나는 두려운 현실을 피할 수만 있다면 무엇이든 믿었다. 젊음이란 게 그렇다. "오케이." 나는 고개를 끄덕였다. "그래서 총이 효과가 있을 것 같아요?"

"기억이란 변덕스러운 거예요." 이렇게 대답하는 리베카는 더 차분해지고 불안이 가라앉은 듯 보였다. "미시즈 포크는 깊은 부정 상태에 빠져 있어요. 자기 비밀을 그토록 잘 지켜왔으니 아마 아무한테도 얘기하지 않았을 테고, 그래서 진실이 무엇인지 기억조차 해내기 힘들지도 몰라. 사람들은 그 여자를 불쌍해하잖아요. 그저 슬프고 외로울 거라고 추측하고. 그런 상태에 있는 여자에게는 아무도 따지고 싶어하지 않죠. 그런 사람, 그런 희생자 근처에 가는 것도 원치 않아요. 그저 처량하고 비참하리라고 추측할 뿐이죠. 하지만 아무도 옳은 질문을 한 적은 없어. 처음으로 관심을 가진 사람이 나예요." 리베카는 머리카락을 뒤로 쓸어넘겨 날렵한 손놀림으로 솜씨 좋게 땋아내렸다. 그녀는 정말로 예뻤다, 강렬한 부엌 조명을 받아도, 눈이 벌겋게 부었어도. "그 여자는 리가 무어헤드에 있는 동안 단 한 번도 면회하러 안 왔어요. 내가 그애 파일을 읽고 전화할 때까지." 그녀는 잠시 넋을 놓고 생각에 잠겨 지하 저장고 문을 빤히 쳐다보았다. "아일린." 그러다 마침내 고개를 돌리고 식탁을 주먹으로 가볍게 내려치며 말했다. "미시즈 포크가 자기 목숨이 위험하다고 느끼면 아무것도 부인할 이유가 없을 거예요. 자유롭게 고백하겠지. 이런 식으로 우린 그 사람을 자유롭게 놓아주는 거예요, 본인이 그걸 원하든 말든. 나중에는 우리한테 감사할 거야. 우리는 좋은 일을 하는 거예요. 두고 봐요. 그리고 이거." 리베카가 내 목에서 스카프를 잡아당겼다. "당신 얼굴은 가리기로 해요. 이렇게 하면 그 여자를 더 겁줄 수 있고 아일린이 누군지 숨길 수도 있을 테니. 무어헤드에서 본 사람이라는 걸 알아차리지 못할 거야. 알아본다면 일이 복잡해질 수도 있어요." 그녀는 내 머리에 스카프를 둘러 묶은 다음 얼굴 아래로 잡아당겨 눈만 나오게 했다. 내 눈을 가린 머리를 넘겨주는 그녀의 손길에 몸이 찌릿찌릿했다. 리베카가 킥킥 웃었다. "멋지네. 이제 총을 들어요. 어떻게 들 건지 내게 보여줘요." 그녀의 말에 따라 양손으로 총을 잡고 팔을 앞으로 쭉 편 뒤 고개를 내렸다. "아주 좋아요, 아일린." 리베카가 웃으며 양손을 옆구리에 올리면서 혀를 끌끌 찼다. "대단한 아가씨야."

리베카는 지하 저장고 문으로 가 잠금장치의 체인을 밀어낸 뒤 깜깜하고 가파른 계단으로 향하는 문을 잡아당겼고 나는 그 모습을 지켜보았다. 그녀가 허공에 손을 내저어 지저분한 줄을 찾아 잡아당기자 불이 켜졌다. 그러고는 숨을 몰아쉬고 웃음을 지으며 돌아서서 내 어깨를 잡았다. "자, 가요." 나는 비어 있는 한쪽 손으로 핸드백을 집고 그녀를 뒤따라 계단을 내려갔다.

"리타? 나예요." 리베카가 외쳤다. 마치 간호사나 교사처럼 목소리가 신중하고 다정해서 놀라웠다. 입을 막은 스카프 때문에 얼굴에 땀이 나고 코가 간질거렸지만 앞은 잘 보였다. 계단이 너무 가파르고 내려가는 데 시간이 꽤 걸려 오래된 배나 무덤 밑바닥으로 걸어들어가는 느낌이 들었다. 알전구 불빛이 빙글빙글 돌면서 또렷한 검은 그림자가 맨흙바닥에 늘어졌다 줄어들었다 했다. 나는 넘어져 창피를 당하지 않도록 한 발씩 조심스럽게 걸었다. 그 아래로 내려가니 새로이 고요함이 찾아왔다. 지하실의 컴컴하고 싸늘한 습기가 내달리던 불안감을 멈춰 세우고 요란하게 쿵쿵 뛰는 심장을 진정시켰다. 양장 표지가 망가진 조우니의 낸시 드루 추리소설들이 생각났다. 『지하 저장고의 비밀』. 물론 나는 공모자 아일린, 총을 휘두르는 공범 아일린이라는 배역에 크게 잘못 캐스팅된 사람이긴 했어도 일단 지하에 내려가니 차분해졌다. 어쨌든 그 지하실은 나의 영역이었다. 계단 맨 아래에서 발뒤꿈치에 힘을 주고 결연하게 섰다. "냉정하게." 리베카가 이렇게 말했지만 이미 나는 냉정했다. 총은 반듯하게 들려 흔들림이 없었다. 모퉁이를 돌자 미시즈 포크가 보였다. 바닥에 다리를 벌리고 앉아 벽에 등을 기댄 모습이었다. 발목까지 올라오는 더러워진 흰 양말을 신고 목에 레이스가 달린 누리끼리한 나이트가운을 입고 있었다. 머리칼은 푸슬푸슬 퍼졌고 얼굴은 눈물범벅이었다. 그 모습은 내 마음 깊은 곳에 박혀 있다. 뚱뚱하고 늙은 신데렐라 같은 그 여자는 연한색 눈동자를 왔다갔다 움직이며 무구한 눈빛으로 리베카의 얼굴과 내 얼굴을 훑었다. 리베카는 여자의 가운 끈으로 손목을 묶어 천장 배관에 매달아놓았다. 그 아래에는 묶어둘 만한 곳이 거의 없었다. 오래되고 녹슨 예초기 한 대, 부서진 나무의자 하나, 아마도 식탁이나 아기 요람 같은 가구가 해체된 걸로 보이는 나뭇조각 한 무더기.

"쏘지 마." 여자가 소리지르며 묶인 손으로 얼굴을 가리려 했지만 소용없었다. "제발," 여자는 애원했다. "죽이지 말아요." 그때는 좀 어이없게 느껴졌다. 당연히 쏘지 않지, 나는 생각했다. 얼굴을 가린 게 다행이었다. 미시즈 포크가 내 히죽거림이나 미소를 보고 마음을 놓는 일을 막아주었다. 그래도 계속 총을 들고 그 여자를 겨누었다.

"저 친구가 총을 쏠 거예요." 리베카가 여자를 구슬리듯 부드럽게 말했다. "진실을 우리에게 말하지 않는다면 말이죠."

"어떤 진실?" 여자가 소리쳤다. "뭘 원하는지 모르겠어. 제발." 그러면서 나를 올려다보았다, 내게 무슨 답이라도 있다는 듯. 나는 계속 조용히 있었다. 거기에 내려가 불쌍한 여자에게 총을 겨누고 있는데도 그 상황이 연극 놀이처럼 흥미롭게 느껴지기도 했다. 파티 게임을 하고 있었던 거나 다름없었는지도 모른다. 어둠 속에서 서로 뒹굴며 밝은 데서는 결코 하지 않을 짓을 하는 '천국에서 칠 분'* 같은 게임을. 그런 애무 게임들을 한 번도 해본 적 없지만 상상 속에서 파악한 대로라면, 벽장에 들어간 사람이 일단 밖으로 나오면 마치 아무것도 바뀐 게 없는 양 행동해야 한다. 아무런 피해도 발생하지 않고 모든 것이 정상으로 돌아가는 듯하지만, 그 표면 아래에서 인기와 명망이 올라가기도 하고, 게임을 제대로 수행하지 못한 경우에는 평판이 나빠지기도 한다. 그때 지하실에 내려가 내가 얻고자 했던 건, 여전히 나에 대한 리베카의 존중과 내 행복 그 이상도 그 이하도 아

---

* 무작위로 남녀 두 명이 어두운 벽장에 들어가 칠 분간 있다 나오는 게임.

니었다. 하지만 그녀의 계획이 유효할 거라는 믿음도 있었다. 즉 미시즈 포크는 자신과 남편이 아들에게 한 짓을 인정하고 큰 안도감을 느낄 테고, 오래 묻어둔 진실을 끌어내 자신을 비밀과 거짓말에 사로잡힌 세계에서 구해주었다며 리베카에게 감사할 것이다. 미시즈 포크는 새로운 방식으로 아들과 재회할 테고, 다시 살아갈 수 있을 것이다. 리베카와 나는 그 결과로 영원히 절친한 친구가 될 것이다. 모든 것이 아름다울 것이다.

"제발," 미시즈 포크가 말했다. "내게 원하는 게 뭐예요?"

"설명." 리베카가 가슴을 활짝 펴며 양손을 옆구리에 얹었다. "쉽지 않았을 거라는 점, 우리도 알아요, 리타. 어린 소년을 좋아하는 남자의 아내로 사는 일 말이에요. 여태 이 집에서 혼자 양심의 가책을 느끼며 괴로워했다는 것도 이해해요. 보나마나 참 힘든 시간을 보내왔겠죠. 어째서 그런 짓을 할 때 남편을 도왔는지, 리에게 왜 관장을 했는지, 그냥 말해버려요. 그런 일이 벌어지고 있다는 걸 어째서 다른 사람에게 말하지 않은 거죠? 우리에게 말해요. 가슴에서 털어버리세요."

"무슨 말을 하는 건지 모르겠다고." 미시즈 포크가 눈길을 피하며 주장했다. "리를 다치게 할 일은 안 해. 내 아들이잖아. 내 살과 피. 난 걔 엄마란 말이야, 젠장할."

"아일린." 리베카가 말했다. 내 이름을 듣고 난 펄쩍 뛰게 놀랐다. "뭐라도 좀 해봐요."

총을 내민 채 미시즈 포크에게 다가갔다. 여자는 기묘하게 짹짹 비명을 지르더니 도와달라고 소리를 지르고 또 질렀다. 지상 어디에선가 개가 짖기 시작했고 그 소리가 여자의 비명 사이사이로 지하 저장고 안에 메아리쳤다. 리베카가 양손으로 귀를 막았다.

"조용히 해." 내가 말했다. 하지만 미시즈 포크는 요란하게 소리를 지르느라 내 말을 듣지 못했다. "소리지른다고 좋을 것 없어, 닥쳐!" 나는 전에 한 번 해본 적 없이 소리를 높이며 고함을 질렀다. 비명을 멈추고 나를 올려다보는 여자는 숨을 짧고 빠르게 들이쉬며 입가에 잔뜩 침을 튀겼다. 나는 여자의 얼굴에 똑바로 총을 겨눈 채 한 발짝 더 다가갔다. 나 같은 상황에서 아버지라면 무슨 말을 하고 어떤 행동을 할지 생각해보려 했다. "내가 방아쇠를 당기지 않을 거라고 생각 마." 나는 시작했다. "당신이 없어진 걸 누가 알까? 여기에서 평생 썩어 문드러질 수도 있어. 당신을 바로 여기에 파묻어버릴 수도 있다고." 그러면서 발로 단단한 흙바닥을 쾅쾅 내려쳤다. "여기 와서 땅을 파내는 사람도 없을 거야. 당신이 살든 죽든 아무도 신경쓰지 않으니까." 내가 생활해온 가정과 직장의 특성상, 남에게 복종 외에는 대안이 없다고 느끼게끔 말하는 법을 오랜 시간에 걸쳐 배웠다고밖에 달리 할말이 없다. 사실 이 여자에게서 추악한 진실을 끄집어내는 일에 관해서라면, 나야말로 남다른 경험을 통해 소양과 자격을 갖춘 사람이라고 생각했다. 리베카를 쳐다보니 내 활약에 깊은 감명을 받은 모양이었다. 살짝 입을 벌린 채 한 발짝 물러서서 계속하라고 말하는 양 손을 파닥거렸다. 정말 신이 났다. 나는 코 위로 스카프를 정돈하고 미시즈 포크에게 허리를 숙였다. 여자의 얼굴은 눈물로 축축했고 구이용 돼지처럼 불그레했다.

"죽음은 당신 같은 사람에겐 축복일 거야." 나는 계속했다. "인정하라고. 당신은 자존심이 너무 세서 아들에게 한 짓을 자백할 수 없는 거야. 잘못한 일이 있다는 걸 인정하느니 차라리 죽는 게 낫겠지. 한심해." 나는 여자의 발을 툭툭 차며 말했다. "하찮은 돼지 같아선." 내 목소리가 벽에 반사되어 신속하고 기묘하게 메아리를 일으켰다. 미시즈 포크는 겁에 질려 긴장한 얼굴을 돌리고 눈을 꽉 감은 와중에 내가 말하는 동안 가끔 실눈을 뜨고 총을 흘깃 보며 훌쩍거렸다. "죽고 싶어?" 나는 갑자기 달려들어 여자의 얼굴에서 이삼 센티미터 떨어진 곳까지 총을 들이댔다. 리베카를 올려다보자 그녀는 눈을 크게 뜨고 웃음을 지으며 빙빙 도는 그림자 속에 서 있었다. "인정해!" 미시즈 포크에게 고함치는 내 목소리가 그 어느 때보다 더 컸다. 그럴 듯한 분노 연기에 기분이 들뜬 나머지 나는 정말로 분노를 느끼기 시작했다.

심장이 쿵쾅거렸다. 바닥에서 흔들리는 미시즈 포크의 비계투성이 몸을 제외하고 지하실이 전부 까맣게 변하는 것 같았다. 나는 취한 사람처럼 다시 그 여자에게 난폭하게 돌진했다. 그 앞에 쪼그려앉아 총으로 여자의 정수리를 치려 했지만 겨우 닿지도 않았다. 손바닥 아래쪽으로 여자의 머리를 슬쩍 흩트린 정도였다. 그런데도 그 몸짓에 여자는 숨을 헐떡이며 더욱 거세게 울었다.

리베카가 나섰다. "자백하지 않으면 난 부인을 보호해줄 수 없어요." 그러면서 덧붙였다. "아일린은 전에도 사람을 죽인 적 있어요."

"그래." 내가 말했다. 여자 둘이 즉흥으로 만들어낸 말도 안 되는 장면이었다. 그 일을 다시 해야 한다면, 난 여자의 심장에 고요히 총구를 대고 말은 전부 리베카가 하도록 놔둘 것이다. 그러면 그때처럼 이성을 잃진 않겠지. 돌이켜보면 아직까지 창피하다. 하지만 총을 휘두르는 내가 얼마나 우스꽝스러워 보였든 미시즈 포크에게 그 총은 효과가 있었다. 얼굴에서 그 오만한 삐죽거림이 사라졌으며, 눈을 다시 떴을 때는 공포에 질려 마음의 준비를 한 눈빛이었다. "이 집에서 무슨 일이 일어났는지 우리에게 말해." 나는 사납게 말하며 여자의 관자놀이에 총을 갖다댔다.

"제발, 날 해치지 마." 여자는 몸을 떨며 훌쩍거렸다.

"말해주면 해칠 필요가 없지." 받아주는 내 말에도 여자는 울부짖고 흐느끼기만 했다. 몇 분이 지나자 팔이 피로해져 총을 내렸다. 그리고 미시즈 포크가 눈을 뜰 때마다 다시 올렸다. 마침내 그녀가 턱을 들고 이를 악물었다.

"좋아, 당신들이 이겼어."

"말할 준비 된 거야?" 나는 불필요하게 목소리를 높이며 물었다.

"오, 좋아요." 리베카가 양손을 맞잡으며 말했다. "하느님, 감사합니다."

나는 미시즈 포크에게서 물러나 차가운 흙바닥에 앉은 뒤 코트 속 온기를 느끼며 가슴 앞에 무릎을 모아 세웠다. 입김 때문에 스카프 아래 얼굴이 축축했다. 숨을 고르고 마음을 가라앉히는 여자의 모습을 바라보았다. 총은 내 손안에서 따뜻해졌다. "우리 기다리잖아." 내가 비꼬듯 말하자 여자는 고개를 끄덕였다. 아버지가 경찰이었을 때 포크 가족을 얼마만큼 잘 알았는지, 미스터 포크와 커피를 마시고 잡담을 나누며 아내와 자식들 불평을 늘어놓곤 했는지 궁금했다. 나는 미스터 포크를 만난 기억이 없지만, 만났다 해도 별 인상을 남기지 못한 모양이다. 그게 그런 병든 사람들이 살아나가는 방식인 것 같다. 평범한 사람처럼 보이지만 닫힌 문 뒤에서 괴물이 되는. 나는 거기 앉아서 생각했다. 미시즈 포크가 경찰에게 모든 것을 자백한다 해도 그들은 그녀를 병적인 상상에 빠진 여자로 치부하고 말 거라고. 자기 남편 얼굴에 먹칠하려고 믿을 수 없는 이야기를 지어내는 여편네. 쓰레기. 아버지의 해설은 그랬을 거라고 확신한다.

"나 금방 돌아올게요." 리베카가 속삭였다.

깜짝 놀란 나는 다시 총을 들어올렸다. "어디 가게요?" 지하 저장고를 가로지르는 그녀를 보며 물었다. 미시즈 포크는 숨을 쌕쌕거리고 코를 훌쩍이며 혼란스러운 얼굴로 주위를 돌아보았다.

"필기구 가지러." 리베카가 목소리를 낮춰 대답했다. "부인은 서명한 자술서를 우리한테 줘야 해요." 미시즈 포크에게는 더 큰 소리로 말했다. "그리고 우리, 부인과 나는 이 문제로 경찰에 가지 않겠다고 합의할 거예요. 문서로 남길 거고요." 리베카가 돌아서며 미시즈 포크에게 총을 겨누라고 손짓했고 나는 그렇게 했다. 그러자 리베카는 이내 가파른 지하 저장고 계단을 날 듯이 올라가 부엌으로 난 문을 등뒤로 닫았다. 집안을 돌아다니는 그녀의 발소리가 들렸고 위층으로 올라가자 소리는 더욱 희미해졌다. 나는 총을 무릎에 받쳐들고 미시즈 포크를 보았다.

"당신이 무슨 짓을 했든 난 상관 안 해. 그냥 자백하면 저 여자가 보내줄 거고, 다시는 우릴 볼 일 없을 거야." 나는 실랑이가 끝났다고 생각했다. 미시즈 포크는 항복했다. 리베카가 돌아와 여자를 풀어준 뒤, 글을 끄적이며 흐느끼고 하느님의 용서를 비는 여자의 등을 문질러주겠거니 했다. 두려움에 질린 비명이 더 나오기를 기대하며 미시즈 포크를 향해 총을 겨눴다. 하지만 그녀는 나를 바라보며 얼굴을 찡그릴 뿐이었다.

"내가 이야기를 하고, 그러면 뭐?" 그러면서 여자가 물었다. "난 뭘 해야 하는데?"

"몰라." 나는 솔직히 말했다. "도망?" 그러자 여자는 조용히 좀더 울었고 얼굴은 콧물로 번드르르했다.

"도망칠 데가 없어. 돈도 전혀 없고. 여기 말곤 갈 데가 없어."

나는 어깨를 으쓱했다. 다락방에 숨겨둔 현금을 떠올렸다. 그 돈을 줘서 미시즈 포크를 놓아주고 당국이 리베카와 나를 뒤쫓지 않도록 해서 내 도망칠 기회를 포기할 것인가? 그 생각이 뇌리를 스쳤다. 위층에서 리베카가 철컥거리며 돌아다니는 소리, 나무바닥이 삐걱거리는 소리가 났다. 그녀가 돌아오기를, 내게 찬사를 듬뿍 늘어놓기를, 마음 깊은 곳에서 우러나는 감사를 표하기를, 내게 자신의 영웅, 천사, 성인이라고 말해주기를 간절히 바랐다. 그러면 우리는 함께 떠날 수 있을 것이다. 지금 뉴욕에서 사람들은 겨우살이 장식 아래에서 키스하고 춤추고 샴페인을 따르고 사랑에 빠진다. 그런데 나는 어디 있는가? 지하실에서 배관에 묶인 여자와 단둘이 있다. 미시즈 포크가 우는 모습을 더는 보고 싶지 않았다. 이만하면 내 역할은 잘해냈다, 나는 생각했다. 자리에서 일어나 엉덩이에서 흙을 털어내고 총으로 천장을 가리켰다. "저 여자는 그냥 돕고 싶은 거야." 나는 말했다. 뭔가 잘못되면 내가 감옥에 갈 수도 있겠구나, 하는 걸 깨달았다. 그래도 두렵진 않았다. 총을 다시 내려놓았다.

"있지, 저 사람 말이 맞아." 미시즈 포크가 입을 열었다. "저 여자, 그쪽 친구야?" 말할 때 목소리는 높고 단조로웠으며 가래 끓는 소리가 섞였다. "내 아들은 자기 아버지에 대해 거짓말하지 않았어. 내 남편 미치에겐 나쁜 습관이 있었지. 이상한 취향, 그런 거 있잖아. 어떤 남자들은 그냥 그렇게 생겨먹은 거라고 생각했어. 익숙해지진 못했지만, 그래도 이해해야 하잖아. 그냥 떠날 버릴 순 없었으니까. 결혼할 때 남편을 존중하고 순종하기로 맹세하잖아. 내가 한 게 그거야. 내가 어디로 가야 했는데?" 약한 불빛에 비친 여자의 눈이 번들거렸다. 여자는 침을 삼키고 천장을 올려다보며 목청을 가다듬었다. 리베카는 어디에 있을까? "처음엔 미치가 아이가 잘 자는지 확인하고 있다고 생각했어, 좋은 아빠라면 그러듯이." 미시즈 포크가 이야기를 이어나갔다. "그저 아들이 탈없이 잠들었는지 확인하고 싶은가보다 하고. 다들 그러잖아. 그런데 한참을 있는 거야. 조금씩 매번 시간이 길어진 것 같아. 얼마나 자주였는지는 몰라. 어떤 때는 그이가 우리 침대에서 나가는 걸 느꼈지. 또 어떤 때는 침대로 돌아오는 걸 느꼈어. 그이가 날 키스하거나 안는데, 그때 아는 거야. 리가 태어난 뒤로 우린 제대로 잠자리를 한 적이 없었어. 내가 흥미를 잃었지. 우리 둘 다 흥미를 잃었어. 그런데 갑자기 미치가 나랑 하고 싶어하는 거야. 칭찬이라도 받은 기분이었지. 그러다 아래에 감염이 생기기 시작했어. 빌어먹을." 여자가 한숨을 쉬었다. "은밀한 부위에 말이야. 의사들이 더 잘 씻으라고 하더라고. 내 잘못인가보다 했어. 그러다 의문이 들었지. 어느 여름엔가 미치가 토론토에 있는 형을 만나러 갔었거든, 본인 말로는 그랬어. 거기에서 뭔가 집으로 옮겨온 건 아닌가 한 거야. 임질이었나? 무슨 병을 생각했던 건지는 나도 모르겠어. 그런데 감염이 자꾸 재발하는 거야. 그러다 어느 날, 한밤중에 잠이 깨서 가봤더니 미치가 리의 침대에 있었어. 처음에는 둘이 뭐하는 건지 감도 안 와서 그냥 다시 자러 갔지. 바로 깨닫지는 못했다고, 맹세해. 남편이 그런 짓을 할 거라고 예상할 리 없잖아. 믿기 힘든 일이었어. 하지만 시간이 흐르면서 그냥 받아들이게 되는 거야. 그렇게 아프진 않았을 거야, 나 자신에게 말했지. 그렇게 나쁘진 않을 거야, 생각했고. 리도 아무 말 안 했고, 그래서 괜찮은가보다 했어. 어쩌면 내가 여태 남자들에 대해 뭔가 오해를 했나보다, 아마 남자들은 다들 자기 아들과 이런 걸 하나보다. 그런 생각을 하게 되는 거야. 그게 맞을 수도 있잖아. 내가 뭘 알았겠어? 그리고 리도 괜찮아 보였단 말이야. 조용하고 착한 아이, 성적도 괜찮고 상냥한 아들이었어. 말을 거의 안 했고, 이웃들에게도 착했고, 이상한 점은 하나도 없었다고. 그래서 나도 익숙해졌지. 그러다 생각했어, 그애가 깨끗하다면 우리 모두를 위해 좋겠지. 어쩌면 나도 더이상 감염되지 않을 수도 있겠다. 그게 있지, 아프단 말이야, 미치와 내가 할 때. 어쨌든 많이 먹는 아이도 아니었고, 어떤 음식이 어떤 식으로 그애 몸을 지나 관장을 편하게 만들어주는지 알게 되었어. 웃긴 얘기야, 나도 알아. 내가 하는 짓이 옳지 않다는 건 나도 알았어. 하지만 리는 너무도 상냥한 아이라, 그러니까, 용감하고, 그래서 문제삼지 않았어. 그애는 늘 모든 사람이 행복하기를 바랐지. '아무도 내게 화를 내지만 않으면 좋겠어요.' 그렇게 말하곤 했다고. 크리스마스나 밸런타인데이에는 학교에서 온갖 예쁜 카드도 만들어다 주었고. 착한 아이구나, 그때는 그렇게 생각했어. 그래서 행복한 얼굴을 했지. 내가 달리 어떻게 할 수 있겠어? 사람들은 그런 일에 관해선 얘기해주지 않잖아. 그런 문제에 대비해주지 않는다고."

"사람들이라니?" 내가 물었다.

미시즈 포크는 대답하지 않았다. 자기가 털어놓은 말에 스스로 충격받은 듯 몸을 숙이고서 앞뒤로 머리를 흔들 뿐이었다. 리베카가 규칙적이지만 느린 발걸음으로 집안을 돌아다니는 소리가 들렸다. 미시즈 포크는 천장을 올려다보고 씩씩거리며 눈물을 삼켰다. "누구에게 말하겠어? 아무한테도 말하지 않으려 했어. 할 수 있는 최선을 다하는 거지. 아이가 생기면 어떤 일이 벌어지는 줄 알아? 남편이 예전과 똑같이 봐주질 않아. 난 말이야, 내 탓을 했어. 밥을 너무 많이 먹었지. 그러니 미치 눈에 더는 매력 없는 사람이 된 거야. 몇 년 동안이나 잠자리를 하지 않다가 리하고 그게 시작되고 나서 바뀌었지. 그러다 습관처럼 그냥 그렇게 흘러갔어. 있지, 난 온종일 혼자 지냈어. 전업주부였지. 내겐 아무도 없었어, 무슨 말인지 알 거야. 미치는 나와 대화도 하지 않았어. 집에 와서 저녁 먹고 술이나 마셨고, 나는 그저 방에 있는 낯선 사람, 귀찮은 존재였다고. 그이는 날 겨우 참아낸 거야. 하지만 리와 함께 잠자리에 들고 나서는 내게로 왔어. 커다란 짐을 벗어버린 것 같더라고. 그이는 느긋해졌어. 게다가 날 안아주는 게 좋았어. 그때는 날 사랑했지. 다정했고. 그이가 날 사랑한다는 걸 알 수 있었어. 사랑을 표현해주었으니까. 속삭이고 키스하고 듣기 좋은 말들을 해줬어. 예전 우리가 젊고 행복하고 사랑하던 때처럼 그렇게, 난 그게 좋았어. 그게 그렇게 나쁜 거야? 그렇게 느끼고 싶어하는 게? 한번은 임신까지 했는데 아이는 잃었지. 상관 안 했어. 남편이 돌아왔으니까. 넌 이해 못할 거야." 여자가 나를 올려다보며 말했다. "넌 젊어. 마음에 상처를 입어본 적 없겠지."

하지만 난 그 여자를 완벽히 이해했다. 당연히 그랬다. 누군들 이해 못하겠는가?

여자가 다시 울기 시작했다, 이번엔 비장하게.

"진정, 진정." 내가 말했다. 평생 처음 누군가를 진심으로 위로하려 한 것이었다. 우리는 잠시 말없이 앉아 있었다. 그러자 문이 열리고 발소리가 들렸다. 우리는 둘 다 고개를 돌려 메모장과 펜을 들고 계단을 가볍게 내려오는 리베카를 바라보았다.

"이제 이 끈 풀어줄 거야?" 미시즈 포크가 나를 보았다. "모든 걸 말했어."

리베카가 의심스러운 눈으로 바라보기에 나는 고개를 끄덕였다. "사실이에요." 분노는 모두 사라지고 없었다. 미시즈 포크의 시선이 리베카와 내 얼굴 사이를 오가다 바닥에 있는 총으로 내려갔다.

"우리 조건에 동의하면 풀어주겠어요." 리베카가 말했다. "그리고 계약서에 서명하고요." 그러면서 믿을 수 없다는 듯 나를 쳐다보았다. "아일린, 부인이 무슨 말을 했어요?" 난 미시즈 포크가 해준 얘기를 리베카에게 되풀이하지 않으려 했다. 그걸 예의 있게 표현할 방법이 없었다. 리베카는 불만스럽게 투덜거리며 우는소리를 했다. "아일린." 그러고는 미시즈 포크에게 말했다. "모두 글로 적어야 해요. 안 그럼 우리 거래는 끝장이에요."

"무슨 거래?" 이제 미시즈 포크는 눈이 초롱초롱해졌고 두려움보다 분노로 얼굴이 달아올랐다.

"본인이 한 짓을 인정하면 당신을 죽이지 않겠다는 거래." 이제는 리베카도 미시즈 포크에게, 그리고 나에게 화가 난 것 같았다. "총을 내게 넘겨요, 아일린." 리베카가 거칠게 말했고, 나는 시키는 대로 따랐다. 그녀가 내게 악감정을 품는 건 원치 않았으니. 리베카는 뒤로 물러서서 좀전에 내가 한 것처럼 미시즈 포크를 내려다보았다. "아일린에게 한 얘기를 내게도 해요." 그렇게 우기면서 어색하게 총을 든 뒤 팔꿈치는 바깥을 향해 굽히고 총열을 손가락으로 감싸쥐었다. 미시즈 포크는 내가 자기를 구해주기라도 할 것처럼 날 바라보았다.

"조심해요." 내가 말하자 리베카는 눈을 치떴다.

"리타, 바보같이 굴지 말아요."

"날 쏴!" 여자가 소리질렀다. "이제 상관 안 해." 모직 스카프 밑에서 나는 숨을 쉴 수 없었다. 스카프를 얼굴에서 내리고 코트 소맷자락으로 땀에 젖은 얼굴을 닦았다.

"나 너 알아." 미시즈 포크가 갑자기 당혹스러워하며 말했다. "무어헤드에 있는 젊은 애잖아."

리베카가 깜짝 놀라 나를 돌아보았다. "뭐하는 거예요, 아일린?" 나는 스카프를 다시 얼굴 위로 더듬더듬 당겼다.

"저 사람은 이미 내 이름을 알았잖아요, 리베카." 내가 변명하며 말했다.

그다음에 일어난 일은 아직까지 불분명하지만 내가 알 수 있었던 것만 얘기하겠다. 리베카가 가운 소매를 끌어올리려고 총에서 한쪽 손을 뗐고, 다시 잡는 순간 손이 떨려 더듬거리는 바람에 총이 바닥에 떨어지면서 발사되고 말았다. 폭발음에 우리 모두 숨을 멈췄다. 나는 바닥에 웅크려 꼼짝하지 않았고, 리베카는 양손으로 얼굴을 감싸고 우리에게서 돌아섰다. 미시즈 포크가 아무 말 없이 뚱뚱한 다리를 널찍한 가슴 쪽으로 잡아당기자 살집 좋은 종아리와 무릎이 드러났다. 밖에서 개가 다시 짖기 시작했다. 그때 여전히 폭발음이 귓가에 메아리치는 동안 우리 셋은 서로를 바라보았다.

"젠장." 리베카가 말하며 미시즈 포크의 오른팔을 가리켰다. 솜으로 누빈 가운에 스며든 거무스름한 얼룩이 빠르게 퍼져나가고 있었다.

"날 쏜 거야?" 미시즈 포크가 그렇게 묻는데, 믿기지 않는다는 듯한 그 목소리는 돌연 어린애 같았다.

"젠장." 리베카가 다시 말했다.

미시즈 포크는 묶인 몸을 버둥거리며 다시 비명을 지르기 시작했다. "피가 나잖아! 의사를 불러!" 누구라도 그러겠지만, 여자는 과잉 흥분 상태에 빠졌다.

"쉿," 리베카가 미시즈 포크 쪽으로 가며 말했다. "이웃들이 부인 목소리를 듣겠어요. 일을 더 악화시키지 말아요. 유난 그만 떨고요." 그러면서 여자의 입을 자기 손으로 막았다. 난 이미 리베카에게 총에 대해 경고했으며, 미시즈 포크는 괜찮을 거라고 속으로 장담했다. 살 표면에 상처를 입은 것뿐이라고. 여자의 팔은 넓적하고 피둥피둥했다. 큰 상해가 발생한 건 아니라고 생각했다. 하지만 어떻게 해도 여자를 달랠 수가 없었다. 발광한 짐승처럼 숨을 헐떡이면서 리베카에게 잡힌 머리를 격렬히 흔들며 도와달라고 외치려 했다. 총을 집어든 나는 그 손에 느껴지는 묘한 열기와 함께 어떤 아이디어를 떠올렸다.

당신은 맘대로 생각해도 된다. 내가 악랄하고 간교하다고, 이기적이고 망상이 심한데다 너무 꼬이고 편집광적이어서, 죽음과 파괴에서만 만족과 행복을 느낀다고 생각해도 좋다. 내가 범죄자적 정신을 지녔다고, 타인의 고통을 통해서만 쾌락을 느낀다고, 어떻게 말해도 좋다. 단숨에 나는 모든 사람, 즉 나, 리베카, 미시즈 포크, 아버지의 문제를 해결할 방법을 찾았다. 내가 생각해낸 계획은 미시즈 포크를 우리집에 데려가 총으로 쏘고 죽을 때까지 기다린 다음, 술에 취해 뻗어 있을 아버지 손에 총을 쥐여주고 떠오르는 해를 향해 차를 몰고 떠나는 것이었다. 그래, 당연히 나는 도망치고 싶었고, 리베카가 나와 함께 가준다면 더욱 그러고 싶었다. 그리고 맞다, 미시즈 포크를 죽이는 게 이 계략의 결과로부터 리베카와 나를 구해내는 유일한 길 같았다. 미시즈 포크가 죽더라도 리베카와 내가 연루되었으리라 여기는 사람은 아무도 없겠지, 나는 생각했다. 우리는 자유로울 것이다.

하지만 나는 아버지 생각도 하고 있었다. 무슨 짓을 하더라도 아버지가 완전히 술을 끊고, 정신을 차리고, 딸이 원하는 아버지가 되도록 고무할 수 없을 것이다. 아버지는 자신이 얼마나 병들었는지조차 인식하지 못한다. 막강한 충격만이 깨울 수 있을 것이다. 자신이 죄 없는 여자를 죽였다고 믿는다면, 그 믿음이 아버지를 뒤흔들 수도 있다. 그러면 광명을 찾고 자신의 상태에 대한 진실을 받아들일지 모른다. 마음을 고쳐먹을지도 모른다. 사람들이 아버지에게 왜 미시즈 포크를 쏘았느냐고 물으면 아마도 나와 리에 대해 뭔가 중얼거릴 테고, 그로써 아버지가 리를 내 남자친구로 알았다는 암시를 풍기게 될 테다. 그리고 경찰은 아버지가 정말로 제정신이 아님을 알겠지. 아버지를 교도소에 넣을지도 모르지만, 병원에 데려가 잘 치료하고 건강을 되찾도록 돌봐줄 가능성이 더 크다. 물론 나는 떠난 지 오래겠지만 아버지는 적어도 날 그리워하고, 내게 겪게 한 일들을 후회하고, 어떤 식으로든 보상해주고픈 바람을 품을 만큼 정신을 차릴 것이다.

그리고 나로 말할 것 같으면, X빌 탈출을 갈망하면서도 매번 게으름과 두려움에 눌려 너무 오래 미뤄왔다. 미시즈 포크를 죽인다면 영원히 X빌을 떠날 수밖에 없을 것이다. 이름도 바꿔야 한다. 완전히 사라져야 한다. 투옥과 배상에 대한 두려움만이 날 떠나도록 떠밀 수 있겠지. X빌에 남아 지옥을 견디거나, 아니면 그곳을 떠나거나. 나는 스스로에게 선택의 여지를 주지 않았다. 미시즈 포크를 쏘는 것만이 유일한 방안이었다.

그런데 어떻게 미시즈 포크를 차에서 내내 소리지르지 않게 하여 집까지 갈 수 있을까? 나는 손에 쥔 총을 이리저리 뒤집으며 궁리했다. 그 여자는 날뛰고 발을 구르고 울부짖으며 이를 갈았고, 그러는 동안 리베카는 그 입을 양손으로 막아 비명을 억누르며 조용히 시키려 했지만 그건 부서진 둑을 막으려는 일과 같았다. 미시즈 포크는 진정하려 하지 않았다. 팔에서 피가 흐르긴 했지만 많은 양은 아니었다. 리베카가 나를 절박하게 바라보았다.

"어떡하죠?"

나는 핸드백을 뒤져서 어머니의 알약을 꺼냈다. "이게 있어요." 약병을 흔들며 말했다. "통증에 쓰는 거예요."

"안정제?" 리베카는 얼굴이 밝아지더니 내 손에서 약병을 채갔다. "그 핸드백 안에 또 뭐가 들어 있나요, 아일린?" 처음에 나는 그 물음에 담긴 비아냥을 감지하지 못했다.

"립스틱."

나는 리베카가 미시즈 포크에게 다시 다가가는 것을 보았다. 이번에는 신중하고 침착하게, 겁먹은 동물에게 다가가듯. 여자가 목을 꼬며 머리를 뒤흔드는 동안, 리베카는 한 손으로 그 얼굴을 잡아 턱밑에 주먹을 댄 채 다른 손에는 알약을 들었다. 그런 뒤 암소를 다루는 농부처럼 여자의 머리를 잡고 실랑이를 벌이며 코를 틀어쥐었다. 그렇게 움직이는 리베카를 보니 여전히 의문이 들었다. 리베카는 어디에서 왔을까? 어쩌면 시골 아가씨, 농부의 딸, 낙농업자인가도 싶었다. 솔직히 그녀를 이해하는 일에 점점 관심이 없어졌다. 나는 미시즈 포크가 이를 악물고 숨을 멈춘 채 리베카의 눈을 사납게 노려보는 모습을 지켜보았다. 그러다 마침내 여자의 입이 벌어지자 리베카는 주먹을 펴고 다른 손에 있던 알약을 미시즈 포크의 입에 밀어넣었다. 나는 멀찍이서 웅크리고 그들을 관찰했다. 기도나 노래를 하고 싶은 이상하고 웃긴 충동이 일었다. 〈내셔널 지오그래픽〉에서 읽은 통과의례들이 생각났다. 사람을 결박하고 재갈을 물린 채 사막에 버려두거나, 음식이나 물 없이 며칠간 우리에 가둬두거나, 어린 시절도 이름도 잊어버리게 하는 강력한 환각제를 먹이는 기이한 의식들. 신의 정기를 빨아들이고 완전히 새로운 사람이 되어 마을로 돌아간 그들은 죽음을 두려워하지 않았고 모든 이들의 존중을 받았다. 나는 생각했다. 어쩌면 지하실의 이 경험이 그와 가까운 것 아닐까. 이 일이 끝나면 보다 높은 차원에서 살게 될 것이다. 누구도 날 해치지 못하겠지. 그 무엇에도 면역이 되겠지.

"너희들 후회할 거야!" 알약이 내려가자 미시즈 포크가 외쳤다. "이제 너희 알아. 너희가 한 짓을 모두에게 말할 거야."

"아무도 믿지 않을걸요." 이제 리베카의 말투에는 응당 있어야 할 확신과 자신감이 부족했다.

"기필코." 미시즈 포크가 나를 쳐다보며 말했다. 그날 밤, 그 지하실에는 가슴에서 우러난 항복은 없었다. 흔들리는 불빛 아래 땀이나 눈물로 얼굴이 번들거리는 우리 셋만이 있었다. 리베카와 나는 뒤로 기대앉아 기다렸다. 미시즈 포크의 팔에서 나던 피는 이제 퍼지기를 멈춘 듯했다. 그러면서 호흡이 느려졌다. "나가, 가버려." 여자는 칭얼거렸다. "꺼지란 말이야." 알약이 효과를 내면서 그 목소리가 느려지는 음반처럼 조금씩 늘어졌다. 여자가 벽으로 푹 쓰러져 입가에 침이 흐르고 눈 주위는 눈물이 꾸덕꾸덕 마른 모습으로 잠들었을 때 리베카와 나는 속삭이기 시작했다. 내 계획이 괜찮다는 걸 리베카가 수긍하기까지 십 분도 채 안 걸렸다고 말할 수 있다. "아버지는 주정뱅이예요. 아버지가 누군가를 죽인다면 경찰도 책임을 면할 수 없죠. 그들은 이미 오래전에 아버지를 가뒀어야 해요. 경찰이 미시즈 포크를 발견하고서 모든 걸 덮어버릴 수도 있어요. 상관없어요. 우린 괜찮을 거예요." 리베카의 얼굴이 생기 없이 굳어지는 가운데 지저분한 가운 자락을 쥐는 그녀의 손가락 관절이 허옇게 변했다. "우린 어딘가에 숨어야 할 거예요." 나는 평정을 유지하려 애쓰며 덧붙였다. "난 뉴욕을 생각하고 있었어요."

"저 여자를 자기 아버지 집에 어떻게 데려가?" 리베카의 유일한 질문이었다.

"우리가 차로 옮겨야죠." 쉬운 일 같았다.

"그럼 자기가 쏠 거야?"

"아버지가요. 하지만 방아쇠는 우리가 당겨야죠."

"우리?" 리베카의 눈썹이 올라갔다. 그녀는 얼굴에 내려온 머리카락을 넘겼다.

"내가 할게요." 나는 굴복했다. 그렇게 끔찍할 것 같진 않았다. 여자는 어차피 살아갈 목적도 없었다. 신속하게 고통 없이 죽거나, 아니면 그 무시무시한 집에서 날마다 자신을 짓누르는 어두운 과거를 안고 살며 서서히 썩어가거나. "아프지 않을 거예요, 봐요." 나는 여자의 퉁퉁한 발을 찼다. "완전히 기절했어요."

리베카는 한동안 입술을 깨물고 양손을 쥐어짜더니 마침내 동의했다. 우리는 함께 미시즈 포크의 손을 묶은 끈을 풀고 바닥에서 들어올렸다. 인간이 이렇게 무거울 수 있다니 놀라운데, 그렇게 생각했던 기억이 난다. 나는 여자의 겨드랑이를 잡고 리베카는 발을 잡아 계단 위로 조금씩 올렸는데, 내가 뒷걸음으로 움직이며 무게를 대부분 감당했다. 비축한 기력을 모두 써가며 계단 꼭대기에 이를 즈음에는 무릎이 흔들리고 팔이 타는 듯했다. "좀 쉬어요." 내가 말했지만 리베카는 빨리 움직여야 한다고 우겼다.

"어서 이 여자를 밖으로 옮겨요. 그러고 당신은 얼른 아버지 집으로 가. 아버지를 준비시켜. 난 여기를 치울게요. 증거를 남기면 안 되잖아." 그녀는 미시즈 포크의 발을 다시 잡았다. 물이 든 욕조처럼 무거웠다. 고개가 내 쪽으로 젖혀지고 입은 벌어진 그 얼굴을 내려다보니 이는 갈색에 잇몸은 흰색에 가까웠다. 이미 죽은 거나 다름없다고 생각했다. 현관문 밖으로 옮기기 전, 리베카가 멈춰 서더니 가운으로 미시즈 포크의 몸을 가렸다. 우리는 조심히 움직였지만 얼어붙은 계단에 여자의 엉덩이를 찧지 않는 건 불가능했다. 몇 번쯤 리베카가 미끄러져 진입로로 가는 마당길에 쌓인 눈 위로 미시즈 포크의 다리가 자꾸 부딪혔다. 슬랩스틱 코미디처럼 우스꽝스러웠고, 가슴에서 목구멍으로 환희가 차오르는 느낌이 들었던 기억도 난다. 여자를 차 안에 넣고 잠시 멈춘 뒤, 숨을 내쉬며 하늘을 보았더니 어두운 하늘에 페인트를 뿌린 듯 별들이 반짝였다. 밤의 고요 아래에서, 그 아름다운 정적 속에서, 발작적으로 웃음이 터져나올 것만 같았다. 그 순간, 온 우주가 나를 중심으로 돌고 있음을 느낄 수 있었다. 리베카는 긴장한 듯 보였다. 나는 차문을 닫고 데스마스크를 쓰며 흥분을 억제하려 애썼다. 그때 내가 무슨 생각을 했는지는 말할 수 없다. 나는 변명을 하려고 여기에 있는 게 아니다.

"곧 봐요." 리베카는 불쑥 그렇게 말하고 돌아서서 잽싸게 집 안으로 향했다.

나는 그녀의 등에 대고 외쳤다. "기다릴게요!" 내 목소리가 눈 덮인 마당 건너편으로 크게 울렸다. 리베카가 돌아서서 조용히 하라며 입술에 손가락을 댔다. "원하는 곳은 어디든 갈 수 있어요." 나는 소리 죽여 말했다. "단둘이서. 돈도 있어요. 아무도 우릴 찾을 수 없을 거예요." 그녀에게 내 주소를 알려주었다. "초등학교에서 한 블록이에요. 찾을 수 있겠어요?"

그녀는 손만 흔들고 얼어붙은 계단을 깡충깡충 뛰어올라가 등 뒤로 문을 닫았다.

끝

나는 가족사진 한 장 없이 X빌을 떠났고, 그래서 자꾸만 바뀌는 기억에 의존해 이야기를 이어갈 수밖에 없다. 떠날 때 본 아버지의 모습, 정신을 잃고 침대에 누운 핼쑥한 그 모습이 기억난다. 조우니는 육감적이고 예쁘고 아무 생각 없는 어린 여자애로 떠올린다. 어머니는, 이미 말했듯, 떠올리기가 좀더 어렵다. 어머니가 죽은 채 침대에 누워 있을 때 푸슬푸슬 퍼져 있던 흰머리, 그 옆에서 몸을 웅크린 채 숨을 고르며 때를 기다리던 나를 머릿속에 그려볼 뿐이다. 이미 몇 주째 술에 취해 있던 아버지에게 가 어머니가 떠났다고 말하려는 때를. "확실하냐?" 답답하고 뜨거운 아침 햇빛 속에 서 있던 내게 아버지가 던진 질문이었다. 이제 더는 어머니가 자고 있지 않은 방의 반쯤 열린 문을 돌아보는 외로움의 이미지를 기억한다. 욕실은 내가 가서 울었던 곳이다. 거울에 비친 내 모습, 발갛게 부은 두 눈을 생생하게 기억한다. 여전히 몸을 떨며 옷을 벗고 깡말라서 쓸모없는 팔로 몸을 감싼 채 샤워기 아래에서 흐느껴 울었다. 어머니가 죽었을 때 나는 겨우 열아홉이었고, 그즈음 몸은 철봉처럼 말랐다. 어머니가 칭찬해주던 내 특징.

나는 내 사진 보는 걸 좋아하지 않았다. 어릴 때는 통통했다. 피부가 허옇고 못생긴데다 체육 시간에 다른 아이들처럼 밧줄을 타고 오르거나 뛰지 못하는 여자아이. 언젠가는 맞기를 바라며 어머니가 한 사이즈 작게 사준 옷을 입고 어기적거리는 뚱뚱한 다리로 뒤뚱뒤뚱 걸었다. 그리고 더 자라는 동안 키는 여전히 작았지만 몸은 차츰 줄어들어 자그만 새 몸집처럼 되었다. 한동안 뱃구레는 좀 남아서 어린애 배처럼 물렁하고 둥그스름했다. 하지만 X빌을 떠날 즈음에는 꼬집어도 잡히는 살 하나 없이 허수아비 같았는데, 그런 상태가 나는 좋았다. 그게 옳지 않다는 건 당연히 알았다. 더 나이가 들면 식사를 잘하고 옷도 잘 입겠다고 맹세했다. 진짜 여자가 되기로 다짐했다. X빌을 떠나면 키가 십오 센티미터쯤 더 자라서 맵시 있고 아름다워질 거라고 생각했던 것 같다. 나는 리베카를 떠올리며 패션지 모델처럼 좁은 엉덩이와 길고 우아한 허벅지를 드러낸 수영복 차림의 그녀를 상상했다. 건강한 광채. 어떤 식으로든 그녀가 날 도와줄 수 있을 거라고, 그렇게 소망했다. 날 인도해 어디로 가고 무슨 옷을 입고, 무엇을 하며 어떻게 살지 말해주기를. 리베카를 만나기 전 머릿속으로 그린 미래가 결과적으론 어느 정도 정확한 것으로 밝혀졌다. 낡아빠진 아파트, 어쩌면 여성 전용 하숙집으로 이사해 보통 사람처럼 신문을 읽거나, 점박이 바나나를 먹거나, 공원에 산책하러 가거나, 방에 앉아 있는 것처럼 멋진 일들을 누릴 자유가 있는 미래. 하지만 리베카와 함께함으로써 다른 길로 들어설 수 있기를 바랐다. 대단한 인생을 이루고 싶었다. 중요한 사람이 되고, 고층 건물 창가에서 세상을 내려다보고, 나를 거스른 사람은 누구든 발밑의 바퀴벌레처럼 짓이겨버리기를 간절히 바랐다.

지금 내가 살아가는 모습은 이렇다. 아름다운 곳에서 산다. 아름다운 침대에서 잔다. 아름다운 음식을 먹는다. 아름다운 곳들을 따라 산책한다. 사람들을 마음 깊이 좋아한다. 밤에 내 침대는 사랑으로 가득하다. 그 위에 나 혼자 누워 있으므로. 고통이나 기쁨으로 쉽게 울며 그걸로 누구에게도 사과하지 않는다. 아침이면 밖으로 나가 또 하루가 주어졌다는 사실에 감사한다. 이런 삶에 이르기까지 오랜 세월이 걸렸다. 스물네 살의 내가 가장 원했던 건 모르는 사람들로 꽉 찬 곳에서 오후를 보내거나, 날 기다리는 아버지 없이 거리를 느긋하게 걷거나, 어느 먼 곳에서 안전하게 지내고, 어딘가의 내 집에 편히 머무는 것이었다. 말했듯이 사라지는 건 내 모든 문제의 해법이 아니었지만 다시 시작할 기회는 주었다. 크리스마스 느지막이 뉴욕에 도착했을 때, 정신이 바짝 들고 배가 고팠으며 온몸은 뭉쳤고 얼굴은 부어올라 있었다. 저녁 내내 타임스스퀘어를 걸어다니다 어느 음란한 싸구려 영화를 상영하는 극장으로 들어갔다. 너무 추운데다 호텔에 들어가기엔 불안했고 경찰이 뒤쫓을까봐 걱정스러웠기 때문이다. 누구에게 말을 걸기도, 숨을 쉬기도 두려웠다. 그곳에서 첫 남편을 만났다. 그 극장의 뒷줄에서. 그러니 이 이야기가 끝난 후 내 앞에 나타난 게 천국으로 직진하는 길이 아니었음을 당신도 알 것이다. 하지만 나는 모든 헛디딤과 뒤틀림이 적절히 예비된 옳은 길로 들어섰다고 믿는다.

X빌의 그 추운 크리스마스 새벽, 나는 고요한 어둠 속에서 진입로에 닷지를 세우고 조수석에 푹 쓰러진 미시즈 포크를 놔둔 채, 눈길을 뚫고 현관까지 질주해 집안으로 들어갔다. 그 집에서의 마지막 시간이라는 걸 알았지만 여행가방을 꾸릴 생각은 하지 않았다. 다락방 계단을 내려오는데 아버지가 잠에서 깼다. 총과 가진 현금 모두를 핸드백에 쑤셔넣고 나오는 길이었다. 아버지의 은행 계좌는 비우지 않았고 마지막 봉급도 찾지 않았다. 그

후 오래도록, 아버지가 죽고 나면 그 집을 상속받을 가망이 있는지 궁금했지만 십 년, 이십 년이 지나자 이미 세상을 떠났다고 여기고 그냥 잊어버리기로 했다. 그 집에는 아무것도 없었으며 다시 돌아가 내 것이라고 주장할 만큼 원하는 무엇이 있는 것도 아니었다. 어쨌거나 나는 X빌에서 죽은 사람이다. 유령, 길 잃은 영혼, 실패한 존재. 그날 아침 계단 중간쯤에 서 있는 아버지를 보았을 때 그는 이미 취해 있었다. 모자를 쓰고 늘 입는 가운과 사각팬티 차림으로 어깨에는 코트를 걸쳤다. 꼭 유령을 본 사람 같았다.

"집 뒤에서 뭔가가 우리를 살피고 있어." 아버지가 말했다. "밤새 그것이 숨을 쉬고 눈을 파헤치는 소리를 들었어. 악당은 아니야." 그러면서 머리를 흔들었다. "야생동물 같은 거. 늑대일 거야, 아마도."

"다시 주무세요, 아빠." 바닥에는 술병이 있었다. 나는 그것을 집어들었다.

"너도 봤냐?" 계단 꼭대기에 앉으려고 힘겹게 몸을 숙이는 아버지는 곳곳이 부스러진 왕좌에 앉은 늙어빠진 왕 같았다. 그 옆에 앉아 술병을 건네고 고개를 돌려서는 뿌연 눈빛을 하고 손을 떨며 술 마시는 아버지를 바라보았다.

"늑대는 없어요. 그냥 쥐예요."

아버지가 진을 모두 빨아들이기까지는 일이 분도 채 걸리지 않았다. 진의 효과는 육신에 스며드는 혼령처럼 아버지의 몸에 퍼져나갔다. 졸음에 빠지며 어린애처럼 머리를 툭 떨어뜨린 채 입을 찡그리고서 죽어가는 나방처럼 눈꺼풀을 파르르 떨던 모습을 기억한다. 아버지를 부축해 양쪽 팔꿈치를 붙잡아 일으키자 내게로 쓰러지면서 그 끈적한 목이 내 볼에 닿았다. "쥐?" 아버지가 중얼거렸다. 나는 아버지를 어머니의 침실로 데려가 눕히고 검버섯 핀 부은 손에 입을 맞췄다.

"안녕히 주무세요, 아빠." 내 작별인사였다. 협탁 위 빈병을 서툴게 더듬거려 잡고서 실눈을 뜨고 안을 들여다보고는 먼지 낀 카펫 위로 떨어뜨리고 한숨과 함께 눈을 감아 잠에 빠지는 아버지의 모습을, 나는 거기에 서서 지켜보았다. 그리고 문을 닫았다.

그게 다였다. 웅장한 피날레 같은 건 없었다. 그는 내 아버지, 그 이상도 그 이하도 아니었다. 몇 시간이고 앉아서 리베카가 나타나기를 기다릴 수도 있었다. 하지만 의미가 없었다. 그녀가 오지 않을 것을 알았다. 가버린 지 이미 오래라는 것도 알았다. 결국 그녀는 겁쟁이였다. 결과를 책임지지 않는 이상주의는 제멋대로 큰 애새끼들의 한심한 꿈일 뿐이다, 그런 것 같다. 그녀에게 원한을 느끼냐고? 결코 아니다. 리베카, 그녀는 이상한 여자였다. 그리고 아주 묘한 순간에, 가장 도망치고 싶었을 때 내 인생에 들어왔다. 리베카에 대해 더 얘기할 수도 있겠지만, 이건 결국 내 이야기지 그녀의 이야기가 아니다.

떠나기 전 욕실에 들어가 꽁꽁 언 손가락 위로 뜨거운 물을 틀었다. 거울 속 나는 다른 여자였다. 내 얼굴에서 본 확신을 어떻게 설명해야 할지 모르겠다. 눈과 입은 전혀 새로운 모습이었다. 욕실 세면대 앞에 서서 그 집에 작별인사를 했다. 참으로 이상한 평정을 느꼈다. 총의 묵직함, 핸드백 속 현금이 말했다. 그래, 지금이야. 여기에서 나가. 나는 거울 앞에서 눈을 감은 채, 그곳에서의 마지막 순간을 보냈다. 떠나려니 마음이 아팠다. 어쨌거나 내 집이었으니 모든 방들, 모든 의자와 선반과 전등, 벽과 삐걱거리는 나무바닥, 닳아빠진 난간이 전부 내게 의미가 있었다. 그 후 몇 주, 몇 달을 그곳을 생각하며 눈이 빠지도록 울었지만 그날은 그저 엄숙하게 작별을 고했다. 그 밤 처음으로 진정한 나 자신을 보았다. 한창 변화하는 삶의 진통을 겪고 있는 작은 인간. 어린 시절의 사진들을 보고 싶은 강렬한 충동이 일면서, 그 스냅 사진들 속 어린 얼굴에 입맞추고 어루만지고 싶었다. 나는 어린 시절에 이따금 그랬던 것처럼 거울 속 내게 입을 맞추고 마지막으로 계단을 내려왔다. 밖으로 나가 차에서 신발을 한아름 가져다 현관 안쪽에 쏟아놓는 걸로 죽어가는 아버지에게 작별선물을 주었더라면 좋았을 것이다. 토네이도처럼 X빌을 휩쓸고 다니며 그의 약한 심장이 허락하는 최대한의 소동을 일으키기를 바랐다. 하지만 그러지 않았다. 그럴 수가 없었다. 앞서 그날 아침 주류점으로 가는 길에 커다란 코트를 입은 아버지가 아장아장 신나게 걷는 꼬마처럼 눈을 짓밟고 걸어가던 모습이 떠올랐다. 다만 그런 꼬마와 달리, 즐거움도 기력도 없이 기쁨이 아닌 공포로 휘둥그레진 두 눈을 한 모습도. 정신을 잃어버린 아버지는 이제 딸까지 잃었다.

우리 가족이 어디에서 잘못되었는지 모르겠다. 우리는 끔찍한 사람들이 아니었고, 당신들보다 특별히 더 나쁠 것도 없었다. 우리의 결말, 우리에게 생긴 일은 그저 운의 문제가 아니었나 싶다. 나는 그 현관문을 완전히 닫았다. 그때 마치 하느님의 의지가 작용하기라도 한 듯, 마당 쪽으로 돌아서는 순간 고드름 하나가 갈라졌고, 내 볼을 향해 떨어진 그 고드름은 예리한 칼날처럼 눈에서 턱까지 길게 긋고 지나갔다. 아프지는 않았다. 약간 따끔했을 뿐이다. 피가 고이는 느낌이 나면서 한기가 유령처럼 상처로 스며들었다. 나중에 남자들은 그 상처가 개성적이라고 말했다. 한 남자는 얼굴 아래로 그어진 그 선이 빈 무덤 같다고 했다. 다른 남자는 눈물 자취라고 불렀다. 내게 그것은 언젠가 다른 사람이었다는, 탈출한 그 젊은 여자, 아일린이었다는 표시일 뿐이다.

해가 뜨기 전 닷지를 몰고 X빌을 통과한 것은 멋진 마지막 드라이브였다. 지닌 것이라고는 핸드백 속 총과 돈, 주머니에 든 지도뿐이었다. X빌에서 러틀랜드까지 가는 길은 전부터 여러 번 반복해서 계획한 경로였다. 어쨌거나 내 원래 계획을 따르지 않을 이유는 없었다. 새해 전날에 떠났다면, 묵은 것을 보내고 새로운 것을 맞이하는 부산함과 흥청거림 속에서 사라졌다면 좋았을 거라고 생각했다. 하지만 알고 보니 크리스마스 역시 사라지기 좋은 날이었다. 돌이켜 생각해보면, 그날 아예 기차를 운행하지 않았을 수도 있다. 러틀랜드에는 가지 않았으므로 진상을 알 수는 없다.

아버지가 우리집 지하 저장고 계단을 내려가다 내가 미시즈 포크를 보았을 때처럼 결박당한 채 공포에 질린 리베카를 발견했다면 둘이서 어떤 대화를 나눴을지, 가끔 즐거이 상상해본다. 아마도 아버지는 그냥 그녀를 풀어주었을 테고, 술 가진 게 있는지 물어보고 배회하다 다시 올라가 자신의 유령들을 피해 몸을 숨겼을 것이다. 아니면 리베카가 늘어놓는 이야기와 그 모든 철학을 귀담아듣고는, 그냥 거기에서 추위에 떨고 굶주리라고 며칠간, 혹은 영영 내버려두었을지도 모른다. 어쩌면 나를, 자신의 상처 입은 딸을 찾기 위해 경찰에 연락했을 수도 있고, 사냥개들을 풀어 어머니의 더러운 옷에 겹겹이 쌓인 내 땀냄새를 단서로 눈 덮인 언덕들을 수색하게 했을지도 모른다. 나는 모든 종류의 시나리오로 환상을 펼쳤다. 나를 찾아온 사람은 아무도 없었다. 정말로 찾은 사람이 없었거나, 아니면 내가 아무도 못 찾을 만큼 잘 숨었거나. 사람들에게는 날 리나라고 부르게 했다. 그해 봄에 결혼하면서 성도 바꿨다. 결혼의 장점 중 하나다. 결혼하는 여자는 새로운 사람이 될 수 있다.

어쩌면 그 당시 일주일쯤 전에 나는 정상적인 크리스마스를 갈구하며, 누군가의 현관문을 두드리고, 멋지고 잘 웃는 늙은 아버지가 잘라주는 칠면조나 햄이나 양고기 또는 구운 오리가 있는 풍성한 식탁에 앉아 있기를 소망했을 것이다. 진주 귀걸이를 한 다정한 어머니, 손으로 뜬 스웨터를 입은 상냥한 할아버지, 귀가 늘어진 사냥개, 타닥타닥 타오르는 불을 갈구했을 것이다. 리베카를 만나지 않았다면 회한에 젖은 채 차로 X빌을 달려나왔을지도 모른다. 아마 잘 살아오지 못했다는 자책에 흐느껴 울면서 하느님에게 맹세했을 것이다. 이제 변하겠다고, 진짜 여자가 되겠다고, 날마다 세끼를 잘 챙겨 먹겠다고, 착한 여자답게 가만히 앉아 있고, 일기를 쓰고, 교회도 가고, 기도하고, 깨끗한 옷을 입고, 좋은 여자 친구들을 사귀고, 남자애들과 데이트하며 진지하게 만나고, 빨래도 하고…… 그 추운 크리스마스의 새벽 속으로 차를 몰고 나가는 고아가 되어 홀로 내 길을 닦아야 하는 처지만 아닐 수 있다면 무엇이든 하겠다고.

하지만 마침내 X빌을 떠나는 길에 나는 전혀 회한을 느끼지 않았고 혼자도 아니었다. 리타 포크가 닷지 안 옆자리에 앉아 있었고, 그녀의 완벽한 침묵이 나를 공경하는 태도처럼 느껴졌다. 모퉁이를 돌 때 추위에 퍼렇게 변한 그녀의 넓적한 손이 우리 사이의 좌석 위로 툭 떨어졌다. 나는 그 손을 들어 허벅지 위에 가만히 놓아주었다.

인적 없는 도로를 따라 천천히 차를 몰며 초등학교와 X빌 고등학교, 타운 청사를 지나갔다. 경찰서를 지나는 길을 택해 그곳의 녹색 구리 외장과 커다란 창문들과 실내 형광등과 더러운 리놀륨 바닥에 작별인사를 보냈다. 그러고선 흐릿한 새벽빛을 받아 회색으로 보이는 텅 빈 메인 스트리트를 따라 차를 몰았다. 지평선에서 떨어진 노란 햇빛 바늘들이 낮은 건물들 사이로 퍼져나와 이발소의 실내와 빵집 창문의 금색 글자들, X빌 우체국 앞 도랑 속에서 결정을 이룬 눈 얼음을 밝게 비추었다. 시내에서 나오는 길에 빛은 지분거리며 이울었다. 마치 내가 그곳을 한꺼번에 볼 수는 없으며 언뜻 보거나 세부를 볼 수밖에 없음을 빛이 이해하는 것 같았다. 울부짖는 바람이 얼굴을 때리며 X빌을 이런 식으로 기억하라고 말했다. 빛과 바람 속에서 소용돌이치는 곳, 지구상 한 점에 지나지 않는 곳, 다른 데와 다를 바 없는 소도시, 벽들과 창문들, 그리워하거나 사랑하거나 갈망할 필요 없는 곳으로. 나는 라디오를 켜서 온갖 크리스마스캐럴을 지나며 채널을 맞추다 다시 꺼버렸다.

북쪽으로 가는 고속도로에서 잠시 느꼈던 그 평온을 다시 느낄 수 있으면 좋겠다. 머릿속은 텅 비었고, 지나쳐가는 숲과 눈덮인 목초지들을 신기하게 바라보며 두 눈이 휘둥그레졌다. 나무들 사이로 햇빛이 작열했고, 어느 굽이를 돌 때는 잠시 눈이 멀기도 했다. 다시 볼 수 있게 되었을 때는 몇 미터 앞에 사슴이 길을 막고 서 있었다. 나는 속도를 늦추고, 마치 내가 저를 기다리게 한다는 듯 꼼짝 않고 서서 나를 정면으로 되쏘아보는 동물을 바라보았다. 그러고선 차를 세우고 창문을 다시 올렸다.

미시즈 포크를 도로변에서 공회전하는 차에 놔두고 떠날 때 그녀는 깊이 잠들어 있었다. 연료는 엔진이 몇 시간이고 돌 수 있을 만큼 충분히 남아 있었다. 그녀가 눈을 뜨고 내가 자신을 버려둔 곳을 감상할 수 있기를 바랐다. 죽어야 하는 게 나였다 해도, 밝아오는 새벽 속에 아롱진 푸른색으로 빛나는 흰 숲이 아름답게 펼쳐진 고요하고 추운 그곳은 다른 어디 못지않게 좋은 곳이었다. 나는 닷지에 작별인사를 하고, 여전히 붙박인 채 서 있는 사슴에게 걸어갔다. 콧구멍에서 뿜어져나온 김이 수많은 유령들처럼 우리 사이의 허공에 떠 있었다. 나는 인사라도 할 것처럼 손을 들었다. 사슴은 그곳에 그대로 서서 커다란 검은 눈으로 나를 응시했다. 놀랐지만 상냥한 얼굴에는 서리가 묻었고 그 위로 뿔이 왕관처럼 떠 있었다. 그 동물, 육중하고 거대한 몸을 떨고 있던 그 동물 앞에서 내가 어떻게 허물어졌는지 기억난다. 마침내 눈물이 차올랐다. 말을 걸려고 입을 열었지만 사슴은 빠른 걸음으로 도로변 제방을 넘어 숲속으로 사라졌다. 그게 끝이었다. 나는 울었다. 눈물을 손으로 문질러 얼굴에서 피를 닦아내고 계속 걸었다. 얼어붙은 눈 속에서 뽀드득거리는 내 발걸음에는 확신이 있었다.

몇 마일쯤 걸어가다 만난 교차로의 남쪽 방향 길에서 엄지를 들어 차를 얻어탔을 때 운전자에게는 어머니와 싸웠다고 말했다. 남자는 위스키가 가득 든 보온병을 내게 건넸다. 나는 그것을 꿀꺽꿀꺽 마시고 조금 더 울었다.

"진정, 진정." 남자가 추위로 벌게진 두툼한 손으로 내 허벅지를 토닥이며 말했다.

나는 조수석에 몸을 푹 파묻고 술을 마시며 김 서린 창문을 내다보았다. 옛 세상이 스쳐지나며 멀리 저멀리, 가고 가고 또 가서, 결국 나처럼 사라지는 것을 바라보았다.

옮긴이의 말

우리 안에 웅크린 여리고 뒤틀린 괴물

『아일린』은 불행한 젊은 여성이 우연한 사건을 계기로 억압적인 환경을 탈출해 자기 인생을 개척하는 이야기다. 세월이 흘러 노인이 된 화자가 과거를 회고하며 들려주는 이 이야기에서, 아일린은 자기혐오와 성적 억압과 망상으로 똘똘 뭉친 스물네 살 여성이다. 알코올중독 아버지와 단둘이 살며 정서적 학대를 당하고, 사춘기 정서 발달이 지체된 사람처럼 갖가지 신체기능에 집착하며, 때로는 사소한 비행도 서슴지 않는 이 인물은 보기에 따라서 암울하게 매혹적일 수도 있고 역겨울 수도 있다. 아일린은 바짝 마른 조그만 체구에 여간해서는 잘 씻지도 않고 죽은 어머니의 옷을 겹겹이 껴입고 다닌다. 섭식장애에 시달리며 충족되지 않는 욕구를 온갖 일그러진 환상으로 채워 현실로부터 도피하려 하지만, 사실 그녀는 상처받기가 두려워 마음을 주지 않고 타인에게서 가끔씩 느끼는 연민과 공감이 불편해 차라리 혐오를 택하는 뒤틀린 인물이다.

쉽게 상처받는 여린 내면을 겹겹의 껍질로 단단히 감싸고 무표정한 가면을 쓴 채 두려움과 혐오가 섞인 시선으로 세상을 바라보는 아일린은 얼핏 보면 좀처럼 이해할 수 없는 기인처럼 보이지만 자세히 들여다보면 보통의 불안하고 외로운 이십대 여자들과 크게 다르지 않다. 아름답거나 선하지만은 않은 내밀한 감정과 은밀한 개인적 영역의 행위들을 거리낌없이 드러내는 서술이 때로 불편하고 때로 기이하지만, 사실 그 모든 것은 드러내놓고 표현하지 않을 뿐 보통 사람의 내면에서 일어나는 일이기도 하다.

이처럼 복합적인 인물형과 세밀한 심리 묘사, 회한과 성찰과 냉소가 섞인 거침없는 문장 등으로 인해 이 작품은 매우 새롭고 독특한 소설로 읽힌다. 그리고 오테사 모시페그는 그런 개성적인 소설적 목소리를 낸 이 첫 장편소설로 펜/헤밍웨이상을 수상하고 맨부커상 최종 후보에 올랐으며, 이후 발표한 장편소설과 단편집도 모두 좋은 평가를 받으면서 소설가로서 입지를 꾸준히

다지고 있다.

모시페그는 소설의 배경이 된 뉴잉글랜드 지역 출신의 미국 작가로서 이란인 아버지와 크로아티아인 어머니 사이에서 태어났다. 클래식 음악가인 양친을 따라 어릴 적부터 음악을 공부했지만, 불현듯 자신이 정말 하고 싶은 일은 글쓰기임을 깨달았다고 한다. 여러 인터뷰에서 드러나는 모시페그의 성격은 그의 글만큼이나 개성적이다. 자신만만하고 냉철한 눈빛과 솔직하고 냉소적이며 재치 넘치는 말투, 가식과 편견을 깨부수는 풍자, 자신의 재능에 대한 확고한 믿음을 거침없이 드러내는 화법 등으로 미루어보아 모시페그는 영특함과 직관만으로 이십대의 혼란을 치열하게 헤쳐나와 자기 자리를 찾아가는 패기 넘치는 작가인 듯하다.

2016년 〈가디언〉과의 인터뷰에서 모시페그는 『아일린』을 쓰게 된 동기에 대해 돈이 없어서, 베스트셀러를 써서 생계를 유지하는 일이 다른 "멍청이들"에게도 가능하다면 자기라고 못할 게 뭐냐고 생각했다며 호기로운 대답을 했다. 다른 매체에서는 자신이 절반만 이란인이라는 사실에 안도하고 나머지 절반이나마 크로아티아인이라는, 다시 말해 유럽계 백인이라는 사실을 다행스럽게 여긴다고 삐딱하게 말했다. 글을 배우고 싶어서 접근했던 유명 작가에게서 가르침에 대한 대가로 "숭배와 섹스"를 요구당했던 일화도 실명으로 거론하기도 했다.

이처럼 당당하고 거침없는 모시페그는 미국 사회에서 소수 인종 여성으로서 쉽지만은 않았을 삶을 냉소와 재치, 때로는 반항을 통해 지나오며 『아일린』의 나이든 화자와 같은 역설적인 지혜를 터득한 것 같다. 그리고 지금까지 그런 개인적 경험들을 다수의 에세이를 통해 다양하게 이야기해온 것처럼, 앞으로도 직접 부딪쳐 터득한 지혜를 토대로 이 시대 젊은이의 삶을 세련된 입담으로 전하는 재기 넘치는 작품들을 발표하리라 기대된다.

민은영

옮긴이 **민은영**
고려대학교 영어교육과를 졸업하고 이화여자대학교 통번역대학원에서 석사학위를 받았다. 현재 전문 번역가로 활동중이다. 옮긴 책으로 윌리엄 포크너 『곰』, 아모스 오즈 『친구 사이』, 파울로 코엘료 『불륜』, 이언 매큐언 『칠드런 액트』, 존 치버 『존 치버의 편지』, 폴 하딩 『에논』, 세라 윈먼 『마블러스 웨이즈의 일 년』, 앨리스 먼로 『거지 소녀』 등이 있다.

문학동네 세계문학
아일린

1판 1쇄 2019년 3월 15일 | 1판 2쇄 2019년 7월 22일

지은이 오테사 모시페그 | 옮긴이 민은영 | 펴낸이 염현숙

책임편집 고선향 | 편집 김정희 박인숙 이현정
디자인 김현우 최미영 | 저작권 한문숙 김지영
마케팅 정민호 정진아 함유지 김혜연 박지영 김수현 | 홍보 김희숙 김상만 오혜림
제작 강신은 김동욱 임현식 | 제작처 한영문화사(인쇄) 경일제책사(제본)

펴낸곳 (주)문학동네
출판등록 1993년 10월 22일 제406-2003-000045호
주소 10881 경기도 파주시 회동길 210
전자우편 editor@munhak.com | 대표전화 031) 955-8888 | 팩스 031) 955-8855
문의전화 031) 955-3579(마케팅) 031) 955-1917(편집)
문학동네카페 http://cafe.naver.com/mhdn | 트위터 @munhakdongne
북클럽문학동네 http://bookclubmunhak.com

ISBN 978-89-546-5547-7 03840

www.munhak.com

이 책에 쏟아진 찬사

존 밴빌(소설가) 짐 톰프슨과 퍼트리샤 하이스미스가 만난다면 아일린과 같은 존재를 만들자고 공모했을 것 같다. 어둠보다 어둡고, 고드름처럼 차갑다. 훌륭하게 쓰였고, 끔찍하게 재미있다.

북페이지 셜리 잭슨과 메리 겟스킬이 문학계의 딸을 둔다면 그건 오테사 모시페그일 것이다. 그녀의 장편 데뷔작은 반드시 주목할 만하다.

뉴욕 타임스 북 리뷰 오테사 모시페그는 아름다운 문장을 쓴다. 연이어 펼쳐지는 그 문장들은 익살맞고, 충격적이고, 현명하고, 섬뜩하고, 재치 있고, 지독히 날카롭다. 이 소설의 전반부는 특히 인상적이다. 세심하면서 기발하고, 생생하면서 흥미진진하다.

워싱턴 포스트 지금껏 소설에서 만나온 사회 부적응자 가운데 가장 이상하고 엉망이고 애처롭지만 흉내낼 수 없는 방식으로 사랑스럽다. 장담하건대, 그동안 당신은 이런 작품을 읽어본 적 없을 것이다.

가디언 주인공 아일린이 결코 단순한 문학적 괴물이 아니라는 점에서 이 책의 위력이 발휘된다. 극도로 생생하면서 인간적이다. 육체적·정신적 누추함을 환기하는 작품으로서 독창적이고 대담한 걸작이다.

오프라닷컴 어두운 감정과 뒤틀린 환상이 만연한 오테사 모시페그의 심리 스릴러는 그야말로 사악하다.

엔터테인먼트 위클리 오테사 모시페그는 주도면밀히 구성한 기초 위에 굉장히 충격적인 결말을 세웠다. 놀랍게도 그녀는 심리 서스펜스, 호러, 집착과 광기라는 각각의 요소를 정교하게 접목해낸 최초의 소설가다.

샌프란시스코 크로니클 독자를 동요시키는 장편 데뷔작. 결말 역시 황홀하면서 충격적이다. 기분 나쁘지 않은 비호감에 더럽고 놀라운 아일린은 진정으로 독특한 캐릭터다.

뉴스데이 『아일린』의 클라이맥스는 기묘하고 섬뜩하면서도 묘한 만족감을 준다. 독자의 마음에 불안한 여운을 남기는 걸작 심리 드라마.